—— 天府文化研究与传播丛书 ——

古今对联中的天府成都

周翔宇 ◎ 著

吉林大学出版社
·长春·

图书在版编目（CIP）数据

古今对联中的天府成都 / 周翔宇著 . -- 长春：吉林大学出版社，2022.12
ISBN 978-7-5768-1336-4

Ⅰ．①古… Ⅱ．①周… Ⅲ．①对联－文化研究－成都 Ⅳ．① I207.6

中国版本图书馆 CIP 数据核字（2022）第 250749 号

书　　　名	古今对联中的天府成都
	GU-JIN DUILIAN ZHONG DE TIANFU CHENGDU
作　　　者	周翔宇
策 划 编 辑	李卓彦
责 任 编 辑	代景丽
责 任 校 对	刘　丹
装 帧 设 计	尚　炜
出 版 发 行	吉林大学出版社
社　　　址	长春市人民大街 4059 号
邮 政 编 码	130021
发 行 电 话	0431-89580028/29/21
网　　　址	http：//www.jlup.com.cn
电 子 邮 件	jdcbs@jlu.edu.cn
印　　　刷	成都远恒彩色印务有限公司
开　　　本	787mm×1092mm　1/16
印　　　张	20
字　　　数	340 千字
版　　　次	2022 年 12 月　第 1 版
印　　　次	2023 年 6 月　第 1 次
书　　　名	ISBN 978-7-5768-1336-4
定　　　价	78.00 元

版权所有　翻印必究

前言
/Preface/

  天府成都与对联有不解之缘。成都是对联文化的发源地、兴盛地和传承地。孟蜀"新年嘉节联"揭开了文学艺术史的崭新篇章。在地方文化滋养下,成都对联数量之多,名联影响之大,长联成就之高,举世瞩目。近代来,围绕对联进行的文学创作、城市形象打造工作进一步推动了成都对联文化在当代的传承,使之成为了解成都城市文化形成基础、实质内涵与当代表达的一扇窗口。从成都对联中可以看出,成都与天府相应,天时有序、风物宜人、山峦耸峙、群峰拱卫,江河纵横、水脉攸长,园林览胜、风光动人,这里酝酿出了文雅闲适、开朗观达、悠长厚重、独具魅力的文化。对联记录了成都城市文化的实质内涵:以进取精神改造自然,彰显了成都追求卓越、开拓进取的力度。以生活美学、诗赋文章、蜀地学脉为代表的学术性,体现了成都雍容文雅、引领潮流的风度。因三教协同、共生而促成的开放性,昭示了成都积极向上、开放博大的气度。由对个人之善、对社会之爱、对国家之忠凝聚而成的情感性,传递了成都仁民爱物、情礼兼备的温度。对联文化在当代成都依旧蓬勃发展、充满生机。今天成都的对联文化既扎根传统,又有所创新,是成都城市文化在当今时代的生动表达。

目录 /Contents/

绪 论 1
  一、选题意义 1
  二、研究现状 1
  三、思路框架 15

第一章　情连天府：成都与对联 16
  第一节　成都是对联文化的发源地 16
    一、三国十字架说 17
    二、南朝题门说 18
    三、唐敦煌卷子说 18
    四、唐灵泉寺题联说 20
    五、孟蜀桃符说 21

  第二节　成都是对联文化的兴盛地 23
    一、传世数量多 23
    二、名联影响大 24
    三、长联成就高 29

第三节　成都是对联文化的传承地 37
　　　　一、望江楼征联：持续引领对联创作 37
　　　　二、琴台路打造：现代商区与传统对联文化结合的典范 40

第二章　地当天府膏腴：从对联看成都城市文化的形成基础 42
　　第一节　天时有序　风物宜人 42
　　第二节　山峦耸峙　群峰拱卫 46
　　　　一、山峦形胜 46
　　　　二、四境群峰 48
　　　　三、域内名山 50
　　第三节　江河纵横　水脉攸长 54
　　　　一、灌溉之源 54
　　　　二、锦水风光 57
　　　　三、文化纽带 61
　　第四节　园林览胜　风光动人 64
　　　　一、山水清气 64
　　　　二、花木繁秀 68
　　　　三、楼宇生辉 77

第三章　激扬天府风情：从对联看成都城市文化的实质内涵 87
　　第一节　创造性 88
　　　　一、勤谨务实的进取精神 88
　　　　二、对自然环境的改造 92
　　　　三、不朽的物质文化成果 97
　　　　四、卓越的精神文化成就 103

第二节　学术性 108
一、清雅闲适的生活美学 108
二、名动千古的诗赋文章 113
三、薪火相传的蜀地学脉 117

第三节　开放性 122
一、三教协和 122
二、多元共荣 129

第四节　情感性 133
一、与人为善 134
二、造福社会 137
三、忠贞报国 140

第四章　于今天府焕文章：从对联看成都城市文化的当代表达 144

第一节　采样统计 144

第二节　地域分布研究 178
一、行政区划 178
二、地理方位 179
三、街道规模 182
四、街道长度 184

第三节　载体与内容研究 188
一、时间 188
二、材质 191
三、篇幅 193
四、字体 195
五、格式 196

第四节　对联张挂研究······198
　　一、张挂方式······198
　　二、张挂单位······199

结　论······202

附　录······204

参考文献······302

绪 论

一、选题意义

成都是对联的创生地，对联文化源远流长。孟蜀"新年纳余庆，嘉节号长春"联以创新精神开启了中国千年对联史；青城山"溯禹迹奠岷阜"联、望江楼崇丽阁联是天下长联典范，极尽文学创作典雅之美；武侯祠"攻心联"名扬海内外，饱含包容开放的政治智慧；草堂"异代不同时"联所讲述的故事则充分彰显了天府成都的友善情怀。时至今日，成都市内的对联文化遗产仍然十分丰富。武侯祠、杜甫草堂、望江楼公园、百花潭公园、文殊院、昭觉寺、大慈寺、青羊宫、都江堰、青城山、新都桂湖、新繁新湖等文化景点集中了一大批古今名联。琴台路商业区突出楹联文化，将传统元素与现代时尚相结合，成功打造了"楹联一条街"。此外，在各种乡邦文献、地方志乘、文人随笔中也保留了大量的经典对联。就历史而言，对联是天府成都过往社会、思想、学术、文化、民俗的生动体现，是成都城市文化的重要组成元素，研究对联可以更深入认识成都城市文化。就当代而言，成都的对联在今日依旧鲜活生动，是充满生命力的传统文化遗存，研究、发掘对联文化又可以充分彰显成都的城市个性魅力，助推其国家中心城市建设、世界文化名城建设。

二、研究现状

从 20 世纪 80 年代开始，成都对联文化逐渐引起学界广泛关注，搜集、整理、注释、介绍、研究成都对联的相关工作陆续展开，一大批科研、科普成果相继问世。这些论著使成都对联的整体面貌得到了大致的呈现，为进一步的学术研究提供了可靠的文献支撑，也为市民、游客开辟了一扇认识成都，了解成都文化的窗口，对今人系统考察成都对联，传承弘扬对联文化有极大帮助。

1. 成都市武侯祠文管所编《成都武侯祠匾额对联注释》

这是一部由成都武侯祠自行印制、公开发行的小册子，初版问世于1981年，收录内容主要是武侯祠中张挂的匾额与对联。其中，既有传世旧物，也有当代重新恢复的佳作。因为武侯祠编制此书的核心目的是"为游览客人了解武侯祠与诸葛亮"提供方便，[1] 所以书稿应读者需要而进行了多次增补。至1982年12月第三版时，该册已收录匾联37副，包括匾额16副，对联21副（对联是主体内容）。此书不分类、不排序，一联一则。每一条目下首列联文，文末简单注明张挂地点，其后以一条"注释"简要提点联文中涉及的典故和难解字词，再以一条"说明"阐发该对联的思想内涵，陈述创作背景和题撰人信息。比如刘备殿前"使君为天下英雄，正统攸归，王气钟楼桑车盖；巴蜀系汉朝终始，遗民犹在，霸图余古柏祠堂"一联，书中的"注释"部分就集中疏解了"使君""攸""钟""楼桑车盖"等四个词语，以帮助读者准确把握其内容。"说明"部分则以刘备宏图大业的兴衰为中心，串讲上下联文，并标明此联为"清人完颜崇实撰书"。[2]

总体来看，《成都武侯祠匾额对联注释》在近代成都对联研究论著中尚属于初创之作。在内容上，它专收武侯祠一家联文，从三国、刘备、诸葛亮等极具代表性的象征符号切入，展现成都文化的某一个片段，专精有余而广博稍显不足。在篇幅上，全书收录的21副对联俱是名著一时、传诵上百年的名作，代表了成都对联创作的至高水准；但实际数量略少，规模有限，尚不足以反映武侯祠对联的整体情况。[3] 在体例上，该书以普及为重，故而注释说明要言不烦、简洁精微，可以很好地满足文化推广需要，但在研究的深度和信息丰富程度上亦稍有欠缺。尽管存在一些不足，但《成都武侯祠匾额对联注释》仍是20世纪80年代初期专门陈述成都对联文化的代表作，其价值与意义应被充分肯定。

2. 李思桢，夏顺均注释《成都名胜楹联浅释》

20世纪80年代初期，文化复苏，百废待举，成都作为"我国著名的

---

[1] 成都市武侯祠文管所：武侯祠匾额对联注释，1981年，第18页。
[2] 成都市武侯祠文管所：武侯祠匾额对联注释，1981年，第6-7页。
[3] 据本课题研究统计，历代文人为成都武侯祠题写的对联不下百副，本书附录部分选录了其中46副。

二十四座文化古城之一"，受到了社会各界较多的关注。市内各名胜公园张挂的古今楹联常有"许多游览者停脚流连欣赏，援笔抄记"，"还有众多的青年，常因得不到注释资料而感到遗憾"。[1] 为了减少游人抄写之劳，也为赏析品鉴提供参考，成都市群众文化艺术馆编辑部于1982年组织编印了这部《成都名胜楹联浅释》。

该书收录了武侯祠、杜甫草堂、望江楼公园、文殊院、青羊宫等五处名胜的70副对联，联文按地点分类序列。每一条目中先标注对联张挂的具体地点，次列联文内容，再注明题撰人信息，最后以一段文字简要说明上下联大意。比如其中著录的文殊院大门联：

大 门
陆海涌精蓝，永祝国祚万亿；
蓉城辉法界，长宣佛化三千。

清际微弗文方丈旧题，今人梁伯言补书。

上联：川西平原古有"陆海"之称，蓝即"伽蓝"，是梵语译音，义为寺庙。川西平原上建立了文殊院这座精美的寺庙，当庆祝国家命运延长到万亿年，永远存在。下联：佛家所说的"法"，不是指一般的法律或方法，是泛指一切"存在"，故"法界"有总持万有、穷极性、相（本体、现象）等几种意义。佛书又说整个宇宙包括三千"大千世界"，每一大千世界又由许多中千、小千世界集合而成。联意是说蓉城有了文殊院辉煌法事，讲经宏法，就可使所有世界众生长受佛的教化。[2]

从内容篇幅和著录体例上看，《成都名胜楹联浅释》较《成都武侯祠匾额对联注释》有一定拓展也略有不足。全书收录对联数量比《成都武侯祠匾额对联注释》多出几倍，收录范围也从武侯祠一家扩展到了成都市内对联比较集中的五处名胜古迹，对成都对联的传承情况的展现相对更为全面。但从实际数据上看，5处名胜、70副作品所反映仍然只是成都对联文化的冰山一角，尚难窥其全豹。此外，该书有说明而无注解，有联文而未补充相关信息，虽能以"浅释"形式为对联爱好者提供一定的参考，但对相关研究的支撑力度还稍显薄

---

[1] 李思桢，夏均顺：《成都名胜楹联浅释》，成都市群众艺术馆内部印行，1982年，第1页。
[2] 李思桢，夏均顺：《成都名胜楹联浅释》，成都市群众艺术馆内部印行，1982年，第39页。

弱。不过，该书毕竟问世于20世纪80年代初期，在文化旅游逐渐升温的时代背景下，它还是较好地承担起了展示对联、介绍名胜、普及文化的重任，是成都对联文化研究工作在新时代取得的新成果。

3. 陈家铨，阙宗仁编注《成都名胜古迹楹联》

此书出版于1985年，其主要编撰意图包括：一，保存史料，将成都地区的楹联汇集成册，为其发展积累一套完整的参考资料；二，文艺欣赏，鉴赏佳联名作，丰富人们的精神生活；三，方便旅游，为喜爱观赏楹联的中外游客免去抄录之烦，方便读者取阅探讨。[1]这样的创作动机，决定了该书既要保证一定的体量，又要通俗可读，还要在一定程度上结合对联展示成都地方文化特色。

在内容体例方面，此书聚焦名胜古迹，以地为纲，收录了杜甫草堂、武侯祠、望江楼、文殊院、青羊宫、宝光寺、桂湖等地百余副对联。每一名胜单独成篇，选录最有影响力的名联若干副，依次编目著录：首列具体张挂地点、成联时代、题撰人信息；次录对联全文及题款内容；再以"注释"解释疑难字词、名物、典故；最后用"解析"疏通联文大意，并适当补充背景知识。在正文以外，如果有与某处名胜相关的诗词、对联，则以"附录"列于本篇之后。

《成都名胜古迹楹联》的优长在于，一是收录范围更加广阔。在《成都名胜楹联浅释》的基础上多增加了宝光寺、桂湖两处对联比较集中的名胜景点，不仅丰富了内容，更使关注范围超出成都市区，及于周边郊县。二是著录更加审慎。对联流传于世，或载于文献，或附于实物。其中，文献记载往往因翻刻、抄录之误而产生异文，真伪莫辨。《成都名胜古迹楹联》坚持以实物为准，"每副联文，均经实地校勘，力求做到一字不差"[2]，保障了内容的科学性、真实性。三是注解更加详细，重要字词、典故都标注了文献出处以备参考，言必有据。如对新都桂湖公园"老桂离披，六诏荒烟怆往事；平湖潋滟，一泓秋水想伊人"联中的"潋滟"一词，该书注为："潋滟（liàn yàn 练艳），水满貌。原出《文选·木华〈海赋〉》：'浟溛潋滟。'苏轼《饮湖上初晴雨后》诗：'水光潋滟晴方好，山色空蒙雨亦奇。'"[3]注解文字释音、释意，且旁征博引，参互

---

[1] 陈家铨，阙宗仁：《成都名胜古迹楹联》，成都：四川人民出版社，1985年，第2页。
[2] 陈家铨，阙宗仁：《成都名胜古迹楹联》，成都：四川人民出版社，1985年，第2页。
[3] 陈家铨，阙宗仁：《成都名胜古迹楹联》，成都：四川人民出版社，1985年，第129页。

比对，有助于读者更深入地认识、把握联文本义。四是以附录形式补充了大量的相关材料。如草堂篇附录了今天已不存的前代旧联9副，武侯祠篇附录了全国各地武侯祠（墓）对联近30副，望江楼篇附录了旧联17副，青羊宫篇附录了青羊宫及天回镇、黄忠墓等地的对联5副，桂湖篇附录了旧联4副。这些附录虽无"注释""解析"，但却进一步扩充了该书的容量。依托这些附录，读者可以在新与旧、本地与外地的对比中更立体地认识成都对联。五是立足名胜古迹旅游资源的整理开发，重视对成都地方文化的解读宣传。该书明确提出成都是"对联的'老家'"[1]，希望通过推介成都对联而让更多人认识这座文化名城。所以，在全书开篇即设置了专门的章节介绍成都，在每一篇首也有对该处名胜历史背景、文化内涵的具体解读。在此基础上呈现的每一副对联，都是从不同角度对成都文化的阐释。

当然，《成都名胜古迹楹联》全书仅有130余页，收录对联不到200副，篇幅容量并不算大太；所涉名胜有5处都在成都市区内，2处在新都区，对成都其他区县的传世名联尚未及收录。本书虽然有较高的文献价值，但总体仍是以宣传普及为重，还没有针对成都对联、成都城市文化或对联发展史上的问题进行专门研究。尽管如此，作为改革开放之初的成果，该书已经搭建起了展示成都对联文化的整体框架，对后续同类著作的出现有筑基之功。

4. 勾承益，冯立编著《望江楼楹联》

此书于1987年出版，所涉范围只在成都市望江楼一处。书名为"楹联"，但实际收录的内容还包括了历代文人墨客题咏望江楼的诗词。

书中第一部分为楹联，共计30副，每副独立成章，不标序、不分类。各联条目内首列联文；其次设"说明"一项，提供题撰人信息，并解说上下联大意；再次为"注释"，包括注字、标音、解词，诠释人物、典故，补充联文内容的文献出处等项工作；最后是"译文"，直接将古奥典雅的联文转译为通俗易懂的白话文。

《望江楼楹联》最大的价值在其"注释"部分，相关注解翔实细密，为读者把握联文内容提供了大量切实可靠的参考资料。比如，对"少陵茅屋，诸葛祠堂，并此鼎足而三，饰崇丽，荡漪澜，系客垂杨歌小雅；元相诗篇，韦公奏牍，总是关心则一，思贤才，哀窈窕，美人香草续离骚"一联，该书就对"少

---

[1] 陈家铨，阙宗仁：《成都名胜古迹楹联》，成都：四川人民出版社，1985年，第1页。

陵茅屋""诸葛祠堂""鼎足""崇丽""漪澜""系客""小雅""元相诗篇""韦公奏牍""思贤才,哀窈窕""美人香草续《离骚》"等11处字词典故作出了注解,篇幅在1000字以上。[1]其他各联的情况大体与此类似,注释少者4、5处,多者20余处,最多的崇丽阁长联则达到了36处。[2]除此以外,《望江楼楹联》用白话直译对联的方式也比较有特色。如对"压江流以扶地脉,远瞩高瞻,则见玉垒云开,峨眉月朗,夔门日射,剑阁烟消,郁郁葱葱,助全蜀山川,钟灵毓秀;凌井络而焕人文,阆中肆外,当如长卿赋丽,太白诗豪,坡老辞雄,南轩学正,麟麟炳炳,为西州俊杰,播美扬修"一联,译文为:

高高台阁雄峙江边,镇压着江中轻浮的流水,扶持着地下潜藏的灵气,一旦置身楼上,即刻可见玉垒山云消雾散,峨眉山明月朗朗;夔门日出,金光万道,剑阁烟消,气象峥嵘,巴蜀千里,郁郁葱葱,这就是崇丽阁的精魂,在辅佐全川山河,汇聚人才,孕育英豪;

巍巍江楼耸入云霄,凌犯着天上的星宿,焕发出人间文豪的光辉,它中心充实而毫光四射,正象司马相如的辞赋那样宏丽堂皇,李太白的诗篇那样豪迈奔放,苏东坡的诗词那样雄浑刚健,张南轩的学术那样端正庄严,显显赫赫,光明辉煌,为蜀中俊杰传播美好的名声。[3]

尽管这种白话转译无法像对联一样做到句式完全工整对称,但它已尽量用接近对联的语言反映联文内容,较为准确又相对雅致,有利于一般爱好者从形、意两方面识读对联。从这一点上说,《望江楼楹联》较同类作品更显功夫,更有助于对联文化的传播。

不过,《望江楼楹联》与前几部专著相比也存在着一些不足。首先,在范围和容量上,该书较为局限,地点仅望江楼一处,联仅30副,代表性、影响力均稍显不足。其次,此书的注释虽多,但主要是编者的辗转解说,征引原始文献相对较少,不便于读者进一步查核资料,做更深入的研究。最后,此书基本是就对联而解对联,对背景知识、相关信息的补充不多,拓展阅读功能还有待增强。

---

[1] 勾承益,冯立:《望江楼楹联》,成都:四川大学出版社,1987年,第5-8页。
[2] 勾承益,冯立:《望江楼楹联》,成都:四川大学出版社,1987年,第46-52页。
[3] 勾承益,冯立:《望江楼楹联》,成都:四川大学出版社,1987年,第43页。

5. 四川省楹联学会，成都市楹联学会，成都市群众艺术馆编《成都名胜楹联》

此书由三家专业单位共同编制，1990年出版。该书序言明确指出：后蜀孟昶题联"为春联之始"，"成都名胜楹联数量之大、脍炙人口的佳对之多，为全国联界所称道"，"全国已搜集整理的二百字以上的长联中，成都即占一半"。[1] 这些关键性的结论为此书全面系统地总结成都名胜楹联奠定了理论基础。在此之上，编写组首先"全面搜集，认真研究，选出能够反映名胜古迹的历史、地理、人物、景观、文物、风情和具有教化、审美价值的楹联"，然后"聘请我省联界对文学、语言、历史、宗教、风情、民俗等有关学科具有较深研究的学者，逐联作深入浅出的评解，相应地考校匡误"，最终形成一本"适应多方面多层次需要"，"熔学术性、资料性、趣味性于一炉"，"能够比较全面地反映成都名胜楹联概貌的专集"。[2]

此书共200余页，收录对联近300副，规模之大，远超此前同类著作。书以三级编目。一级类目按当时成都的行政区划归类，有成都市区、都江堰市、新都县、郫县、邛崃县、崇庆县、彭县、新津县、大邑县、蒲江县、金堂县等11处。二级类目按具体的名胜古迹划分，如市区有武侯祠、杜甫草堂、望江楼、文殊院、青羊宫、昭觉寺、清真寺等7处，彭县有多宝寺、龙兴寺、川西第一桥等3处，大邑县有鹤鸣山、药师崖、子龙庙、雾中山等4处，蒲江县有飞仙阁、朝阳湖、鹤山书院、魏公祠等4处。每一景点开篇皆有简要的文字介绍以展现该处名胜的基本情况、主要特色和历史背景等等。三级类目下才是具体的对联，著录信息包括题名、联文、撰人、名家评解。其中，受编方邀约而参与评点的当代名家有谭良啸、濮禾章、冯全生、冯修齐、王纯五、卫志中、张永春、施权新、庄巨川、李兴玉、吴芝海等20余位。各家评解的风格、侧重点均不尽相同，或谈诗文，或谈民俗，或谈掌故，或谈哲理，或谈宗教，不拘一格，各擅胜场。

《成都名胜楹联》最大的特点就是全面。在着手之初，编辑者已经意识到"近年来，不少有识之士，为了宏扬祖国优秀文化传统，适应日益兴旺的旅

---

[1] 四川省楹联学会，成都市楹联学会，成都市群众艺术馆：《成都名胜楹联》，成都：四川人民出版社，1990年，第2-3页。
[2] 四川省楹联学会，成都市楹联学会，成都市群众艺术馆：《成都名胜楹联》，成都：四川人民出版社，1990年，第3-4页。

游事业发展的需要,将成都最著名的名胜楹联编辑成册,加以注释,出版发行",但同时也注意到"这些已出版的书籍,因种种原因未能反映成都名胜楹联的全貌"。[1]所以本书特别重视对既有成果的拓展丰富,其书扩大选材范围,增加收录数量,广邀名家点评,多角度解释联文内容,都是这种思想的体现。此外,《成都名胜楹联》还注重学术性,加强了对联文内容的校对。针对前此著作转抄转引,不免以讹传讹的问题,编撰者做了大量的匡谬正误工作。就这些方面综合评价,《成都名胜楹联》确实在之前同类著作的基础上有了长足的进步,极大推进了成都对联文化的研究、普及工作。

6. 张绍成,吴蕖蕊,舒泽宏编著《望江楼楹联选读》

1989年是成都望江楼建成100周年,公园管理部门曾面向全国举办征联活动。事后,为全面整理、呈现望江楼的古今、新旧楹联,集中展示征联成果和望江楼楹联发展状况,薛涛研究会的三位会员于2001年编著出版了这部《望江楼楹联选读》。

此书聚焦望江楼一处,主体内容包括三大部分。其一,是建楼百年纪念活动之前望江楼已有的旧联,共45副,可以反映望江楼对联文化的历史积淀。其二,是建楼百年征联佳作选,共33副。其三,是重建薛涛坟应征联,共22副。二、三两部分内容共同体现了望江楼对联文化在当代的创新发展。该书体例较为简洁,100副对联皆首录联文,次以"注释"疏通字句,再用"评解"介绍题撰人信息,讲评联文大意、平仄规律、句读语法,补充名家点评。此外,在部分联文末尾还附有"释文",以白话转译文意。

《望江楼楹联选读》的精华集粹于"评解"部分,重点是对撰联方法、技巧的解析。如对"江帆见惯风都熟,楼槛凭多月亦温"一联,该书评解曰:

此联是李绪所撰。

该联通过生动的文字表达了作者对望江楼的特殊感情,即只有这江风楼月,才是最熟悉的朋友。

作者善于调整词句以表达思想,如果试移为"惯见江帆风都熟,多凭楼槛月亦清",意思不变,但平仄便不协调了。由此可见,作者是重视声律的,有

---

[1] 四川省楹联学会、成都市楹联学会、成都市群众艺术馆编:《成都名胜楹联》,成都:四川人民出版社,1990年,第3页。

意选用"平平仄仄平平仄,平仄平平仄仄平"句式。[1]

从引文可以看出,这一段评解虽然也介绍了作者信息和联文大意,但评述重点显然是最后部分对句法和音律的解析。又如对"幽境忽诗来,十样名笺供叶句;余甘留并洌,一瓯春茗正花时"一联,《望江楼楹联选读》评解曰:

该联由薛涛而及薛涛井,赞扬了薛涛和名胜遗迹。如此烘云托月,较之直接赞美薛涛,尤觉技法高超。

平仄仄平平,仄仄平平平仄仄
平平平仄仄,仄平仄平仄平平

上面是本联句式,读者须依之读准字音,不能一概以普通话或成都话读音(声调)代替传统声调,否则不能感知平仄协调的特点。[2]

此评析涉及了表现手法和音韵两方面的问题,结合实际联文,对创作技法作了深入浅出的讲解。这不仅有助于读者认识赏析对联,还有助于楹联爱好者磨炼提升创作技巧。与1987年出版的《望江楼楹联》相比,10余年后的《望江楼楹联选读》不仅在对联收录数量上有了较大突破,在研究角度、认识深度方面也有拓展和加深,确实已将成都对联文化的研究、普及工作推进到了一个全新的阶段。

7. 丁浩,周维扬编选《杜甫草堂匾联》

初版于1997年,后又于2003年、2007年、2009年、2014年多次再版,由此可见该书受欢迎的程度。

全书所录,只集中在杜甫草堂一地,主收匾、联,兼收少量碑文、书帖,既有解放前的旧作,也有新中国成立后增补、恢复的作品。依2014版点计,其正文部分共收对联27副,附录13副,总计40副。正文部分,各对联皆单独成篇,不分类,不严格排序。每一条目由三大部分内容构成,第一部分是对联实物的扫描图像和对联悬挂地的照片,第二部分依次著录题撰、书写人

---

[1] 张绍成,吴蒹蕊,舒泽宏:《望江楼楹联选读》,成都:四川人民出版社,2001年,第49页。

[2] 张绍成,吴蒹蕊,舒泽宏:《望江楼楹联选读》,成都:四川人民出版社,2001年,第52页。

信息，对联题名及创作时代，联文内容及款识，第三部分则包括解释生僻字词的"注释"，补充背景信息和文献出处的"说明"，介绍题撰人身份履历的"作者简介"。书尾的附录则只列联文和题撰人时代、姓名。与同类著作相比，《杜甫草堂匾联》特别注重对联题撰者与杜甫草堂的关系。书前总序即明确提出："从中唐以来，中国历史上的著名诗人，没有不受杜甫'沾丐'的。"[1] 所以在整列对联时，该书也用较多篇幅呈现了联文创作者的信息，让后世读者可以由人而知联，由对联而进一步了解杜甫草堂。同时，由于该书有意全面展现草堂厚重的文化积淀，所以在梳理对联时也不仅仅停留在联文本身，而且还整体关注对联文化。比如每一条目前的图像、照片就将对联的书法美学、建筑装饰美学极好地表达了出来，使人一目了然。从这些角度看，该书确有其独到的学术价值。当然，作为20世纪最后一部集中介绍成都对联的专著，《杜甫草堂匾联》只介绍、研究杜甫草堂一地的对联，收录量只有40副，在内容、篇幅上还是略显单薄了。

8. 冯修齐编著《新都楹联》

此书出版于2001年，为《新都历史文化丛书》中的一个专题、一部专著，是对新都一区之地内古今对联作品的一次较为系统、全面的整理。包括《新都楹联》在内的《新都历史文化丛书》立足于新都"历史的悠久性""遗存的多样性""名胜的典型性""人文的丰厚性""文献的集中性""文化的传承性"而对当地的历史文化遗存展开专门的整理研究，[2] 视野广阔，内容专精。

本书共收录对联300余副，按四级分类。一级类目包括名胜楹联、景区楹联、古联搜遗、名联鉴赏、联家作品五大类，几乎兼顾了古与今、存与佚、文献与实体。不同一级类目下的二级类目设置略有区别。名胜楹联类、景区楹联类以名胜景区地点归类；古联搜遗类以行政区划归类；名联鉴赏、联家作品类则按题撰人分类。每个二级类目之前，是对该名胜、景区、人物的介绍。三级类目对应每副对联的张挂地，如桂湖大门、宝光寺山门等等。名联鉴赏、联家作品则不设此类。四级类目是具体的联文，著录形式较为灵活。名胜楹联、景区楹联、古联搜遗三类皆先录联文，后标明题撰者信息，再通释全联主旨、分解上下联大意，最后对联中的文辞典故进行注释。如桂湖湖心楼联：

---

[1] 丁浩，周维扬：《杜甫草堂匾联》，成都：四川文艺出版社，2014年，第2页。
[2] 冯修齐：《新都楹联》，成都：四川人民出版社，2001年，第3-17页。

缓酌饮长天，斟绿浮金身在画；

调琴飞远兴，挥红咏紫世逢春。

此联系徐式文撰，丛文俊书。

联语描绘了在湖心楼上饮酒弹琴的雅兴，歌颂了桂湖景象和时代新貌。

上联意为：缓斟慢酌，对长天饮酒，杯中之酒映出桂湖的绿色和金光，游客也置身于美丽的画图中。

下联意为：调琴拨弦，抒远大抱负，琴声弹出桂湖的万紫千红，也歌颂了时代的新貌。[1]

名联鉴赏类则更加注重赏析，省去注释而补充了关于文化背景、联文特色、创作技法的大量信息。如对曾国藩题桂湖"五千里秦树蜀山，我原过客；一万顷荷花秋水，中有诗人"一联，评曰："这副楹联采用第一人称写法，通过叙事、写景、抒情给人以真实、亲切之感。它又采用夸张、对比等艺术手法，使此联意寓深刻，境界高远。"除这两类以外，联家作品类则较为简洁，只是照录联文，略加注释而已。

《新都楹联》有两大特色。一是收录量极大。全书以300页的篇幅专收新都一地的对联，最终著录300副以上，几乎将古今存佚者网罗殆尽，不仅为研究成都对联提供了更丰富的样本，也为研究新都文史聚集了必要的材料。二是分类细密、著录灵活。此书按四级、五类篇目，分类的精细程度超过了此前所有同类著作，能较好地容纳各种类型的对联。著录体例又随不同类目而适时作出调整，针对性更强，解说、评析更加精准。这两大特色确保了《新都楹联》的学术含量与文献价值，使之成为进入21世纪后研究整理成都对联的代表著作。

9. 吴刚，谭良啸主编《楹联上的成都记忆》

该书出版于2015年，是集中展示成都对联文化的最新成果。此书以对联为研究对象，但更加关注对联背后的"成都记忆"——成都的历史与文化传承，力求在原有成果的基础上进一步提升质量，"既体现大众性、传播性，又体现专业性、权威性"[2]。

---

[1] 冯修齐：《新都楹联》，成都：四川人民出版社，2001年，第227页。

[2] 吴刚，谭良啸：《楹联上的成都记忆》，成都：成都时代出版社，2015年，第379页。

全书以景统联，共收录武侯祠、杜甫草堂、望江楼、大慈寺、文殊院、宝光寺、东湖、桂湖、都江堰、青城山、子云亭、老子庙、雾中山等十三处名胜景点的30副对联。尽管绝对数量不多，但该书中的每一副对联实际上都自成一个专题，除了著录联文、注释字词、解读大意外，还提供了非常丰富的文字资料，由此对联文创作背景、所涉人物、文化内涵、历史典故做系统的介绍。如对颜楷题大慈寺观音殿"立足镇潮音，预防沧海横流日；以手援天下，应现金刚不坏身"一联，《楹联上的成都记忆》首先结合联文从四个角度补充了极其丰富的背景知识：一是大慈寺的历史，二是观音文化的传入与发展，三是鳌头观音形象的由来，四是民国时期佛教思潮的变化。随后，该书又聚焦颜楷，详述其生平事迹和其他对联作品，立体丰满地呈现了与大慈寺观音殿有关的成都历史文化。[1]这部分内容在全书中占了五分之四以上的篇幅，是重点和亮点。其楹联解读"努力提炼蕴含于其中的优秀传统文化的精髓，改变以往的简介模式，以散文笔触来抒写今天我们对成都楹联的感悟和认识"；其人物介绍"既紧扣楹联，又超越了楹联，从一个侧面勾勒了成都历史文化的风云画卷，不仅对读者赏析成都楹联有所裨益，对于了解成都历史文化也有帮助"。[2]

除上述特色外，《楹联上的成都记忆》还配有大量插图，或为联文真影，或为人物肖像，或为名胜风貌，可以更生动、更直观地展示成都对联文化。再者，该书在每一专题之后还开列有主要参考资料，也能为读者进一步查阅文献，深化研究提供帮助。

比较来看，《楹联上的成都记忆》是一部内容更丰富、信息更完备，更具综合性的专著。它超越了简单的介绍鉴赏，将对成都对联的整理研究引入了更广阔的文化领域，反映了学术界、文化界在探索研究成都对联文化时的最新进展。[3]

10. 学术论文

近年来，还有多篇关于成都对联文化的学术论文公开发表，它们或对名胜、名家、名联做个案解析，或通论成都对联文化，虽然篇幅短小，但针对性

---

[1] 吴刚，谭良啸：《楹联上的成都记忆》，成都：成都时代出版社，2015年，第169-177页。

[2] 吴刚，谭良啸：《楹联上的成都记忆》，成都：成都时代出版社，2015年，第379页。

[3] 除上述著作外，近年成都各区县新编的地方志、文史资料中偶尔也有系统著录当地对联的专书、专册。其内容、体例、特点、价值与已列诸书并无太大差异，为省篇幅，此处不再一一评述。

却很强，是对当前研究的有益补充。

研究成都名胜对联的专文多关注武侯祠。罗开玉《成都武侯祠"攻心"联再研究》有鉴于学界对"攻心"联的释读和研究还存在分歧，专门"分析了该联的写作背景，介绍了从正面肯定诸葛亮功绩的释读"[1]，着重解释了联文中"不审势""宽""严""皆误"等关键词。张崇琛的《"后来治蜀要深思"——成都武侯祠一副对联的解读》同样关注"攻心联"。该文结合联文与史料，集中发掘"攻心联"的现实意义，指出"诸葛亮的成功实践与赵藩的至理名言，又一起为后人的治军治国提供了宝贵经验，这便是直到今天我们还对此联赞叹不已并为之'深思'的原因"。[2] 孙晓芬的《成都武侯祠名联作者赵藩》以赵藩和武侯祠为线索，介绍了"攻心联""文章与伊训说命相表里"两联的基本信息和主要内容。[3] 林鑫的《成都武侯祠最早的一副名联》由冀应熊"帝本燕人，敢以枌榆论乡故；我犹蜀宦，远从俎豆问祠官"一联切入，证明该联是武侯祠历史上最早的名联，并由此分析研究了产生于此地的多副名联，最终提出"今天我们见到的武侯祠楹联数量仅是历史上的一部分"，"加强佚失楹联的收集工作是一项紧迫的任务"。[4]

郭静洲的《清代四川"考棚"楹联》、积多的《成都贡院的对联》两文是对贡院对联的梳理介绍。前者汇录了清代四川提学蔡振武所题全省17副试院对联；[5] 后者则简要评述了提学杨庆伯为成都贡院所题写的对联。[6] 两文的关注点都在于科举文化与对联文化的交互结合。以专文形式整理试院对联，深化了在这一特殊领域的研究。文史成的《成都府城隍庙的门联》对清时成都府城隍庙的门联做了细致的考辨注解，在与其他地区城隍庙对联的对比中总结出成都城隍庙门联"分明表达了撰联人对城隍的歌颂，也隐含劝人为善的深意；但这种劝喻却不是直截了当地、甚至夸大其词地借助恐吓语言去宣讲说教"的特色。[7]

---

[1] 罗开玉：《成都武侯祠"攻心"联再研究》，《四川文物》，2001年第5期，第3页。
[2] 张崇琛：《"后来治蜀要深思"——成都武侯祠一副对联的解读》，《档案》，2004年第1期，第17页。
[3] 孙晓芬：《成都武侯名联作者赵藩》，《四川文物》，2004年第1期，第17页。
[4] 林鑫：《成都武侯祠最早的一副名联》，《文史杂志》，2012年第2期，第42页。
[5] 郭静洲：《清代四川"考棚"楹联》，《文史杂志》，1992年第4期，第43页。
[6] 积多：《成都贡院的对联》，《文史杂志》，2003年第3期，第17页。
[7] 文史成：《成都府城隍庙的门联》，《文史杂志》，2009年第3期，第78页。

张茂华的《成都地区明墓中的对联文化》将对联研究和考古发现相结合，"通过收集几十项过去没有发表过的二十世纪五六十年代以来成都地区发掘的多处明代墓葬中各个墓室两旁门枋石上的对联材料加以整理公布，并对联文作校录、考说。从明代成都地区墓葬中风水堪舆盛行、道教兴盛、对联文化发达以及生墓情况等方面进行初步的分析考察"。[1] 该文共公布了37副对联，除整理联文外，还补充了部分联文涉及的典故传说与地方文化内容，从另一个新颖的角度揭示了成都对联文化。

以名人为线索梳理成都对联的代表性文章是刘全的《毛泽东与三幅成都名联》。该文以毛泽东在成都观联、评联、引联为主线，对"攻心联""异代不同时联""世外人法无定法联"的内容、文化背景、历史意义进行了分析研究，再次呈现了成都对联文化在全国的影响力。[2]

综合研究成都对联文化的论文，有肖建春的《匾联文化研究——以成都地区匾额楹联为例（上、下）》。该文将成都的对联分为名胜古迹吟咏匾联、街巷乡镇的点睛匾联、店堂铺户的商用匾联等三种类型。又从巧取文学作品、附丽神话传说、吟咏景致情怀、阐发哲理玄机、表现乡土气息、表明行业特征、敬用名人题字、包容五洲四海等角度归纳了成都匾联的文化意象。此外，该文还总结了研究成都对联文化的重大意义："一，追溯和探讨成都匾联文化有利于成都文化特色的凸现；二，挖掘和弘扬成都匾联文化有利于成都旅游产业的开发；三，批判和继承成都匾联文化有利成都匾联的发展创新。"[3] 相对于其他介绍、鉴赏性的著作而言，此文既是对成都对联的学术性研究，又提供了一个整体性、综合性的视角，是21世纪以来学界在这一研究领域的代表成果。

以上论著，从宣传性的小册子到鸿篇大作，从简要介绍到专题研究，从对一地一联的评鉴到面向成都全域的通论，研究的深度、广度在不断拓展，研究力度也在逐渐加大，成都对联文化的整体面貌随之而得到了更系统、更充分的呈现。可以说，正是这些学术研究工作夯实了对联文化创新发展的理论根基。但是，现有研究也存在着一些不足：

---

[1] 张茂华：《成都地区明墓中的对联文化》，《四川文物》，2002年第4期，第39-44页。
[2] 刘全：《毛泽东与三幅成都名联》，《四川党的建设（城市版）》，2013年第11期，第66-67页。
[3] 肖建春：《匾联文化研究——以成都地区匾额楹联为例（下）》，《西南民族大学学报（人文社科版）》，2007年第8期，第118-119页。

（1）介绍鉴赏者多，研究分析者少。涉及成都对联的著作、文章大多停留在释读文字、介绍掌故、品鉴书法阶段，深入研究成都对联的文化成就，揭示其文化价值的成果尚不多见。

（2）关注点相对零散，缺乏系统整理。既有成果大多针对某一处文物保护单位或某几个类别的对联而从事整理工作，尚未将"成都的对联"作为一个整体进行有系统、有条理的考察。

（3）没有将成都对联与成都城市文化结合起来，对二者的源流、交互、传承、演进展开深入研究。如前所述，成都的对联是成都城市文化的历史积淀，又与当代成都文化建设息息相关。立足于成都城市文化，对成都对联的研究可以更加深入。有鉴于此，在大力弘扬中华文化的新时代背景下，系统梳理成都对联与成都城市文化的关系，以此加深认识，助力成都当代文化建设，既有充分的必要性，也有广阔的发挥空间。

三、思路框架

本课题将依循以下思路展开：一、查找文献：收集、整理有关成都古代对联的信息。二、实地调查：寻访、获取现存的成都古今名联资料。三、数据分析：对收集到的信息进行统计分析，以数据展现成都对联文化的整体特点。四、学术解读：研究已收集到的对联，分析其产生背景、内容、意义，挖掘其历史、文学、文化价值。五、精神阐释：依据对学术解读成果，阐释成都对联的精神内涵，揭示成都对联与成都城市文化的对应关系。

第一章　情连天府：成都与对联[1]

对联是集文辞音韵、历史典故、思想情感、书法艺术等多种要素为一体的文学体裁。对者，"应无方也"，取义应和匹配；[2] 联者，"连不绝也"，强调衔接贯通。[3] 对仗耦合、连贯畅达是对联的基本特征。具备这种特征的"对子"，早在两晋南北朝时期就已出现。[4] 延及唐代，随着格律诗体广为流传，对仗工整的"联句"复又大行于世。不过，此时的对子和联句在表现形式、思想内容、适用场景等方面均与后世对联有较大差异，它们更不具备对联那样丰富的社会文化内涵。真正为对联注入文化精魂，使之定型成熟、发展繁盛、传承创新的是天府成都。

第一节　成都是对联文化的发源地

对联文化是一个综合概念。其物质载体是对联，其实质内涵则是围绕对

---

[1] 本书各章的主标题，都是成都对联佳作原文。本书节引作为标题，虽不十分贴切，但也能略见对联的意趣。"情连天府"，出自冯修齐为新都丽园题联"风景旧曾谙，山标石镜，地涌螺泉，祠崇明相，墓显蜀王，文献在兹扬域外；时光今更好，田泛金波，楼辉绣水，蹕接丽园，情连天府，声名从此遍寰中。"

[2] 许慎以发问责对而回应无方解"对"字，段玉裁注曰："善待问者如撞钟，叩以大者则大鸣，叩以小者则小鸣。"由此观之，对联的"对"字，正是从随叩鸣响、应和匹配中取义的。语见许慎著、段玉裁注：《说文解字注》，上海：上海古籍出版社，1988年，第103页。

[3] 段注："周人用联字，汉人用连字，古今字也。"又称："以人挽车，人与车相属，因以为凡相连属之称。"据此，联与连通，有衔接连属、贯通不绝意。许慎著、段玉裁注：《说文解字注》，第591页。

[4] 如西晋陆云、荀隐"云间陆士龙、日下荀鸣鹤"一对，刘宋司马越女墓"青州世子，东海女郎"一对，南齐王融挽萧嶷"半岳摧峰，中河坠月"一对，皆属此类。方北辰先生称之为"酝酿阶段的对联"。详见吴刚、谭良啸：《楹联上的成都记忆》，成都：成都时代出版社，2015年，第371-372页。

联而开展的各项文化活动以及由此传递的文化思想。因此，探究对联文化的起源，也应该从这两个方向入手。目前，关于哪一副才是中国最早出现的对联，对联文化创始于何时何地，学界众说纷纭，尚无定论。代表性认识有以下数种：

一、三国十字架说

此说最初由王治心《中国基督教史纲》提出：

> 明朝刘子高诗集，与李九功《慎思录》，均载明洪武年间，江西庐陵地方，掘得大铁十字架一座，上铸赤乌年月，按赤乌系三国孙吴年号，子高因作《铁十字歌》，以志其奇。又铁十字上铸有对联一副云：四海庆安澜，铁柱宝光留十字；万民怀大泽，金炉香篆蔼千秋。[1]

依王氏所述，"四海万民联"见于三国时期所铸的铁十字架，是目前已知的、有文献记录的最早对联。但这个十字架与对联却都很值得怀疑。

关于十字架：王治心提及的刘子高是明人刘崧，字子高，号槎翁。传世《槎翁诗集》中确有《铁十字歌》一首。诗云："庐陵江边铁十字，不知何代何岁年，何人作之孰置此，何名何用何宛然。"又云："我时见之考其式，赤乌之年乃妄饰。"[2] 刘崧生活于明洪武时期，籍贯江西泰和，正是铁十字架出土的当时、当地人。他亲见实物，并在详细考辨后明确提出：十字架的铸造时间不可知，"赤乌"字样乃后人妄饰伪托，其说可信度自然极高。结合基督教发展史来看，该教传入中国是在唐代，孙吴时期尚无流传，当然不会有教徒铸造十字架之事，"赤乌十字架"必非三国遗迹。

关于对联：事实上，刘崧全诗根本没有提及十字架上铸有对联。"四海万民联"的内容仅载于晚明李九功《慎思录》。该书出版是在明末清初，距铁十字架出土、刘子高赋诗近三百年。其间铁十字架既未流存后世，亦无相关支撑、佐证材料流传，李九功何以能凭空悬断铁十字上的内容？今考《慎思录》作者李九功乃是基督教信众，是晚明天主教派和教义的传播者；而《慎思录》

---

[1] 王治心：《中国基督教史纲》，上海：青年协会书局，1970年，第26页。
[2] 刘崧：《槎翁诗集》卷四《铁十字歌》，《影印文渊阁四库全书》第1227册，台北：台湾商务印书馆，2008年，第347页。

一书的校阅出版者则有近半数是天主教徒，[1]他们自然特别关注中土基督教文化遗迹。据此虽不能断定联文内容一定是《慎思录》伪作，但在未见其他证据的情况下，"四海万民联"的内容亦当存疑。

综合来看，无论是以铁十字架的铸造年代为据，还是以联文现世年代为据，皆不能证明"四海万民联"是三国之作。"对联起源于三国"之说不能成立。

二、南朝题门说

谭嗣同《石菊影庐笔识》言："考宋刘孝绰，罢官不出，自题其门曰：'闭门罢庆吊，高卧谢公卿。'其三妹令娴续曰：'落花扫仍合，丛兰摘复生。'此虽似诗，而语皆骈俪，自为联语之权舆矣。"[2]谭嗣同虽然力主此说，但他提供的材料却足以证明刘孝绰所题并非真正意义上的对联。

首先，刘孝绰题五言两句，刘令娴又"续"五言两句，既称"续"而不称"对"，就说明前二句与后二句是意旨相连的整体，而非文辞对仗的上下联句。四句一体，是诗而非联。其次，刘孝绰、刘令娴各自题写的两句，本身也不是十分工整的对联。刘孝绰以"闭门"对"高卧"已十分勉强，而"公卿"则无论如何也对不上"庆吊"。刘令娴续句以"合"字、"生"字收尾，在音韵方面亦不符合对联的平仄要求。由此可见，刘氏兄妹在题句时并未十分注意字词工稳，没有创作对联的主观意识。最后，刘孝绰题门的形式与对联也有差异。从后世相对成熟的对联书写、张挂形式看，联文主要是以成对的纸质、木质、石质载体题镌，再分别悬挂于门户两侧的楹柱上。其上下联字数、尺幅必定相同。左右字迹必定两两相对。刘孝绰题诗的书写格式今已不可考知，但他既然是在门户上题文抒志，当然不会考虑分联张挂的问题，所以行款就未必是一行五字、两行并列。如若不是，那么无论内容如何，至少这段题字在形式上就不是对联。

三、唐敦煌卷子说

谭蝉雪的《我国最早的对联》和张小华的《中国楹联史》皆认为敦煌斯坦因0610卷所载部分文字是中国最早的对联。该文字大约撰作于公元723年左

---

[1] 许理和：《李九功与〈慎思录〉》，载卓新平：《明末清初中西文化交流国际学术研讨会文集》，北京：宗教文化出版社，2003年，第84页。
[2] 谭嗣同：《谭嗣同集·石菊影庐笔识》，长沙：岳麓书社，2012年，第132页。

右，其文如下：

岁日：　三阳始布，四序初开。
　　　　福庆初新，寿禄延长。
又：　　三阳□始，四序来祥。
　　　　福延新日，庆寿无疆。
立春日：铜浑初庆垫，玉律始调阳。
　　　　五福除三祸，万古□（殁）百殃。
　　　　宝鸡能僻（辟）恶，瑞燕解呈祥。
　　　　立春□（著）户上，富贵子孙昌。
又：　　三阳始布，四猛（孟）初开。
　　　　□□故往，逐吉新来。
　　　　年年多庆，月月无灾。
　　　　鸡□辟恶，燕复宜财。
　　　　门神护卫，厉鬼藏埋。
　　　　书门左右，吾傥康哉。[1]

谭蝉雪认为以上文句是楹联的依据有三。其一，时间上吻合，"岁日""立春日"正是我国传统习俗书写楹联的时候。其二，文句对偶，为联句格式。其三，文曰："书门左右，吾傥康哉！"偶句而书写于门之左右者，当为楹联无疑。[2] 此说为对联的判定提供了一定标准，确有道理。但若对该卷文字仔细加以推敲，其内容却与上述标准并不相符。

其一，岁日、立春日固然是书写春联之时，但春日撰写的文字却不一定都是对联，二者并无必然联系。卷子所载的四段文字，第一、第二段都是由四个分句构成的一个整体，第三段有八个分句，第四段更多达十二个分句，其形式明显不同于仅有上下两句的对联，反而更像是古朴的诗体。每段文字前的"岁日""又""立春"字样似为诗歌的题目，对联则无需标注这样的题目。其二，对联必须文句对偶。上述文字中虽然有很多对仗的联句，却也有不少失对之处，比如"福延新日"对不上"庆寿无疆"，"立春著户上"对不上"富贵子孙昌"，"书门左右"对不上"吾傥康哉"。这种情况较为集中地出现在上述

---

[1] 张小华：《中国楹联史》，南京师范大学博士学位论文，2012年，第10页。
[2] 谭蝉雪：《我国最早的对联》，《文史知识》，1991年第4期，第49页。

诗文中,那么无论它含有多少对句,都不能算是严格追求对偶的对联。其三,"书门左右"有两种理解。一是题写于门户之外的左右两侧,二是题写在左右门板上。《立春日》诗既称"著户上",那么题字在门板上的可能性就相对更大一些。这样一来,该文字既非"偶句",也不是写在门之左右的楹柱上,那么"当为楹联无疑"之说就不能成立了。

四、唐灵泉寺题联说

《中国对联集成·湖北卷·江夏分卷》载有初唐李宗道(600年—653年)《题灵泉寺联》一副:"深山窈窕,水流花发泄天机,未许野人问渡;远树苍凉,云起鹤翔含妙理,惟偕骚客搜奇。"[1] 此联意旨高远、音律和谐、文辞精炼、对仗工整,自然是一副佳联。但它是否为李宗道所题,是否能远溯初唐,则尚有可疑可议之处。

首先,从文献依据上看,这一副对联严重缺乏证明材料,流传线索极不清晰,来历十分可疑。今考唐人论著,既未见著录"题灵泉寺联"者,亦无人记述李宗道题联之事。宋明以下传世地方志乘均未见收录。《中国对联集成·湖北卷·江夏分卷》所据,是清代汤铭新所著《灵泉志》。该志共三卷,现仅有抄本藏于湖北省图馆,为海内孤本。[2] 按汤铭新自序,他曾于嘉庆八年(1803年)得《灵泉古志》一部,但残缺不全;又于道光二年(1822年)得《灵泉古志》抄本一部,"自汉唐而宋、而元、而明,凡湖山景色、人物仪容,与夫风俗之美、诗词歌赋之学、往来赠答之章,无不备载"。[3] 汤铭新于是重加校勘订正、注解评释,成书三卷。"题灵泉寺联"就收录于下卷"形势诗章匾对"中。就以上信息分析,汤氏《灵泉志》的底本《古灵泉志》既载有明代之湖光景色、人物仪容,因而成书时间最早不过明代。一副唐人对联,于唐宋时期隐没无闻,于明清时期却突然现身在一部孤行独传的《灵泉志》中,上无所承、旁无佐证,实难据信。

其次,从结构体例的角度看,"题灵泉寺联"也不似初唐作品。事物的发

---

[1] 万立生:《中国对联集成·湖北分卷·江夏卷》,武汉:中共武汉市江夏区委宣传部,2005年,第44页。
[2] 涂明星:《湖北省图书馆馆藏孤本〈灵泉志〉之编纂历程与史料价值》,《中国地方志》,2015年第5期,第48页。
[3] 汤铭新:《灵泉志》叙,湖北省图书馆藏清抄本。

展应遵循由简入繁、由浅至深的渐进规律。如果"题灵泉寺联"果真为李宗道所撰,那么在它之前就应该存在相近而略为简拙的先期作品,稍后则应有相似而稍有进步的后继作品。但实际情况并非如此。与南北朝时期的联句相比,"题灵泉寺联"在体例上并无承续,反而呈现出断裂式的跃进。与其大体同时的唐人对句则不过四字、五字,对仗尚不十分工稳(前文所引敦煌卷子诗句即是如此,且时间晚于"题灵泉寺联"近一百年)。若考虑唐诗中的联句,则有七字相对者;加上骈文,也最多不过由四、六两个分句合成十字,或由四、七两分句合成十一字。"题灵泉寺联"单句有十七字之多,且由三个意旨相关、各有侧重的分句构成。其结构之繁复精妙已远超同侪之上,与明清对联相比亦毫不逊色。这显然违背了初唐时期同类作品的创作规律。

最后,从对联文化的角度看,无论"题灵泉寺联"是否为李宗道所撰,它都只是灵光一现的孤品,不具有文化层面的创始意义。它的出现,不能反映当时当地是否形成了对联创作的风俗传统;它未能流传于世,几乎没有在形式、内容、文化等方面对后世对联的撰写造成任何影响。它伏藏千年、一朝现世,对联文化史并不会因之而改变。相关研究还需要更鲜活的材料作为支撑。

五、孟蜀桃符说

宋黄休复《茅亭客话》载:

先是,蜀主每岁除日,诸宫门各给桃符一对,俾题"元亨利贞"四字。时伪太子以善书札,选本宫策勋府桃符,亲自题曰"天垂余庆,地接长春"八字,以为词翰之美也。[1]

张唐英《蜀梼杌》亦载:

蜀未亡前一年,岁除日,昶令学士辛寅逊题桃符板于寝门,以其词工,昶命笔自题云:"新年纳余庆,嘉节贺长春。"蜀平,朝廷以吕余庆知成都,长春乃太祖诞圣节名也。[2]

两则材料时间相近,所记为同一事件,但表述又略有差异,说明它们有不同的史料来源,正可相互参看。时代稍后的《宋朝事实》和《宋史》也记载

---

[1] 黄休复:《茅亭客话》卷一"蜀先兆",北京:中华书局,1991年,第1页。
[2] 张唐英:《蜀梼杌》卷下,北京:中华书局,1985年,第26页。

了此事：

  每岁除，命学士为词，题桃符，置寝门左右。末年，学士辛寅逊撰词，以其非工，昶自命笔题云："新年纳余庆，嘉节号长春。"昶以其年正月十一日降，太祖命吕余庆知成都，而"长春"乃太祖诞圣节名也。[1]

  每岁除日，命翰林为词题桃符，正旦置门左右。末年，学士辛寅逊撰词，昶以其非工，自命笔题云："新年纳余庆，嘉节号长春。"昶以其年正月降王师，即命吕余庆知成都府，而"长春"乃太祖诞圣节名也。[2]

  综合以上材料，"新年嘉节联"的主要信息已得到清晰的呈现：

  第一，在内容方面，该联对仗工整，上下两联单字、词组、整句皆能一一照应，浑然天成，符合对联撰写规范。但是全联只有十字，语意相对浅近直白，音韵方面更存在着平仄不协的问题，这恰好反映了对联初创时期的特点——首先达成最直观的文字对仗目标，还未能细致雕琢意旨音律。

  第二，在书写张挂方式上，"新年嘉节联"完全符合后世规范，甚至可以说是订立了通行的对联题挂标准。创联之先，蜀宫旧例是张挂桃符"一对"；题联之时，学士辛寅逊是"题桃符板"；书联之后，孟昶又命人将桃符"置门左右"。这就说明，该联是特定书写在两块木板上，并将木板置于门边左右楹柱，与前人偶然性地"题门"实不相同。

  第三，"新年嘉节联"的出现不是偶然的，它有着深厚的文化积累。前后蜀两朝向来以文雅好艺著称，唯其如此，孟蜀宫中才会有桃符题字的传统；也才会在此基础上衍生出太子题书，学士、皇帝撰联的雅事。在成都文化文雅精神的长期浸润下，文化演进、对联创始的主线有迹可循。

  第四，"新年嘉节联"不仅仅是纯粹的文学作品，它还与多种要素交汇，极大丰富了对联文化的内涵。孟昶在鉴赏对联时，首先考虑"工"与"非工"，这当然是从文学角度对词旨、修辞、意境提出的要求。蜀宫对联总在"每岁除日"题写，说明它已经形成了固定的程式，成为除夕元日系列活动的一个组成部分。蜀太子因"善书"而亲题桃符，进而衍生出"新年嘉节联"，其中明确包含了书法元素。孟昶将题写好的对联安置在寝门左右，自然是为了随时欣赏品鉴，对联在传统建筑装饰美学中的积极作用也得到彰显。"新年嘉节联"往

---

[1] 李攸：《宋朝事实》卷十七，北京：中华书局，1955年，第269页。

[2] 《宋史》卷六十六《五行》，北京：中华书局，1977年，第1446页。

往又被视为谶语,因其中"长春"是宋太祖诞圣节名,"余庆"是宋灭蜀后的首任知府名,联文已发孟蜀亡国先音。从这一角度解读,该对联又具有信仰寄托的精神寓意。综合了这些要素的"新年嘉节联",从诞生之日起就是多种文化的具象代表,这与之前的各种对句诗文实不相同。

第五,"新年嘉节联"成功流传于后世,持续影响着对联文化的发展。赵宋灭蜀,蜀中词臣艺客流落开封者极多,他们对蜀宫题符书联之事应当记忆犹新。宋元时期,《宋史》《蜀梼杌》《宋朝事实》《茅亭客话》等正史、杂史、笔记刻版传世,它们都详细记载了孟蜀创联的原委。既然耆旧、文献俱存,那么"新年嘉节联"的渊源、形式、内容以及它所承载的文化元素就有可能得到有效传承,进而影响宋代以后对联的创作和演化。从这个角度讲,"新年嘉节联"也是第一副具有文化传播意义的对联。

综观以上诸说中的"对联",唯有孟昶"新年嘉节联"既符合对联撰写基本范式,又符合学术发展一般规律;既有文献证据支撑,又有丰富的文化意蕴。纪昀品评四库群书,称"楹帖始于桃符,蜀孟昶'余庆''长春'一联为最古";梁章钜踵武其师,亦赞该联"实后来楹帖之权舆",[1] 洵为灼见。以诞生于孟蜀宫中的"新年嘉节联"为据,成都确实是当之无愧的对联文化发源地。

第二节　成都是对联文化的兴盛地

孟蜀题符,对联肇始,在成都文化史上留下了浓墨重彩的一笔。自此之后,对联文化还在成都继续发展、繁荣,一系列有代表性的指标、作品、事件集中彰显了此地对联文化之盛。

一、传世数量多

成都盛产对联,据不完全统计,由孟蜀至今,见于名胜古迹、市井街巷、文人雅集、地方志乘而可确知其内容的成都对联在4000副以上;曾经产

---

[1] 梁章钜:《楹联丛话》卷一,北京:中华书局,1987年,第9页。

生而最终湮没无闻的对联作品更不可胜计，或当在万副以上。[1]《名联鉴赏辞典》按省区对各地、市名胜对联进行了疏理评介。其中，杭州对联入选最多，为68副；其次即为成都，有44副；以下分别为北京36副、苏州34副、上海27副、南京27副、扬州26副……[2]再者，《中国名胜楹联注释》一书也做了类似的区分梳理。按该书进行统计，杭州地区的名胜对联收录量最大，其次为北京地区，再次则为成都地区。在这份不太严谨的统计中，仅成都一地的名联入选量就超越了河北、山西、江西、河南等省，而与安徽、福建、山东、湖北等地全省数量相当。[3]此外，《中华对联艺术》一书按省收录名胜对联，四川被收录的对联为79副，略少于江苏省（89副）而多于浙江（78副）、河南（33副）、湖南（29副）、安徽（25副）、北京（24副）、云南（23副）。而在四川省各市州中，又以成都对联被收录者最多。[4]从以上数据统计中，可以看出成都对联创作力之强，传世作品之多。

二、名联影响大

随着对联文化在明清时期逐渐兴盛，[5]也有众多成都作者撰写或客籍文人题写于成都的名联问世。

---

[1] 这是一个非常保守的统计数字。据本课题组实地调研，仅在成都市老城区内（以清代成都老城墙范围为界，大至相当于府河、南河、西郊河所围区域），就张挂有历史遗存、现代新创的对联300余副。按目前版行的主要对联词典、笔记、资料汇编进行点计，那么成都历史上产生的对联应当不低于4000副。受见闻、精力所限，这一统计还十分粗疏。若考虑更广泛的历史文献记载以及老城区以外众多街巷的实地张挂情况，则可获知具体内容的成都对联应不止于万副。详细统计数据见后文。
[2] 苏渊雷：《名联鉴赏辞典》，上海：上海辞书出版社，2012年。
[3] 周渊龙：《中国名胜楹联注释》，北京：光明日报出版社，1986年。
[4] 胡会云：《中华对联艺术》，杭州：浙江摄影出版社，2008年。
[5] 有关对联兴盛的具体时间，谢稚柳称："看来要在明万历以后。"顾平旦称："明代中叶又是对联兴盛的时候。"二说基本一致。曾成实则认为："对联在清代达到鼎盛。"宋乃忠等称："对联兴盛于明清两代。"综合以上各说，我们认为对联文化应当初盛于明中叶，极盛于清。谢稚柳：《历代名人楹联墨迹序》，载汪文娟主编：《历代名人楹联墨迹》，上海：上海人民美术出版社，1991年，第1页；顾平旦、曾保泉主编：《对联欣赏》，北京：文化艺术出版社，1982年，第94页；曾成实：《书法鉴赏》，长沙：中南大学出版社，2016年，第73页；宋乃忠、常原生：《晋祠匾联诗文选析》，太原：山西人民出版社，2012年，第2页。

第一章　情连天府：成都与对联

1. 云南巍山元觉寺联

今日云南省巍山县文化馆珍藏有木刻楹联一副，题曰：

一水抱孤城，烟纱有无，主杖僧归苍莽外；
群峰朝叠阁，雨晴浓淡，倚栏人在画图中。

此联最初张挂于巍山元觉寺真如殿，是明代新都状元杨慎（字升庵）为该寺所撰，题写时间在嘉靖朝，"为云南现存最古的木刻楹联实物"。[1]实际上，不仅是在云南，即便放眼全国，此联也是现存较早的传世对联实物。

关于今日所见最早的对联实物，目前有三种比较流行的说法。一种说法认为明人徐渭在万历元年（1573年）撰成的"水夕苍蚊残夏扇，河间红树早秋犁"一联是"现存最早的对联实物"。[2]第二种说法源自1986年福建茶园山宋墓出土的一批幡帛。这批幡帛上书有联文："铜竹昔时膺凤诏，风云他日趣鳌头""军民上下咸思德，赏罚分明善用人""正直忠良摩万世，宽仁骨鲠劳三军"等等。幡上另有"端平乙未"（1235年）标记。端平为宋理宗年号，时间较万历为早，故有学者推断这是"迄今发现的中国最早的挽联，也是中国最早的实物对联"。[3]第三种说法指出，"国内迄今发现最早的对联实物"，是留存于广西桂林普陀山岩壁的一副对联："安分身无辱，知几心自闲"。[4]该联题款为"淳熙乙巳"（1185年），自然又比端平幡帛联更早。

将杨慎题巍山元觉寺联与上述三联进行对比，它比徐渭联、万历联产生时间略早，反映了明代中期的对联撰写实况；它是传世作品而非出土文物，故而比宋墓幡帛联更能代表早期对联的流传情况；它是木刻对联，具有张挂、展示的功能，比普陀山岩壁联更能体现出对联的文化要素。所以，杨慎题巍山元觉寺联在对联文化史上也就产生了更大的影响。在杨慎题联之后，昆明华亭寺转录该联而略改其辞为：

一水抱城西，烟霭有无，挂杖僧归苍茫外；
群峰朝阁下，雨晴浓淡，倚栏人在画图中。[5]

---

[1] 冯修齐：《新都楹联》，成都：四川人民出版社，2001年，第265页。
[2] 吴晓明：《卷轴书法形制源流考述》，上海：上海社会科学院出版社，2012年，第176页。
[3] 李文郑：《对联入门》，杭州：浙江古籍出版社，2012年，第6页。
[4] 颜邦英：《桂林之最》，桂林：漓江出版社，2001年，第118页。
[5] 陈家铨选注：《历代名人楹联》，成都：巴蜀书社，1989年，第10-11页。

这一副由清人王白纯补书的对联为了契合昆明西山、滇池的自然风貌，特意变"孤城"为"城西"，"叠阁"为"阁下"，"烟绔"为"烟霭"，又更换原联"主杖"为"柱杖"，"苍莽"为"苍茫"，但其基本内容、主体构思、思想意境仍然沿袭了杨慎原联之旧。[1] 这类依托题巍山元觉寺联而稍稍改易其辞的对联还出现了很多，如民国初年九江人张希之改联：

一水抱城南，烟霭有无，归舟渔唱苍茫里；
双峰插天际，雨晴浓淡，倚栏人在画图中。[2]

成都市蒲江县飞仙阁大门联：

一阁凌虚，烟霭有无，跨鹤翁归苍茫外；
两湖迭翠，雨晴浓淡，泛舟人在画图中。[3]

今人黄友富题万杉寺联：

一水绕山南，烟霭有无，柱杖僧归苍茫外；
万杉朝阁下，雨晴浓淡，倚楼人在图画中。[4]

福建福鼎栖林寺联：

倦鸟下寒林，烟霭有无，飞锡僧归苍茫外；
昭明开夕照，雨晴浓淡，倚筇人在画图中。[5]

以上诸联，内容、文辞、语序各有差异，但都脱胎于杨慎原作，在句式、结构上与之保持一致，则一望可知。杨慎为元觉寺题联距今已近五百年，但时至今日，全国各地仍有众多名胜对联祖述巍山，可见其持久而深远的影响力。

---

[1] 除云南昆明华亭寺外，今日升庵故里成都新都区重建挹锦楼，也题挂了这副改动后的对联，可见其深远影响。详见冯修齐：《新都楹联》，成都：四川人民出版社，2001年，第31页。
[2] 钟仁，章樾：《中国名胜对联》，太原：山西教育出版社，1986年，第429页。
[3] 四川省楹联学会，成都市楹联学会，成都市群众艺术馆：《成都名胜楹联》，成都：四川人民出版社，1990年，第207-208页。
[4] 刘太品：《中国楹联二十年作品精选》，香港：诗联文化出版社，2004年，第619页。
[5]《福鼎文史资料》第四辑，福鼎：中国人民政治协商会议福建省福鼎县委员会文史工作组，1985年，第105页。

2. "攻心联"

巍山元觉寺联是明代成都文化名人杨慎在云南题写的作品,"攻心联"则是清末云南文化名人赵藩在成都题写的对联:

> 能攻心则反侧自消,从古知兵非好战;
> 不审势即宽严皆误,后来治蜀要深思。[1]

"攻心联"不仅再次体现了四川与云南之间的文化交流,更使成都对联文化名扬海内外。

首先,该联是成都三国文化与对联文化的有机结合,二者相辅相成、相得益彰,影响深远。众所周知,"攻心联"是赵藩为讽谏四川总督岑春煊而作,引诸葛亮南征、治蜀事为喻,后又悬挂于成都武侯祠诸葛亮殿前,因而"三国蜀汉""诸葛亮"就成为这副对联最醒目的标签。长期以来,三国人物、故事一直在民间广为流传。特别是作为三国"主角"的诸葛亮,无论是史传中的名臣名相形象,还是小说戏曲中的智慧化身形象,都可谓是家喻户晓、妇孺皆知。"攻心联"由诸葛亮入手,以武侯祠为依托,在三国文化的协辅下名声日广,也就借势宣传了成都对联,强化了世人对成都对联文化的认可程度。

其次,"攻心联"以"治蜀"为核心词,通过对联形式集中反映蜀地历史文化特色与成都城市文化特质,受到广泛关注。三国时期,以成都为中心的蜀汉偏居一隅、汉夷杂处。刘氏政权迫切需要维护统治秩序,协调整合地方文化。清末赵藩佐岑春煊督川,同样也面临着上述问题。这是由蜀地历史、民族、地理、文化格局所决定的。诸葛亮创造性地以"攻心""审势"为切入点,以"和"为终极追求,"用心平而劝戒明",[2] 充分体现了成都城市文化创新、包容的智慧;赵藩将其融入"攻心联",又是对成都文化历史要素的概括提炼、传承创新,从那时起,"攻心联"就成为成都对联文化的一个具象代表,得到了关心蜀地治理、关心地域文化的有识之士的密切关注。

最后,"攻心联"蕴含的思想价值历久弥新,在不同时期都具有积极的时代意义,影响持续扩大。"攻心联"总结了蜀中政权的政治经验教训,"联文中'不审势'主要指蜀汉集团始终坚持的'兴复汉室'的国策,'宽'指汉末西

---

[1] 成都市武侯祠文管所.《成都武侯祠匾额对联注释》,成都:成都市武侯祠文管所,1981年,第14页。
[2] 陈寿:《三国志》卷三十五《诸葛亮传》,北京:中华书局,1959年,第934页。

蜀刘璋政权对土著豪族的政策，'严'指蜀汉政权对土著豪族的政策，'皆误'指他们因此先后失败。"[1] 同时，联文还体现了"永久的哲学魅力"，"即事物两极的互相对立又互相转化的辩证关系。'宽'与'严'、'攻心'与'好战'同属两个极端，就看你如何审时度势，使矛盾着的双方向有利的方面转化而不是激化。就这一点而言，有其普遍的规律性。今天仍可普遍地适用。"[2] 事实上，"攻心联"确实引起了国家领导人的高度重视。20世纪70年代初期，此联因受到"毛泽东的赞赏，并把它推荐给新任四川省委书记刘兴元而声名鹊起"；而邓小平也认为"武侯祠中的对联，还是赵藩的两副对联——'攻心联'和'时艰每念联'较好"。[3] 来自伟大政治家的积极评价，当然会进一步彰显"攻心联"的当代价值。

3. 何绍基题成都杜甫草堂联

今日成都杜甫草堂博物馆内收藏有清末四川学政何绍基撰题的名联一副，为该馆镇馆之宝：

> 锦水春风公占却；
> 草堂人日我归来。

联文旁复有小字题识："咸丰甲寅人日由果州暂回省署次杜工部祠题此。"[4] 此联问世时间不长（咸丰甲寅为1854年，距今不足200年），但却依托诗圣草堂，将文学与风俗，将成都城市文化的雅与俗熔粹于一炉，尽显成都风韵，故而名动天下。

联中的"人日"，是农历正月初七。[5] 巴蜀大地旧有人日出游、赏梅、吟唱竹枝的传统。唐时杜甫流寓成都，常与蜀州刺史高适诗文唱和。高适曾于上元二年（761年）正月初七题诗寄赠杜甫："人日题诗寄草堂，遥怜故人思故

---

[1] 罗开玉：《成都武侯祠"攻心"联再研究》，《四川文物》，2001年第5期，第3页。
[2] 张长：《"攻心联"的两面》，载张勇：《赵藩纪念文集》，昆明：云南美术出版社，2004年，第77页。
[3] 伍松侨：《天下古成都》，成都：四川人民出版社，2014年，第117页。
[4] 王驰：《中国楹联鉴赏辞典》，长沙：湖南文艺出版社，1991年，第165页。
[5] 一般认为"人日"之说始见于《北史·魏收传》，魏收引晋议郎董勋《答问礼俗》："正月一日为鸡，二日为狗，三日为猪，四日为羊，五日为牛，六日为马，七日为人。"可见"人日"风俗由来已久。《北史》卷五十六《魏收传》，北京：中华书局，1974年，第2028页。

乡。"(《人日寄杜二拾遗》)[1]。后高适亡故，杜甫又题诗追忆："自蒙蜀州人日作，不意清诗久零落。"(《追酬故高蜀州人日见寄》)。[2] 从此，高、杜人日唱和传为诗坛佳话。至杜甫辞世后，"文人墨客于每年'人日'云集草堂，挥毫吟唱、凭吊诗人""就成了成都的风俗"。[3] 至此，"人日唱竹枝""人日赏梅"和"人日思杜"三源交汇，形成了一个"充满深刻文化内涵的丰富载体"，它"是古巴蜀文明、隋唐文明以及这以后的中国文明的某些断面在流寓蜀中的伟大现实主义诗人杜甫身上的交汇"，"从他客居成都地区的知识阶层中渐扩展至整个成都民间，并被最终赋予新的内容和意义"。[4] 这种由知识阶层走向民间，将大雅与通俗相交融，在广阔的社会舞台中不断发展演进的地方文化风俗，正是成都文化风雅魅力的生动体现。

至咸丰年间，何绍基主川省学政，以一副对联高度凝练"锦水春风"之文韵、"草堂人日"之风雅，不仅远绍高、杜唱和之风，更对人日集会游赏之俗有所推助。自此之后，成都人日游草堂之风愈发兴盛，从晚清一直流传至今。[5]1992 年后，成都杜甫草堂博物馆开始固定举办"人日"祭祀活动，将新春诗会与祭拜杜甫的专题活动相结合，受到社会各界高度关注。[6] 何绍基"锦水春风"联也在这一类的大型活动中被当代人所熟知。

以上三副名联，或被反复模拟，或受到高度肯定，或与成都地方风俗文化协同，从不同角度反映了成都名联在对联文化史上的巨大影响。以它们为代表，成都名联迭见，对联创作日趋繁荣。

三、长联成就高

长联，简单说就是字数多、篇幅长的对联。它"意旨深宏，情趣卓然"，

---

[1] 谢楚发译注：《高适岑参诗选译》，成都：巴蜀书社，1991 年，第 112 页。
[2] 仇兆鳌：《杜诗详注》卷二十三，北京：中华书局，1979 年，第 2039 页。
[3] 李栋：《语词缘起大观》，合肥：黄山书社，2007 年，第 374 页。
[4] 屈小强：《"人日游草堂"风俗考》，《四川文物》，1990 年第 2 期，第 63-64 页。
[5] 范建华：《中华节庆辞典》，昆明：云南美术出版社，2012 年，第 401 页。
[6] 如 2017 年 2 月 3 日，丁酉年"人日游草堂"祭拜诗圣仪式暨"草堂唱和"新春诗会在成都杜甫草堂博物馆大雅堂前举行。四川省杜甫学会专家学者、省内各私人博物馆代表、著名诗人、社会各界群众以及媒体记者参加了此次活动。《中国博物馆通讯》刊载了相关报道文章。杜甫草堂博物馆：《成都杜甫草堂博物馆举行丁酉年"人日游草堂"祭拜诗圣仪式暨"草堂唱和"新春诗会》，《中国博物馆通讯》，2017 年第 2 期，第 14 页。

"容量大，可以表现十分复杂的思想内容，是楹联中的大制作"。[1] 正因如此，题写长联往往要求创作者熟谙历史典故、精于遣词造句，视野开阔，气象博大。由此产生的作品，堪称是对联中的精华。以一人、一地而论，长联的数量、成就也能在一定程度上反映其对联创作水平。

成都长联，举世知名。20世纪末，文化界流传着"八大长联"之名目。该说涉及1980年以前行世的八副著名长联，以字数多寡为序排列如下：

拟题江津县临江城楼长联，钟云舫撰，全联1612字；

屈原湘妃祠联，张之洞撰，全联406字；

四川都江堰青城山山门长联，李善济撰，全联394字；

湖北省武汉黄鹤楼长联，潘耕甫撰，全联350字；

挽孙中山长联，李大钊撰，全联212字；

四川成都望江楼崇丽阁长联，钟云舫撰，全联212字；

云南省昆明大观楼长联，孙髯翁撰，全联180字；

贵州省贵阳甲秀楼长联，刘春霖撰，全联174字。[2]

上述诸联中，"拟题江津县临江城楼长联"是钟云舫被囚成都时所作；"青城山山门长联""望江楼崇丽阁长联"则分别张挂于两处成都名胜之上。"八大长联"，成都已占其三。[3] 近年来，又有楹联爱好者利用互联网渠道重新梳理存世对联，提出了"十大长联"之说，在原有"八大长联"的基础上去除李大钊"挽孙中山长联"，补入钟云舫撰"六十寿诞自题长联"（829字）、今人李爱歧撰"长沙天心阁楹联"（348字）、吕世军撰"湖南桃花源桃川宫楹联"（220字）。据此点计，成都长联也占了四成。

1. 崇丽阁长联

钟祖芬（1847年—1911年），字云舫，清末四川江津人，禀生，号铮铮居士、振振堂主人，精通诗文，长于对联，尤擅长联，有"长联圣手"之誉。

---

[1] 季世昌，朱净之：《楹联知识手册》，北京：商务印书馆，2013年，第304页。

[2] 许文安：《知识集粹》，北京：昆仑出版社，1989年，第172-173页；朱发平：《中国国情知识小百科》，重庆：重庆出版社，1995年，第293-294页。

[3] 关于"八大长联"尚有另外一种说法：昆明大观楼联（180字）、杭州彭玉麟祠联（316字）、常熟"揖陶梦梨拜石耕烟室主"挽恋人联（334字）、武汉黄鹤楼联（350字）、长沙天心阁联（348字）、灌县青城山门联（394字）、屈原湘妃祠联（406字缺16字）、江津临江城楼联（1612字）。若按此说，则成都入选两副，也占到了四分之一。获苇编：《联谭辑览》，徐州：中国矿业大学出版社，1997年，第302-303页。

第一章　情连天府：成都与对联

其《振振堂联稿》收录了1850余副对联。这尚且只是他一生作品的半数。由此可见钟云舫强大的创作能力。光绪二十八年（1902年），江津大旱，知府振济无方却又加租加征，致使民怨沸腾。钟云舫响应本县士绅号召，草拟诉状上告，因而得罪当路。次年，钟云舫遭诬告入狱，解赴省城，出狱后又在成都寄居多时。在此期间，他先后创作了"题崇丽阁联""拟题江津县临江城楼联""六十寿诞自题联"等三副长联代表作。

"题崇丽阁联"原名"题锦城江楼"，是钟云舫即景抒情之作：

几层楼，独撑东面峰，统近水遥山，供张画谱。聚葱岭雪，散白河烟，烘丹景霞，染青衣雾。时而诗人吊古，时而猛士筹边，只可怜花蕊凋零，早埋了春闺宝镜；枇杷寂寞，空留着绿野香坟。对此茫茫，百感交集。笑憨蝴蝶，总贪恋醉梦乡中。试从绝顶高呼，问问问，这半江月属谁家物？

千年事，屡换西川局，尽鸿篇巨制，装演英雄。跃岗上龙，殒坡前凤，卧关下虎，鸣井底蛙。忽然铁马金戈，忽然银笙玉笛，倒不若长歌短赋，抛洒些闲恨闲愁；曲槛回廊，消受得好风好雨。嗟余蹙蹙，四海无归，跳死猢狲，终落在乾坤套里。且向危梯频首，看看看，哪一块云是我的天。[1]

全联212字，视野开阔，格局高远，情感充沛，一气呵成。成都之山川风物、历史人文、风流雅事俱会此间。上联从写景入手，纵想置身锦江楼上，遥望龙门（葱岭）、丹景，远眺白河、青江，见如画江山，发怀古幽情，感慨诗人、猛士、娇妃、才女皆已凋零。下联由史事开篇，回首成都千年往事，见良相、谋臣、壮士、霸主纷纷登场，时而烽烟四起，时而歌舞升平，风云变幻，纷挠不息。最终上下联都转入抒情，浩叹四海茫茫，无所归止，表达了"一个心怀忧情的知识分子的愤懑"，[2]同时也"流露出一种玩世不恭、超然物外的消沉、颓废的情绪"、[3]这种情绪的表露与钟云舫个人经历相关，无足深罪，但联文内容本身却是对成都城市文化的一次精彩呈现。其后该联就长期张挂于成都望江楼崇丽阁（今日该处悬挂的对联实物为中国楹联学会会长魏传统补书），名楼与名联交相辉映，共同装点着这处文化圣地。

---

[1] 杨启华：《联圣钟云舫对联五百副》，重庆：重庆出版社，2005年，第23页。
[2] 陈从周：《中国园林鉴赏辞典》，上海：华东师范大学出版社，2001年，第404页。
[3] 杨晓光：《古今名联巧对楹贴佳话》，长春：时代文艺出版社，1985年，第293页。

2. 拟题江津县临江城楼联

此联是钟云舫身在狱中时"以泪和墨，以血染纸"而作。当时钟云舫既已遭"飞来冤祸""痛敝心肝"，故"藉此搜索枯肠，欲不以冤情撄念"。文字创作实为排忧遣怀，正是要"以长制胜"，故而有此空前之作：

地当扼泸渝控涪合之冲，接滇黔通藏卫之隘，四顾葱葱郁郁，俱围入画江城。看南倚艾村，北寨莲盖，西撑鹤岭，东敞牛栏。焰纵横草木烟云，尽供给骚坛品料。欹斜栋楠，经枝梧魏晋隋唐。仰睇骇穹墟，缊鬼宿间，矮堞颓堙，均仗着妖群祟伙。只金瓯巩固，须防劫火蕾腾；范冶炉锤，偏妄遒盲捶瞎打。功名厄运数也？运数厄功名也？对兹浑浑茫茫，无岸无边，究沦溺衣冠几许！登斯楼也、羽者、齿者、嬴者、介者、胆臆鸣者、旁侧行者、忿翅抉抢、喜啮攫扪者，迎潮竭竭趋去，拂潮竭竭趋来，厘然全集，而乌兔撼胸。掷目空空，拍浪汹汹，拿橹嘡嘡，抓鼓冬冬。誓以霹雳，骤以丰隆。溯岷蟠蜿蜒根源，庶畅泻波澜壮阔襟怀耳！试想想还榛朴噩，俄焉狂荡干戈；吴楚睢盱，俄焉汪洋散冕；侏离腾踔，俄焉渺漾球图。谓元黄伎俩蹊跷，怎匡怯謷謷怒眼。环佩铿锵之日，盈廷济济伊周，忽喇喇掀转鸿钧，溪谷淋漓膏液，蛮氓则咆哮虓虎，公卿则谨视幺豚，熊黑鹅鹳韬钤，件件恃苍羲定策。迨榍枪扫净，奎璧辉煌，复纱帽下瘫瞌睡虫，太仓里营狡猾鼠，毛锥子乏食肉相，岂堪甘脆肥脓？怠踹踏凤凰台，蹂躏鹦鹉洲，距踊麒麟阁，鞋尖略踢，惨鸡肋虔奉尊拳，喑恶叱咤之音，焰闪胭脂舌矣。已矣！余祈蜕变巴蛇矣！斑斑俊物，孰抗逆齰欻凶麟？设怒煽支祁，例纠率魑魅魍魉；苟缺锯牙钩爪，虽宣尼亦慑桓魋，这世界非初世界矣！爰悄悄上排阊阖，沥诉牢愆，既叨和气氤氲，曰父曰母，巽股艮趾，举钦承易简知能。胡觇轴折枢摧，又媢儿孙显赫，未容咳笑，先迫号咷，恪循板板规模，诸任雷霆粗莽。稽首，稽首，稽首，吁侬恩派归甲族，侣伴虾蝤，泡响昙嘘，尚诩蜉蝣光采；闷缘香藻，喧喤闹铁板铜琶。快聆梅花，潇洒妖琼萧玉笛。疏疏暮苇，瀛寰隔白露蒹葭。嗟嗟！校序党庠，直拘辱土林羑里。透参妙旨，处处睹鱼跃鸢飞。嗜欲阵迷不着痴女呆男。撞破天关，遮莫使忧患撩人人撩忧患。憒懂自吉，伶俐自凶，脂粉可乱糊涂，乔妆作丑末须髯。彼愈肮脏，俺愈邋遢，讪骂大家讪骂。某本吟僧一个，无端堕向泥犁。恰寻此高配摘星，丽逾结绮，咬些霜咽些雪，俾志趣晶莹，附舟楫帆樯，晃朗虑周八极。听，听，听，村晴莺啭，汀晚鸥哗，那是咱活活泼泼、悠悠扬扬的

第一章　情连天府：成都与对联

性。久坐，久坐，计浊骸允该抛弃，等候半池涨落，拣津汁秘诀揉挦，挦至乳洽胶溶，缩成寸短灵苗，妪煦麂卵，倏幻改绀发珠眸，远从三百六度中，握斧施斤，与渠镌团囷没窍混沌。

蒙有倾淮渍溢沪渎之泪，堆衡岳压泰岱之愁，满腔怪怪奇奇，悉属戕心涕泗。念蚕凫启土，刘孟膺符，轼辙挥毫，马扬弄墨。泄涓滴文章勋绩，遂销残益部箐华。逼狭河山，怎孕育皋夔契稷？俯吟欹剑栈，除拾遗外，郊寒岛瘦，总凄煞峡鸟巫猿。故卧龙驰驱，终让井蛙福泽，阴阳罗网，惯欺凌渴鲋饥鹏。英雄造时势耶？时势造英雄耶？为问滔滔汩汩，匪朝匪夕，要漂零萍梗何乡？涉臣川耶！恍兮、惚兮、凛兮、冽兮、窔㝱洞兮、突旋涡兮、迤逦欧亚，辽夐奥非兮，帝国务壅民愚，阿国务牖民智，奋欲乘桴，而羿羿掣楫，履砅业业，褰裳惕惕，触礁虩虩，擎舵默默。动其进机，静其止屈。薮渐派潢污行潦，谁拔尔抑塞磕砢才猷乎？叹区区锤凿崔巍，夸甚五丁手段；组织仁义，夸甚费蒋丝纶；抽玩爻占，夸甚谯程卜筮。在冈底峥嵘脉络，应多少豪杰诞身。沱潜澎湃之余，依旧荒荒巢燧，应苦苦追踪盘古，弹丸摭拓封疆。累赘了将军断头，凄怆了苌宏葬碧，礼乐兵农治谱，纷纷把尧舜效尤。及湿濑轰平，黎邛顺轨，第薛蕊代芙蓉增色，杜鹃伏丛棘呼冤，峨眉秀鲜桢干才，勉取賨毡潼布。反猢狲美面具，豺狼巧指臂，狮狻盛威仪，口沫微霏，统犍叙胃惊灭顶。锦纨缂缫之服，宁称穷措体哉？伤哉！予安获贡蜀产哉？嶪嶪巉岩，类钟毓嶙峋傲骨。即肖形凹凸，早薅恼邑贵朝官。假饶赤仄紫标，虽盗跖犹贤柳惠。素贫贱弗终贫贱哉！冀缓缓私赴泉宫，缴还躯壳，诳说神州缥缈，宜佛宜仙，虹彩霓辉，都较胜幽冥黑暗。讵识铅腥锡臊，遍令震旦祧禡。甫卸翳胞，遽烦汤饼。愧悔昏昏曩昔，泣求包老轮回。菩提，菩提，菩提，愿今番褪脱皮囊；胚胎蝼蚁，堂砌殿穴，永教宗社绵延；虮脑虱肝，垂拱萃蟭螟胮蚃，蚊眉蜗角，挤肩拥蛮蜀舻舣。小小旄檀，妻妾恣红尘梦寐。噫噫！牂牁棘道，乃羁留逐客夜郎。种杂獐猱，喷喷厌鸦啼鸥叫。丘索坟埋不尽酸酱醋酪，猜完哑谜，毕竟是聪明误我我误聪明。宇宙忒宽，瞳眶忒窄，精魂已所修炼，特辜负爹娘鞠抚。受他血肉，偿他髑髅。浮沉乐与浮沉。孽由酷滥九经，始畀投生徽裔。且趁兹沙澄洗髓，渚潋涮肠，唏点月哦点风，倩酒杯斟酌，就诗歌辞赋，权谋站住千秋。瞧、瞧、瞧、蓼瘆砧敲，荷瘫桨荡，却似仆凄凄恻恻、漂漂泊泊的情。勿慌！勿慌！量蓝蔚隐蓄慈悲，聊凭双阙梯崇，望银涛放声痛哭，哭到海枯石烂,激出丈长鼻腻,掬付龟鳌,嘱稳护方壶圆峤,近约十二万年后,跟踪躐迹,眠侬斫玲珑别式乾坤。[1]

此联轩昂激愤,纵横千里。游思所及,几于不可收束。全联字数多、规模大,近似一篇散文,"一气呵成,写景、论史、述怀融为一体,光怪陆离,堪称鸿篇巨制。它既表达了作者心中的积怨,又揭露了时政的黑暗。读来令人折服,令人同情,令人愤慨。"[2]

3. 六十寿诞自题联

钟云舫三副代表性长联的第三副,是"六十自寿联":

六十年,东碰西撞,误落乾坤圈套。乱烘烘,叠床梦,急抢抢,架肩愁。遍三川草木烟霞,滴滴皆啼痕血迹。长歌代哭,猛惊姬蹶嬴颠;短笛助讴,痛写刘聋赵瞶。嘈嘈廿七史,阿孰算个男儿?意岳粹嵩华,安肯漫钟贤秀。将上马杀贼,下马作檄,开拓往哲之心胸,推倒亚洲之豪杰。岂料文章贾祸,魍魉兴波。即兹傲骨刚肠,早冲犯着奎宿仇星,薅恼着孔兄丑脸。毁者、誉者、诅者、祝者、投石者、设饵者、颂项诗者、御鲁国者,悠悠众口,鲜定评也。而进蹑网罗,退蹊坎壈。无端囚戮管仲,无端谤辱宣尼。懵懂之条科,恁般颠顸。提起我半生鲋辙,历历怆怀。这满腔义胆忠肝,都付与狼吞犬噬。只筵间酒、镜边花、碗底肥鲈、盘中瘦鹿,还值得浓餐淡饮,浅唱低斟。好福泽需好精神,奈壮与久受磨砻。浩劫毓奇才,奇才动遭浩劫。已矣!吾其伴赤松子游矣。悔韶龄酷嗜简篇,便欲支撑宇宙。至今日筋疲脑碎,斗末跳毙猢狲。髭髻飘霜,干彻什么经济?罢罢罢!从此卷旗收伞,要利刀阔斧,斫尽情根,秘诀灵符,消除慧业。把些嫠妇恤,杞人忧,团体欷、同胞叹,掷抛向缥缈虚空。第取一件衣,一盂粥,保护皮囊。那富贵功名,总属贪嗔痴妄。黄粱熟、黑种滋,问间常喜怒悲欢,为的是谁家世界?拥被窝,呵呵窃笑,自笑某辛辛苦苦,碌碌忙忙。做了吃书蠹,毙了钻纸蚊,狂了采蜜蜂,疯了闹山鹊。

二万里,南遛北鞑,割残周径球图。霹雳炸,铜铁炎,水火驰,轻养骤。听盈庭纂组锦绣,嘟嘟说杜断房谋。裂指叩阶,夸诩擎天手段。咬牙变法,矜持补衮金针。缕缕数千言,非咱难争霸局。谅蟥哄蜩斗,乌能抵抗斾

---

[1] 杨启华:《联圣钟云舫对联五百副》,重庆:重庆出版社,2005年,第26-30页。
[2] 唐子畏:《历代名人名联鉴赏》,长沙:岳麓书社,2007年,第304页。

氃。须左挟虬龙,右挟蛟蟒,仗钺擎擎之窟穴,请缨椎髻之殿庭。宁知压力弗遒,风潮忒逆。就论声光气电,仅剿袭点欧罗糟粕,咀嚼点新学馋涎。英耶?德耶?班耶?葡耶?拒俄耶?联美也?购倭械耶?增比款耶?睒睒凶睛,胡闪烁也。而朝修船政,暮整海军,忽焉偿息京垓,忽焉赔兵亿兆。羲农之胄裔,改号野蛮。但闻伊几阵羊鸣,齐齐襮魄。本滥臭行尸走肉,怎禁彼舰碾轮研?惟剥间阎,刳土族,搜擒瓮鳖,攫捉笼鸡,倒足称顶选尖毫,头批脚色。大完全先大破败,计苍昊潜傒运会。英雄造时势,时势亦待英雄。伤哉!予竟以白发翁老哉!念圣主勤劳宵旰,隐求酝酿氤氲。乃诸公蟆蛊蛇妖,骄焰吐来瘴雾。腥臊喷毒,散成各道瘟癀。哈哈哈!假饶借斧乞柯,当倾泻银河,澌除肮脏,掀翻玉轴,搜捡贞元。虽有测量方、格致理、工商战、汽化机,殊不是治平浆汁。应该两撒腿、两拗捶,剔穿地壳。扫贪污庸懦,悉归斩绞徒流。盘古苏,混沌死,嗟若辈梼杌饕餮,究竟由何处胚胎?登舞台悄悄私看,且看他扰扰营营,轰轰烈烈,跃出五爪狮,吼出独角虎,嗥出四眼狗,现出九尾狐。[1]

此联是钟云舫自祝六十寿辰之作,带有强烈的回忆反思意味。"上联总结了作者的坎坷一生及受尽挫折之后的反省,下联则是对纷纭多变、战乱频仍、危机四伏、耻辱重重的国事的概观。"[2]作为钟云舫的又一代表性力作,六十寿诞自题联与崇丽阁长联、拟题江津县临江城楼联一样,都因不幸、不平的人生遭遇而流露出一定的消极、颓丧情绪,但钟云舫仍自叙其事曰:"数十年来,不一日安居,乃因系我南冠,反得清闲两载。"[3]在痛苦愤懑中竭力保持开朗的心态,既是成都文化中开放精神的写照,也是对钟云舫坎坷一生,对其三副传世长联的最好总结。

4. 青城山山门长联

此联由四川通江人李善济(1870年—1921年)为青城山题写,李善济为人放浪形骸、不拘礼法而又博闻强记、精擅书法,犹长于撰联,颇有李太白遗风,故世人称之为"仙李"。清宣统二年(1910年),李善济视学灌县,拜访青城山,并乘兴题写了此联。原联题刻于青城山天师洞,后移至建福宫后殿楹柱上:

---

[1] 杨启华:《联圣钟云舫对联五百副》,重庆:重庆出版社,2005年,第41-43页。
[2] 王驰:《中国楹联鉴赏辞典》,长沙:湖南文艺出版社,1991年,第471页。
[3] 杨启华:《联圣钟云舫对联五百副》,重庆:重庆出版社,2005年,第41页。

古今对联中的天府成都

溯禹迹奠岷阜以还，南接衡湘，北连秦陇，西通藏卫，东峙夔巫。葱葱郁郁，纵横八百里舆图。试躐屐登上清绝顶，看雪岭光腾，红吞沧海；锦江春涨，绿到瀛洲；历井扪参，须臾踏蜗牛两角。争奈路隔蚕丛，何处寻神仙帑库？丈人峰直墙堵耳！回思峨眉秋月、玉垒浮云、剑门细雨，尚依稀绕襟袖间。况乃夜朝群岳，圣灯先列宿柴天；泉喷六时，灵液疑真君唾地。读书台犹存芳躅，飞赴寺安敢跳梁！且逍遥陟蘑葡岗，渡芙蓉岛，都露出庐山面目，难遽追攀。楼观互玲珑，今幸青崖径达，问当初华渚姚墟，铜铸明皇应宛在？

自轩坛拜宁封而后，汉标李意，晋著范贤，唐隐薛昌，宋征张愈，烈烈轰轰，上下四千年文物。漫借瓢考前代遗徽，记官临内品，墨敕亲颁；曲和甘州，霓裳同咏；鸾章翠辇，不过留鸿爪一痕。可怜林深杜宇，几番唤望帝归魂。高士传岂欺予哉！莫道赵昱斩蛟、佐卿化鹤、平仲驰骡，悉缥缈若邈荒事。兼之花蕊宫词，巾帼共谯岩竞秀；貂蝉画像，侍中与太古齐名。携孤琴御史曾游，吹长笛放翁再住。休提说王柯丹鼎，谭峭趿鞋，那堪他沫水洪波，无端淘尽。英雄多寄寓，我亦碧落暂栖，待异日龙吟虎啸，铁船贾郁定重来！[1]

此联共394字，在"十大长联"中位列拟题江津县临江城楼长联、钟云舫六十寿诞自题联、屈原湘妃祠联之后而居第四，但它却有"蜀中第一长联"[2]、"天下第一长联"之誉。[3]这样高的评价当然不仅仅是从字数上着眼，而是综合考虑了联文的文学、文化乃至书法成就。纵观全联，遣词严谨，对仗工整。上联以青城山为中心，"纵横八百里舆图"，看"雪岭腾光""锦江春涨"，思"峨嵋秋月""玉垒浮云""剑门细雨"，绘出"青城天下幽"的自然风光。下联讲述"上下四千年"中有关青城山的历史轶事、神话传说，抒发遐思怀古的深情。"联文布局精巧，用典绝妙，裁剪得体，情景交融，几乎等同于一篇绝佳的历史散文。其书法为正楷书，字大如拳，书写恭谨严整，笔力遒劲，铁画银钩，大气磅礴。"[4]整副对联依托青城山，将成都周边的自然地理与人文积淀交汇揉合到一起，用凝练精绝的文学化语言有层级、有次第地予以呈现，是对天府的最好摹写，无愧"第一"之名。

---

[1] 王纯五：《青城山志》，成都：四川人民出版社，1989年，第127-128页。
[2] 王兴国：《书法成都》，北京：中图旅游出版社，2016年，第46页。
[3] 杨晓光：《古今名联巧对楹贴佳话》，长春：时代文艺出版社，1990年，第289页。
[4] 何一民，王苹：《成都历史文化大辞典》，北京：社会科学文献出版社，2018年，第678页。

第一章 情连天府：成都与对联

对联数量之多，名联影响之大，长联成就之高，共同彰显了古代成都对联的创作水平及对联文化的发展状况。综合来看，自孟蜀首创以后，成都对联一直保持着旺盛的发展势头，产量、质量皆足称道，其主要数据和代表性成果在全国范围内处于领先水平。据此可以认为，成都是一个推动对联文化走向繁荣的对联兴盛地。

第三节 成都是对联文化的传承地

用当代视角看，对联属于优秀传统文化的遗存，其学术性、思想性、艺术性对当今社会仍有重大意义。在继承、弘扬成都对联文化，发掘其当代价值方面，成都也是一座重镇。特别是改革开放以来，与对联文化相关的文学创作、城市形象打造工作齐头并进，共同推动了成都对联文化的当代传承。[1]

一、望江楼征联：持续引领对联创作

如前文所述，成都长联的代表作，由钟云舫撰著、魏传统补书的崇丽阁长联一直悬挂在成都望江楼中，望江楼公园也因此成为对联爱好来成都时必游的一处胜地。事实上，就算不谈崇丽阁长联的影响，望江楼公园也是近代以来成都对联的集中地。该公园多次以征联形式引领了当代对联的创作。

清光绪十四年（1888年），成都崇丽阁建成，因临近江边可以眺望江景，被成都百姓俗称为望江楼。募款筹建望江楼的华阳文士马长卿就此题写一联：

斯楼为蜀国关键，慨兵燹倾颓，人物凋谢，数十年满目荒凉，遗风顿歇，溯渊云墨妙、李杜才奇、轼辙名高，久经宇宙山川，沧桑千古。

此地是锦江要会，爱舟樯上下，烟浪萦迴，几多士同心结构，胜地重开，想石室英储、岷峨秀毓、江汉灵炳，且看栋梁桢干，砥柱中流。[2]

此联由咏楼切入，但落足点其实在人。因蜀中名楼兴衰而感叹天府济济

---

[1] 关于成都对联文化当代传承的具体情况，本书后文将有专门论述，此处仅就文学创作、城市建设两方面列举若干代表性事例、成果，宏观展现近四十年来成都各界围绕对联而开展的文化活动，由此说明成都是对联文化的当代传承地。

[2] 童辉：《中华对联》，汕头：汕头大学出版社，2014年，第138页。

多士,从王褒、扬雄、李白、杜甫、苏轼、苏辙以至石室英才、岷峨秀杰,都如望江楼一般,尽显天府风流文采,是此地文化的中流砥柱。联文如此立意,就让望江楼成了成都重文尚雅的文化象征。"1894年,马长卿邀约诸贤再次募款,于1898年在崇丽阁附近重新修成了吟诗楼、浣笺亭,并新建了五云仙馆、泉香榭、流杯池等",[1]以纪念唐代才女、诗人薛涛。自此以后,文人雅客凭吊缅怀、题诗撰联者络绎不绝,望江楼迅速成为市内楹联的集中地。

1989年,时值望江楼建成100周年。为纪念此盛事并推动当代对联文化的传承发展,成都望江楼公园管理部门面向全国举办了征联活动,广征佳联。全国众多对联名家及对联爱好者纷纷响应,踊跃撰联投稿。经四川省楹联学会组织专家评选,最终有32副非专业作品分获一、二、三等奖,另有18副中国楹联学会及各地楹联学会会员的作品被评为荣誉奖。活动结束后,望江楼公园将这些新创的对联集中进行展出,吸引了众多爱好者前来观览。"至此,望江楼的楹联文化得到了发展和丰富"。[2]

1995年4月,成都薛涛研究会于望江楼公园组织"薛涛诗歌吟唱会",并以此为契机,重建薛涛墓。成都市知名唐代文学家、唐史研究专家及四川省楹联学会名家30余人共襄盛举,"撰写吟唱了几十首有关薛涛的诗词楹联,这些诗词楹联以史为本,引经据典,用语优美,对仗工整"。[3]在世纪之交,望江楼公园内举办的这一活动再次掀起当代成都对联创作的热潮。

在广泛邀约社会各界撰题楹联的同时,成都望江楼公园还紧紧围绕对联文化的核心内容——"作对",组织了多次征联活动。望江楼上旧有半副"绝对":"望江楼,望江流,望江楼上望江流,江流千古,江楼千古。"据传此联是清末四川总督刘秉章所撰。[4]刘秉章在任期间,曾大力支持修建望江楼。落成之日,他于楼上大宴宾客,并即景抒情,口占此上联。该联"浓缩了中国语言文学的精妙""运用重字、谐音、双声、叠韵、双关等修辞手法,带来多重理解、多重意境",它"词义的丰富、搭配的巧妙、修辞的多样、平仄的

---

[1] 吴刚,谭良啸:《楹联上的成都记忆》,成都:成都时代出版社,2015年,第143页。
[2] 张绍成,吴蕖蕊,舒泽宏:《望江楼楹联选读》,成都:四川人民出版社,2001年,第143页。
[3] 应克荣:《中唐女诗人薛涛研究》,合肥:黄山书社,2014年,第317页。
[4] 另有传言称:该联是清末一位流寓成都的江南文士所作,其人姓名已不可考。今文献不足征,无法确证,姑两存其说。

协调，形成了重重'难关'"，[1] 故上联一出，无论是与会的宾客还是刘秉章本人，都无法对出工稳的下联。众人无奈，只得虚张上联以待。此后，众多文人雅士都试图续成下联。彭大侠对曰："薛涛井，薛涛冢，薛涛井畔薛涛冢，涛冢至今，涛井至今。"什邡李吉玉因什邡"古印月井"而起意对曰："印月井，印月影，印月井中印月影，月影万年，月井万年。"其他类似的下联还有：

> 观月阁，观月落，观月阁中观月落，月落无言，月阁无言。
> 朝月阁，朝月落，朝月阁中朝月落，月落无声，月阁无声。
> 赛诗台，赛诗才，赛诗台上赛诗才，诗才绝代，诗台绝代。
> 合江亭，合江景，合江亭畔合江景，江景万载，江亭万载。[2]

这批下联在形式上基本能与上联对应，但是在遣词、协韵、平仄、意境方面与上联仍有差距，难称珠联璧合。"望江楼"一联也因此而被视作"绝对"，长期孤行于世。为了寻求与"绝对"完美匹配的下联，改革开放后，望江楼曾多次面向全社会公开征联。2009 年，望江楼大型征联活动在全球范围内举行，共收到来自中国、美国、加拿大等地近 4000 副应征作品，再一次向全世界展示了成都对联文化的魅力，也刺激了新世纪的对联创作。2019 年 1 月，望江楼迎来落成 130 周年纪念。公园管理部门为顺应广大爱好者欣赏、品味"绝对"的强烈要求，让更多的人参与弘扬和传承对联文化的行动，再次向国内外发出邀请，为"绝对"征集下联。一个多月的征联活动在互联网平台上持续发酵，[3] 引起成都市民和国内外楹联爱好者的高度关注，又一次强化了成都与对联的血脉联系。而望江楼这一系列与时俱进、全民参与的活动，也为传承发展成都对联文化营造了良好氛围，使之历久弥新。

---

[1] 吴刚，谭良啸：《楹联上的成都记忆》，成都：成都时代出版社，2015 年，第 138-139 页。

[2] 吴刚，谭良啸：《楹联上的成都记忆》，成都：成都时代出版社，2015 年，第 137-138 页。

[3] 对此次活动，中国对联网、中国新闻网、腾讯网、新浪网、搜狐网、华夏经纬网、四川在线、创头条、成都全搜索、成都新闻网等多家主流网络媒体都进了报道。

二、琴台路打造：现代商区与传统对联文化结合的典范[1]

时至今日，对联文化已深深融入成都的城市生活。这种融入，不是简单沉睡在历史古迹中，而是与现代成都文雅闲逸的都市生活相结合，与这座城市改革开放的伟大历史进程相契合。

现代成都对联文化的集中展示地，是改革开放后打造的仿古步行街——琴台故径。这条街道以司马相如和卓文君的爱情故事为主线，是改革开放以来成都商贸发展成果的集中体现。同时，这一条仿古街在品牌打造之时又特别注重汲取优秀传统文化营养，尤其注意融合传承已久的成都对联文化，使其在新时代继续发展。2008年，琴台故径被评为"楹联一条街"，成为成都对联文化现代传承的新平台。

在仿古街北端，巨大的跨街牌坊外侧高挂对联一副："锦水波清，云藏海客星间石；琴台韵远，花发文君故处楼。"[2]联文二十二字相对，开宗明义，点出了卓文君与司马相如的典故，道出了琴台故径的由来。牌坊内侧亦有一联："乘兴上高台，看玉垒浮云，古今多变；闲来泛溪水，接草堂遗迹，风雅长存。"[3]此联为蜀中著名学者缪钺先生所撰，也是成都风雅神韵的浓缩体现。牌坊之内是琴台故径正街，道路两侧是连绵不绝的商铺，几乎户户都张挂有对联。短者五七字，多者十余字，往往就将商家的宗旨、精神，货物的历史、渊源、口碑生动地表现出来。比如"风情一揽园"门前高挂一联："旖旎连城，锦水蓉花真留恋；琳琅满目，巴风蜀俗尽收眼。"寥寥数语，让商铺中琳琅满目的成都风物精彩毕现。又如一茶社门前有联云："戏里看古蜀民风，茶中品川江神韵。"就是对成都当地川剧艺术与茶馆风情民俗的最好表现。"木艺茶楼"门前则悬挂着一副传世名联："四大皆空，坐片刻无分你我；两头是路，吃一盏各奔东西。"该联虽然是借鉴而非原创，但挂在这里，就是对成都佛教文化、茶馆文化的最好诠释。珠宝店"七宝楼"大门有联："七彩锦绣，堂里八千客；宝光金玉，蜀中第一楼。"侧面又有联云："七宝异珍常悦目，琴台古韵今留声。"金玉满堂的锦绣富贵之气，古雅悠远的历史风情通过两副对联跃

---

[1] 本节内容是项目阶段性成果《成都对联——跨接传统与现代的文化符号》的一部分，在收入本书时略有修改调整。原文见张敏：《成都对联——跨接传统与现代的文化符号》，《成都史志》，2018年第2期，第45-46页。
[2] 裴国昌：《中国名胜楹联大辞典》，北京：中国旅游出版社，1993年，第1406页。
[3] 苏渊雷：《名联鉴赏辞典》，上海：上海辞书出版社，2012年，第333页。

然而出，不仅可以有效吸引顾客，也充分展现了该店跨接传统与现代的恢宏气派。"天和银楼"联云："天和银楼天作之合，前店后厂品质保证。"联语虽然平实简单，只是将店铺名称嵌入，但商家诚信、质朴的经营理念却由此表露无遗。"中华情"饰品店对联云："盈缩之期不但在天，养怡之福可得永年。"此是集古人成句为联，不仅表达了成都人珍惜物力、享受当下的生活态度，还蕴含着深深的哲思。

以上只是琴台故径对联文化的一个微缩剪影。通过这些片段，可以看到成都深厚的文化底蕴和卓越现代追求的交相融汇。今天在琴台路上，在成都大街小巷中，对联文化仍旧生生不息。

综而论之，天府成都是对联文化的发源地，以孟蜀"新年嘉节联"为代表，一种全新的创作形式在此诞生，它融文字、音韵、书法、历史、民俗等多种元素为一体，揭开了文学艺术史的崭新篇章。同时，天府成都又是对联文化的兴盛地，在成都城市文化的滋养下，此地对联数量之多，名联影响之大，长联成就之高举世瞩目。此外，天府成都还是对联文化的传承地，近代以来，特别是改革开放以来，围绕对联而进行的文学创作、城市形象打造活动齐头并进，共同推动了成都对联文化的当代传承。总之，成都与对联实有不解之缘，二者交相辉映、相得益彰。对联以文学化的手法表达成都城市文化，又在成都文化的推动下实现了自身的发展创新。因此，对联也就成为深入了解成都的一扇特殊的窗口。

第二章 地当天府膏腴：从对联看成都城市文化的形成基础[1]

成都对联与成都文化相伴共生，"通过成都的一副副名联而走进成都的一个个堂奥，是我们了解与欣赏成都的历史文化、风土民情，进而再登堂入室去拜望成都的历史文化名人、研读成都的历史文化名篇的最佳台阶"。[2] 由此推而广之，通过解读对联，更可以有效把握成都城市文化的形成基础、实质内涵与当代表达。

天府成都，"自然环境优美，人文积淀深厚"。[3] 这两方面的突出条件共同孕育出了文雅闲适、开朗达观、悠长厚重、独具魅力的城市文化。当成都文化与对联相结合，以独特的文学形式得以表达之时，对联也就成为认识天府成都，观察其城市文化形成基础的重要载体。

第一节 天时有序 风物宜人

物候时令是城市文化发展过程中非常关键的因素。对古代农耕文明而言，良好的温度、日照、降水条件、有序合理的季节轮替意味着高产的农业、兴旺的手工业、发达的商业以及安宁平稳、繁荣富足的社会文化生活。成都显然是具备这些条件的。"成都平原气候宜人"，坐拥"良好的自然条件"："农

---

[1] 本章主标题"地当天府膏腴"，出自冯修齐为新都丽园所题对联："此地当天府膏腴，门锁益州，路通秦塞，山耸繁阳，水来湔氐，有汉阙梁碑，唐寺明湖，清磬入城闉，馨风香世界，胜迹重辉，且驻我车行游屐；斯人乃蜀中威风，功高司马，才继子云，诗追太白，文媲东坡，为诤臣成客，宗师雅士，令名垂竹帛，遗范著乡邦，故园增色，还赞他古桂新花。"

[2] 吴刚，谭良啸：《楹联上的成都记忆》，成都：成都时代出版社，2015 年，第 2 页。

[3] 谭平等：《天府文化与成都的现代化追求》，成都：巴蜀书社，2018 年，第 3 页。

第二章　地当天府膏腴：从对联看成都城市文化的形成基础

业上可以付出较少的代价而获得较好的收成，使得成都平原的人们有更多的粮食酿酒，于是有了酒文化；气候温润，适宜茶叶的生长，时间闲暇，有功夫品茶，于是有了茶文化。有了高度发达的农业，才有灿烂的文化。"[1] 对现代城市来讲，适宜的气候条件同样是发展文化旅游产业、文化服务产业、文化创意产业的自然保障。就这一方面而言，成都的春天完全是花的季节，整个城市"被艳丽的桃花和灿烂的油菜花所装扮"，在城市郊野可以欣赏到"花重锦官城"的多彩景象，"空气中弥漫着沁人的芬芳，让人心旷神怡"。成都的夏季略微湿热但不酷烈，"突如其来的降雨会让炎热的暑气大大消散"，丰富的市井夜生活给城市增添了无穷的魅力；"成都秋天的景色绚丽而灿烂，丝毫不亚于夏季"，秋天风高气爽，气候宜人，秋菊、桂花、银杏、枫叶等当季花木点缀着城市，"挥洒出一片醉人的景致"；成都的冬季虽然阴冷，但却别有一番韵味，"灰蒙蒙的天让这个城市多了几分朦胧缥缈的美，在阳光铺洒的日子，城市又添了几分亮色"。[2] 这些内容，在丰富生动的成都对联中均有体现。

其实，即从诞生于成都的第一副对联——孟昶题"新年纳余庆，嘉节号长春"来看，它本身就寄寓了对天府成都时令嘉美的赞叹：这里天时轮转有序，风调雨顺，故而物阜民丰，四季长春，福泽岁岁相传。具体来看，成都的气候是温和而从容的。郑方城题新繁县衙后楼联云：

> 柳拂高檐偏有色；
> 花开老树始为春。[3]

成都的城市性格是舒缓而从容的，就连季节的更替似乎也是不急不徐。当柳上高楼，花缘老树之时，春光才缓缓到来。西南腹地温润平和、意态从容的春天赋予了生命体更充裕的时间去慢慢积蓄力量，也让人们可以更好地为即将到来的新一年生活做好准备。当此之时，春风雨露开始施以造化之功，花木则萌芽吐蕊，以应春光。郑方城又有一联称：

---

[1] 舒波：《成都平原农业景观研究》，成都：西南交通大学出版社，2012年，第98-100页。
[2] 人在旅途编辑部：《成都玩全指南》，北京：旅游教育出版社，2012年，第12-13页。
[3] 冯修齐：《新都楹联》，成都：四川人民出版社，2001年，第269页。

古今对联中的天府成都

> 行藏随地足；
> 雨露自天多。[1]

此联题挂于新繁县衙后门，虽不免感恩"颂圣"的衙署俗套，但以天地生机相应为题，实际上还是反映了春日的自然景象：春气已然萌发，雨露自天而降，大地万物得其滋润，就可以根据自身的实际情况，或行或藏，以迎接美好的春光。近人谢无量亦就青城山春景而题一联云：

> 半岭天风闻剑啸；
> 一春梦雨茁芝芽。[2]

春风舞动，春雨潜润，花木得天地精气，受时令感召，于是芝芽挺生。大地因之而欣欣向荣、生机无限。但是，这一股春日生机在一开始仍是悄无声息的，只有当春日迟迟缓缓铺满大地的时候，成都才一点点鲜活了起来。近代名家钟树梁为重建后的薛涛墓题联，联文中满是成都迟来的春景：

> 诗冢无尘，才过谷雨；
> 江流有影，重绕桃花。[3]

谷雨是春季的最后一个节气。要待到谷雨已过，绕城而过的江流才会悄悄泛涨，夹岸而生的草树也才逐渐欣荣。它们的影子投照在江水中，为成都描上了鲜明的色彩。层层叠叠的桃花终于在此时绽放，绕城盛开，云蒸霞蔚，"花重锦官城"的景象方才出现。在对联中可以看到，成都的节令是悠然和缓的，春景虽然会迟来一些，但绝不会缺席。自然的规律已然为成都文化注入了开朗、达观、从容的基因。此时，成都之春才开始灿烂。近代名士颜楷曾集陆游、杜甫两家名句为联，呈现青城山天师洞的暮春风景：

> 天逼星辰大；
> 城春草木深。[4]

---

[1] 冯修齐：《新都楹联》，成都：四川人民出版社，2001年，第270页。
[2] 张一璠：《古诗佳句名胜对联集锦》，重庆：《合川文艺》编辑部，1981年，第16页。
[3] 吴刚，钟树梁：《钟树梁诗词集》，成都：巴蜀书社，2005年，第620页。
[4] 谭良啸：《楹联上的成都记忆》，成都：成都时代出版社，2015年，第176页。

第二章 地当天府膏腴：从对联看成都城市文化的形成基础

而在近郊望江楼公园薛涛井处，亦有佚名对联：

得时红粉，自足千秋，翠黛横施古井波，佳话满西湖，遗墓并传苏小小；
大好春光，恰逢三月，霞笺艳夺新诗料，呼朋来北郭，入门难见草芊芊。[1]

三月春光正好，天地间色彩斑斓：天空澄净，星光璀璨；城内一片春色，草木极其繁盛；城外有芊芊绿草，纵横旷野；城郊公园中则有鲜花红粉，如锦似霞。当此一年佳时，都人士女必然要呼朋引伴，踏青访古，全城上下，其乐融融。自此以后，春消夏长，天府成都又将变换景色。高志元题青城山联：

钟敲月上，磬歌云归，非仙岛莫非仙岛；
鸟送春来，风吹花去，是人间不是人间。[2]

蜀中才女黄稚荃题新都桂湖联亦称：

积雨春寒思远戍；
朱花夏灿伴清吟。[3]

由春入夏，时令的主题已经改变，骤雨洗却春寒，暖风吹走春花，天上是清云朗月，地面有暖风朱花，灿烂明快的夏日即将来临。天府之国"一派迷人的景色：暮钟悠悠，明月冉冉，鸟语花香，风清云绕"。[4] 过此以后即是秋季。成都之秋清爽宜人。今人借杨升庵五言律诗《竹户》的颔联题桂湖聆香阁：

静闻清露坠；
凉送好风来。

"聆香阁在湖东水边，这里静谧清爽，阵阵香风，人们不仅可以嗅到，仿佛还能听到。"[5] 金秋时节，暑褪凉生，清露无声滴落，好风徐徐吹来，天地似乎被洗涤了一遍。人们正可趁此良辰呼朋引伴，寻山觅水，以畅襟怀。舒适安逸的休闲娱乐活动反倒因天气转凉而热闹起来。进入冬季以后，天府成都仍然是鲜活多姿的。气候温和而无酷寒，雨雪偶降以增秀色，天地山川间依然有丰

---

[1] 解维汉，解诗梵：《中国名人故居楹联精选》，西安：陕西人民出版社，2008年，第235页。
[2] 天人：《名联妙联精粹》，海拉尔：内蒙古文化出版社，2009年，第70页。
[3] 黄稚荃：《杜邻存稿》，成都：四川人民出版社，1990年，第149页。
[4] 苏渊雷：《分类楹联鉴赏辞典》，上海：上海辞书出版社，2004年，第356页。
[5] 冯修齐：《新都楹联》，成都：四川人民出版社，2001年，第31页。

富的景观可供游赏题咏。宝光寺方丈贯一和尚曾为峨眉山广福寺题写一联:

> 雨后坪临观霁雪;
>
> 风前阁上听清音。[1]

此联虽是为峨眉山而题,但实际上也足以反映成都附近的深冬雪景。当雨驻雪霁之时,立身古寺之中,登高凭眺,听风过层楼,檐铃发出清脆悦耳的声响;看霜雪铺满山峰,雪山平原交相辉映,这又是内陆盆地中独特的冬日景致。

总之,以天时节令而论,成都四季有序,各得其宜;以风光景色而论,这里也有春花秋月,各尽其妙;以文化生态而论,这里既有安闲舒适的生活,又有四时游赏之乐。即如今日成都市区李劼人故居"菱窠"内一副对联所言:"极尽四时之所乐;自成一家以立言。"[2] 联文中的"自成一家言"是对李劼人学术成就的评论,此处暂可不论;极四时之乐则正是对成都时令风物之美的最好赞誉。

第二节　山峦耸峙　群峰拱卫

一、山峦形胜

成都地处平原,但周边地理环境复杂,自然景观丰富多样。辖区内海拔落差在 5 千米以上,群山耸峙,层峦叠嶂。在更大的地理范围内来看,以成都平原为中心的四川盆地更是群山环抱,"其东缘的巫山山脉位于重庆与湖北的交界处""南缘山脉有大娄山、七曜山、武陵山""西缘山脉有龙门山、邛崃山、夹金山、大相岭等""北沿山脉主要是米仓山和大巴山"。[3] 这些山脉为涵养孕育成都文化提供了良好的自然地理环境。身处其中的文人墨客题写了众多状写天府山川的对联。比如清代成都城北得胜庵联,就是从地理军事的角度在宏观上勾画了天府地理山势。其联文云:

---

[1] 金实秋:《现代华僧楹联》,北京:宗教文化出版社,2001 年,第 179 页。
[2] 中共成都市委党史研究室:《红色印记成都市革命遗址与纪念馆》,北京:中共党史出版社,2009 年,第 81 页。
[3] 张承隆:《天府之国四川》,北京:中国旅游出版社,2015 年,第 12 页。

第二章　地当天府膏腴：从对联看成都城市文化的形成基础

> 缠井络以界坤维，天府奥区，皇极会归雄带砺；
> 控荆蛮而引秦陇，岩疆重任，臣心寅畏凛冰渊。[1]

与该联相似，程鸿诏题成都江南会馆联也称：

> 地势据上游，遥遥控滇黔秦陇，切盼销兵，天府称雄，此邦不亚江南好；
> 皇华来益部，历历咨民物山川，壮怀叱驭，锦城云乐，吾辈休歌蜀道难。[2]

清代保宁府试院对联亦云：

> 秦栈连云，看砥路同遵，剑阁尘清，不用青天歌蜀道；
> 巴山话雨，喜故人出守，玉堂墨妙，乞将粉墨绘嘉陵。[3]

又有武侯祠对联：

> 岷峨望气信葱茏，运启蚕丛，位崇杜宇，历数蛮夷大长，荒服争豪，善国有悠国，待到浊鹿上宾，二祖遥传皇帝统；
> 高蒋称陵皆僭窃，臭遗彰德，迹湮丹阳，几经风雨消磨，死灰就冷，斯人谁不朽，竭来石牛凭吊，一抔独见汉江山。[4]

综合来看，以上四副对联都涉及了天府山峦形胜。它们共同提到成都居处西南坤位，地属天府名区，据守长江上游，扼控滇、黔、秦、陇要冲，以岷山、峨眉山为代表的群山气势雄奇、层岩叠嶂，形成了拱卫天府的自然屏障。成都就在这群山环抱之中，得天独厚，物阜民丰。优越的自然地理条件推动了成都文化的繁荣。自古蜀以来，蚕丛、杜宇等部族先后兴起，多元民族文化在此地交汇融合。在漫漫历史长河中，有丹青圣手挥毫泼墨，描摹天府秀色；有文人雅士凭吊往事，发对古之幽情；也有壮怀激烈之士慷慨悲歌，唱响天府天籁。这些要素彰显了成都人文之盛，也凝结出了立体多元、精彩纷呈的城市文化。从山峦竞秀到人文炳盛，上述对联已经在整体上昭示了天府名山与成都文化的对应关系。

---

[1] 梁章钜：《楹联续话》卷一，北京：中华书局，1987年，第189页。
[2] 蒙智扉，黄太茂：《古今名人家联》，南宁：广西民族出版社，2004年，第118页。
[3] 梁章钜：《楹联三话》卷上，北京：中华书局，1987年，第275页。
[4] 程裕祯，解波：《中国名胜楹联大观》，北京：中国旅游出版社，1987年，第366页。

二、四境群峰

前引诸联重在从宏观上展现成都地理地势。除这种高屋建瓴式的描写之外，有不少对联还铺叙了成都、蜀地四境群峰之势。如李榕题崇丽阁联就是由天府四境之山写到成都文化，其观察描写较上列诸联更加细致具体。联文云：

开阁集群英，问琴台绝调、卜肆高踪、采石狂歌、射洪感遇，古贤哲几许风流。忽揽起儋耳逐臣、哀牢戍客，乡邦直道尚依然。衰运待人扶，莫侈谈国富民殷，漫和当年俚曲；

凭栏飞逸兴，看玉垒浮云、剑门细雨、峨眉新月、峡口素秋，好江山尽归图画。更忆及草堂诗社、花市春城，壮岁旧游犹在否？老怀还自遣，窃愿与幽思丽藻，同分此地吟笺。

在题撰此联时，作者仿佛置身成都城中的崇丽阁上，遥想天府四境名山：西有玉垒，北有剑门，南有峨眉，东有巫山，"大好河山完全收入到图画之中"。[1] 群山之内，则是人文荟萃的天府成都。这里诗人吟咏，花香满城，远山美景与闲适生活相互辉照。从这副对联可以看出，耸峙的群山是成都城市文化自由发展的地理屏障，它们为成都同时带来了自然之美与人文之美，为文雅闲适的生活美学奠定了基础。与此联意味极其相似的还有逸叟题崇丽阁联：

压江流以扶地脉，远瞩高瞻，则见玉垒云开、峨眉月朗、夔门日射、剑阁烟消，郁郁葱葱，助全蜀山川钟灵毓秀；

凌井络而焕人文，闳中肆外，当如长卿赋丽、太白诗豪、坡老辞雄、南轩学正，麟麟炳炳，为西州俊杰播美扬修。

同样是在望江楼崇丽阁上，同样是遐想四境群山，作者似乎"看见玉垒山云雾飘散，峨眉山明月朗照，夔门红日喷薄，剑阁烟云消逝，一派旺盛、美丽的景象"。[2] 群山拱卫之中，是人文焕采的成都。相如、李白、东坡、张栻接踵而起，以文采学识将成都文化推向极致。纵观此联，上下联文分述自然与人文，但二者之间实则存有内在的逻辑联系，山峦环拥，为天府成都人文炳盛提供了坚实的物理基础；而群山的壮美又成为此地瑰丽雄奇文学想象的灵感源

---

[1] 四川省楹联学会，成都市楹联学会，成都市群众艺术馆：《成都名胜楹联》，成都：四川人民出版社，1990年，第44页。

[2] 四川省楹联学会，成都市楹联学会，成都市群众艺术馆：《成都名胜楹联》，成都：四川人民出版社，1990年，第47页。

第二章 地当天府膏腴：从对联看成都城市文化的形成基础

泉。在对联中，天府山川对成都文化的深远影响得到了直接表达。清末北京四川会馆有联：

> 此地可停骖，剪竹西窗，偶话故乡风景：剑阁雄，峨眉秀，巴江曲，锦水清涟，不尽名山大川，都来眼底；
> 入京思献策，扬鞭北道，难忘先哲典型：相如赋，太白诗，东坡文，升庵科第，行见佳人才子，又到长安。[1]

北京会馆是同乡、同业者在京城的聚居公邸，而家乡的风物与人文恰恰是最能引起旅居者精神共鸣的意象。此副对联以"故乡风景"起兴，关注的重点正是蜀中山川。其文述剑阁雄奇，道峨眉秀色，怀念当地数不尽的名山大川。下联转入对故乡先哲的追思，相如、太白、东坡、升庵都是其中姣然卓立者。以山水滋养人物，因地理之胜而成就人文之美，成都文化与天府山川的依存关系在此副对联中依旧清晰可见。此外，在今日成都市区五岳宫旧址尚悬挂有今人题写的对联一副，与上述诸联异曲同工：

> 四海此为尊，峨眉秀耸，剑阁雄屏，胜地名区辉井络；
> 三都其不远，白马东来，青牛西去，仙踪佛迹冠神州。

被峨眉、剑阁群山簇拥的天府成都是西南一大都会，更是多元文化的交汇点。它是佛教由中亚经洛阳白马寺而传入中国西南地区的重要据点，同时又是道教的创始地和传播重镇。而佛道在成都的发展，恰恰又是与山川相关的。鹤鸣山、青城山、雾中山为佛道文化的传承传播、交流融合创造了必要的条件。上述对联将山峦名胜与成都文化多样性的关系做了一个片段式的呈现。与此类似，李善济题青城山长联也广泛涉及山川与成都文化的关系。其上联以青城为基，极言天府群山之壮美：

> 溯禹迹奠岷阜以还，南接衡湘，北连秦陇，西通藏卫，东峙夔巫。葱葱郁郁，纵横八百里舆图。试蹑屐登上清绝顶，看雪岭光腾，红吞沧海；锦江春涨，绿到瀛洲；历井扪参，须臾踏蜗牛两角。争奈路隔蚕丛，何处寻神仙帑库？丈人峰真墙堵耳！回思峨眉秋月、玉垒浮云，剑门细雨，尚依稀绕襟袖间。况乃夜朝群岳，圣灯先列宿柴天；泉喷六时，灵液疑真君唾地。读书台犹存芳躅，飞赴寺安敢跳梁！且逍遥陟蘧蒢岗，渡芙蓉岛，都露出庐山面目，难

---
[1] 苏渊雷：《名联鉴赏辞典》，上海：上海辞书出版社，2012年，第720页。

遽追攀。楼观互玲珑，今幸青崖径达，问当初华渚姚墟，铜铸明皇应宛在？

于青城绝顶极目远望，四野皆山。秦陇、青藏、夔门、衡湘之间纵横八百里，峨眉、玉垒、剑门环绕，青城山巍然独立，群岳朝宗，呈现了一副有纵深、有次第的山川图景。在山峦之间，又有通衢间道相连，秦藏湘楚因此沟通无碍，文化交流互动频繁。以此为基础，下联就转向了青城山的人文故事：

自轩坛拜宁封而后，汉标李意，晋著范贤，唐隐薛昌，宋征张愈，烈烈轰轰，上下四千年文物。漫借瓵考前代遗徽，记官临内品，墨敕亲颁；曲和甘州，霓裳同咏；鸾章翠辇，不过留鸿爪一痕。可怜林深杜宇，几番唤望帝归魂。高士传岂欺予哉！莫道赵昱斩蛟、佐卿化鹤、平仲驰骤，悉缥缈若遐荒事。兼之花蕊宫词，巾帼共谯岩竞秀；貂蝉画像，侍中与太古齐名。携狐琴御史曾游，吹长笛放翁再往。休提说王柯丹鼎，谭峭跂鞋，那堪他沫水洪波，无端淘尽。英雄多寄寓，我亦碧落暂栖，待异日龙吟虎啸，铁船贾郁定重来！[1]

自宁封封神、范长生修仙以来，道士、佛僧、文人、诗客俱会于此，帝王、后妃、名臣、大将在此地留下无数传说，风云变幻，世事轮转，这些故事共同构成了精彩纷呈的成都城市文化。追根溯源，这些故事都是因青城而演绎，随名山而流传。奇妙的仙山为成都文化提供了丰富的素材，成为其活水之源。

三、域内名山

从四境群峦聚焦到域内名山，成都对联也有相应的精彩表述。就青城山而论，有佚名短联一副，已道出其特色：

惟名山能留仙住；
是真传只说家常。

以此联为代表的诸多对联，从两个层面揭示了青城名山："一是描写山景寺风，一是张扬逍遥遁世。前者或状山势，或写寺容，亦寺亦山相映成趣，花草尽有知，云霞总含情，居此福地，能不超然世外、心系云中？后者则直接以道教理趣化于联中，或直抒胸臆，或阐发奥旨，联文充溢着一股涤尘去垢、清

---

[1] 四川省楹联学会，成都市楹联学会，成都市群众艺术馆：《成都名胜楹联》，成都：四川人民出版社，1990年，第98-99页。

心寡欲、怡然自得、即身是仙的意味。"[1] 此联由名山而顺及留仙、真传，正是简明扼要地提领了青城山的两个层面——它既是汇聚自然美景的名山，也是传承道法的仙山。而同样是描写青城，贾思徽题联则从不同的角度切入：

卅六峰天外飞来，宛然图画。绝顶处一横览，雪岭失其高，峨眉失其秀，剑阁失其雄，咳唾落云霄，谁谓上清还在上；

二三日洞中小住，辜负烟霞，古名士半勾留，少陵曾此游，宾圣曾此居，放翁曾此憩，栖迟尚城市，我亦山人不愧山。[2]

以青城对比周遭名山，其高峻、秀丽、雄伟远胜侪辈，犹如天降美景，冠绝天府。恰是这样的自然风光让青城山平添风韵，引得杜甫、杜光庭、陆游流连忘返，再为此地追加了浓厚的人文气息，丰富了成都文化的内涵。从名山到文化的生成发展轨迹在这副对联中也有所显现。同样是描写青城山色，今人又集陆游诗句成联：

云作玉峰时北起；
山如翠浪尽东倾。[3]

冯健吾则题联称：

看三十六峰，雨晴浓淡元章画；
有百零八景，行吟顾步少陵诗。[4]

盛世瑛也有一联云：

胜地冠两川，放眼岷峨千派绕；
大名尊五岳，惊心风雨百灵朝。[5]

---

[1] 段玉明：《中国寺庙文化论》，长春：吉林教育出版社，1999年，第295-296页。
[2] 四川省楹联学会，成都市楹联学会，成都市群众艺术馆：《成都名胜楹联》，成都：四川人民出版社，1990年，第107页。
[3] 裴国昌：《中国名胜楹联大辞典》，北京：中国旅游出版社，1993年，第1494页。
[4] 《都江堰市文史资料第11辑》，成都：政协都江堰委员会文史资料工作委员会编印，1995年，第100页。
[5] 马光仲：《中国对联大观》，深圳：海天出版社，2006年，第467页。

又有佚名数联：

收百八景于前，数山水林峦，万叠芙蓉环涌雾；
登卅六峰之顶，看画图烟雨，半天楼阁启凌云。[1]

直与峨眉争秀色；
要从灌口觅源头。[2]

胜地拟蓬莱，毓秀钟灵，千里江山堪入画；
仙人居阆苑，深丹锦碧，数重楼阁宛凌云。

危梯凿险层层出；
积翠凌虚面面来。

绝顶望秋波，奔腾玉垒超三峡；
名山宏道德，管领青城第一峰。[3]

这些对联从多个角度切入，用不同的视角、语言、词汇呈现了多姿多彩的青城山。归结起来，其关注点主要集中在以下几个方面：一是特表青城山势之雄，称山如翠浪、岷峨环绕、楼阁凌云、危梯凿险、积翠凌虚等等，俱是此意。二是细描青城山色之美，所谓雨晴浓淡、山水林峦、芙蓉涌雾、画图烟雨云云，都是从这个角度立意。三是总括青城山的名气、地位、影响，联文中胜冠两川、名尊五岳，腾玉垒、超三峡，与峨眉争秀等表述皆是对青城的极高赞誉。除以上三类直接描写外，相关对联还突出了青城山的文化积累。这又包括两方面内容：一方面是此地悠久厚重的诗歌文化。千百年来，无数文人墨客吟咏青城，既为名山增色，也为后世留下了脍炙人口的名篇。"行吟顾步少陵诗"成为登临青城之人油然而生的文化需求，更是青城山深厚文学积淀在当今时代的投影。另一方面则是青城山驰名天下的道教文化。联文以居仙人、宏道德代指青城山在道教修行与义理两大领域的卓越成就，言简意赅地展现此地依名山而兴的道教文化，是对青城山文化底蕴的最好揭示。所以，如果将关于青城山的对联作为一个整体，从中也就能更系统地看到天府名山与成都文化的关系。

青城山之外，又有张大绅题彭州川西第一桥联，其上联也描述了城外的

---

[1] 杨克泉：《中华名亭经典对联荟萃》，北京：金盾出版社，2013年，第206页。
[2] 湖南省群众艺术馆文艺生活编辑部：《古今对联集锦》，长沙：内部发行，1983年，第177页。
[3] 程裕祯，解波：《中国名胜楹联大观》，北京：中国旅游出版社，1987年，第385页。

第二章 地当天府膏腴：从对联看成都城市文化的形成基础

山色：

  回首瞰西峄诸山：云峰峻峭，雪岭嵯峨，丹景幽深，葛仙神异；迭嶂耸天空，尽有儿孙环拱卫。每当月夜蚌生，花朝绮散，把酒快登临，且邀故里高人，揽胜于碧阑干外；

  悉心数南来险路：白水纵横，清江浩淼，濛阳泛滥，马牧奔冲；乱流争野际，茫无津渡病赵趄。幸到芦洲雁列，沙渚虹成，担囊思稳步，顿令他乡游子，怡情在绿柳荫中。

此上联专写彭州城西山势，诸峰环列，云山雪岭绵延。丹景山、葛仙山"重峦迭嶂，高耸天空，犹如儿孙般环绕拱卫着彭州大地"。[1] 每当明月初升或风和日丽之际，正是登临眺览之时。山光美景是旅人吟风弄雅、携酒遣怀的倚仗。从这个层面看，天府山色对当地游赏之风的兴盛也有助益。

再如大邑雾中山也是深有文化底蕴的天府名山。该山位于南丝绸之路上，是离开成都平原前往古印度的关键隘口，也是两地文化往来的重要通道。早在东汉明帝永平十六年（73年），印度高僧摩腾、竺法兰即在山中结庐创寺，佛教由此南传。其时间只比洛阳白马寺略晚六年而已。魏晋唐宋以下，雾中山佛法大兴，高僧常驻，寺庙扩建、增饰不绝。至今已有四十八庵，一百八十寺。对此千年名山，地方志乘不绝于书，历代文人吟咏累累，"从汉代起，司马相如、张俞、文同、陆游、杨慎、万安、李惺等词客文士都曾游此，每多题咏"。[2] 而成都对联对雾中山也有观照，鞠以正题联云："雾山飞翠悬空镜；净土长桥吐玉虹。"此联文字虽短，却描绘出"雾山云环雾绕，四周拥翠，顶上光圆如月，犹如悬在空中的明镜""净土长桥，吞吐着蜿蜒而来，光可鉴人的溪流，清泉闪烁，犹如玉虹"的美丽景象，"勾绘出一副雾山的幽静而壮丽的图画"。[3] 这是从自然景色角度对雾中山的记录。而明代文宗杨升庵亦有一联云："春水夏云秋月冬风，宝地占四时之景；西瞿东胜北卢南赡，

---

[1] 四川省楹联学会，成都市楹联学会，成都市群众艺术馆：《成都名胜楹联》，成都：四川人民出版社，1990年，第182页。

[2] 四川省楹联学会，成都市楹联学会，成都市群众艺术馆：《成都名胜楹联》，成都：四川人民出版社，1990年，第202页。

[3] 四川省楹联学会，成都市楹联学会，成都市群众艺术馆：《成都名胜楹联》，成都：四川人民出版社，1990年，第203页。

京天统万法之宗。"[1] 上联立足四时美景，盛赞雾中山风光秀色；下联取意佛法，表彰此山是佛学的传播地，是万法之宗，又在宗教文化的视野中高度肯定了雾中山的地位。

第三节　江河纵横　水脉攸长

如果说天府群山是以其雄壮刚劲、坚实厚重的特性为文化发展提供了强大而有力的支撑，那么流经成都平原的江河则是以其生生不息、灵动温婉滋养着成都文化，并使其依江逐水，达于四方。

一、灌溉之源

水是生命之源，也是从事农业生产所需的必要条件。天府成都的江河，以岷江、沱江水系为主干，以域内众多沟渠为旁支，以都江堰为枢纽，交织成了一张充分保障农业生产，持久滋润成都的水网。清代成都水利同知胡均恭为都江堰伏龙观题联云：

誓水纪崇碑，两年来默讬慈庥，果然颂有绥丰，灾无羡溢；
穿江成沃野，三代下惠贻乐利，信属功追禹甸，绩迈泾渠。[2]

李冰穿江筑堰，将岷江水引入成都平原，既防洪、又灌溉，成都从此成为水旱从人、沃野千里的天府之国。水润之功，绵延百代，惠泽千秋，为成都文化的发展壮大提供了物质资料的支撑。相似的内容在其他有关都江堰的对联中也得到体现。如以查礼《灌口谒李公祠望离堆》诗集句而成的伏龙观回廊联：

万派春渠交陆海；
一江雪浪蹴岷峨。[3]

---

[1] 金嘉祥：《大邑县志续编》，成都：四川大学出版社，1996年，第675页。
[2] 陈家铨，阙宗仁：《都江堰青城山名胜楹联选注》，成都：四川人民出版社，1986年，第8页。
[3] 四川省楹联学会，成都市楹联学会，成都市群众艺术馆：《成都名胜楹联》，第89页。

第二章　地当天府膏腴：从对联看成都城市文化的形成基础

李长路题伏龙观前殿联：

　　两千年好事，车同轨，书同文，天府百流同灌；
　　数万顷良田，水有源，禾有本，中华一大有州。[1]

佚名题伏龙观联：

　　恩波浩淼连三楚；
　　惠泽膏流润九垓。[2]

王昌麟题都江堰二王庙大门联：

　　万顷波光归稼穑；
　　四山云气慄蛟龙。[3]

陈跃升、但懋辛分题二王庙李冰殿两联：

　　六字炳千秋，十四县民命食天，尽是此公赐予；
　　万流归一汇，八百里青城沃野，都从太守得来。[4]
　　开物凿离堆，深低诀六字相传，庙宇重新隆血食；
　　溉田导汶水，内外江万年乐利，桑麻依旧答神庥。[5]

这些对联均是以李冰设计建造都江堰为主题，重点叙述波光浩渺的岷汶之水、内外两江、万脉沟渠流经成都、惠泽天府的丰功伟绩。在江水的滋养下，天府成都得享稼穑万顷、膏腴九垓之富，终有八百里沃野、千万年乐利。而以此江流水利为基础，十四县民众也衣食无忧、乐天知命，他们代代奉祀贤良守令，使文化传承不绝。由此观之，水润天府之力几与车同轨、书同文之功相当，是保障成都城市文化良好存继、不断发展的重要力量。

将目光从都江堰转向成都腹地，江水对农业、对文化的巨大影响力同样在对联中得到生动鲜活的展现。郑方城题新繁县衙一联称：

---

[1] 成葆德等：《中华历史名人纪念楹联》，北京：北京师范大学出版社，1999年，第33页。
[2] 《灌口镇志》，成都：灌口镇人民政府内部印行，1983年，第223页。
[3] 马光仲：《中国对联大观》，深圳：海天出版社，2006年，第403页。
[4] 王定富：《二王庙》，成都：都江堰市文物局，2005年，第38页。
[5] 萧黄：《寺庙陵墓对联》，开封：河南大学出版社，2005年，第403-404页。

睹沃野心舒，湔沱水润，今犹昔，一注繁田，皆皱似靴纹，环如衣带；

缅卫公手植，楠柏枝长，后之人，各培佳树，应浓成花冶，密满棠阴。[1]

青白江（湔江）与毗河（沱江）两条大河由崇山而流入成都平原，双过新繁县境。其所经之处田地肥沃而稠密，放眼远眺，但见水注膏田，似靴纹、如衣带，连绵不绝。五谷丰登的富足景象似已可依稀想见。不仅如此，良好的水利资源也非常适宜花木生长。自唐李德裕之后，历代宦游新繁之人均充分利用了这一自然优势，各植佳木，终致当地花繁叶茂，风光无限。在距新繁县不远的新都川主庙、新都泥巴沱景区，各有七字、八字短联一副：

锦里膏融千亩润；

绣川带绕万家春。

万亩幽篁，江沱古貌；

一湾活水，陆海新波。[2]

绣川是由新都马家镇流向金堂县的一条小河，主要作灌溉之用。绣川流量虽小，但同样是两岸农业发展的命脉。在其浸润养育之下，两县出现了良田千亩，炊烟万家的太平美景。据此一河一地推而广之，江、沱流经的成都平原处处皆有长流活水，地地堪称沃野陆海。在这两副短联的字里行间，作者似已看到锦里、成都的丰收图景。当然，在成都郊野，实际也有对联直述水润之功。清人叶燮生题望江楼联云：

纵目上层楼，看云树万家，桑麻千里；

骋怀临胜地，正清江南汇，雪岭西来。

在崇丽阁上纵目四望，"城邑的云树万家，郊野的桑麻千里，都一齐奔来眼底。"[3] 这种让人赏心悦目、驰骋胸怀的农田美景，正是南河（清江）、府河承载远山霜雪、交汇城下所造就的。今人张德成为望江楼所题对联也是从这一角度着眼，其联文为：

胜迹百年，六十年寒夜，四十年晴光，经历世间冷暖；

平畴万顷，七千顷金波，三千顷绿浪，激扬天府风情。

---

[1] 冯修齐：《新都楹联》，成都：四川人民出版社，2001年，第197-198页。

[2] 冯修齐：《新都楹联》，成都：四川人民出版社，2001年，第169、188页。

[3] 思桢，夏均顺：《成都名胜楹联浅释》，成都：四川人民出版社，2001年，第29页。

第二章 地当天府膏腴：从对联看成都城市文化的形成基础

单以半副下联而论，其内容是作者"登上望江楼，极目远望川西平原，沃野千里，三千顷麦田起伏着青翠的浪花，七千顷的稻海翻着金色波涛，好一派天府之国的富饶景象"。[1] 此番富饶景象以金波绿浪为根基，当然是以江流灌溉、农业发展为前提的。水与天府风情之间的文化联系被潜含在了对联之中。同时，向江南题望江楼联亦云：

登崇楼，望如画江山，天宝物华，四周好景豁襟怀，喜桑麻盈野，黍稷盈畴，润斯壤，沃斯田，流不尽滚滚长川，锦水远通江汉水；

凭曲槛，对凌云城阙，地灵人杰，千载英雄来眼底，想将相多谋，词臣多韵，安此民，歌此土，幸赢得森森古柏，杜祠雅接武侯祠。[2]

作者立身崇丽阁上，注目锦水长川，感慨其润斯壤、沃斯田，成就了桑麻盈野，黍稷盈畴的至美画卷，对水润天府有着真切的认识。下联顺势由此灵杰之地追思千载英雄，尽抒对历史文化的赞叹之情。上下联情景交融、一脉贯通，用清晰的逻辑线索突出显示了水资源、水润农业对成都城市文化的积极作用。

二、锦水风光

成都平原的水网既为农业灌溉提供了便利条件，其本身也是一道亮丽的风景。成都依水而生，城市风光与江河水脉有着非常密切的联系。由水造就的美景不仅为城市增添了自然色彩，还让市民游客得以栖息流连，使文人雅士为之题咏吟唱，为城市生活营造了典雅舒适的公共空间。一言以蔽之，绿水清波是成都城市文化的重要组成部分，是这座城市生活美学的客观呈现。而古今成都对联对此也有所记录。刘映奎题玉垒关联云：

玉垒峙雄关，山色平分江左右；
金川流远派，水光清绕岸西东。

《成都名胜楹联》一书释其文意："青翠山色平分在沿江左右""岷江流到都江堰，被江心鱼嘴一分为二，东岸为内江，西岸为外江，清波绿浪盘绕东西

---

[1] 张绍成，吴蕖蕊，舒泽宏：《望江楼楹联选读》，成都：四川人民出版社，2001年，第127页。
[2] 张绍成，吴蕖蕊，舒泽宏：《望江楼楹联选读》，成都：四川人民出版社，2001年，第101页。

两岸"。[1] 从鱼嘴分流、江穿玉垒开始，岷江（金川）之水就绕山过峡，翻涌而下。与之相伴的，是青山、翠岭、清波、绿浪、山水光彩相映，清幽悦目，美不胜收。顺流而东，江水蜿蜒进入成都平原。成都人引水、蓄水，营造了众多湖泽苑囿，在自然美景之上再添人文造化。当代名家有多副对联吟咏此间水泽之美：

> 毗水西来，鱼跃鸢飞蝉唱；
> 龙门南望，锦铺霞染烟浮。
>
> 翠竹深深承雨露；
> 绿波滚滚汇江沱。
>
> 西来浪卷青城雪；
> 南拱山环赤岸霞。
>
> 锦江浪白翻歌调；
> 桂水花红拂舞衣。[2]

岷江、沱江之水奔入成都平原，衍脉分派而成毗河、锦水河、清源河、饮马河（毗水）等众多支流。它们自西北流向东南，沿岸常见鱼跃鸢飞、鸣蝉高唱、霞光点染、云烟飘浮，又有原野似锦、翠竹滴露、红花临水、绿浪翻波。在这一派田园风光图卷中，还不时传来渔歌野调，得见翩翩舞衣，水资源与平原乡野完美结合，构造了舒缓从容、清新诗意的天府生活美学。

由郊野靠近成都城西，沟渠细流逐渐汇入锦江。早在唐代，诗圣杜甫《登楼》诗中即有"锦江春色来天地，玉垒浮云变古今"之句，今人摘句为联，赋予其全新的意义："原诗表达诗人在战乱之中的伤感，而今天引用则道出了锦江春色及变化，赋予了古人诗句新的时代意义，使读者亲切感受已经发生翻天覆地的芙蓉城春色长存，远胜古时。"[3] 锦江（府河、南河段）是成都的生命源泉，也是这座城市的地标。绿水清波、繁花垂柳让成都变得鲜活明丽，为市民生活、文人题咏注入了诗意。从古至今，锦江春色虽在不断变易，但伴水而居的惬意生活则是成都城市文化的永恒主题。清人何宇度为杜甫草堂题写对联，

---

[1] 四川省楹联学会，成都市楹联学会，成都市群众艺术馆：《成都名胜楹联》，成都：四川人民出版社，1990年，第92页。
[2] 冯修齐：《新都楹联》，成都：四川人民出版社，2001年，第169、170、188、189页。
[3] 张绍成，吴蘘蕊，舒泽宏：《望江楼楹联选读》，成都：四川人民出版社，2001年，第36页。

第二章 地当天府膏腴：从对联看成都城市文化的形成基础

也将沿江景色作为重点：

> 背郭堂成，锦里溪山千古在；
> 缘江路熟，青郊草木四时新。[1]

此联亦是化用杜诗而成，"背郭堂成""缘江路熟"皆属老杜成句。何宇度在此基础上进一步用水系点明了草堂所在的具体地理位理——风光明丽的浣花溪畔，更突出描写了杜甫走熟的小径旁有清澈的江水、四时常新的草木和望之不尽的郊野青秀之色。纵观全联，草堂附近溪水萦绕、草木繁盛、充满活力的景色已跃然纸上。今天，成都城西的人民公园与草堂临近，同在浣花溪畔。公园中的少城茶社也化用杜诗之意而张挂一联：

> 倚泉枕石，逸情牵翠柳黄鹂，新巢燕燕；
> 拾级凭栏，思绪绕锦江春色，玉垒浮云。

此外，人民公园还有一联云：

> 锦水繁花添丽藻；
> 少城风物似扬州。

府河、浣花溪、西郊河围绕城西，每逢春暖花繁之日，即有黄鹂鸣柳、新燕筑巢，邑人在锦水边凿泉累石、围栏构园，游人徜徉其中，近览少城风物，远眺玉垒浮云，怡情逸兴遄发，更能真切体会锦江之美。别浣花溪而进入成都，有金河穿流城中。今人撰联述其景致：

> 春满金河，荣争百卉；
> 风吹碧浪，胜览双亭。[2]

当春回蓉城之日，旧时的金河就会涌动无限春光。河畔无数鲜花争奇斗艳，花影倒映水中，五光十色，明暗不定；花瓣飞落水面，铺满河道，随波起伏。偶有清风徐徐吹来，花影花瓣复又翻为细浪，轻拍堤岸，随着水流缓缓前行。如此美丽的小河在成都城中静静流淌，必会使典雅安闲的文化基因浸润全城。从城西转向城东，府河、南河汇流南下，江畔景色同样宜人。熊汉章据望

---

[1] 丁浩，周维扬：《杜甫草堂匾联》，成都：四川文艺出版社，2014年，第89页。
[2] 以上所引三副对联，皆张挂于今日成都人民公园内，为实地采录。下文所引人民公园及成都城内商铺、文化景观、居民住宅张挂的对联，凡属于实地采录而无文献出处者，文中均不再标注。

古今对联中的天府成都

江楼而题联：

> 濯锦江干，登楼倚曲槛，望堤外点点青篷荡去，浪涌春潮急，恋波光云影，山色朝晖，更喜百年峻阁临竹海；
>
> 枇杷门巷，觅句索花笺，怜檐前双双紫燕归来，风梳杏雨斜，访仙馆虹桥，唐茔石碣，聊凭一井甘泉慰诗魂。[1]

锦江之中，是一艘艘青篷小船，随江潮微波轻轻飘荡；江畔近处，有崇楼耸立，飞檐斗角，雕梁画栋；更远处，则是倒映在江面上的云影天光、群山竹海。上下、远近的诸般美景交汇纷呈，在江水的投射映照下愈发明艳生动了。当此美景，薛涛制笺觅句，后人凭吊吟咏，江景风光转化为了动人诗句，天府之水与成都文化相伴相生，相辅相成。同样是面对望江楼，杨宗蔚题联云：

> 汉水接苍茫，看滚滚江涛，流不尽云影天光，万里朝宗东入海；
>
> 锦城通咫尺，听纷纷丝管，送来些鸟声花气，四时引兴此登楼。[2]

尹谦撰联云：

> 据蜀国上游，峻极于天，云影纵横当窗出；
>
> 增锦江丽气，下临无地，波光浩渺抱城来。[3]

张云骧联：

> 拔地千寻，正画栋重新、霞标高与；
>
> 凭栏一笑，看大江东去，秋色西来。[4]

佚名联：

> 一水绕当门，滚滚浪分岷峨雪；
>
> 双扉开对郭，熙熙人乐锦楼春。[5]

这四副对联都是以江水和望江楼的关系作为重点，苍茫大江上承岷峨，

---

[1] 萧望卿等：《古今名胜对联选注》，北京：北京出版社，1983年，第116页。
[2] 杨克泉：《中华名阁经典对联荟萃》，北京：金盾出版社，2013年，第102页。
[3] 程裕祯，解波：《中国名胜楹联大观》，北京：中国旅游出版社，1987年，第362页。
[4] 解维汉：《成都名胜楹联》，西安：陕西人民出版社，2006年，第362页。
[5] 四川省楹联学会，成都市楹联学会，成都市群众艺术馆：《成都名胜楹联》，成都：四川人民出版社，1990年，第39页。

第二章 地当天府膏腴：从对联看成都城市文化的形成基础

滚滚东去，波光浩渺，抱城当门。其间有云影天光、锦城胜景，江边是拔地千寻、峻极于天的高楼。江与楼之间不时传来纷纷丝管、熙熙人声、鸟声花气。春秋冬夏，四时登临，皆能目睹锦江丽色，感受成都人文风情。

当然，成都江河之美不仅仅是温柔婉丽的。从境边崇山之上奔腾而下之水，同样有壮阔惊涛。清人韩玠为旧时成都、新都、新繁三县交界处的三益桥（今在新都区境内）题联云：

上游即是龙桥，看春水桃花，红涨奔流三邑界；
下汇应无骸浪，听秋风芦叶，碧帆飞渡二江沱。[1]

此桥居于毗河之上，是激湍与平流的分界。三益桥上游江水激荡，每逢春日桃花汛期，就裹携泥沙漫涨奔流。其气势之壮，令人骇异。正因为河水凶肆，所以三益桥也屡毁屡建，从明清以至新中国，乡绅邑民捐资助建之事不绝于书。江水与成都文化公益精神的联系也由此桥此联得到展现。

三、文化纽带

天府之水不仅可以为农业提供助力、为锦城增加风采，它还是一条以成都为中心的文化纽带，通过古今纵横的联系，将成都的历史遗存与中华文明有效地衔接起来。

从纵贯古今的线索来看，人们常以水脉喻况历史文脉。姜国伊题郫县望丛祠联云：

巫峡西迴，断岸猿声留胜迹；
岷江东去，故宫鹃魂认前朝。

今人解此联曰："上联说，鳖灵从楚地经巫峡、沿江西回而入蜀，杜宇又使鳖灵凿巫峡泄洪，在巫峡两岸治水，留下了许多有名的古迹。下联说，岷江滔滔东流，千年不断，每当杜鹃在二陵啼叫，便使人想到，这里曾是古代蜀帝建都的第一个地方。"[2] 治水、用水是古蜀先民社会生活中的重要内容，千年不绝的岷江水似乎连接着过去与现在。后人伫立江边，追思望帝与丛帝过往的事

---

[1] 四川省新都县志编纂委员会：《新都县志》，成都：四川人民出版社，1994年，第1044页。
[2] 四川省楹联学会，成都市楹联学会，成都市群众艺术馆：《成都名胜楹联》，成都：四川人民出版社，1990年，第162页。

迹，就让古蜀文化穿越历史长河投射到了现代。而清末生员高利生题龙桥镇龙桥、戴宾周题望江楼两联，则从另一角度呈现了水与成都文化的关系：

> 大江从玉垒西来，喜见画栋珠帘，又遏横流夸砥柱；
> 杰阁向锦城南望，定有高车驷马，重回故里表雄心。[1]

> 西汉文章蜀擅长，数遥遥千载名流，更有何人搞墨妙；
> 南条水道江为大，看滚滚百川放海，都从此处溯源头。[2]

以江河水道论，流经成都的岷江自古以来就被视为长江的正源，它上溯雪岭，下通汪洋，是中国南方最为壮阔的水系，也是百川万流的主干。与岷江的自然地位相应，成都也是千载文脉大宗。西汉时，司马相如即以文章冠天下；其后又有扬雄、王褒继起，名动一时；千载而下，这里更是人才辈出，风流绝胜。由此看来，成都城市文化与水系确实有相当程度的相似性。延及唐代，江水与文化的对应关系依然存在，这一点在余存珍题望江楼联中有直观呈现：

> 杖策喜重来，看风涛滚滚，流不尽云影波光，天外更昂头，岂徒览南浦清江、西山白雪；
> 临轩空四顾，怅今古茫茫，历多少佳人才子，蜀中堪屈指，复何数吴宫花草、晋代衣冠？[3]

唐宋是成都文化发展的鼎盛期，李白、杜甫作为诗坛双璧，都与成都有密切联系。对联作者余存珍驻足江边，登临高阁，观滚滚流水、不尽波光，回忆起成都文人才子就如这滔滔江水，前后相继，连绵不绝。于是将杜甫《野望》诗"西山白雪三城戍，南浦清江万里桥"、李白《登金陵凤凰台》诗"吴宫花草埋幽径，晋代衣冠成古丘"两句化入对联，意在表现悠悠岁月中成都不仅有李、杜驰名，还有众多佳人才子共同带起了成都城市文化中的文雅之风。是以徐康题望江楼联即云：

> 满江诗兴万笺少；
> 百代文思一井多。[4]

---

[1] 冯修齐：《新都楹联》，成都：四川人民出版社，2001年，第210页。
[2] 周渊龙：《中国名胜楹联注释》，北京：光明日报出版社，1986年，第739页。
[3] 童辉：《中华对联》，汕头：汕头大学出版社，2014年，第139页。
[4] 裴国昌：《中国名胜楹联大辞典》，北京：中国旅游出版社，1993年，第1397页。

第二章 地当天府膏腴：从对联看成都城市文化的形成基础

这就是直接以江水比拟薛涛制笺吟诗：江流广阔，连绵不绝；女诗人薛涛的才情亦如锦江之水，奔流不息。所以有诗笺满江、文思如泉。在这里，薛涛、江水都只是成都文化的一个代表，是千百年诗化成都的缩影和微观体现。

从横向的地理关系来看，江流河川还是成都跨越群山，走向外界的通道。在对联中，它们也常常与成都境外的江河对应出现，成为不同地域文化参照比附的重要意象。

面向东南，岷江与长江、东海相通，一江上下勾连，文化交相辉映。郑方城题新繁县衙内宅一联曰：

> 锦水长流波渐暖；
> 丹山远隔梦相萦。[1]

在旧时，来成都府县做正印官的，均是外省籍士人。其中又以文教发达的荆楚、江南地区士人居多。他们溯江而上，翻越巫岭丹山，来到天府之国。既在这里理民施政，也积极开展各种文化活动。他们带来了东南一带发达地区的思想、学术、艺术，推动了成都与外界的文化交流。从这个意义上讲，锦江之水，其实正是沟通成都与外地的文化干流。此外，对锦江之水，顾复初、陈天眷、李尧东先后为望江楼题写的三副对联均与之相关：

> 引袖拂寒星，古意苍茫，看四壁云山，青来剑外；
> 停琴伫凉月，予怀浩渺，送一篙春水，绿到江南。[2]
>
> 携樽登杨柳楼台，高望长江趋大海；
> 杖策访枇杷门巷，空余古井对斜阳。
>
> 校书门巷濯锦制笺，煮酒烹茶，河水不犯井水；
> 崇丽楼台吟诗观景，行舟溯纤，岷江直奔长江。[3]

从岷江、长江到大海，从剑外成都到下游江南，既有绿野春风之景遥相呼应，又有琴音、诗情、茶香、酒韵一脉相承。以江水为线索，偏处西陲的成都与盛景江南之间有了文化交流的通道。

面向西北，成都平原与关中平原也存在文化联系。成都与长安是秦汉隋

---

[1] 冯修齐：《新都楹联》，成都：四川人民出版社，2001年，第268页。
[2] 孟繁锦等：《清联三百副》，北京：蓝天出版社，2009年，第327-328页。
[3] 解维汉，解诗梵：《中国名人故居楹联精选》，西安：陕西人民出版社，2008年，第234页。

唐时期中国西部相伴共生的双子星,曾共享"天府"之名。对中央王朝而言,成都始终是一统天下的后方、控驭全国的腹地、应对叛乱的战略根基,一直与首都声气相通,呼吸与共。唐代玄宗、僖宗两次入蜀,更加强了成都与关中的政治、文化联系。梁章钜在《楹联丛话》中记:"四川天回镇,以唐明皇幸蜀返跸驻此,因名。驿亭中以李青莲句为联云:地转锦江成渭水,天回玉垒作长安。"[1] 成都人摘李白之诗作为对联,将锦江与渭水形成对应关系,既回顾了玄宗入蜀的历史,又强调了成都和长安的文化关联。在这样一副信手拈来的对联中,水同样承载着传播成都城市文化的重要使命。

第四节 园林览胜 风光动人

今天的成都,正在重点打造覆盖整个城市的全域绿色空间体系,以生态文明引领城市发展,全面建设美丽宜居的公园城市。以此为奋斗目标,在充分关照生态价值,努力构筑山、水、林、田、湖、城生命共同体方面,成都具有得天独厚的优势。天府山水在此孕育了众多的山林原野、江流湖泊,两三千年以来,无数园林依山傍水而生,它们点缀在天府大地之上,不仅为山水增美,还将成都平原联结为一个生态整体。成都人生活于其间,得山水灵性,览园林风光,富足、从容、达观、友爱,为成都城市文化注入了不竭的动力。在成都的对联之中,也有大量作品反映了这方面的内容。

一、山水清气

园林是山峦水脉的延续,是山水的精致化呈现。清人黄云鹄曾为新繁龙藏寺潜西精舍题写一联云:

> 得山林清气;
> 作天地闲人。[2]

此联生动概括了龙藏寺方丈、诗僧含澈(雪堂和尚)退隐后的闲适生活,重在体现山林环境对精舍意蕴、对人物生活的影响。与此联行文类似,今

---

[1] 梁章钜:《楹联丛话》卷七,北京:中华书局,1987年,第86—87页。
[2] 吴刚,谭良啸:《楹联上的成都记忆》,成都:成都时代出版社,2015年,第246页。

第二章 地当天府膏腴：从对联看成都城市文化的形成基础

日成都城内有商铺悬挂着一副对联："得山水清气，极天地大观。"其文虽然不是专为园林而作，却道出了构筑园林需依傍山水的奥义。今人述青城山景，亦赞其山水之佳：

> 一潭月影参花影；
> 四面山光接水光。[1]
>
> 栽竹栽松，竹隐凤凰松隐鹤；
> 培山培水，山藏虎豹水藏龙。[2]

空山清潭，寂静无人，只见月光花影相参，松风竹韵相和。这固然是极美的景色。但成就这一切的，毕竟还是山水灵性，是山光水光相接、山势水流相映的自然条件。青城天下幽，与高山流水密不可分。从郊县名园名山转向成都市内，今城中人民公园有对联一副：

> 名园依绿水；
> 归雁远青天。

全联仅用寥寥十字，就将这座百年名园绿水环绕、碧波荡漾，天青视远、悠然自在的闲适形景描写出来。今天的人民公园，也是成都城内集园林、文化、文物保护、爱国主义教育、休闲娱乐于一体的综合性公园，其中的人工湖、金水溪面积广阔，无论是工作日还是休息日，都有大批游人来此枕流品茗、集会畅聊、休憩观景、荡舟娱乐。达观闲雅的成都市井生活在此得到了生动的体现。与此相似，晚清著名政治家、思想家、诗人林则徐为成都佛教名刹文殊院题写的对联也称：

> 山水之间有清契；
> 林亭以外无世情。

"上联认为，寺院周围的山山水水，错落映带，组成一副和谐平衡的画图，似乎它们之间早已有了默契"，"下联写园林以外的现实社会，则是另一景象，倾轧、排挤，无所不至"。[3] 通过对联文的这一番解读可以看出，清秀山水既是为园林增辉的关键因素，更是抛开世俗烦扰，求得内心安然宁静的重

---

[1] 陈焕朋：《对联故事与点评》，梅州：兴宁市文学艺术界联合会，2005 年，第 313 页。
[2] 侯清海：《对联修辞八十一格》，郑州：河南大学出版社，2013 年，第 339 页。
[3] 苏渊雷：《名联鉴赏辞典》，上海：上海辞书出版社，2012 年，第 332 页。

要依靠力量。是山水园林造就了成都人文雅、从容的生活意趣，成就了精彩的城市文化形态。此外，邓锡侯为都江堰离堆公园题联又称：

> 完神禹斧椎功，陆海无双，河渠大书秦守惠；
> 揽全蜀山水秀，导江第一，名园生色华阳篇。[1]

本联除赞颂李冰治水的功绩外，还将导江第一功绩与山水第一名园巧妙地联系了起来。离堆公园背负巍巍玉垒山，倚枕滔滔岷江水，得山水精华，"集川西园林之胜"，[2] 既是瞻仰李冰治水遗迹、纪念创造之功的圣地，又是饱览灌口风光秀色、名著地方志乘的绚美园林。同样是在离堆公园，今人题写一联云：

> 对面奇峰平地涌；
> 源头活水抱山来。[3]

都江堰是川西山地与成都平原的交界地带，远山奇耸于平地之上，气势惊人。流经都江堰的岷江水则是平原内水网水脉的源头。游人置身离堆公园内，眺山水相抱，看峰奇源秀，不仅陶醉于景物之美，更能加深对都江堰工程、对成都文化创新精神的认识。此外，今人还摘陆游《登灌口庙东大楼观岷江雪山》诗句以记离堆：

> 千年雪岭栏边出；
> 万里云涛座上浮。

数百年前，陆游"渡过岷江，登上岷山楼。凭栏望去，山岭的积雪千年不化，置身于万顷云海之上，视野开阔"。[4] 世易时移，如今的离堆公园仍然是依山傍水的川西名胜，吸引着海内外无数游客前来参观游览，有效推动了成都文化与成都城市形象的国际传播。从这个意义上说，由山水佳气汇聚而成的园林也是成都城市文化的精彩表达。

聚焦成都境内的具体园林，新都桂湖因景色绝美而得享盛名。近人赖福

---

[1] 荣斌：《中国名联大观》，北京：北京出版社，1999年，第537页。
[2] 四川省楹联学会，成都市楹联学会，成都市群众艺术馆：《成都名胜楹联》，成都：四川人民出版社，1990年，第85页。
[3] 唐麒，江桂苞：《中国对联故事总集》，长春：时代文艺出版社，2004年，第543页。
[4] 阳光，关水札：《中国山川名胜诗文鉴赏辞典》，北京：中国经济出版社，1992年，第380-381页。

第二章 地当天府膏腴：从对联看成都城市文化的形成基础

连题联赞之曰：

> 风月无边，北望秦川八百里；
> 江山如画，古称天府第一湖。

此联中有"江山如画"四字点题，直言桂湖得山、水之灵，如锦似画，为天府园林翘楚。同时又"借写桂湖风光，赞美祖国大好河山"，将新都桂湖"清风明月无限美好"，天府之国"肥沃、险要、物产丰饶"与"渭川南北岸，沃野平川"的景象进行了跨越空间的对比。[1]以山水地理、如画园林作为参照，天府成都与秦川渭原之间形成了文化上的联系。魏传统、李今彝也分别有一副对联记叙桂湖山水园林之美：

> 升庵造湖垂千古；
> 桂荷吐香飘八方。[2]
> 桂棹荷衣齐入赋；
> 湖光山色好为诗。[3]

这两副对联，前者"歌颂了杨升庵培修桂湖千古不磨的功绩，赞美了桂湖中荷花的浓郁芬芳"，后者描绘"桂湖美丽的湖光山色乃至荷叶、桂花、游船等景物，都是吟诗作赋的好题材。"[4]湖光、山色是桂湖之景美不胜收的关键因素，依托山水而存在的桂棹荷衣则进一步为文学创作提供了支撑。山水之美与文化繁荣有着深层的联系。除上述园林外，周盛典题青城山一联则可视为对成都风光的总体概括：

> 结习已全空，只难忘石上清泉，松间明月；
> 名山聊小憩，幸领略锦江春色，玉垒浮云。[5]

本联化用了杜甫诗中"锦江春色来天地，玉垒浮云变古今"的名句，以玉垒、锦江代指天府山水。因有源头活水，故有石上清泉；因有百仞高山，故有月照松林。山水清气演化为层次丰富，形式多样，各具特色，美不胜收的

---

[1] 田作文：《中国名胜名联鉴赏大成》，大连：大连出版社，1993年，第248-249页。
[2] 陈平：《中国客家对联大典上》，桂林：广西师范大学出版社，2015年，第31页。
[3] 周渊龙：《中国名胜楹联注释》，北京：光明日报出版社，1986年，第767页。
[4] 冯修齐：《新都楹联》，成都：四川人民出版社，2001年，第23、27页。
[5] 解维汉：《中国牌坊书院楹联精选》，西安：陕西人民出版社，2007年，第53页。

自然奇景，为文学创作带来了源源不断的灵感、更为成都文化传承发展提供了倚仗。

二、花木繁秀

花繁木秀、铺荫掩翠是体现园林之美的又一关键要素。成都以芙蓉为名，市民种花、爱花，更愿意用花木装饰园林，用花木点缀生活，在城市文化中融入花语叶韵。王礼成题新都丽园联云：

> 两亩陲边地，能工集慧，安排着高殿秀亭，曲池回槛，应时甘雨和风，装点江山如画里；
> 一湾野水崖，巧匠营谋，布置些奇花异草，珍木名藤，无限清氛淑气，温馨乡土占春多。

今人解读此联："丽园占地十多亩，小巧玲珑，它集中能工巧匠的聪明才智，修建楼台亭榭，在和风细雨中，景色如诗如画，显得格外迷人。""一片荒坡水池，设计者独具匠心精心谋划，种植上奇花异草，名贵树木和古藤，充满芬芳之气、文雅之风，增添了无限春光。"[1] 丽园的精华就在于大量的奇花异草、名树古藤。构造园林的工匠巧妙利用这些花木，将它们设置在楼台亭榭之间，为整个园林带来了芬芳气息和无限春光。更重要的是，花木在营造清幽宁静环境的同时，还增添了丽园的文化氛围，推助了文雅风流。樊榕题许涵度故居一联称：

> 对风月累千觞，与君今夕倾谈，借著预筹天下事；
> 拓园林十数亩，无论明年何处，栽花先酿万家春。[2]

拓建园林应以何事为首？对于以布政使身份宦游成都的许涵度而言，栽植花木、培养清新和润的文化气息自然是重中之重。他不仅以栽花装点自己的居所，还将这一理念运用到了成都的学校教育、人才培养之中。1906年，许涵度上奏清廷，因地制宜，在成都创设四川通省农业学堂（后发展为四川农业大学），高度重视农业、林业、蚕桑业的专门人才培养，为四川农林业的近代转型打下了坚实基础。由此一役，成都人喜爱园林花木的文化传统在近代教育

---

[1] 冯修齐：《新都楹联》，成都：四川人民出版社，2001年，第167-168页。
[2] 胡君复：《古今联语汇选》，北京：商务印书馆，1920年，第15页。

第二章 地当天府膏腴：从对联看成都城市文化的形成基础

事业中得到了体现。另外，今日成都少城茶社中悬挂的一副对联也很能反映这座城市的花木园林之美：

咫尺绝尘嚣，十亩园林开胜境；
盘桓饶兴致，四时花木乐清游。

公园、茶社就在城中心的闹市里，与繁华的现代商业街区不过半条街、一堵墙之隔。但因为十亩方寸之内有花木萦绕，所以市民特别愿意前来游览盘桓。这种对平淡闲适、从容惬意生活状态的追求，得自于成都文雅生活美学的长期积淀；其基础条件，则是四时花木繁荣。每当春光初回之时，春草嫩柳已先百花而放。万自律题新都桂湖联曰：

春草池塘，一棹烟波思洱海；
绿杨城郭，二分明月似扬州。[1]

"船坞临近的桂湖公园池塘边春草蔓蔓，看见一只只出入于烟波中的船艇，便想起了被流放洱海的新都状元杨升庵"，"船坞紧靠的新都古城城墙上杨柳青青，新都的明月也像扬州的明月，其风光无限美好。"[2] 春草蔓蔓、杨柳青青，正是年初最佳时节，嫩草垂杨清新淡雅，为繁花似锦的春日美景拉开了序幕。故有作者以对联一副尽表春日桂湖：

园中草木春无数；
湖上山林画不如。[3]

尽管此联是集前人成句而得，且在国内多处园林张挂，并非专为桂湖而题，但春季百花盛开、草木向荣、湖山如画也恰是桂湖最真实的景象。以此联记春日桂湖，正得其宜。同样，张绍成题泥巴沱景区待鸥亭联则曰：

古镜照神，水深鱼极乐；
杂花生树，春入鸟能言。

"此联集唐人司空图、杜甫、丘迟、宋之问名句为联"，[4] 杂花生树之时，正是一年三月春光好处。花有香、树有影、鱼有色、鸟有声，四者共同编织出

---

[1] 裴国昌：《中国名胜楹联大辞典》，北京：中国旅游出版社，1993年，第1529页。
[2] 冯修齐：《新都楹联》，成都：四川人民出版社，2001年，第159-160页。
[3] 裴国昌：《中国艺术楹联辞典》，沈阳：沈阳出版社，1993年，第234页。
[4] 冯修齐：《新都楹联》，成都：四川人民出版社，2001年，第172页。

了一张有声有色的园林春景图。此外，王闿运题彭州多宝寺联、洪绍庆题新繁东湖伴梅亭联、郭沫若题杜甫草堂花径联、人民公园凉亭联、李绪题望江楼联都分别从不同角度体现了古今名家对成都园林春日花木的关注：

山中昼永看花久；
树外天空任鸟飞。[1]

锦绣万花谷；
乾坤一草亭。[2]

花学红绸舞；
径开锦里春。[3]

芳草有情犹驻客；
清风无意漫飞花。

花影常迷径；
波光欲上楼。[4]

沿着蜿蜒流淌的江水，春日繁花从彭州、新繁开到浣花溪畔的草堂、人民公园，又穿过成都城，铺漫到望江楼。凡有园林佳景之处，必有锦绣花树、波光鸟语。成都的春季花团锦簇，令人沉醉。进入夏季，幽青的翠竹是当令植物。杜甫草堂有后人集句成联：

至今斑竹临江活；
无数春笋满林生。[5]

春日萌发的新笋，入夏时已长成猗猗绿竹。它们临江依水，在微风中轻轻摇曳，在波光中闪耀斑斓，大大增添了草堂的清幽静谧之气。有关夏竹，新津观音寺又有一联云：

---

[1] 王闿运：《湘绮楼诗文集5》，长沙：岳麓书社，2008年，第34页。
[2] 杨克泉：《中华名亭经典对联荟萃》，北京：金盾出版社，2013年，第210页。
[3] 万日忠，万新，万旭：《名胜佳联鉴赏》，北京：金盾出版社，2016年，第167页。
[4] 苏渊雷：《绝妙好联赏析辞典》，上海：上海辞书出版社，1994年，第287页。
[5] 梁章钜：《楹联丛话》卷七，北京：中华书局，1987年，第87页。

第二章 地当天府膏腴：从对联看成都城市文化的形成基础

> 云影空明，一塘清水当户绕；
> 风声寂静，千竿修竹向门栽。[1]

此观音寺本是宋代名臣张商英的家庙。联文叙述周遭景色，有云影天光、一塘清水，更有风拂层林，修竹随舞。无论是作为川西平原上的林盘民居，还是作为精洁雅致的佛家寺院，这一丛修竹都为小小园林增添了无穷的韵味和魅力。同样，甘焘题新繁东湖瑞莲阁、攸文题新都泥巴沱两联亦云：

> 阁拥平湖莲呈瑞；
> 桥横曲水竹通幽。[2]

> 修竹含烟连曲径；
> 彩霞映水抱青山。[3]

一帘竹影依水而生，沿着桥头小径通向幽深静谧之处。竹林之上，是淡淡的轻烟；竹林掩映之下，园林的层次感变得更加丰富。在新都龙藏寺，严渭春、唐彝铭各有一副对联咏赞其竹：

> 树自老苍花自韵；
> 竹能疏瘦笋能肥。

> 月映千竿竹；
> 江流不二亭。

在龙藏寺浴月溪的园林小亭边，竹林虽然"稀疏瘦弱"，但有"竹笋笛壮成长"。每当皓月临空，"皎洁的月光映照着千竿翠竹，浴月溪的流水环绕着这座小亭"，[4]园林寂静而美好。此外，成都城东的望江楼公园也以绿竹闻名于世。罗驼、周浔渊、李祥晖各自为其题写了一副对联：

> 万竹有声飞晚籁；
> 一楼无语沐朝阳。[5]

---

[1] 新津县县志办公室编纂组：《新津县文化志》，成都：新津县县志办公室，1984年，第198页。

[2] 裴国昌：《中国名胜楹联大辞典》，北京：中国旅游出版社，1993年，第1531页。

[3] 冯修齐：《新都楹联》，成都：四川人民出版社，2001年，第171页。

[4] 冯修齐：《新都楹联》，成都：四川人民出版社，2001年，第141-143页。

[5] 解维汉，解诗梵：《中国名人故居楹联精选》，西安：陕西人民出版社，2008年，第232页。

> 竹海生风，涛声入耳；
> 江楼映月，潭影空心。[1]
>
> 阁楼清华，竹影江光来户牖；
> 春秋代谢，名园胜迹入花笺。[2]

三副对联表露了望江楼竹林的三大景观特色。一是当风过丛林之时，万竹随之舞动，万籁俱静中唯有风竹相和，涛声入耳，使游人得闻其声。二是朝阳、夜月之光漫洒竹林，园外江潭清波倒映翠影，让人得见其色。三是名人与名园相应，薛涛制笺的传说与竹林美景互为点缀，增添了园林的文化内涵。无论从哪一个角度看，夏日之竹都是园林中的亮点。由夏入秋，荷花浮动、桂花吐蕊，园林花木之美又焕然一新。此时，新都桂湖成为玩赏莲桂的盛地。其枕碧亭有佚名对联，集杨升庵长短句，专记桂湖荷花之美：

> 玉镜明湖春水绿；
> 荷花簇锦照人红。[3]

此联是集句而成，上联原词即为"春水"，但实际上桂湖荷花盛开之时应当已在夏末秋初。明湖绿水，碧波红莲，花团锦簇，光彩照人。此为白日园林荷花之美。藏舟山馆佚名对联则将日、夜花景做了对比：

> 舟藏荷海晴光好；
> 曲咏桂湖明月多。

作者久久站立在藏舟山馆，举目四望：白天"山馆右侧的杭秋舫居卧于荷花丛中"，[4] 花海藏舟，极目无穷；至夜间，月洒湖面，清辉莲叶相映，更增诗情画意。与此联意境相类，桂湖交加亭联及李半黎题桂湖小锦江联亦曰：

> 画舫远汀迷柳树；
> 一池明月浸荷花。[5]

---

[1] 裴国昌：《中国名胜楹联大辞典》，北京：中国旅游出版社，1993年，第1397页。
[2] 张绍成，吴蘩蕊，舒泽宏：《望江楼楹联选读》，成都：四川人民出版社，2001年，第115页。
[3] 陈君慧：《中华对联》，北京：线装书局，2008年，第636页。
[4] 冯修齐：《新都楹联》，成都：四川人民出版社，2001年，第50页。
[5] 葛松，朱志洪：《对联精华》，西安：陕西人民教育出版社，1988年，第344页。

第二章 地当天府膏腴：从对联看成都城市文化的形成基础

明湖邀碧月；
秋水醉红莲。[1]

同样是在深秋月夜，当碧月当空，照临湖水之时，布满桂湖的荷花在秋水中舒展开来，连天映月，让人目不暇接。此情此景，足以展现秋夜桂湖的特色。而余培发题杨升庵故居联则曰：

难描胜地风光，满城霞彩满城画；
偏爱荷花世界，万朵奇葩万朵香。[2]

荷花颜色娇艳，芳香迷人。万朵荷花纷纷绽放，香动全城，绘出了一副绚美的图画，让人沉醉其中，不能自拔。同时，桂湖对联中还有专表桂花的佳作。观稼台有佚名对联：

百亩湖光留桂影；
一墙秋色伴禾香。
李士廉题古香亭联：
十里香风留过客；
一园新桂续甘棠。[3]

赖福连题联：

红日当空，东风四起，吹拂桂花香世界；
紫霞映水，明月一轮，照耀湖泊浸楼台。[4]

百亩澄湖，满园新桂，上沐明月香风，下映湖光碧水，桂影与紫霞、楼台相伴，将醉人秋色洒满十里桂湖，引无数游人过客流连忘返。除单咏荷、桂以外，更多作者还将二美并举，把桂露荷香一起化入对联。曾国藩曾为此题写一联：

五千里秦树蜀山，我原过客；
一万顷荷花秋水，中有诗人。

---

[1] 陈君慧：《中华对联》，北京：线装书局，2008年，第636页。
[2] 解维汉，解诗梵：《中国名人故居楹联精选》，西安：陕西人民出版社，2008年，第238页。
[3] 冯修齐：《新都楹联》，成都：四川人民出版社，2001年，第24、25页。
[4] 萧黄：《名城胜地对联》，开封：河南大学出版社，2005年，第418页。

联后曾国藩又自记其事曰:"癸卯九月,使旋过新都县。张宜亭大令邀游桂湖。湖为明杨升庵旧址,约广三百亩,皆荷花,缘堤皆桂树。张君修葺楼阁不俗。酒罢,因题联语。"[1]百亩湖面,皆为荷花;绕湖长堤,尽种桂树;更兼楼阁不俗,诗酒为伴,此情此景,无需多费笔墨,已足见桂湖花木之盛美。今人李铎又撰一联:

平湖莲叶动;
老桂鸟声悠。

此联的字数虽然不多,但却对湖莲、老桂都有所关照,将"静与动相配合,形和声相呼应",使"平静的湖面上莲叶摆动,茂密的桂丛中鸟声悠扬"的美丽景色彰显无余。[2]1985年,川中名士王文才、白敦仁、刘君惠等陪同程千帆同游桂湖。众人于湖心楼上小憩,但见荷叶桂影萦绕,馨香满湖,于是萧印塘占得一联云:

波平槛影明光镜;
桂馥荷香入梦魂。[3]

波平如镜,槛影倒投,荷桂芬芳,游人如梦。此联通过十余字,就"描绘了湖心楼及共周围的美丽景象和作者被美景所陶醉的丰富感情",[4]桂湖花木如在眼前。清人余源煜还有一副旧联:

胜地毓英贤,一代文章,千秋功业;
平湖擅风月,半城桂树,百亩荷花。[5]

此联除高度评价杨升庵的文章功业外,还特别突出了桂湖园林花木的旖旎风光,明确指出其最大的亮点就是"湖畔遍栽城隈的桂树和湖上一望无际的荷花"。[6]与此相似,清人梁曦初、今人周重能所题联文也是荷桂并举,同时将桂湖花木与桂湖人文相系:

---

[1] 曾国藩著,李瀚章、李鸿章编:《曾国藩全集文集》,北京:中国华侨出版社,2003年,第431页。
[2] 冯修齐:《新都楹联》,成都:四川人民出版社,2001年,第28页。
[3] 杨克泉:《中华名楼经典对联荟萃》,北京:金盾出版社,2013年,第151页。
[4] 冯修齐:《新都楹联》,成都:四川人民出版社,2001年,第21页。
[5] 荣斌:《中国名联辞典》,济南:山东大学出版社,1990年,第327页。
[6] 冯修齐:《新都楹联》,成都:四川人民出版社,2001年,第7页。

第二章 地当天府膏腴：从对联看成都城市文化的形成基础

六月荷花八月桂；

杨公故宅谢公祠。

桂树荷花，香馥人间世；

文章风节，光辉宇宙中。

在前一联中，"上联突出桂湖景物中有名的两种花卉：六月的荷花、八月的桂花；下联突出桂湖人物中的两处建筑：杨升庵的故居、谢子澄的祠堂"。在后一联中，作者"高度赞美和评价了桂湖的名花和名人"，"上联意为：杨升庵在桂湖种下的桂树和荷花，清香馥郁，誉满人间"，"下联意为：杨升庵写下的文章和表现的高风亮节，永放光辉，长留天地。"[1] 联文描写了名花、名人、建筑而又不仅仅停留于此，成都文化与天府园林美景共荣共盛才是两位作者立意所在。此外，湖中聆香阁、杭秋船两处也有两副极具特色的对联：

翡翠闲居眠藕叶；

冷露无声湿桂花。[2]

呼吸湖光餐桂露；

徘徊秋月漱荷香。[3]

前联集古人诗句而成，以荷、桂作为对象，通过清冷的色彩和湿润的空气，从视觉和触觉的角度，尽显秋日桂湖淡雅之美。后联采用了拟人化的手法，描写湖光与桂露同声呼吸，秋月与荷香相依相伴，从听觉和嗅觉的角度呈现了金秋时节另类的桂湖。同时，桂湖香世界、澄心阁、湖心楼又有四副对联将关注点转向荷桂丛中的人：

秋色横眉，桂树丛中招隐士；

湖光照面，荷花香里坐诗人。[4]

人来桂蕊香飘里；

祠在荷花水影中。[5]

海外客来游，喜见槛畔荷花，亭前丹桂；

---

[1] 冯修齐：《新都楹联》，成都：四川人民出版社，2001年，第16、37页。
[2] 黄太茂：《名胜古迹楹联趣闻录》，广州：广东旅游出版社，1985年，第190页。
[3] 裴国昌：《中国艺术楹联辞典》，沈阳：沈阳出版社，1993年，第241页。
[4] 季世昌，朱净之：《楹联知识手册》，北京：商务印书馆，2013年，第544页。
[5] 黄太茂：《名胜古迹楹联趣闻录》，广州：广东旅游出版社，1985年，第190页。

曲中人宛在，犹忆楼头风月，湖上烟波。[1]

桂花露冷诗人梦；

菡萏香销过客魂。[2]

"桂湖秋日，金风萧瑟，天气转凉，桂树丛中正是隐士流连的好去处""湖水如镜，照映人影，荷花香里正是诗人吟哦的好地方"。[3] 无论是隐士、诗人还是海外游客，秋季的桂湖都是宜人佳处。荷桂等花木为恬淡的隐居、为文雅的创作、为惬意的游览营造了良好的氛围，让他们得以在此筑梦、寄魂。从秋季到冬季，百花凋零，万籁俱静，是一年中最萧索的时节，但成都园林中却仍然因花木而充满生趣。郑方城记述新繁东湖冬日：

落叶掩长陌，

平畴交远风。

此联也是集前人成句而成，透过其简洁的字句，似乎可以看到"古树落下的叶子堆积在漫长的道路上；一望无际的原野领受着远处吹来的风"。[4] 景色虽然冷寂，但萧萧落叶、漠漠远风却也有一种凄凉的美感。除此之外，成都冬日园林中还有众多意象被对联记录。程祥栋题新繁东湖联：

何物荐馨香，西蜀繁田，东湖清水；

前贤有遗爱，唐封翠柏，宋咏红莲。[5]

王懿荣题龙藏寺联曰：

溪涧双流水；

山门九里松。[6]

寒冬岁月，松柏后凋。苍劲青翠的松树、柏树是冬日园林中的一抹亮色。唐代李德裕在新繁种下的翠柏，清代龙藏寺山门外一望无边的青松，为寂寥的冬日增添了无限的活力。而何绍基题武侯祠联则曰：

---

[1] 杨克泉：《中华名楼经典对联荟萃》，北京：金盾出版社，2013年，第151页。
[2] 裴国昌：《中国名胜楹联大辞典》，北京：中国旅游出版社，1993年，第1527页。
[3] 冯修齐：《新都楹联》，成都：四川人民出版社，2001年，第26页。
[4] 冯修齐：《新都楹联》，成都：四川人民出版社，2001年，第103-104页。
[5] 裴国昌：《中国名胜楹联大辞典》，北京：中国旅游出版社，1993年，第1532页。
[6] 冯修齐：《新都楹联》，成都：四川人民出版社，2001年，第114-115页。

第二章 地当天府膏腴：从对联看成都城市文化的形成基础

> 山当好处湖增艳；
>
> 梅正开时雪亦香。

"湖畔青山，山麓碧湖，青山与碧波交相辉映；梅花在隆冬盛开，白雪偕梅花飘飏"。[1]梅花色泽鲜艳，香气动人，在白雪皑皑的冬季迎风绽放。苍茫天地间倏然有色，园林中顿时生机勃勃。

春夏秋冬，一年四时，成都园林之中无一时缺花木，无一日缺美景。市民栖居其中，尽情享受天府生活之美；文人题咏不绝，极力赞颂天府园林之盛。花木带来了典雅清新的文化气息，成就了迷人的成都城市文化。

三、楼宇生辉

楼亭台阁是构筑园林的又一重要元素。"它不仅具有特定的使用功能，还常因其高大的体量、突出的形象成为园内重要的观景和点景建筑。它既可以作为登高远眺的观景场所，同时也有效地丰富了建筑群的天际轮廓线。"[2]正因如此，成都对联在阐扬天府园林之美时，也十分关注其中的楼宇建筑。

1. 对园林建筑的整体印象

对联作者描绘园林建筑，是从物理空间、宏观形象、整体气质开始的。如今人摘杜诗名句以述杜甫草堂：

> 万里桥西宅；
>
> 百花潭北庄。[3]

再如新都桂湖杨升庵故居对联：

> 旁人错比扬雄宅；
>
> 过客难登谢朓楼。[4]

---

[1] 谢辉，罗开玉，李兆成：《三国圣地武侯祠》，成都：四川人民出版社，2007年，第197页。

[2] 戴秋思：《古典园林建筑设计》，重庆：重庆大学出版社，2014年，第127页。

[3] 四川省楹联学会，成都市楹联学会，成都市群众艺术馆：《成都名胜楹联》，成都：四川人民出版社，1990年，第21页。

[4] 冯修齐：《新都楹联》，成都：四川人民出版社，2001年，第5页。

又如清代马彦题新繁龙藏寺宝峰山牌坊对联：

> 古殿明成化；
> 高僧晋道林。[1]

这三副对联都化用了前人的诗句，又都采用了比附的手法以表现祠庙园林建筑。第一副对联称草堂位居万里桥之西、百花潭之北，是用风景秀丽的浣花溪、百花潭比拟草堂建筑之清幽静美。第二副对联以扬雄宅、谢朓楼喻况杨升庵故宅，是用学术成就上的联系来彰显桂湖建筑的文化底蕴。第三副对联以晋代高僧道林代指清代大德雪堂和尚，进而突出龙藏寺建筑历史悠久，佛法积淀深厚。三副对联为三座建筑群勾勒了整体画像。

2. 楼阁：风雅与高峻的园林主景观

进入园林内部，层叠而起的楼阁是最引人瞩目的建筑。在成都的各个园林胜地，楼阁或因清丽雅致而与园林风景融为一体，或因高峻危耸而成为观景的平台。无论属于哪种情况，它们都为园林增色不少。具体而言，青城山上的寺院楼阁即多以秀丽闻名。天师洞有联曰：

> 万叠云山图画里；
> 一楼花月笑谈中。[2]

楼台架设在青城半山的宫墙院落中，与云、山、花、月融为一体，竟似一幅天然图画。游人拜山登楼，在其中吟诗作对，谈笑声歌。楼阁既倚于自然，又会通人文，是园林中的点睛之笔。理玄子题泥巴沱景区涵绿馆联称：

> 息影休闲，临篁最雅；
> 归真反璞，构木为楼。[3]

木质结构的楼台虽然简单朴素，却返璞归真，意趣盎然。木楼与竹影相映，为园林平添一份古拙雅致之美。当此美景，尘世中的人也不免生发出息交绝游，回归原始隐居生活的感想。涵绿馆以简拙取胜，亦有楼台以清雅见长。新都桂湖升庵祠中有佚名所撰对联：

---

[1] 四川省新都县志编纂委员会：《新都县志》，成都：四川人民出版社，1994年，第1044页。

[2] 程裕祯，解波：《中国名胜楹联大观》，北京：中国旅游出版社，1987年，第384页。

[3] 冯修齐：《新都楹联》，成都：四川人民出版社，2001年，第173页。

第二章 地当天府膏腴：从对联看成都城市文化的形成基础

老桂影婆娑，记集中诗句清新，在昔烟波曾送客；
平湖光潋滟，看岸上楼台点缀，至今风月尚含情。[1]

楼台掩映在桂影烟波之间，或隐或露，与风月湖光遥遥相应，让整个园林都变得多情而动人。诗人游客登楼揽月，题写清新风雅的诗句。在楼阁的见证下代代传承成都文风。清代四川总督常明题杜甫一联曰：

水竹傍幽居，想溪外微吟，密藻圆沙依草阁；
楼台开丽景，结花间小队，野梅官柳满春城。

此联首先追忆了杜甫在草堂中的创作与生活，其主要活动空间就是幽居草阁。下联以"楼台开丽景"一句起始，"意为培修后的草堂，楼台亭阁呈现一派秀丽景色""在开放的百花间，人们三五成群结伴而行，像当年严武一样，来访问草堂""诗人虽早已离去，但他笔下的'野梅'、'官柳'却装点着春天的锦城"。[2] 全联以楼阁为线索，将杜甫在草堂的生活与后世成都人日游草堂的习俗串联起来，充分体现了楼阁在园林文化活动中的作用。与此相似，古今名家纷纷题咏望江楼的对联，也共同展现了楼阁之风雅。如何绍基、樊荫荪、汪曾祺、徐适度、黄尤辉、刘崎、林从龙、刘六四、尚文化等人所题九副名联及一副佚名联皆与此主题相关：

花笺茗碗香千载；
云影波光活一楼。[3]

仅余几树枇杷，门前车马犹如此；
试问千年明月，楼上风光昔若何。[4]

鹤楼滕阁，曾经几度登临，卅载倦游还，更看杰构凌霄，东去大江来眼底；
凿井吟诗，所谓伊人宛在，一池新涨活，又值流觞曲水，西来遗韵上心头。[5]

月底江山如画好；
楼中几席与秋清。[6]

---

[1] 蒙智扉：《名人居室雅联》，南宁：广西民族出版社，2001年，第21页。
[2] 丁浩，周维扬：《杜甫草堂匾联》，成都：四川文艺出版社，2014年，第26-27页。
[3] 朱庆文：《楹联十讲》，杭州：西泠印社出版社，2016年，第233页。
[4] 杨克泉：《中华名楼经典对联荟萃》，北京：金盾出版社，2013年，第141页。
[5] 解维汉，解诗梵：《中国名人故居楹联精选》，西安：陕西人民出版社，2008年第233页。
[6] 裴国昌：《中国名胜楹联大辞典》，北京：中国旅游出版社，1993年，第1403页。

古今对联中的天府成都

崇楼闻竹韵；

涛井艳诗魂。

百载崇楼收丽景；

一尊新像慰芳魂。[1]

胜迹长留，想当年杨柳亭台，枇杷门巷；

名楼共上，看此日风云人物，锦绣江山。[2]

盛世此登楼，喜蜀水巴山，碧玉青罗皆入画；

多情今访古，寻校书门巷，幽篁翠竹好吟诗。[3]

壮哉崇丽阁，绝蓉城杰构精华，添锦里风光，壮神州气象；

美矣望江楼，罕天府园林异卉，绚蜀都秀色，美环宇游人。[4]

濯锦江头，登无语楼台，翠竹虚心千节劲；

浣笺亭畔，听有声流水，红梅傲骨一身香。[5]

望江楼是为纪念唐代女诗人薛涛而建，文学创作、文化活动是连接楼阁与诗人的纽带。在以上多副对联中，登楼望月、凿井吟诗、几席酬和、品茗闻香、倚阁聆竹、凭江观景、寻迹访古、浣笺赏梅等等活动都与诗文雅事息息相关，都会让参与者追忆起风华绝代、才华无双的女诗人。望江楼静静地伫立在园林中，就代表了明月风光、园林胜迹、百载丽景、千年遗韵、蜀都秀色、神州气象，就是天府园林和成都城市文化中最美的风景。

楼阁是园林的点缀，同时又是观景的平台。能收揽一园、一地乃至一城胜景的楼台往往以高峻名世。新繁龙藏寺雪堂和尚曾集董其昌《岳阳楼记》文字而成一联，以志寺内妙音阁：

乃不有诗赋于此；

而登斯楼何以归。

---

[1] 张绍成，吴蘘蕊，舒泽宏：《望江楼楹联选读》，成都：四川人民出版社，2001年，第104、105页。

[2] 梁实，梁栋：《中国对联宝典》，北京：中国文联出版公司，1994年，第1632页。

[3] 解维汉，解诗梵：《中国名人故居楹联精选》，西安：陕西人民出版社，2008年，第231-232页。

[4] 张绍成，吴蘘蕊，舒泽宏：《望江楼楹联选读》，成都：四川人民出版社，2001年，第123页。

[5] 尚文化：《蹊径集：我的自学楹联之路》，沈阳：辽宁人民出版社，1991年，第116页。

第二章 地当天府膏腴：从对联看成都城市文化的形成基础

"妙音阁在龙藏寺左侧园林中，重檐楼阁。阁下嵌碑石，为龙藏寺碑林的主体部分；阁上为寺僧接待客人及弹琴处。"[1] 登一楼阁而足堪赋诗，这既是因为妙音阁中有琴音雅韵，阁下有碑石华章，更是因为该楼重檐高耸，一登览而可收园林之胜，足以游目骋怀，激荡诗情。楼阁高起与文化兴盛有一定的联系。又如新都旧城墙上的问津楼也悬有对联一副：

> 地静一尘不起；
> 楼高四望皆通。[2]

此联摘自杨升庵六言古诗《江山平远楼避暑》，展现了新都桂湖问津楼的美景。该楼耸立于新都古城墙之上，依墙起势，临空蹈虚，上可仰接风月，下可俯览湖光。青天碧水之间，一楼极尽天地风光。园林高楼的雄壮气势在新都川主庙对联中也有所体现：

> 百尺起歌楼，望凤岭云飞，犀溪雪卷；
> 一台张戏彩，讶都江蛟舞，灌口龙吟。[3]

百尺崇楼高起，可直望峰头流云、山间雪影；楼下歌舞戏曲纷呈，与奔涌的江流相应，热闹非凡。此联虽然是虚写楼台，并未实指某地某楼，但高楼的惊人气势，楼台与成都山川环境、文化活动的内在联系已由此得见。又有余安中题新都桂湖坠月楼联：

> 已托心弦拴明月；
> 可期银汉挽流星。

"坠月楼耸立城头，独树高标，每当月夜，可见皓月东升西坠"，在这样的时刻，作者站立高楼之上，"还盼望手能够伸向银河，挽回即将飞去的流星"。[4] 此楼即名坠月，又可上揽星河，则其高可知。登此而观，桂湖全景亦可尽收眼底。除上述诸楼以外，成都境内因重檐高耸而久享盛名的楼阁也应当首推望江楼。近人有两副对联称赞其高：

---

[1] 冯修齐：《新都楹联》，成都：四川人民出版社，1993年，第142页。
[2] 冯修齐：《新都楹联》，成都：四川人民出版社，1993年，第29页。
[3] 冯修齐：《新都楹联》，成都：四川人民出版社，1993年，第189页。
[4] 冯修齐：《新都楹联》，成都：四川人民出版社，1993年，第30-40页。

> 层楼高百尺，到最上头，放开眼界，直看我玉垒浮云、锦江春色；
> 往事越千年，是真才子，自有胸怀，那管他儒臣特笔、诗史题吟。[1]
>
> 我为百花生，乘兴重游，听丝管锦城，依旧风云齐入半；
> 楼更一层上，纵观千里，觉河山春色，从来天地异常新。[2]

前联说"层楼高达百尺，登临最高处，放眼四望，直见那浮云变幻的玉垒，春色迷人的锦江"。后联化用王之涣《登鹳雀楼》中"欲穷千里目，更上一层楼"的名句，描绘了游人登上望江楼，"只觉河山春色秀丽，从来天地都是特别的新美"。[3] 循阶而上，一层更尽一层，走到百尺望江楼的最上头，纵观千里河山，目睹百花春色，楼阁与自然景色融为一体，园林之美也已超越园林，得天地大观。

3. 亭塔廊桥：生动多样的园林要素

如果说高大显眼的楼阁是园林的主景，那么掩藏在绿树红花之间的亭、塔、廊、桥则丰富多姿、分布错落，在景观构筑方面更具灵活性、多样性，是园林中生动活泼的点缀。因为它们的存在，园林显得更有层次感，其中的文化生活也更有趣味性。新都升庵祠有绿漪亭，建于湖心，四周有"绿荷拂动，竹树掩映，城墙屏立，幽雅僻静"。[4] 其上有今人集陆游、白居易诗而成一联：

> 千首新诗一竿竹；
> 墙西明月水东亭。[5]

此亭在墙西水东，绕翠竹、临碧水、戴明月，得天地之精气，有孤冷清华之意韵。或当朗日，或逢夜月，三五文人吟咏其中，赋诗联句，倍增幽雅情致。罗伯济题都江堰离堆公园荷花池水心亭一联，与绿漪亭联有异曲同工之效：

> 花雨红飞云外树；
> 波光绿到水心亭。[6]

---

[1] 胡会云：《中华对联艺术》，杭州：浙江摄影出版社，2008 年，第 254-255 页。
[2] 刘定清：《对联辞话》，北京：中国文联出版社，2002 年，第 198 页。
[3] 四川省楹联学会，成都市楹联学会，成都市群众艺术馆：《成都名胜楹联》，成都：四川人民出版社，1990 年，第 48-49 页。
[4] 冯修齐：《新都楹联》，成都：四川人民出版社，1993 年，第 33 页。
[5] 乔荫南：《成都市建筑志》，北京：中国建筑工业出版社，1994 年，第 316 页。
[6] 杨克泉：《中华名楼经典对联荟萃》，北京：金盾出版社，2013 年，第 209 页。

第二章 地当天府膏腴：从对联看成都城市文化的形成基础

同样是在水心，同样倚伴着花树波光，此水心亭当然也化为了公园秀美景色的一部分，既为游人文士提供休憩的场所，也成为其寄景抒情的对象。同样，杨崇逸有对联题咏新都丽园乔梓亭，其联文曰：

双亭临绣水；
遗脉隐乌沱。[1]

双亭以乔梓为名，一高一低，比拟新都杨廷和、杨升庵父子。高者为首辅亭，象征首辅杨廷和；低者为状元亭，象征杨升庵。两亭形制、命名本已有深刻的文化寓意。而其高低错落，相伴伫立在乌沱水边，又似对杨氏后学、成都文脉传承不绝的祈祝。昭觉寺园中有虔心亭，亭上一联曰：

遥望亭高分八角；
仰观路直绕双溪。[2]

此亭在昭觉寺山门之后，正当寺庙主轴。亭前有笔直的道路，两旁绕着溪流。透过联文，似已能想见虔心亭周边乃至整个昭觉寺园中清幽寂静、适宜修行的环境。此外，在青城山上也有众多亭榭。位于丈人峰下的建福宫委心亭有联：

草亭闲坐看花笑；
竹院敲诗带月归。

青城山建福宫虽是道教宫观，但怡人的景色却似更胜凡尘。联文作者"在草亭中闲适地坐着，尽情地欣赏山花；在竹林掩映的道院中推敲诗句，乘着月光慢慢归来。"[3] 草亭拥揽花月，又流淌出诗情，建筑、景色与文化间形成了稳定的互动关系。

塔，是佛教寺庙中的重要建筑。除了特定的宗教功用之外，佛塔也与普通园林中的其他建筑一样，承担着文化传承的功能。这一点，在成都对联中同样有所体现。如彭州龙兴寺山门联：

千秋古塔传阿育；
五代丛林自预知。[4]

---

[1] 冯修齐：《新都楹联》，成都：四川人民出版社，2001年，第166页。
[2] 杨克泉：《中华名楼经典对联荟萃》，北京：金盾出版社，2013年，第205页。
[3] 苏渊雷：《名联鉴赏辞典》，上海：上海辞书出版社，2012年，第354页。
[4] 《彭县文史资料选辑》第1辑，彭县政协文史资料研究委员会印行，1985年，第107页。

联文提到的古塔,"始建于东晋义熙二年(406年),原为天竺僧人昙摩掘义(智洗禅师)所建木结构塔,到五代预知禅师改建为密檐式砖结构塔,青砖垒砌,塔体方形,密檐17级,高35米,68角皆悬马蹄铃,是我国最古老的宝塔之一。"[1] 全联以古塔为核心线索,将印度阿育王大兴佛教、智洗禅师始建宝塔、五代预知禅师改建宝塔等重要事件紧密串联起来,集中显示了成都文化中悠长厚重的佛教元素。此外,高利生题赠行乐和尚新升宝光寺方丈联也非常关注佛塔:

> 清修得初祖真传,曾现金刚临汉水;
> 说偈近升庵故里,长看宝塔照湖光。[2]

宝光寺是新都名刹,迩近杨升庵故里。从高利生的这副对联中看,寺中的宝塔至少有三重意义。首先,它是寺院中独特的景致。塔影与湖光相照,各得其美,各尽其妙。其次,佛塔又象征着佛法,是高僧布道说偈的指喻。寺院中的佛塔充分体现了佛教在成都文化中的影响。最后,宝光寺与杨升庵故里同在新都,以佛塔高眺状元故里为切入点,儒释文化协同汇合、相伴共荣的包容气度也在此有所展现。

在楼阁亭塔之间联系沟通的,是回廊和小桥。万自律题马家镇丽园一联:

> 拓成佳丽名园,水曲廊回饶逸兴;
> 此是升庵故里,地灵人杰启文明。[3]

水曲廊回,极尽幽折隐约之妙,正说明丽园占地广袤、结构精巧,与上文拓地成园之语相应。在更大的视野范围内来看,丽园又是新都马家镇的一个点缀,园林深深,回廊曲折正与此地人杰地灵、文化炳盛相应,是成都文脉传承不息的具象化呈现。傅理庵题潜西精舍联则云:

> 以何因缘,明月小桥多问字;
> 于斯常住,青山万古有传人。

细读此联,"上联意为:凭借什么原因,许多人要乘明月、过小桥来这里请教学问?下联意为:有您(雪堂和尚)在这里长住,文风鼎盛的宝峰山(龙

---

[1] 张羽新:《中国寺庙宝典西北西南卷》,北京:中国藏学出版社,2002年,第169页。
[2] 冯修齐:《新都楹联》,成都:四川人民出版社,2001年,第281页。
[3] 冯修齐:《新都楹联》,成都:四川人民出版社,2001年,第164页。

第二章 地当天府膏腴：从对联看成都城市文化的形成基础

藏寺）千秋万代都有继承人。"[1] 联文以寺院小桥比喻学海津梁，最终归结于成都文风、佛法久盛，万古相传不绝。园林景物与成都城市文化的关系从这个特殊角度又一次得到了展示。

综合来看，是山水、花木、楼宇共同成就了美轮美奂、独具特色的成都园林，而园林又成为成都城市文化得以孕育、发展的重要物质基础。清末高瀛题新繁东湖联较为系统地综括了这些要素：

抚唐宋遗踪，睹兹古柏干霄，新荷复沼，想当日，贤邑宰流风善政，乡先生余韵芳徽，迄今千载而遥，对曲水环山，犹足令凭眺讴吟，低回慨慕；

拓池塘胜迹，每遇疏梅冒雪，修竹弹烟，趁佳辰，小奚僮酌酒烹茶，都人士命俦啸侣，后此百世之下，愿增华踵事，长留得太平景物，美丽园亭。[2]

在这副一百余字的长联中，高瀛论园林山水之佳，则称"曲水环山""池塘胜迹"；论花木之繁，则有"古柏干霄""新荷复沼""疏梅冒雪""修竹弹烟"；论楼宇之美则已堪"凭眺讴吟"、又期求"增华踵事"，长得"太平景物""美丽园亭"。除此之外，这园林还凝聚着"邑宰流风善政""乡先生余韵芳徽"，足以"酌酒烹茶""命俦啸侣"，集多种文人雅事于一体，完全是文化渊薮，人文胜地。与此相似，张绍诚为泥巴沱题联：

景物最宜人，再游更觉园林好；
欢娱当尽兴，三顾深知鱼水情。[3]

王体诚为望江楼题长联云：

千秋留艳韵，扬芬玉女津边，惜是毛分彩凤，香浣鸾笺，诗酒殢情场，清怨沁枇杷旧巷；

百岁览江流，高峙锦官城外，羡因足画神龟，霞蒸鸟革，楼台开寿域，欢声涨篁竹名园。[4]

---

[1] 冯修齐：《新都楹联》，成都：四川人民出版社，2001年，第146页。
[2] 周渊龙：《特长楹联选粹》，太原：山西经济出版社，2003年，第143页。
[3] 冯修齐：《新都楹联》，成都：四川人民出版社，2001年，第170页。
[4] 张绍成，吴蕖蕊，舒泽宏：《望江楼楹联选读》，成都：四川人民出版社，2001年，第96页。

李士谦题新都问津楼联云：

> 胜景览名园，云影波光，不让杭州西子；
> 襟怀抒远抱，地杰人灵，犹夸滇海文翁。[1]

三联所指对象不同，内容各异，但由美景而及名园，由名园而引申至城市文化的表述思路则完全一致。这也说明对联确实是连接物质基础与文化表达的纽带，是探知成都文化成形基础的重要载体。

---

[1] 杨克泉：《中华名楼经典对联荟萃》，北京：金盾出版社，2013年，第151页。

第三章　激扬天府风情：从对联看成都城市文化的实质内涵[1]

成都城市文化是中华优秀传统文化在天府成都的特质化表达，"既是历史上天府之国文化的总括，也是今天成都市域文化的特称"。[2] 它"是巴蜀文明开出的花、结出的果，是巴蜀文明的浓缩和精彩呈现，是在巴蜀文明与中国其他地域文化和世界上其他文明发生碰撞、交流、融会时的主要代表。"[3]

成都城市文化对应的核心词是"天府"。这是一个基于地理、地质、气候、生态、物产等自然条件而形成的文化概念。结合自然与人文两方面来看，天府大致有四层含义："一是天帝（帝王）所居之府（地区），一是天帝所藏之府库，一是天帝所赐之府（地区），一是天帝所造之府（地区）。"[4] 但无论按哪层意义来理解，天府都是与上天、天帝相对应的。它是一个得天独厚的富足府库，是"自然、人文条件得天独厚，能够长期稳定、保持繁荣富庶的地区"。[5] 因此，由天、府两个基本意象组成的天府，就是天堂在人间的投影，是物质丰足、精神愉悦、令人向往的神仙世界。发源于此的成都城市文化，也就在完美时序、宜人气候、雄奇山峦、充沛水脉、瑰丽园林的孕育陶冶下酝酿出了创造性、学术性、开放性、情感性的精神内涵。这些要素又往往被成都古今对联所记录，在文人墨客的题咏中得到生动表达。

---

[1] 本章主标题"激扬天府风情"，出自张德成为望江楼百年征联所题对联："胜迹百年，六十年寒夜，四十年晴光，经历世间冷暖；平畴万顷，七千顷金波，三千顷绿浪，激扬天府风情。"
[2] 舒大刚：《精研"天府文化"重建精神家园——天府文化的历史与演变》，载《天府文化研究》（创新创造卷），成都：巴蜀书社，2018，第4页。
[3] 谭平等：《天府文化与成都的现代化追求》，成都：巴蜀书社，2018年，第29页。
[4] 潘殊闲：《天府文化的源流、特质及其相关概念探析》，载《天府文化研究》（创新创造卷），成都：巴蜀书社，2018年，第51页。
[5] 谭平：《天府文化创新创造能力的活水之源》，载《天府文化研究》（创新创造卷），成都：巴蜀书社，2018年，第16页。

第一节　创造性

创造的关键是求新。求新"就是人类对新奇事物的追求，人类不仅消费和占有已有的事物，维持自身的生存与发展，而且追求未有的事物、新奇的事物。""超越已然，追求未然是人类的本性。"[1]由此看来，文化创造性的生动体现，就应该是以充裕丰饶的物质资料为基础，为满足人类需求而整合、加工、改造自然物，不断追求美好生活。天府成都是天堂府库，物藏广博宏富，基于物质生产和再生产的创造成为与生俱来的文化基因。此地有蚕有桑，因此蜀布蜀锦驰名天下。此地有池有井，故而出现了井盐、天然气的早期开发。高山出茶出漆，所以成都引领了饮茶风尚，成就了漆器辉煌。城中有芙蓉花木、有浣花溪水，于是薛涛取之作笺，名动文坛。丰富的物质资料为城市文化中的创造精神提供了持久支撑。衣被文采、锦绣成章，是成都人在丰衣基础上对华服的新追求；以粮造酒，蒟酱流播，是成都人在足食基础上对美味的新追求；舟车穿山涉水，交子汇通天下，是成都人在安逸生活的基础上对高速交通、便利金融的新追求。可以认为，正是以物质资料极大丰足为前提，以物质条件不断提升为目标的文化创造性，彰显了天府成都追求卓越、开拓进取的力度。成都对联对成都文化创造性内涵的反映，既宏观展现了此地勇于进取的创新精神，又集中呈现了成都先民在环境改造、物质发明、精神创造等三方面的具体成果。

一、勤谨务实的进取精神

成都文化的创造性以人为根本，由古及今，成都人一以贯之的进取精神正是催生一切发明创造、推动改革创新的不竭动力。从具体对联中看，马萧萧题斑竹园西川祭祖堂联云：

> 造物兴邦，恩隆百族；
> 报功崇德，堂祀千秋。

《新都楹联》编著者解联中"造物"一词曰："指黄帝创造发明宫室、舟

---

[1] 乌云娜：《创新力》，北京：国家行政学院出版社，2012年，第7页。

第三章　激扬天府风情：从对联看成都城市文化的实质内涵

车、蚕丝、医药、文字、历法、算术、音律等。"又通解全联称："中华民族始祖炎帝、黄帝，古蜀民族始祖望帝、丛帝，初创中华文明，建立和振兴国家，他们的恩情促进了中华民族、各姓氏的和谐团结与兴旺发达""中华民族的后代们，为酬报有功、崇敬有德的列祖列宗，特建此堂，祭典隆重，千年不绝"。[1] 从联文注解可以看出，创造与传承是本联的两大思想重点，以望帝、丛帝为代表的古蜀先王、中华民族先祖具有勇于创造的伟大理想和持久动力，他们锐意进取，因时造物，在物质层面和精神层面都为后人留下了宝贵的财富；而古蜀以下的天府后人皆有崇德报本之心，他们建堂祭祀，推尊先祖，实际上就是要绍承其造物兴邦的伟绩，弘扬文化创造性，使之千秋永续，成为成都城市文化的稳固内核。与此联意旨相似，今人周虚白庆香港回归题联则云：

夏屋渠渠，不忘列祖列宗缔造维艰，一寸河山无限业；
瀛环扰扰，难得知今知古殷忧启圣，百年日月又重辉。[2]

从国家、民族的宏观层面看，联文作者借香港回归而追思祖先创业兴邦之艰难，坚决主张每一寸山河领土都应该珍惜重视。但若结合作者的籍贯身份，具体到天府成都来看，这一副对联同样也表达了对成都前贤艰难创业事迹的崇敬。对其创造精神的追思与认同。而石板滩镇火神庙也有对联称：

改造荷神庥，护国安民既昭假尔；
更新崇祀典，春祈秋赛勿替引之。[3]

该对联不知为何时何人所作，就其内容分析，应该是当地重建或修缮火神庙后所题。上下联文劈头就是"改造""更新"两组词语。可见邑人乡民对改作神庙、革新祀典一事的郑重。以重修殿宇为契机，老百姓春秋祭祠不绝，以虔敬之心祈求神明保佑国泰民安。这虽然只是地方乡镇上的一件微末小事，相关的创造改变也只局限于神庙和祀典，但以小见大，其中也反映了天府成都城市文化的创造性。此外，清人奇成题锦江书院联更道出了成都后学继承当地文化创造精神的重要性：

---

[1] 冯修齐：《新都楹联》，成都：四川人民出版社，2001年，第181页。
[2] 冯修齐：《新都楹联》，成都：四川人民出版社，2001年，第296页。
[3] 冯修齐：《新都楹联》，成都：四川人民出版社，2001年，第217页。

> 为创为因，颂教思于不朽；
> 以妥以侑，修祀事而维虔。[1]

锦江书院是清末"省立的四川地区最高学府""为通省作育人才之所"。[2]在教育理念、办学思维、管理方法等方面，它充分借鉴了前人的教育革新成果，是"创"与"因"、创造与继承完美结合的实践典范。锦江书院创设于文翁石室的遗址之上，是在两千年之后对成都首创地方官办学校这一壮举的继承；它以经史、治术课士，主张"先经义而后时文""先行谊而后进取"，在科举学校教育之外倡导全新理念；它以"三舍法"组织对学生的教育和考核，对中国古代教育管理的创新成果也有吸收借鉴。此联文高度肯定锦江书院"为创为因"的不朽教思，其实也就是从教育文化这一个侧面展现了成都城市文化的创造性。

以上述三副对联的宏观概述为基础，更具体来看，创造性在成都历史、成都城市文化中的传承弘扬，又是以勤谨务实的进取精神为支撑的。只有以勤勉踏实的态度面对工作、学业、生活，长期不倦，孜孜以求，不断思考如何更好地完成正在从事的事业，才有可能在原有的事、物之上继续创造革新。对这一点，成都对联同样有较多的关注。比如赖炽臣题新都县立初级职业中学校大门联：

> 职责所归，执其中，名其道；
> 业精于勤，治于学，寓于人。[3]

这副对联巧妙地嵌入了"职业中学"四字，寄托了对职中学子的深深期许。其题眼在"职责所归""业精于勤"八字。作者希望新都后学都能以勤执业、以勤治学，以勤名道，以勤做人。只有勤奋努力，不断积累，才能改变陈腐旧套，进取革新。而康冻题新繁东城小学联又曰：

> 父兄勤劳供子弟读书，若不用心，是无血性；
> 生徒贤愚看师长教法，倘或贻误，安有天良。[4]

---

[1] 邓洪波：《中国书院楹联》，长沙：湖南大学出版社，1999年，第240页。
[2] 纪稽缘，虞桃秀：《中华学府志四川卷》，北京：中共中央党校出版社，1998年，第7页。
[3] 冯修齐：《新都楹联》，成都：四川人民出版社，2001年，第191-192页。
[4] 冯修齐：《新都楹联》，成都：四川人民出版社，2001年，第203页。

第三章　激扬天府风情：从对联看成都城市文化的实质内涵

同样是勉力子弟刻苦读书、奋发上进，比较上述两联，新都职中联主要是从学生自身着眼，而新繁东城小学联则进一步考虑到了父兄勤劳供读和师长辛苦教导。推而广之，无论是读书的子弟、劳作的父兄、授徒的师长以至于各行各业的所有求学者、劳作者，都应该勤谨上进。唯其如此，才能超越既有水平，实现新造。与此相似的还有吕祖铭题新繁县立高等小学堂大门联：

> 讲求实学；
> 造就通才。[1]

虽然此联全文仅有八个字，但却从治学成才的角度写出了务实对培养创造性人才的重大意义。务实是勤勉在另一层面的体现。只有脚踏实地，以务实的态度求学处事，才能夯实基础，有效积累知识和本领，深化对事物的认识，最终实现质变、突破。以上三副对联都是对求学生徒的诫谕。它们从育人立人的最初阶段着眼，体现了成都文化在基础教育中对创造性人才的引导。除传统教育领域外，当代成都对联中也有对勤勉精神的尊崇。今日成都东糠市街一家面馆门前张挂有一副对联，其文为：

> 一生勤为本；
> 万代诚作基。

这是一副较为常见的修身持家对联。商家以诚待客本是应有之义，但突出强调以勤劳为事业之本，则体现了创作者对此美德的重视。商铺将这副对联作为经营信条高悬门外，说明它已经融入天府成都的现代商业文化。而新繁东街同善社大门悬挂的程祖洛自题联则是对勤谨与创新关系的最好总结：

> 醴泉无源，芝草无根，人贵自立；
> 户枢不蠹，流水不腐，民生在勤。[2]

"流水不腐，户枢不蠹"是自然的规律，重在因时常新，不断创造变化。而为人之本则在于勤，只有勤勉务实，努力进取，才能实现突破与超越。这副对联虽非专为成都而题，但它显然已成为当代成都文化创造性的代表。

---

[1] 冯修齐：《新都楹联》，成都：四川人民出版社，2001年，第203页。
[2] 朱庆文：《楹联十讲》，杭州：西泠印社出版社，2016年，第289页。

二、对自然环境的改造

对自然环境的改造最能彰显成都文化的创造之功。以举世闻名的都江堰水利工程为代表，成都平原上的一系列治水工程显示了先贤在改造自然环境时的创造性智慧。所以，颂扬先辈的治水功业，展示水利工程的创造性成果，赞叹自然环境的改善也成为成都对联的一大主题。千余年来，相关联文不下数百副。

成都郫县（今郫都区）有望帝杜宇和丛帝鳖灵之陵，又有祭祀二帝的望丛祠。"望帝杜宇是春秋末蜀人之首领，首先率众徙都于郫，开蜀国务农之先河。丛帝鳖灵原为蜀相，治水有功。杜宇禅位于鳖灵后，隐居西山，仍关心蜀地农业生产，相传他魂化鹃鸟（杜鹃）于每年春夏之际，啼鸣于田野，催民务农。"[1] 望、丛二帝先后治蜀，关注水利和农业，在保障蜀民生产生活的同时，更以一往无前的开创精神极大改善了成都附近的自然环境。故后人于望丛祠题联称：

蜀国破天荒，忆冠裳让后，水土平初，一德君臣三代远；
巴人悲地载，倘花凤来时，杜鹃啼处，千秋风雨二陵多。[2]

一代勋名高禹绩；
千秋揖让迈虞廷。[3]

杜宇、鳖灵治水兴农，"决玉垒山，穿江源，过羊马，开金堂峡，另劈一江分水引流，又在下流巫江泄洪，经多年努力，水患得到缓解"。[4] 其区处规划、布局施工，必定要面对种种问题，克服无数困难。这就要求谋划者、执行者充分整合经验，发挥智慧，因地制宜，鉴古开新。联文称赞望、丛平水土的事业是蜀国"破天荒"的"千秋"壮举，正是看到了他们对天府成都自然条件的持久性改善。在望、丛治水的基础上，秦太守李冰父子又以创造精神、革新智慧凿宝瓶口离堆，筑鱼嘴堰、飞沙堰，定岁修制度，通过都江堰工程再次深刻地改善了成都平原的自然水文环境。骆秉章题都江堰伏龙观后殿联云：

---

[1] 四川省楹联学会，成都市楹联学会，成都市群众艺术馆：《成都名胜楹联》，成都：四川人民出版社，1990年，第161页。
[2] 裴国昌：《中国名胜楹联大辞典》，北京：中国旅游出版社，1993年，第1604页。
[3] 王宗禧等：《望丛古今》，成都：四川人民出版社，1989年，第161页。
[4] 范新溶：《中华古今名胜楹联评注》，成都：四川新闻出版局，1999年，325-326页。

第三章 激扬天府风情：从对联看成都城市文化的实质内涵

朔经画于秦时，沟渠初放，阡陌初开，贤太守始立规模，遂以启后世文廉之绩；

兴利济于蜀郡，井野分疆，离堆凿石，都人士馨香俎豆，直可追先朝丛望之祠。[1]

李冰设计建造都江堰，在成都水利史上实有承前启后之功。向前追溯，他汲取了望帝、丛帝的治水经验，凿石穿江，开山引水，进一步确定了岷江之水穿流成都的规模格局。向后延续，李冰的事业又有启导之功，是后世文翁、廉范引水灌溉拓展田地的基础。而这一伟大工程，从经画设计到凿离堆、放沟渠、开阡陌、分井野，无不闪耀着创造性的智慧之光。对此，黄慎之、陈凯文、王纯五三人为今日都江堰李冰纪念馆各题写了一副对联：

一堰水驯千世利；

二王功立万人心。

大禹疏九河，功垂三代；

二王筑一坝，泽及千秋。

乘势导流，二江永奠千秋业；

因时施治，一堰长留百代功。[2]

以上联文共同提到的筑坝作堰，是整个都江堰水利系统的核心，也是最体现李冰父子和蜀地先民创造性智慧的关键工程。众所周知，都江堰施工，首先需要筑堤断水。但"在水流湍急的岷江中，修筑堤堰十分困难，石块极易被流水冲走，李冰就让人从山上砍来竹子，并编成竹笼，里面装满鹅卵石，层层叠放在一起，这样将石材有效地聚拢在一起，分水堤也就修筑起来了"。[3] 这就是李冰因地制宜，依托当地自然物产而创造发明的"软堤"技术。以此为基础而建造的金堤、飞沙堰、宝瓶口又凭借巧妙设计、精准施工而创造性地实现了"自动分流、自动调节水流量和自动排沙"等三项重要的功能，[4] 由此可见，都江堰工程正是以创造性的理念、技术为支撑，才能在生产力相对落后的中古

---

[1] 萧黄：《寺庙陵墓对联》，开封：河南大学出版社，2005年，第405页。
[2] 解维汉，解诗梵：《中国名人故居楹联精选》，西安：陕西人民出版社，2008年，第238页。
[3] 王俊：《中国古代科技》，北京：中国商业出版社，2015年，第50-51页。
[4] 中央电视台：《建筑中的科学》，武汉：长江出版社，2014年，第14页。

时期有效承担起调节水流、改善自然环境的重大任务,最终泽及千秋、功垂百代。除软堤筑坝技术外,李冰在凿山引水施工时也注重新创。伏龙观有佚名对联:

峡口开通,不逊夏时疏凿;
江声莽朗,犹余秦代波涛。[1]

凿玉垒山、穿宝瓶口是都江堰建造施工时的又一项关键工程。在当时的技术条下,破山通峡并非易事。据传李冰正是利用了热胀冷缩的科学原理,通过火烧水冷,使岩石开裂,从而降低施工难度,使工程有效推进。在此过程中,合理采用新技术是开通峡口、导流江波的保证。当然,工程技术的更新只是李冰创造精神的部分体现,在治水原则、设计思维上的新创才是都江堰的灵魂。对此,都江堰二王庙对联赞称:

一门两禹;
六字千秋。[2]

其李冰殿联:

六字炳千秋,十四县民命食天,尽是此公赐予;
万流归一汇,八百里青城沃野,都从太守得来。[3]

张开钦题李冰纪念馆联:

农桑重水功,沙卷洪分,六字流传当作楷;
渠堰崇科学,畴腴泽沛,千秋评说不称神。

张少成于此亦题一联:

名区问伏龙,看双江九派广溉膏腴,六言准则传千世;
高阁临栖凤,引四海五洲同瞻典范,百族崇钦拜二王。[4]

---

[1] 梅馥葆:《品联撷趣》,长沙:岳麓书社,2004年,第103页。
[2] 戴本恒:《对联艺术探微》,长沙:湖南人民出版社,2005年,第109页。
[3] 王定富:《二王庙》,成都:都江堰文物局,2005年,第38页。
[4] 解维汉,解诗梵:《中国名人故居楹联精选》,西安:陕西人民出版社,2008年,第238、239页。

第三章 激扬天府风情：从对联看成都城市文化的实质内涵

张沅题二王庙李冰殿联：

> 深淘滩，低作堰，懿训昭垂，为准为则；
> 湾截角，正抽心，仪型足式，无颇无偏。[1]

同地又一联云：

> 凿内江口以平秋汛，导外江水以慰春耕，盈亏系此身，二千年利溥害除，恩波永照秦时月；
> 深滩低堰乃安其流，截角抽心乃顺其势，典型在西蜀，十四载科金律玉，敷土同垂禹贡经。[2]

清流镇川主庙戏台联：

> 低作深淘，功歌灌水；
> 遥吟俯唱，曲谱清流。[3]

上述对联均提及了"六字""六言"，即李冰运用于都江堰筑堰分水中的六字口诀——"深淘滩、低作堰"。此六字加上"遇湾截角，逢正抽心"两条，共同构成了都江堰水利工程的实施原则。具体而言，"深淘滩，是指内江凤栖窝一带的河床，每年淘除淤积的沙石，必至江心'卧铁'，要淘够深度，才能保证足够的灌溉流量。低作堰，指飞沙堰的高度要合理，不能太高，影响排洪。湾截角，是指河流弯段要设法顺直。正抽心，是指已直的河段，要深疏河床中部"。[4] 这些格言，都是李冰父子在经验积累、实地勘测的基础上得出的理论成果，是创造精神在都江堰工程中的运用。从灌口到清流，从分水堰到平原腹地，凡是江流经过之处，后人无不秉承李冰遗训，尽心水利事业。

技术和理念两方面的创造确实使天府成都的自然条件得到了极大改观。骆秉章撰联赞曰：

---

[1] 李鹏飞：《古今对联选》，郑州：中州古籍出版社，2012年，第460页。
[2] 梁羽生：《名联谈趣》，上海：上海古籍出版社，1999年，第794页。
[3] 冯修齐：《新都楹联》，成都：四川人民出版社，2001年，第220页。
[4] 四川省楹联学会，成都市楹联学会，成都市群众艺术馆：《成都名胜楹联》，成都：四川人民出版社，1990年，第91页。

此日去昭公二千余年，终古大江流，潭影波光，夜夜认秦时明月；
其地溉益州一十六县，秋风香稻熟，豚蹄盂酒，家家祝太守祠堂。[1]

李士廉、蔡彦彬、李启明亦各题一联称：

万里客同游，当一览都江激浪，天府平畴，奇迹常新辉古堰；
千秋人共仰，愿重温史记河渠，华阳蜀志，丰功永铸凿离堆。[2]

报李喜投桃，纪善事，颂善政，承大禹勋功，伟绩播千秋，馆接青云，百姓咸夸前郡守；
怀冰欣献璞，念斯人，撰斯联，绍伯阳令德，高风扬六合，堂开绿野，四川更警后贪官。

拓百世奇功，旰食宵征，先贤手脚多胼胝；
完千秋盛业，利民惠物，天府仓箱庆满盈。[3]

古堰分江，穿峡引水，成都平原内一十六县之地从此得见激浪腾涌、大江奔流，终有潭影波光上映青云明月。地陇之间沟渠纵横，有平畴千里、腴田万亩在望，一年中绿苗金穗更替，禾稻飘香不绝。从此之后，成都即成为水旱从人的乐土，仓箱满盈、物阜民丰，富饶安乐的田园图画成为此地固定的风光。至此，都江堰的创造之力已铺开"天府"画卷，故有对联总括此意称：

生身继大禹治水神功，闵昏垫、去怀襄、淘滩作堰，与疏渝后先辉映，千百年猛兽并驱除，天下有溺犹己溺；
主座经祝融秉火焚焌，勤补砑、涂丹臒、革故鼎新，俾人民远迩讴歌，十四县全川重坐镇，蜀道多难又何难。[4]

恢拓禹功名父子；
创开天府古神仙。[5]

以淘滩作堰、革故鼎新的创造之力为内核，李冰父子、成都十余县人民前仆后继、勠力同心，不断改造周边自然环境，终于化腐朽为神奇，使地处

---

[1] 吴刚，谭良啸：《楹联上的成都记忆》，成都：成都时代出版社，2015年，第256页。
[2] 龚联寿：《中华对联大典》，上海：复旦大学出版社，1998年，第1285页。
[3] 解维汉，解诗梵：《中国名人故居楹联精选》，西安：陕西人民出版社，2008年，第239页。
[4] 朱恪超：《中国对联库》，郑州：中州古籍出版社，2000年，第984页。
[5] 张鲁光：《中国名联选》，长春：吉林文史出版社，1992年，第242页。

第三章 激扬天府风情:从对联看成都城市文化的实质内涵

西南,蜀道难通、洪水猛兽横行的成都变为了文明乐土,变为了天府神州。李冰之后,穿堰通江、发展水利,积极改造自然环境仍是贤臣名宦治理成都的要务。汉初蜀守文翁不仅在此立学兴教,也曾引水殖田。越熙题彭州文翁祠联云:

既庶何加,曰富;曰富何加,曰教。至道本自尼山,文不在兹乎?独怪二千年历唐宋元明无庙祀。

穿堰然后,有田;有田然后,有收。深思长流湔水,民弗能忘也。足征十七里中土农工贾具天良。[1]

灌溉农田使人民衣食足备,是与教学传道并重的事业。文翁治蜀期间,"穿湔江口,溉灌郫繁田千七百顷",[2]是李冰之后再次以水利工程改造自然环境、改善经济民生的施政实践。其敢于创造、锐意进取的精神与李冰一脉相承。

水网的改变还会进一步带动城乡环境的改善。清末生员高利生题新繁县公园新新路开通、题高宁场重建落成两联云:

游览辟新途,倏看商贾云屯,一廛分授;
嚣尘终隔越,还爱湖山风雅,万古流芳。

街市重新,且喜高坚增壮丽;
地方依旧,还看宁静致蕃昌。[3]

这两副对联的题眼都在一个"新"字,尽管它们只是针对特定对象而发,但其文辞仍有一定的普遍性、代表性。随着成都平原水利环境的改善,农业得以发展,人口逐渐繁息,经济持续繁荣,于是城镇新建、街市新成、园林新辟、道路新开,劳动创造的成果改善了人居环境,融入了市民生活。

三、不朽的物质文化成果

天府成都自然条件优越,物产繁庶。早在两千年前,邛竹杖、蜀布就已

---

[1] 解维汉,解诗梵:《中国名人故居楹联精选》,西安:陕西人民出版社,2008年,第254页。
[2] 常璩:《华阳国志校补图注》,任乃强校注. 上海:上海古籍出版社,1987年,第141页。
[3] 冯修齐:《新都楹联》,成都:四川人民出版社,2001年,第282页。

走向国际市场。[1] 在创造精神的推动下，丰富的物产进而转化为享誉中外的发明创造，不仅丰富了成都的物质文化生活，也为世界文明发展作出了巨大贡献。具体来看，天府之国以水利、农业为本，依托粮食生产而盛极一时的川菜最为人所称道。今日成都市内北大街有饭店张挂对联：

> 天府大地五谷香；
> 成都小巷百味芳。

此联文字不多，语意也简单浅近，但天府成都农业发达，五谷丰饶的景象已被联文简明扼要地提点了出来。以此为基础，加以创造之功，终于成就了"一菜一格，百菜百味"的川菜。街头小店的对联正是此悠久传统的浓缩体现。大墙东街又有一饭店对联自称：

> 四代调五味；
> 一店香百年。

善于调味是川菜的特色所在。其本质就是利用自然界中本已存在的各种食材、香料，通过特定的搭配、融合，调制出原本没有的味道，以满足人们的味觉需求。这一过程当然就是创造革新、变化新生的过程。街头随处可见的小店对联虽然简单，却一语道明了成都餐饮文化的创造性。结合实际案例来看，成都人在餐饮领域的创造发明也值得大书特书。比如清末民初成都的著名餐馆姑姑筵，是近代川菜史上的"仙品"。其创始人黄敬临不仅精于烹饪，能"从传统中推陈出新，从民间中去粗取精，从自然中钩沉发微""创造性地做出了坛子肉、烧牛头方、香花鸡丝、樟茶鸭子、酸辣鱿鱼、豆渣烘猪头、叉烧肉、青筒鱼、酸菜煮黄辣丁、炸扳指、麻辣牛筋等佳肴"；[2] 而且他还善写对联，亲自为姑姑筵题写了很多"风趣的楹联"，"含有自嘲的味道，颇为幽默可喜"。[3] 如姑姑筵中曾有黄敬临自题一联：

> 学问不如人，才华不如人，只有煎菜熬汤，才能算我真本事；
> 亲戚休笑我，朋友休笑我，安于捉刀弄铲，正是文人下稍头。[4]

---

[1]《史记》载张骞"在大夏时，见邛竹杖、蜀布"，以此知成都物产在两千年前已出口中亚。《史记》卷一百二十三《大宛列传》，北京：中华书局，1959年，第3166页。
[2] 向东：《百年川菜传奇》，南昌：江西科学技术出版社，2013年，第70页。
[3] 梁羽生：《名联观止》，北京：北京大学出版社，2017年，第548页。
[4] 黄明钿：《妙联趣对大全》，北京：文化艺术出版社，2007年，第81页。

第三章 激扬天府风情：从对联看成都城市文化的实质内涵

主人虽然自谦学问、才华皆不如人，但在煎菜熬汤、捉刀弄铲的厨艺方面却自认为有一技之长、独得之秘。这种自嘲之中又含有自信的态度，正源作者于对川菜技艺的创造追求。与此联意旨相近，黄敬临还在餐馆中题写一联：

> 可怜五十年读书，还是当厨子；
> 做得廿二省味道，也要些功夫。[1]

此联语意更加明白，尽管仍然谦称自己读书无用，终归还是只能守着灶台当一名厨师，但却又直言灶上功夫非同小可，并不是人人都能深得其中三昧。若能兼通各大菜系要领，得二十二省味道，调和南北东西口味，则必须打破俗套，兼容并包，推陈出新。除此两联外，黄敬临所题的其他几副对联也是寓庄于谐，在调侃自嘲中表明了川菜技艺革新发展的不易：

> 右手拿菜刀，左手拿锅铲，急急忙忙干起来，做出些鱼翅燕窝，供给你们老爷太太；
> 前头烧柴灶，后头烧炭炉，轰轰烈烈闹一阵，落得点残汤剩饭，养活我家大人娃娃。[2]

> 叹老夫无命做官，才租这大花园承包酒席；
> 替买主下厨弄菜，好像那巧媳妇侍奉公婆。[3]

> 提起锅铲，拿起菜刀，自命为锅边镇守使；
> 碗有佳肴，壶有美酒，休嫌这路隔通惠门。[4]

而吴稚晖为成都姑姑筵菜馆题写的一副对联则称：

> 粒片脔块丝，淡嫩硬烂盘盘别；
> 煮煮炖烹炒，咸酸油辣样样精。[5]

姑姑筵能做到粒、片、脔、块、丝种种菜式各有特色，煮、煮、炖、烹、炒诸多技法尽皆精通，这绝非易事。需要拿好菜刀锅铲，烧起柴灶炭炉，

---

[1] 李惠文等：《中国商业楹联集锦》，石家庄：河北人民出版社，1997年，第166页。
[2] 林戈：《奇联雅趣》，天津：天津古籍出版社，1996年，第223页。
[3] 唐麒，江桂苞：《中国对联故事总集民间卷》，长春：时代文艺出版社，2004年，第322页。
[4] 李文郑等：《商场对联故事》，郑州：中州古籍出版社，2002年，第55页。
[5] 丁茂远：《中国现当代著名人士对联赏析辞典》，北京：商务印书馆，2012年，第1683页。

常年下厨弄菜,在持续的实践中不断积累经验,进而追求独创革新,才能与时俱进,始终获得食客的认可。从黄敬临的事迹、对联中可以看出,烹饪虽是小技,却与民生之本密切相关。天府美食文化长期得享盛名,正是历代从业者勇于创造、精益求精的结果。

餐与饮相伴,除以川菜闻名遐迩外,天府成都还是茶的故乡,是饮茶风俗的创始地。今天成都人民公园中还张挂着一副非常著名的对联:

扬子江中水;
蒙山顶上茶。

对联中的扬子江,即是流经成都的岷江—长江水系。从雪山奔腾而下的江水为茶带来了活力。蒙山则是茶的故乡,是茶的发源地、"世界茶文化圣山"。江水与茶叶在天府成都相遇,经炭火烹煮,就转化成了清亮芬香的茶汤。以旧有事物为基础的新创是茶的灵魂。这一创造成果自诞生之日起就成为中华传统文化的重要内容,千余年传承不绝,至今仍在影响着成都人的生活。如今,在遍布成都大街小巷的茶馆里,往往也张贴有极富生活趣味的对联:

淡中有味茶偏好;
清茗一杯情更真。
壶沏佳茗,满堂伴笑语;
杯倾甘露,四季溢清香。
得闲识得山外意;
春盏不欺此中人。
龙引千江水;
鸡鸣万山茶。
闲尘春风里;
静品香茗中。

这些对联都是以茶为中心而展开,或道茶的传奇来历,或言茶中滋味乐趣,或讲品茶时的美好从容。它们既是天府典雅闲适生活的写照,也体现了成都人对前人创造成果的继承。

天府成都在物质生产方面的创造性还可以通过造纸来体现。今人穆显德为望江楼百年征联活动题写的对联:

第三章　激扬天府风情：从对联看成都城市文化的实质内涵

> 一笺留蜀宝；
> 百代仰诗人。[1]

联中的"诗人"，是唐代蜀中著名才女薛涛；"蜀宝"，则是指大名鼎鼎的薛涛笺。薛涛创造性地以木芙蓉树皮、浣花溪水为原料，以芙蓉花汁染色，制成新品薛涛笺，"名人文士欣赏使用薛涛笺，因此薛涛笺记录了蜀中诗人的吟咏之作，薛涛笺传遍神州，至今不衰，成为蜀中一宝"。[2]在整个创作过程中，薛涛的创造精神和她对美的追求是至关重要的。对这一事迹，成都对联反映亦多。如顽仙女史题浣笺亭联：

> 幽境忽诗来，十样名笺供叶句；
> 余甘留井冽，一瓯春茗正花时。[3]

傅承烈为望江楼题联：

> 异代挹清芬，访古重来，难忘十色花笺，千秋冽井；
> 百年犹旦暮，登楼四望，依旧一江春水，万里吴船。[4]

结溪老叟题望江楼旧联：

> 彩色花笺分五色；
> 芳名古井艳千秋。[5]

以上三副对联，或称"十样""十色"，或称"五色"，皆是就薛涛笺的色彩而言。薛涛制笺的一大发明创造，就是用花汁为纸张着色，使原本千篇一律的白纸呈现出淡雅的桃红色彩，以符合诗词小令的书写需要。后人在此基础上继续革新技术，用更多的颜料浸染纸张，最终创造出了五光十色的绚丽诗笺。创造之力，巧夺天工。此外，欧阳梦兰题薛涛井联：

> 古井平涵修竹影；
> 新诗快写浣花笺。[6]

---

[1] 裴国昌：《中国名胜楹联大辞典》，北京：中国旅游出版社，1993年，第1397页。
[2] 张绍成，吴蕖蕊，舒泽宏：《望江楼楹联选读》，成都：四川人民出版社，2001年，第88页。
[3] 王庆新：《古今神童才女妙对》，济南：山东人民出版社，1988年，第257页。
[4] 裴国昌：《中国名胜楹联大辞典》，北京：中国旅游出版社，1993年，第1398页。
[5] 陈家铨，阙宗仁：《成都名胜古迹楹联》，成都：四川人民出版社，1985年，第82页。
[6] 王丹：《经典对联》，武汉：湖北少年儿童出版社，2004年，第212页。

黄炳焜、刘映奎题浣笺亭两联：

乐籍中亦有传人，花笺价重，茗碗香浓，节度久无闻，请看万里桥边，只剩校书遗迹在；

草堂外别开生面，杨柳楼新，枇杷巷古，微之具真识，试诵七言碑什，也随给事始名传。[1]

> 杯酒送征帆，对杨柳楼台，几人通唱阳关曲；
> 锦笺传妙制，过枇杷门巷，千载犹称女校书。[2]

康斯馨为望江楼百联征联所题：

千古鸾笺，几朝墨客，嗟三分鼎足，数度狼烟，我求缺月早团圆，此后山河无憾事；

一江锦波，百载楼台，喜广厦如云，通道似网，谁令繁花常茁壮。从此雅俗不悲秋。[3]

联文中称"花笺""锦笺""鸾笺"，分别是对薛涛笺色彩鲜明、纹样丰富、质地轻盈的赞叹。以一物而汇聚如此之多的优长，薛涛及后世工匠艺人的创造力当然不可轻忽。所以羊村题薛涛墓一联又云：

> 既谙律吕，复善丹青，书媲卫茂猗，更著诗名垂宇宙；
> 亦喜枇杷，最爱幽竹，饮招骑鲸客，所创笺牒誉古今。[4]

此联固然是对薛涛多才多艺的广泛赞美，但"创笺"一词实则突出了她在纸张制作和文化传承方面的创造贡献。

成都创造性的物产发明还有蜀锦。蜀锦是中国四大名锦之一，是成都先民革新养蚕、纺织技术的创造发明。"最早为传统的经线显花的经锦，属于重经织物的经锦范畴，因其产于四川成都，又因成都历史上称为蜀，是蜀山氏国

---

[1] 程世和：《万家楹联》，北京：中国社会出版社，2004年，第403页。
[2] 刘永端：《古今楹联欣赏笔记》，北京：中国书店，1999年，第263页。
[3] 张绍成，吴蕖蕊，舒泽宏：《望江楼楹联选读》，成都：四川人民出版社，2001年，第81页。
[4] 张绍成，吴蕖蕊，舒泽宏：《望江楼楹联选读》，成都：四川人民出版社，2001年，第145页。

所在地，故称之为蜀锦"。[1] 它"起源于两千年前的战国时期",[2] 历汉晋唐宋而臻于极盛，至今仍在成都传承不息。今天成都仍然有众多的织锦工厂、作坊、店铺，其中也有许多赞颂蜀锦的对联：

> 天工开物启大美，玄宗回首望西蜀；
> 鬼斧神工出异彩，华夏奇帆点巨匠。

> 绣出河山常焕彩；
> 织成龙凤久生辉。

蜀锦是天工开物、鬼斧神工之作。它多彩生辉，不仅得到旧时皇朝帝王的高度肯定，也在当今社会久享大名。追本溯源，正是成都人对桑、蚕、丝、布的奇妙加工成就了蜀锦。综括而言之，也是成都城市文化的创造性促生了包括川菜、川茶、薛涛笺、蜀锦在内的众多伟大发明。

四、卓越的精神文化成就

在精神文化领域，天府成都也勇于创新、敢于创造，取得了傲人的成就。其中最突出的一点，就是天府成都与儒、释、道三教的早期发展皆有莫大关系。

成都与道教的关系最为紧密。鹤鸣山是道教创始地，青城山是全球道教天师道圣地、中国四大道教名山之首、十大洞天之一，青羊宫相传是道法初传地、是最完整的道教典籍《道藏辑要》保存地。这些成就大多具有创始性、唯一性，成都对联对它们多有表彰。其中最著名的莫过于程芝轩题青城山天师洞三清殿联：

> 一生二，二生三，三生万物；
> 地法天，天法道，道法自然。[3]

此联完全集自《道德经》成句，浑然天成，无一字雕琢。上联出自《道德经》第四十二章，展现了道家的宇宙自然观，强调"对立的两个方面产生新的

---

[1] 宗凤英：《织绣鉴赏》，北京：印刷工业出版社，2012年，第84页。
[2] 刘飞滨：《老成都记忆》，北京：当代世界出版社，2017年，第225页。
[3] 王树海：《通赏中国名联》，长春：长春出版社，2014年，第40页。

第三者","这新的第三者又衍生出千差万别的芸芸万物"[1]。蕴含着世界更新发展、生生不息的至理。下联出自《道德经》第二十五章，呈现了构成世界的四大要素——道、天、地、人之间的运动、引导、衍生规律。全联依托道家经典而成，"既深得老子道家思想的真传，又暗含'一气化三清'的深刻寓意"[2]。所以，无论从道教创始的角度看，从三生万物、道法自然的思想内容看，还是从巧妙集句成联的创作角度看，此联都是成都道教文化、对联文化完美结合并加以革新的产物。此外，青羊宫八卦亭对联与颜楷题青城山天师洞联又曰：

> 无极而太极；
> 不神以为神。[3]

> 洞天第五群仙窟；
> 太极含三众妙门。[4]

两联文中的"无极而太极""太极含三"同样是对宇宙生成论的高度概括。"宇宙原初是太极元气；经分化后成为阴阳二气；二气变化交合形成五行，它们各有其特性；五行进一步分化凝聚就产生了万物。也就是说，世界是从某种混沌当中产生出来的，是某种发展起来的东西；它在某一时间过程中逐渐生成，以后又不断发展变化；而发展变化是一种运动过程，即由'动'与'静'两个对立面的交替与转换。"[5] 由此可见，以无极、太极而构建的宇宙生成体系，关键就是变化革新。这一理念随着道家思想在成都的传播而融入了成都城市血脉，又通过悬挂于成都道教宫观的对联而得到直观呈现。再如于右任集陆游诗句所题青城山建福宫联：

> 累尽神仙端可致；
> 心虚造化欲无功。[6]

---

[1] 四川省楹联学会，成都市楹联学会，成都市群众艺术馆：《成都名胜楹联》，成都：四川人民出版社，1990年，第104页。
[2] 王鹤鸣，王澄，梁红：《中国寺庙通论》，上海：上海古籍出版社，2016年，第266页。
[3] 胡会云：《中华对联艺术》，杭州：浙江摄影出版社，2008年，第255页。
[4] 陈君慧：《中华对联》，北京：线装书局，2008年，第739页。
[5] 复旦大学哲学系哲学教研室：《中国古代哲学史》，上海：上海古籍出版社，2011年，第466-467页。
[6] 丁茂远：《中国现当代著名人士对联赏析辞典》，北京：商务印书馆，2012年，第1548页。

第三章 激扬天府风情:从对联看成都城市文化的实质内涵

道教以致神仙为终极追求,但求仙的过程却需要心虚无虑、经历忧患,效仿、顺应自然创造化育之功。在这个过程中,无求寡欲固然是重点,但自然流行、造化更新之功亦不可废,创造精神仍然常在常新。除上述阐明义理的对联外,道教宫观记人物、状山川、叙往事的对联也能体现成都文化的创造性。如青羊宫八卦亭与新繁老君观大门都悬挂着同一副对联:

> 问青牛何人骑去,
> 有黄鹤自会飞来。[1]

再如青羊宫另一副旧联:

> 紫气东来三万里;
> 函关初度五千年。[2]

又如宋育仁题青城山联:

> 玄重为道德所宗,太上总三清,信有丈人尊五岳;
> 正一授明威之箓,宝仙题九室,别传真宰领诸天。[3]

三副对联所言皆是成都道教掌故。老子过函谷关,至成都青羊肆传道,使道家义理首次得到系统的传播;张道陵以青城山为天师道派祖庭,延及后世,此地仍然是正一教派的祖山,有天神居住,足以统领三界诸天。仅从这两项成就上看,成都道教就已凭借无与伦比的创造性贡献独步古今。

成都同时又是佛教早期传播的重镇。如前文所述,大邑雾中山是南丝绸之路上的佛教名山,杨升庵曾题一联赞称:

> 天下无双地;
> 雾中第一山。[4]

联文称雾中山为无双、第一,主要是从该处佛教文化的首创性着眼的。"据佛教传说,释迦佛祖在拘尸那临入涅槃时,曾对弟子婆伽说:吾灭去七百年,尔往震旦,有山曰雾中大光明山,实系古佛弥陀化道之场,累有国王兴

---

[1] 谭大红:《道教对联大观》,北京:宗教文化出版社,2002年,第353页。
[2] 陈家铨,阙宗仁:《成都名胜古迹楹联》,成都:四川人民出版社,1985年,第102页。
[3] 陈家铨:《历代名人楹联》,成都:巴蜀书社,1989年,第274页。
[4] 萧黄:《山水佳迹对联》,开封:河南大学出版社,2005年,第370页。

建之所,寓彼,保护密严,迟后圣者来居。"[1] 此言虽为传说,古佛弥陀化道之场云云未必确实,但在传说影响下,天竺高僧迦叶摩腾和竺法兰却真的在东汉明帝永平十六年(73年)前往雾中山创建大光明山普照禅寺(即后世雾中山开化寺前身),弘扬佛法。普照寺亦成为继洛阳白马寺后中土佛教的第二座寺庙。[2] 不仅如此,雾中山还是佛祖贝叶经和南传佛教进入中国的首地。贝叶经是"用铁笔在贝多罗(梵文 pattra)树叶上所刻写的佛教经文。一至十世纪,古印度佛教徒携带大批写有经、律、论三藏的贝叶经前往中国以及尼泊尔等地弘扬佛教;这些地方的佛教徒也接踵去印度学习佛教,归国时带回大量贝叶经。所以在这些地区发现的梵文贝叶经最多"。[3] 在这一时期,雾中山已建寺传法,并通过南丝绸之路而成为中国南方边境佛法交流的枢纽,故被认为是南传佛教进入中国的前线。所以,结合雾中山的佛教文化历史与升庵对联来看,无论是古佛弥陀道场,中土佛教第二寺庙,还是南传佛教入华前线,雾中山都堪称无双、第一。成都城市文化的创造特质在此得到了精彩显现。

开化寺之后,成都寺庙丛林接踵而兴,历朝历代各有创制。始建于隋朝大业年间的文殊院(初名信相寺)是中国南方长江流域四大禅林之首,照壁对联称:

睿泽深天地;
宗风越古今。[4]

联文短短十字,既赞"佛的智慧教泽比高天厚地还要深远",也自述"文殊院的宗门风气比古今其他佛教各宗还要优越"。[5] 作为创建时间早、文化影响大的千年古刹,文殊院在禅宗义理研习、道法传承方面创获颇多、贡献卓著,"越古今"之称并非过誉。此外,贯一和尚题新都宝光寺祖堂联云:

---

[1] 吴刚,谭良啸:《楹联上的成都记忆》,成都:成都时代出版社,2015年,第352页。
[2] 也有研究认为,白马寺最初实为外交事务管理机构,是西域高僧入住后才改为庙宇的。而普照寺则是第一座真正意义上全新修筑的庙宇。学界对此尚无进一步的论述,仅备一说。
[3] 任继愈:《宗教词典》,上海:上海辞书出版社,2009年,第180-181页。
[4] 郭华荣,王乃积:《中国佛教对联精选》,北京:北京燕山出版社,1997年,第466页。
[5] 李思桢,夏均顺:《成都名胜楹联浅释》,成都:成都市群众艺术馆内部印行,1982年,第39页。

第三章　激扬天府风情：从对联看成都城市文化的实质内涵

　　笑祖法云、明，东土西天，相传得鼻；
　　国师封悟、觉，南能北秀，奉祀馨香。[1]

一诚和尚题昭觉寺客堂联：

　　法法相传，望师大力大雄，担起如来担子；
　　灯灯接续，愧我无才无德，难兴马祖道场。[2]

　　成都历代高僧辈出，自马祖道一绍承六祖慧能禅风以来，密云定慧（即圭峰宗密禅师，联文以"云"字代称）、悟达国师（即释知玄，联文以"悟"字代称）、圆悟克勤（即真觉禅师，联文以"觉"字代称）、破山海明（联文以"明"字代称）、印密禅师（即联文所称笑祖）先后相承，共同推动了禅学佛法在成都、在四川、在全国的传播。他们深究禅理，多有创见，也是成都文化创造性在佛学领域的表达。

　　与佛、道文化的创造成就相应，成都还是儒学传播的重要阵地，是中国首座地方官办学校文翁石室的诞生地。汉初《春秋》学者文翁任蜀郡太守，"修起学官于成都市中，招下县子弟以为学官弟子"，成都"繇是大化，蜀地学于京师者比齐鲁焉"。此后，汉武帝乃令天下皆立学宫，"自文翁为之始"。[3] 这一创举不仅对成都有重大意义，对全国也有深远影响，可以说，文翁石室实际上为中国延续两千余年的官办学校教育体系奠定了基础，故后世学者论及石室开创之功，皆不吝赞美之辞。清末锦江书院有顾汝修、韩文绮、姜锡嘏所题三副对联：

　　芳躅难湮西汉守；
　　宗风故舍马卿才。

　　近圣人之居，秀映环林，七十子宗风共仰；
　　入文翁之室，名题石柱，八百人讲席同升。[4]

　　求根柢于文林，天府名材储石室；
　　富波澜于学海，源头活水出岷江。[5]

---

[1] 解维汉：《中国佛道儒教楹联精选》，西安：陕西人民出版社，2008年，第72页。
[2] 一诚：《一诚老和尚诗文集选》，北京：宗教文化出版社，2009年，第195页。
[3] 《汉书》卷八十九《循吏传》，北京：中华书局，1962年，第3626页。
[4] 邓洪波：《中国书院楹联》，长沙：湖南大学出版社，1999年，第236页。
[5] 解维汉：《中国牌坊书院楹联精选》，西安：陕西人民出版社，2007年，第222页。

西汉太守创绩，文翁石室储材，成都在儒学人才培养机制上的创造革新早已驰名文林学海，就如同岷江向来被视作长江正源一样，文翁石室也是学校教育的创造之源，是成都城市文化创造性在精神与文化领域的又一杰出成就。

第二节 学术性

文质彬彬、温文尔雅是一种以学术积累、文化沉淀为底蕴的气质。"较之一般的优美，除形式方面的条件之外，它还要求内在气质上的高贵性和较高的文化品格"。[1]从内在气质上说，成都是天府，至少在 14 世纪以前都是中国最核心的城市之一。坚定的文化自信，孕育了此地雍容文雅的城市风格，也让其为时所趋、为世所尚，陶冶出了高贵的文化气质。从文化品格上说，成都又长期汲取中华优秀学术文化的营养，始终积极接受中原先进文化，在其学风熏陶之下，天府成都的文化品格不断提升，最终形成和谐、礼让、从容、文明的文雅之风。可以认为，成都自身的文化土壤与中华文化长期的滋养，共同成就了成都城市文化的学术性，体现了天府成都雍容文雅、引领潮流的风度。

一、清雅闲适的生活美学

天府成都的学术性文化，首先在这里清雅闲适的生活美学中得到了体现。如前文所述，成都有山水之美、园林之盛，此地的生活安逸富足、舒缓从容。居于此、游于此，可以饱览山水秀色，也可以寄情诗赋文章。在长期的文雅生活中，成都人沉淀出了独特的生活美学。清代名士郑板桥曾在青城山题写了一副对联：

扫来竹叶烹茶叶；
劈碎松根煮菜根。[2]

此联是郑板桥为青城山常道观膳堂所题。"联句平白浅近，描摹修行人的清苦简洁生活。扫来随缘而至的竹叶烧茶，剖开随处拾到的松根烹煮菜根，暗合文人自甘恬淡、不与世苟合的坚持。联中深含中国传统的儒、释、道精神，

---

[1] 温延宽、王鲁豫：《古代艺术辞典》，北京：中国国际广播出版社，1989 年，第 23 页。
[2] 朱传东：《碑刻楹联》，济南：山东省地图出版社，2006 年，第 102 页。

第三章 激扬天府风情：从对联看成都城市文化的实质内涵

禅宗意味深长。"[1] 今人解之曰：心静者方可识茶中之味，德高者必能品菜根之香。其实粗茶野菜的生活之雅未必是心静者、德高者、修行人、文化人的独享。闲居在天府成都，与青山绿水相伴，与松林竹海为邻，人的生活自然会幽静清怡，自然也能对茶叶菜根甘之如饴。这是成都城市文化在儒、释、道共同熏染下形成的文雅意趣。蔡廷泽题新繁东湖城霞阁联：

> 曳杖闲行，树影空随明月去；
> 正襟危坐，荷香时有好风来。[2]

成都是以芙蓉为名的花之都，典雅悠闲的生活势必与花相伴，不可缺少花木的点缀。在花木之间，"拖着拐杖悠闲散步，树木的影子随着皎皎明月移动"，"理好衣襟端坐阁上，荷花的清香伴着阵阵和风飘来"。[3] 当此至乐美景，人的心中如明月洒照，荷花光洁、一尘不染，文雅闲韵油然而生。在此极致的"雅"环境中，具体的生活内容也充满了雅趣。宁湘题文君井琴台绿绮阁联：

> 井上风疏竹有韵；
> 台前月古琴无弦。[4]

作者临文君井、观琴台而触景生情，回想起司马相如与卓文君的风流雅事："疏放的清风吹得文君井上的琴弦竹有节奏地摇曳"，"琴台前明月依旧照着，却再也听不见相如抚琴的声音了"。[5] 相如琴声虽不可闻，但琴音雅韵却浸入了天府成都的生活。此外，涂中辙题龙藏寺十筇禅房联则云：

> 十筇间，下榻款高人，烹茶活火还烧笋；
> 半窗外，忘年娱老衲，洗砚余波又灌花。[6]

谭西园题绿天兰若联：

> 佛宇庄严，云拥楼台开敞朗；
> 禅林幽静，雨余钟鼓更清新。

---

[1] 方云：《中国名联中的养心术》，南昌：百花洲文艺出版社，2012年，第112页。
[2] 解维汉：《中国亭台楼阁楹联精选》，西安：陕西人民出版社，2006年，第231页。
[3] 冯修齐：《新都楹联》，成都：四川人民出版社，2001年，第88页。
[4] 沙丹：《名联名言名诗三雅集锦》，青岛：青岛出版社，2012年，第105页。
[5] 四川省楹联学会，成都市楹联学会，成都市群众艺术馆：《成都名胜楹联》，成都：四川人民出版社，1990年，第170页。
[6] 陈君慧：《中华对联》，北京：线装书局，2008年，第466页。

顾复初题潜西精舍联：

> 诗思梅花香里；
> 禅机流水声中。

雪堂和尚含澈自题精舍联：

> 此处度余年，捡点残书，消磨日月；
> 寸心持半偈，盘桓初地，游衍林泉。[1]

禅房甚小，只能容下十个笏板。但在此间居住的人却可以款娱高人、烹茶煮笋、洗砚灌花。登楼眺景、踏雪寻梅、沐雨聆钟、持偈悟禅、捡点书画，以消日月。物质生活条件的简陋与精神世界的文雅形成了鲜明对照。徐式文题桂湖湖心楼联又云：

> 缓酌饮长天，堪绿浮金身在画；
> 调琴飞远兴，挥红咏紫世逢春。[2]

冯建吴题新都桂湖杨柳楼台联：

> 秋水荷花，伊人宛在；
> 春风杨柳，樽酒重开。[3]

两副对联的核心意象都是酒。或对长天而悠然小品，缓斟慢酌；或面荷柳而觥筹尽兴，樽酒重开。美酒让绿水红花、诗情画意的文雅生活更增添了一份潇洒豪放，逸兴遄飞，湖山增色之际，雅意也得到了升华。

雅居之余，成都人还好游赏。元代费著《岁华纪丽谱》载："成都游赏之盛，甲于西蜀。盖地大物繁，而俗好娱乐。"[4]游赏之风为成都的城市生活注入了新风活力，助推此地的工商业、金融、文化臻于极盛，使成都成为甲于西蜀、举世瞩目的文雅之城、休闲之都。成都对联对此多有描写。今人集前贤诗句以题桂湖：

---

[1] 冯修齐：《新都楹联》，成都：四川人民出版社，2001年，第140、146、147页。
[2] 杨克泉：《中华名楼经典对联荟萃》，北京：金盾出版社，2013年，第151页。
[3] 炜评：《中华实用对联》，西安：三秦出版社，1995年，第172页。
[4] 费著：《岁华纪丽谱》，北京：中华书局，1991年，第3页。

第三章　激扬天府风情：从对联看成都城市文化的实质内涵

> 湖上游人归去晚；
> 桂堂初月夜来明。[1]

郑方城集唐人戎昱、李商隐两句诗而成一联：

> 归梦不知湖水阔；
> 夜吟犹觉月光寒。[2]

杜甫草堂旧有集句联：

> 孤城返照红将敛；
> 仙侣同舟晚更移。[3]

这三副对联分别吟咏三处景物，本无直接联系，但若将其连缀比附到一起，却恰好构成了一幅生动的秋夜游湖图：深秋时节，桂花已放，馨香满园，游人在湖山美景中吟诗琢句，流连忘返。直到夕阳返照已收，明月寒光斜挂楼堂之时，才乘兴归来。清雅孤美的游赏之乐于斯可见。而盛世英题青城山一联则写出了另一番游乐之雅：

> 随友入青城，餐碧霞，聆白雪，辄生逸志，冀遘奇缘，常道观逊矣人间，应是仙灵张乐地；
> 见师谈紫府，储赤水，藏玄珠，换厥凡胎，养成法相，玉华楼超然物外，何如名士读书台。[4]

作者随友人登览青城，"呼吸着碧云之中的清气，又听到阳春白雪般高雅的仙乐，产生了隐逸的志趣，希望能在山上遇到奇缘"。[5]又与山中道士谈论神仙传说、道法义理，游览名胜遗迹，使身心都得到升华。同样，青城山建福宫又有一副对联：

---

[1] 王宝铭：《楹联书法》，北京：北京燕山出版社，2010年，第633页。
[2] 冯修齐：《新都楹联》，成都：四川人民出版社，2001年，第268页。
[3] 梁章钜：《楹联丛话》卷七，北京：中华书局，1987年，第87页。
[4] 郭博：《中国历代长联赏析》，哈尔滨：黑龙江人民出版社，1991年，第40页。
[5] 四川省楹联学会，成都市楹联学会，成都市群众艺术馆：《成都名胜楹联》，成都：四川人民出版社，1990年，第109页。

> 君能玩月登虚府；
> 我爱流霞醉静宫。[1]

　　此联较盛世英所题对联文字更加简省，但意旨却相仿。"建福宫是游青城山的起点，宫内有古木山、明代史可法、金声、张三丰等的诗文，还有委心亭、乳泉亭，林森防空洞、明庆符王妃梳妆台等遗迹，供人游览"。[2] 这副对联以明月、流霞、虚府、静宫相感召，道出了青城雅游之乐。蔡廷泽题新繁东湖珍珠船一联又云：

> 荷净纳凉时，雪藕调冰人几个；
> 林深留客处，呼朋结伴我常来。[3]

　　夏末秋初，雨水洗净荷叶，正是纳凉游赏的好时节。游人们来到湖边林地，尽情享受雪白的莲藕，畅饮冰镇的饮料，呼朋引伴，快然自足。这样的生活是何等安闲惬意、闲雅从容。综合来看，天府成都文雅的生活美学是由淡泊从容的精神状态、风流雅致的生活内容、意趣盎然的游赏活动共同陶冶的。这种文化情趣从古至今传承不息。今日成都城中仍在悬挂的几副对联是对此风气最好的总结。大慈寺一联：

> 大隐何妨在城市；
> 小山亦自有烟霞。

人民公园两联：

> 为爱清香频入座；
> 欣同知己细谈心。
> 常有名花待君赏；
> 岂无雅士乘月来。

街头茶坊一联：

> 文章清风流，几瓯清绿酬知己；
> 书画抠灵爽，茹芽新黄会良朋。

---

[1] 程裕祯，解波：《中国名胜楹联大观》，北京：中国旅游出版社，1987年，第382页。
[2] 李良辉：《穴苔游记》，北京：中国旅游出版社，2013年，第1153页。
[3] 萧黄：《名城胜地对联》，开封：河南大学出版社，2005年，第414页。

第三章 激扬天府风情：从对联看成都城市文化的实质内涵

文殊院一联：

> 坐塌横书，升阶校射；
> 燃香品画，对月开尊。

以恬淡退隐之心安居天府，游山、会友、赏花、弄月、品茗、饮酒、著文章、写书画……凡此点点滴滴，共同汇成了典雅悠闲的成都生活。

二、名动千古的诗赋文章

天府成都是一座被诗歌浸润的城市，诗赋文章名动天下，文学大雅享誉千年，古今官民习惯以诗赋文学表达情感。自古以来，司马相如、卓文君、王褒、扬雄、花蕊夫人、陈子昂、李白、薛涛、三苏、杨升庵、黄峨、李调元先后在此低吟浅唱。"自古诗人例到蜀"，卢照邻、王勃、杜甫、韦庄、岑参、贯休、柳永、陆游、范成大都与这座城市结下不解之缘。"成都因为其城市资源、个性非常适合诗人栖居、创作"，所以"拥有优秀诗人作品的大批知音、粉丝"，出现了"诗歌和这座城市从廊庙到市井的水乳交融、如影随形"的景象。[1] 可以说，诗意已经内化为成都文化文雅学术精神的一部分，并在成都对联中有比较集中体现。

有的对联是从总体上称述成都文学之盛，如万自律题桂湖碑林一联：

> 汉阙梁碑，自古香城留翰墨；
> 南宗北派，于今天府焕文章。[2]

桂湖碑林得新繁龙藏寺精华，有石碑200余通，其诗文与书法都颇有影响力。联文作者由桂湖碑林而联想到新都、成都境内的石碑墨宝、诗赋文章，进而借山水绘画南北两派喻指此地文学荟萃众长，文采焕发，堪称大雅。同样，大丰镇文武庙字库联则称：

> 宝库凌霄汉；
> 文光射斗牛。

字库是"为焚化字纸修造的塔形建筑物，古时尊敬先贤，崇尚文化，有

---

[1] 谭平等：《天府文化与成都的现代化追求》，成都：巴蜀书社，2018年，第68页。
[2] 冯修齐：《新都楹联》，成都：四川人民出版社，2001年，第54页。

'敬惜字纸'的良风，凡字纸不乱丢弃，必入字库焚烧"。[1] 此联文着力赞叹字库塔之高大，焚化字纸之多，以至火光上映斗、牛星宿，从而展现了成都文运之盛，文学创作之繁荣。此联虽为虚写，但却通过敬惜字纸这一文雅之事间接展露了成都的文学风雅。与此字库联相反，胡彝尊题新繁怀李堂联则直抒其意：

> 万里萍踪，采西蜀文风之盛；
> 一官鲍系，载东湖明月而归。[2]

此联由纪念李德裕入手，叙述其治蜀并开凿东湖的功绩，抒发自身不远万里来成都做官的感慨。作者虽然万里为宦，备感凄苦，但前贤事业和成都文风之盛却给了他莫大的安慰，使之感动奋发而欲有所作为。从这副对联即能看出，成都的文章华彩实已得到外省籍学士的高度肯定。朱有章集句题新繁东湖四费祠联又称：

> 此地向多风雅士；
> 先生犹是老成人。[3]

此联将表述重心转向了人。天府成都地杰人灵，文化昌盛，人才辈出。以新繁费密为代表，这里涌现了一大批长于诗文的名家雅士。他们面对名城美景，诗词唱和、寄景抒情，共同谱写了成都文学史上的大雅华章。不仅如此，以朱有章此联为代表，也能看出成都对联赞颂具体词赋名家之意。在成都历史上，以文章名动一时的大文学家不胜枚举，相关题联俯拾皆是。清代才子张问陶题郫县子云亭联：

> 高文不让贤臣颂；
> 胜迹曾传陋室铭。[4]

在此短短一联之中，张问陶竟一举颂扬了三位蜀中词赋大家。"高文"，《西京杂记》载："朝廷之中，高文典册用相如。"[5] 特指司马相如文思敏捷，下笔

---

[1] 冯修齐：《新都楹联》，成都：四川人民出版社，2001年，第207页。
[2] 裴国昌：《中国名胜楹联大辞典》，北京：中国旅游出版社，1993年，第1531页。
[3] 裴国昌：《中国名胜楹联大辞典》，北京：中国旅游出版社，1993年，第1531-1532页。
[4] 黄世成、黄梁渠：《中国古今名人功过评价经典对联品悟》，北京：金盾出版社，2014年，第148页。
[5] 葛洪：《西京杂记》卷三《文章迟速》，北京：中华书局，1985年，第22页。

第三章　激扬天府风情：从对联看成都城市文化的实质内涵

成文。"贤臣颂"，代指蜀中文豪王褒的名篇《圣主得贤臣颂》。扬雄与此二人鼎足而立，共同撑起西汉蜀中文学大厦，足见当时天府文风之盛。由汉入唐，诗坛双璧李白、杜甫既是唐代文学的两座高峰，也是成都文化的杰出代表。周虚白题李白纪念馆联：

> 诗偕杜老同称，风骨迥殊，断推唐代两盟主；
> 名与蜀山并寿，天才英丽，小住人间一谪仙。[1]

李白诗风浪漫，杜甫关注现实，两人风骨迥异却又并主唐代诗坛，为成都城市文化描勒了盛唐的风雅。不过相对而言，李白游历成都的时间较短，杜甫则因为草堂传世而被后人永久地纪念。明人何宇度曾为草堂题写了一副名联：

> 万丈光芒，信有文章惊海内；
> 千年艳慕，犹劳车马驻江干。[2]

此联大量化用前人诗句，其中，"万丈光芒"是化用韩愈《调张籍》诗中"李杜文章在，光焰万丈长"一句；"信有文章惊海内""犹劳车马驻江干"则化用了杜甫《宾至》诗中"岂有文章惊海内，漫劳车马驻江干"两句。联文以诗句称颂杜甫诗情，"不仅贴切自然，而且雅致生动，在杜甫草堂游人如织的今天读来，更能激起心中的崇敬之情。"[3] 除此之外，历代名家题咏杜甫草堂的名联尚多，如吴棠题联：

> 吏情更觉沧州远；
> 诗卷长留天地间。[4]

王闿运题《成都杜公祠》联：

> 自许诗成风雨惊，将平生硬语愁吟，开得宋贤两派；
> 莫言地僻经过少，看今日寒泉配食，远同吴郡三高。[5]

---

[1] 丁稚昌，敬永谅：《李白纪念馆楹联选》，江油：李白纪念馆，1997年，第23页。
[2] 顾平旦等：《中国对联大辞典》，北京：中国友谊出版公司，1991年，第286页。
[3] 潘国璋：《历代名联300副》，北京：金盾出版社，2009年，第37页。
[4] 张鲁光：《中国名联选》，长春：吉林文史出版社，1992年，第125页。
[5] 王闿运：《湘绮楼诗文集5》，长沙：岳麓书社，2008年，第34页。

严雁峰题联：

> 歌咏成史乘，忠君爱国，每饭不忘，诗卷遂为唐变雅；
> 仕隐好溪山，迁客骚人，多聚于此，草堂应作鲁灵光。[1]

国家领导人朱德题联：

> 草堂留后世；
> 诗圣著千秋。[2]

这些对联切入的角度和吟咏的内容各不相同，但都借凭吊草堂而呈现了杜甫在天府诗歌文化中的巨大影响。与杜甫同时代而稍晚的薛涛，其诗文造诣也常被后人称道。在专门纪念薛涛的望江公园正门，有陶亮生题写的对联一副：

> 少陵茅屋，诸葛祠堂，并此鼎足而三，饰崇丽，荡漪澜，系客垂杨歌小雅；
> 元相诗篇，韦公奏牍，总是关心则一，思贤才，哀窈窕，美人香草续离骚。[3]

黄文光又为望江楼题写对联一副：

> 与黄鹤、岳阳、大观、甲秀先后留名，喜今朝更丽更崇，盛世楼台临百载；
> 同刘郎、白傅、杜牧、元稹互相酬唱，欣往昔一觞一咏，全唐诗话著千秋。[4]

薛涛才华惊世，与元稹、韦皋、刘禹锡、白居易、杜牧等名家相唱和，其才情足以与杜甫、诸葛亮比肩，甚至还能上继《诗经》《离骚》之美。这两副对联虽不无过誉之词，但薛涛文才之美仍然是值得肯定的。从唐代再到明清，新都杨氏家族、新繁费氏家族文采科第相望，又继续书写了天府文章之雅。杜明通题杨升庵桂湖联云：

> 桂坨荷塘，毓秀分香，足与西湖称胜侣；
> 词坛艺苑，扬葩振藻，谁从南诏访逋臣。[5]

新都桂湖风光之美足以与杭州西湖相媲，而杨升庵在词坛艺苑的地位，

---

[1] 周维扬，丁浩：《杜甫草堂史话》，成都：天地出版社，2009年，第77页。
[2] 何慧敏，丁军波：《楚文字集字帖古今联语二百则》，北京：荣宝斋出版社，2011年，第86页。
[3] 夏友兰：《古今楹联趣话》，西宁：青海人民出版社，1983年，第153页。
[4] 杨克泉：《中华名楼经典对联荟萃》，北京：金盾出版社，2013年，第101页。
[5] 钟仁编，章越注：《游踪联语》，太原：山西人民出版社，1986年，第710页。

第三章　激扬天府风情：从对联看成都城市文化的实质内涵

在文学领域的成就更是冠绝一时、独领风骚。此外，陈宝章又有一联表彰新繁"四费"：

> 问十字千秋，父子孙曾几诗客；
> 羡一门四世，文章忠孝六乡贤。[1]

林思进亦有一联：

> 春梦绕繁田，十世两朝，尚有高僧识先垄；
> 仪行征列传，一家四集，长留文献在乡邦。[2]

新繁费氏是明清之际成都著名的文化大家族，费嘉诰（第一代）、费经虞（第二代）、费经世（第二代）、费密（第三代）、费锡琮（第四代）、费锡璜（第四代）等四代六人都是非常有影响力的诗文学问大家，[3] 费经虞的《剑阁芳华集》、费密的《燕峰集》、费锡琮的《白鹤楼诗集》、费锡璜《掣鲸堂诗集》等四部文集既是文苑精华，也是重要的乡邦文献。而费密更因忠于国家、孝敬长辈的良好品行而被载入了《清史稿》。

综览古史，历汉唐宋元而至明清，成都文苑代不乏人，才子才女的生花妙笔、锦绣文章描绘出了成都的千年文采，描绘出了成都文化的学术性。

三、薪火相传的蜀地学脉

天府成都自文翁兴教以来，士民重经术、好文雅，守教化、知礼仪，学脉传承不绝，王来遴题锦江书院长联云：

> 由汉晋唐宋元明以讫于今，蚕丝西辟，棘路南通，想当年文翁居守，石室藏经，千百祀学校宏开，固知岷峨钟毓，世载其英，允矣光联井络；
> 溯邹鲁濂洛关闽相沿而后，鹿洞云封，鹅湖月冷，幸此地骨鼓悬堂，绛纱列帐，二三子弦歌不辍，唯参性道渊源，教惭无术，敢云远绍心传。[4]

王来遴这副对联高度概括了蜀学源流：从西汉文翁兴学、石室传经开始，历汉晋唐宋元明清诸代，成都学校屡废屡兴，但研求经义、讲论性理的学

---

[1] 政协新都县委员会文史委编纂组：《新都文史》，成都：政协新都县委员会文史委，1984年，第196页。
[2] 李朝正：《明清巴蜀文化论稿》，成都：四川大学出版社，1997年，第60页。
[3] 张绍诚：《巴蜀趣联解读》，成都：巴蜀书社，2004年，第35页。
[4] 邓洪波：《中国书院楹联》，长沙：湖南大学出版社，1999年，第238页。

术风尚却从来不曾中绝。世有学者弦歌诵雅,绍继孔、孟、周、程、张、朱大儒学统,又能自成一脉,如岷山、峨眉耸峙,上映井络星辉,彰显蜀学美名,成就成都文化的学术性。同样,李承熙、方覲题锦江书院两联则云:

> 欣看石室来多士;
> 幸傍宫墙近圣人。[1]

> 溯前贤遗迹,登其堂长慕其人,敢谓弦歌继美;
> 俾乡土同风,教以学先兴以艺,期为桢朴储材。[2]

这两副对联也是将蜀学源头追溯于文翁石室,充分肯定成都有济济多士,为求圣人精神,弦歌继美,力学兴艺,实现了人才培养与学术发展。此外,吴之英题成都存古学堂一联称:

> 斯道已将亡,留此四壁图书,尚谈周孔;
> 后生诚可畏,何惜两行芹茆,不借渊云。[3]

此对联是吴之英勉励后学而作,联中之"渊",指汉代蜀地名士王褒王子渊;"云",则是指一代大儒扬雄扬子云。吴之英"感慨时局,勉励后生,用周公、孔子、王褒、扬雄故事启发学子文思和壮志",[4] 同时也昭显了蜀学在汉代的传承。在这一阶段,蜀学的代表人物非"西道孔子"扬雄莫属。今扬雄墓有联:

> 文高西汉唯玄草;
> 学继东山是法言。[5]

《太玄》仿《周易》,《法言》拟《论语》,这两部书是扬雄研究儒家经典的代表之作,文深义远,在两汉乃至整个中国古代经学史上都有极其崇高的地位。成都学者效法圣贤、深思敏求的学术理想在扬雄的两部著作和扬雄墓的这一副对联中得到了呈现。宋代是成都学术发展的又一高峰,是蜀学的鼎盛期。杨庆伯题武侯祠一联对此有所反映:

---

[1] 康春年,种子华:《读书藏书对联》,北京:中国档案出版社,2006年,第53页。
[2] 解维汉:《中国牌坊书院楹联精选》,西安:陕西人民出版社,2007年,第222页。
[3] 杨国先:《吴之英评传》,成都:四川人民出版社,2011年,第160页。
[4] 张绍诚:《巴蜀趣联解读》,成都:巴蜀书社,2004年,第68页。
[5] 李文郑,杨灿:《精彩对联6000副》,郑州:中州古籍出版社,1999年,第323-324页。

第三章 激扬天府风情：从对联看成都城市文化的实质内涵

我生与永叔同乡，衡鉴无私，得士亟求如轼、辙；
此地是升庵故里，仪型不远，论文何必溯渊、云。[1]

继西汉扬雄、王褒之后，北宋时蜀中又有东坡兄弟继起，力倡蜀学，为一代学者之宗，堪与二程洛学、张载关学、荆公新学分庭抗礼，名震一时。成都学术文化不仅得到了有效的传承，更随东坡的风雅事迹而流播天下。至南宋时，蒲江名儒鹤山先生魏了翁又接过了蜀学的大旗。清末四川提学使高赓恩题魏公祠一联称：

三千年经义重明，湖湘江浙丕振儒风，即此邦才重马扬，谁复词华艳西汉；
四百里大贤踵起，濂洛关闽力肩道统，虽当日谤兴朱李，何禁俎豆续南轩。[2]

此联意蕴深远，内容丰富。今人解曰："孔孟儒家的学说，自孔子、孟轲以后，中间历经数千年，未得到很好继承，直到宋代，由于魏了翁崇尚、研究、宣扬和传播理学，确立了理学的统治地位，儒家理义之学才真正得到了继承和发展。湖湘江浙一带，由于魏了翁的影响，儒家学说得到弘扬，成了当时国内的占主导地位的思想，以致像西汉大儒司马相如和扬雄这些名噪一时的人物也无人去提及和崇尚了"，"由于全国各地的文人才子都追随魏了翁的理义之学，以周敦颐、张载、程颢、程颐、朱熹为代表的濂、洛、关、闽四个主要理学派的思想已成了当时权威的儒家正统思想"，"人们对魏了翁的祭祀活动总是连年不断，盛况空前，真是'南方共宗鹤山老'"。[3] 由此看来，魏了翁不仅是很好地继承了儒学、理学、蜀学，他还通过个人努力进一步确立了理学的历史地位，扩大了蜀学的影响。从这个意义上讲，魏了翁实已奏响了蜀学在南宋的大雅之音。

经历了宋末元初、明末清初两次战乱，成都学术文化曾一度中落。明清时期，蜀学大体处于恢复调整之中。但在此期间，学校教育依然是当政者的重点工作。清道光年间，蔡振武赴成都任提学使，深感此地学脉悠远、文风极盛，于是采掇志乘、遍考文献，结合学术传统、历史渊源，为四川全省十七座

---

[1] 刘隆民：《龙眠联话续编》卷六，台北：学生书局，1978年，第242页。
[2] 四川省蒲江县志编纂委员会：《蒲江县志》，成都：四川人民出版社，1992年，第844页。
[3] 四川省楹联学会，成都市楹联学会，成都市群众艺术馆：《成都名胜楹联》，成都：四川人民出版社，1990年，第212-213页。

试院分别题写了对联，专门表彰各地学术、学子、学风，成就了学术文化史和对联文化史上一件大雅之事。其题成都府试院联为：

江汉钟灵，二千年天府廓名都，看大雅扶轮，渊云嗣响；
峨岷擢秀，廿四属人文循正轨，诏诸生鼓篋，邹鲁同风。

题重庆府试院联：

诵左思蜀都赋，江汉炳灵，文物媲西京，郡合有茂才异等；
读王勃益州碑，寰渝变俗，儒风被东鲁，客休歌下里巴人。

题保宁府试院联：

秦栈连云，看砥路同遵，剑阁尘清，不用青天歌蜀道；
巴山话雨，喜故人出守，玉堂墨妙，乞将粉本绘嘉陵。

题顺庆府试院联：

史笔晋称良，何事阳秋尊魏统；
儒林宋有传，欲将剽锐化賨人。

题叙州府试院联：

到此间三水通流，激浊扬清，试向岷江分上下；
念当日诸戎即叙，咏仁蹈德，至今僰道被文章。

题夔州府试院联：

倒峡泻词源，孰障东川，惟有韩文凌八代；
乘槎来使节，每依南斗，莫吟杜句怅三秋。

题龙安府试院联：

居廉让之间，莫教风俗移人，盛名难副；
综岁科而试，敢曰权衡在我，僻地无才。

题宁远府试院联：

声教讫南天，滇海通波，玉斧画河嗤往代；
文章溯西汉，邛都按部，锦衣论蜀艳当年。

第三章　激扬天府风情：从对联看成都城市文化的实质内涵

题雅州府试院联：

　　　　名迹问邛崃，为孝为忠，与尔辈沉吟出处；
　　　　边谣采黎雅，恒风恒雨，愿斯文感召和甘。

题嘉定府试院联：

　　　　万壑秋云，看挹翠浮蓝，露冕风前迎九顶；
　　　　一江春水，愿纾青拖紫，霓裳天际会群仙。

题潼川府试院联：

　　　　移孝即为忠，在昔飏言嘉学士；
　　　　读书先识字，莫将干禄笑平原。

题绥定府试院联：

州升为府，增二邑于邻，旧治号通川，多士顾名，严辨夫闻也达也；
岁兼以科，阅三旬而毕，新知培艺圃，诸生劝业，慎戒呼暴之寒之。

题眉州试院联：

　　　　千载诗书域，坐修竹林中，尽饶佳士；
　　　　四贤桑梓地，问斜川集后，谁嗣高文？

题邛州试院联：

　　　　地接蓉城，前哲仰遗型，有讲学名臣，尚留书院；
　　　　帖传竹杖，此邦挺高节，笑寻源使者，不贡人才。

题泸州试院联：

　　　　雁墙表鸿题，千佛蝉联，试数泾南文盛；
　　　　马山欣骥附，一时骖靳，行看冀北空群。

题忠州试院联：

　　　　桃李种新阴，佳士如林，异日期为华国选；
　　　　梓桑怀谠节，前贤在望，诸生莫负大州名。

题酉阳州试院联：

> 绝磴蹑天梯，鸟道穷幽，惜此地未来灵运驾；
> 名山留洞府，龙威探秘，问诸生谁是茂先缘。[1]

十七副对联，以成都府为中心，历叙川中各府州人文学脉，前贤往迹。将其汇总而观览，则成都学术史已如视指掌。蔡振武此举，本身就是对蜀地学术资源的梳理总结，是昭显蜀学风韵的雅事。更重要的是，这些成果又全是通过对联来呈现的。以对联集中书写学史，文辞隽永、意味深长，使得行事之雅、文章之雅、学术之雅被熔为一炉，成都城市文化的学术性也就通过此事得到了最好的演绎。

第三节 开放性

开放博大的文化气质的形成，与文化基因、所处环境、发展历程、文化背景息息相关，同时又少不了多元文化的共生与交流。"任何一种文化价值观的存在都不是孤立的，其发展、创新都必须从其他文化价值观中汲取影响，获取资源。"[2] 天府成都自然、人文条件优越，以繁荣富饶著称于世，以优裕幸福的生活而令人向往，足以支撑多元文化并生共存。这就决定了这里的人们会更积极、更从容地面对生活，更宽和、更大度地面对外来文化，展现出城市文化的开放性。总而言之，以优越富足的天府生活为基础，成都的文化昭示了这座城市积极向上、开放博大的气度。

一、三教协和

如前所述，儒释道三教都与成都有莫大关联，三家思想在此相伴共生、协同并进，其思想精华对成都文化开放性的形成大有促进作用。其中，佛教寺庙对联在这一点上有最集中的体现。如明代邛州人余昂曾有一联题于太湖会海寺：

---

[1] 梁章钜：《楹联三话》卷上，北京：中华书局，1987年，第275-276页。
[2] 孙伟平等：《创建"中国价值"——社会主义核心价值体系研究》，北京：社会科学文献出版社，2015年，第313页。

第三章　激扬天府风情：从对联看成都城市文化的实质内涵

> 终日解其颐，笑世事纷纭，曾无了局；
> 经年坦其腹，看胸怀洒落，却是上乘。[1]

这是一副为弥勒佛像题写的对联，后曾被全国多处寺庙转用。此联"上联写外貌，弥勒佛成天开颜欢笑。下联写精神，弥勒佛整年裸露胸腹，胸中自由自在，无拘无束，却是佛国里大乘菩萨"。[2] 世事纷纭难解，弥勒佛却以洒落胸怀笑看风云变幻，其豁达之中透露出万事不萦于怀的开放洒脱精神。同样，新都宝光寺天王殿中又有潭浚之题写的一副对联：

> 开口便笑，笑古笑今，凡事付之一笑；
> 大肚能容，容天容地，于人无所不容。[3]

弥勒佛因"天天笑口常开，喜悦自在，所以也称之为'笑和尚'"。而这副对联的核心词正是一个"笑"字："古今诸多之事，我一笑了之；天地无限之大，我无所不容。此联彰显弥勒佛视万物一如，与天地为一，气量之大，无与伦比；境界之高，难以超越。"[4] 这种气量和境界，正是开放精神的真义所在。此外，长联圣手钟云舫也有一副题弥勒像联：

> 你眉头着什么焦，但能守分安贫，便收得和气一团，常向众人开笑口；
> 我肚皮这般样大，总不愁穿虑吃，只讲个包罗万物，自然百事放宽心。[5]

此联也写弥勒，但重点不在于描绘佛像，而是借佛之眼观人，以佛之口劝人。"文字虽长，但却平白如话，寓庄于谐。作者准确地捕捉了佛像大耳丰颐、口角挂笑、袒胸开怀的造型特点，并由表及里，将笔触深入其内心世界，从而取得了以形传神、形神兼备的效果。联借笑佛之口劝诫世人应笑口常开，乐观豁达，反映了佛家安贫乐道、守虚致静的人生哲学。"[6] 与上述诸联相似，近代高僧遍能法师题峨眉山报国寺弥勒殿一联亦云：

---

[1] 白雉山：《古今楹联集》，沈阳：辽宁大学出版社，1988年，第119页。
[2] 苏渊雷：《名联鉴赏辞典》，上海：上海辞书出版社，2012年，第24页。
[3] 刘志贤，徐静：《名寺楹联》，北京：华文出版社，1999年，第254页。
[4] 方云：《中国名联中的养心术》，南昌：百花洲文艺出版社，2012年，第64页。
[5] 萧黄：《佛寺道观对联》，开封：河南大学出版社，2005年，第210页。
[6] 孟繁锦等：《清联三百副》，北京：蓝天出版社，2009年，第391页。

> 看他皤腹欢颜，却原是菩萨化相；
> 愿你清心涤虑，好去睹金顶祥光。[1]

对这副对联，今人释其大意："看弥勒佛露出白色的肚皮，一脸欢笑的模样，却原是菩萨变化的形象。愿游客们洗净心胸，消除疑虑，好去金顶上观赏佛光和圣灯。"[2] 弥勒佛的笑是外在的形象，其内心深处的无上境界则需要开阔胸襟，清心涤虑，洗尽烦扰，保持开朗达观，无所挂碍才能达到。佛家以此教人，信徒以此修身，文人以此题联，必将有效推动成都文化豁达开放精神的传播。此外还有李惺题新繁龙藏寺弥勒殿一联，同样深得弥勒佛开朗达观之妙：

> 笑而不言，十分欢喜；
> 坐即是卧，一味安闲。[3]

以弥勒佛比况成都文化，笑与欢喜是其豁达有容的外在表现；安闲淡泊、与世无争、开放博大、包容和谐才是其精神内核。除了弥勒佛的形象之外，佛教文化中的许多元素都与这种从容开放的心态有密切联系。成都文殊院悬挂着方旭题写的一副非常著名的对联：

> 见了便做，做了便放下，了了有何不了；
> 慧生于觉，觉生于自在，生生还是无生。[4]

此联充满禅机哲理：见了便做，是率性自然，是无得失心，不患得患失；做了便放下，是无名利心，不夸耀，不纠缠，不斤斤计较。意识爽朗明觉，心中安详自在，既是追求了、生的不二法门，也是本性豁达的最佳状态。而何元普题新都宝光寺大雄宝殿、佛殿两联，张怀泗题宝光寺客堂一联又与文殊院此联意旨相通：

> 世外人法无定法，然后知非法法也；
> 天下事了犹未了，何妨以不了了之。[5]

---

[1] 金实秋：《现代华僧楹联》，北京：宗教文化出版社，2001年，第235页。
[2] 王厚文：《对联随笔》，内部印行，2007年，第386页。
[3] 王舜祁：《弥勒圣地》，宁波：宁波出版社，2008年，第173页。
[4] 郭华荣、王乃积：《中国佛教楹联精选》，北京：北京燕山出版社，1997年，第466页。
[5] 姜子夫：《佛教楹联精选经藏版》，北京：大众文艺出版社，2005年，第176页。

第三章　激扬天府风情：从对联看成都城市文化的实质内涵

老病死一脚踢翻，历尽魔劫重重，身外有生皆寂灭；
去来今两头看破，全凭本念了了，眼前无幻不归真。[1]

挑起一担，通身白汗阿谁识；
放下两头，遍体清凉只自知。[2]

人经历前生、今生、来生，就犹如挑起了一副重担，担子两头是名与利。把这担子压在肩头，便产生了衰老、疾病、死亡等无数痛苦。而且，世界又是持续发展变化的，人身处其中，见识、能力有限，很难一次性了结各种问题，最终也就难以求得自在解脱。"超凡脱俗的人，对一切事物的看法没有固定不变的，然后进而知道，消失了的一切事物仍然以某种形态存在着；天下的事情，了结了又好像没有了结，何妨用回避的办法来把事情拖过去。"[3] 只有以"不了"的开放态度去应对事物，解决问题，对名利不执念、不刻意，才能"放下"重担，得到清凉。从积极的一面来说，这种"不了""放下"代表了平和安宁的心境，是以开放姿态应对世界的大智大慧。佛家劝人放下，同时也提倡"退步""舍得"。明代才子祝允明题新都宝光寺联：

退一步看利所名场，奔走出多少魑魅；
在这里听晨钟暮鼓，打破了无限机关。[4]

名利场中尽是魑魅魍魉、机关陷阱，寻得解脱的关键就在于"退一步"。只有甘于舍弃名利，甘于与晨钟暮鼓的平淡生活相伴，才能超然物外，自在达观。

在此基础上，黄云鹄题龙藏寺佛殿联进一步称：

真解脱一丝不挂；
大庄严万法皆空。[5]

一丝不挂的真解脱，就是要相信万法皆空，从而敢于舍弃，以无为有。就佛法修行来说，唯有如此才能摆脱种种羁绊，证道超脱；就个人心性而言，勇于舍弃也有利于营构万事不萦于怀的洒脱心境、开朗情绪。顾复初题大慈寺藏经楼一联亦曰：

---

[1] 冯修齐：《新都楹联》，成都：四川人民出版社，2001年，第127页。
[2] 李文郑，朱恪超：《中国古今奇联鉴赏》，郑州：中州古籍出版社，1998年，第327页。
[3] 张其中：《对联丛话》，成都：四川人民出版社，1983年，第9页。
[4] 程裕祯，解波：《中国名胜楹联大观》，北京：中国旅游出版社，1987年，第386页。
[5] 吴刚，谭良啸：《楹联上的成都记忆》，成都：时代出版社，2015年，第246页。

> 六根皆入菩提，行亦得，坐亦得，得无所得，乃为真得；
> 万善同归极乐，生不来，灭不来，来者非来，是名如来。[1]

无所得者方是真得，换言之，只有能舍，方能有得，也才能达于极乐。对有与无、得与不得、来与不来不存执念，就是佛家所说的无法之法、法无定法。着落在世俗中，也就是以开放超脱的心态求得内心的平静。

除佛寺楹联外，成都的道观楹联也有对开放精神的阐述，其思想内涵与佛寺诸联有高度的一致性。如黄齐生集句题青城山天师洞客堂联：

> 事在人为，休言万般都是命；
> 境由心造，退后一步自然宽。[2]

此联一方面肯定"人为"的积极作用，在命运面前相信人定胜天；另一方面又劝诫世人要超然恬淡，深明退后一步天地宽之理，从不同层面展现了开放超脱的精神追求。黄云鹄题青城山朝阳洞联又称：

> 既登福地仙宫，且放下从前俗虑；
> 尽有花笺名碗，试拓开到此诗情。[3]

人生在世，虽然尽有不如意之事，难免忧愁烦闷，但既至福地仙宫，得见名山美景，又有诗笺、香茗为伴，就应该一洗俗尘愁绪，开拓心胸，尽享当下。这种潇洒自在，既体现了道家思想中对生命乐趣的重视，也是成都城市文化开放性的表达。青城山建福宫前殿还有佚名对联一副，与黄云鹄联义旨颇为相似：

> 晓钟历历，晚磬泠泠，细参个里机关，凡处境无非梦境；
> 岚气重重，云峰乙乙，饱看天然图画，不学仙也是真仙。[4]

世间机关重重、烦扰不休，人行其间，如在梦境，但面对由晓钟、晚磬、岚气、云峰绘成的天然图画，却可以放下焦虑，纵情享受这一刻的美景，同时也让自己的身心得到升华，如登神仙境界。显然，这种望山而兴的大洒脱、大自在也是开放精神在此时此刻的映射。

---

[1] 曾泳霞：《大慈寺藏经楼楹联试析》，载蔡永华：《文物考古研究》，成都：成都出版社，1993年，第280页。
[2] 裴国昌：《中国教化楹联精选》，南京：南京师范大学出版社，2015年，第234页。
[3] 赖明志：《茶联集》，福州：海峡文艺出版社，2006年，第161页。
[4] 于弨：《历代咏钟对联精选》，北京：农村读物出版社，2004年，第124-125页。

第三章 激扬天府风情：从对联看成都城市文化的实质内涵

从佛、道二教走向世俗，儒家学者、士大夫立身处世也讲究开朗通达。杨升庵在工部主事段承恩致仕后，曾题赠他一副对联：

> 三简名巡，曾是中朝御史；
> 一时谢政，便为陆地神仙。[1]

段承恩进士出身，曾任巡按御使、任主事，官职不高、功名不显。在他致仕退居之后，杨升庵却赞叹他过上了神仙一样的日子。结合杨升庵自身的经历来看，不以一时得失为念，更加注重个人理想和人生价值，正是名士儒臣洒脱精神在不同时代的一贯表达。比如清人何绍基同样也仕途坎坷，多遭磨难。在他得罪离任成都时，曾自题一联以抒志：

> 自知性僻难偕俗；
> 且喜身闲不属人。[2]

身负气节，不苟于世的士大夫每每为当权者所不喜，难免罢职丢官。但在他们看来，无官一身轻，寄情山野、讲求学问的闲居生活又何尝不是一种解脱呢？何绍基将这种心情化入了对联，也将自己豁达的生活态度清晰地展露了出来。又如郑方城题新繁县衙后厅联：

> 俸米犹堪供八口；
> 荷衣何日补三余。[3]

严雁峰为贲园自题的对联：

> 无爵自尊，不官亦贵；
> 异书满室，其富莫京。[4]

伍生辉自题联：

> 十年宦比梅花冷；
> 一夜春风爆竹来。[5]

---

[1] 李飞鸿：《晋宁历代诗歌楹联选》，昆明：云南民族出版社，2006年，第203页。
[2] 李明阳：《楹联手抄》，合肥：黄山书社，2011年，第116页。
[3] 冯修齐：《新都楹联》，成都：四川人民出版社，2001年，第268页。
[4] 王跃，马骥，雷文景：《成都百年百人》，成都：四川人民出版社，2008年，第66页。
[5] 李文郑，陈竹：《春联趣话》，杭州：浙江古籍出版社，2010年，第75页。

三位作者身份不同，经历不同，题写的对联内容自然也不同，但其中传递的精神则是非常一致的。对达观的人而言，爵位高低、官职大小、俸禄多少皆不重要，得生活意趣，在更广阔的世界中实现自己的价值理想才是人生的终极追求。在这一目标下，其他的坎坷波折都可以雍容处之，乐以观之。

　　特别值得注意的是，儒、释、道三家学说各有其理论基础，在对世界、对人生、对他人的态度上并不完全一致。但是在成都的对联中，它们却高度一致地表现出了对豁达乐观、开放包容精神的肯定，三者协和共进、各擅胜场。这本身也是城市文化开放性的体现（详见下节）。不仅如此，这种开放性还渗透到了百姓的日常生活，成为成都这座城市的文化个性。今天，在成都的大街小巷中，随处可见各种生动有趣、积极乐天的对联。著名卤店盘飧市有对联一副：

> 百菜还是白菜好；
> 诸肉还是猪肉香。

老瓦房饭店对联：

> 缺海鲜，少野味，特别实惠；
> 无名厨，非正宗，就是好吃。

米香源饭店对联：

> 凭良心挣钱，心安理得；
> 就糊涂处事，顺其自然。

百年鹤鸣茶社对联：

> 四大皆空，坐片刻不分你我；
> 两头是路，吃一盏各走东西。

　　这些对联都出自饭店、茶馆这类最常见的餐饮门店，与成都百姓的日常生活息息相关。店家通过对联传递出了甘于平淡、顺应自然、淡泊名利、追求心安的经营理念、人生价值，这恰恰就是成都市民的心声，是成都城市文化的开放性在城市集体文化行为中的表达。

二、多元共荣

成都文化在儒、释、道三家精神共同影响下而形成的开放特质，因协同而得其"和"，又因包容共生而致其"荣"。

先以佛学为例。在佛教体系下，不同宗门之间本是有一定排异性的。但成都的大德高僧却能很好地调和冲突，容纳多个宗派的教法思想。从对联中看，雪堂和尚含澈在任龙藏寺住持时曾为该寺禅堂题写一联：

三要三玄，律宗禅宗两重；
一拳一指，真谛俗谛双融。[1]

龙藏寺法统属于临济禅宗的岔派，并非"正宗"。但以雪堂和尚为代表的寺僧却勤于精修，不仅能通晓临济本宗教法，还能融会禅定与律宗的持戒仪轨，甚至能将圣、俗之见一脉贯通。强烈的开放性使龙藏寺佛法昌明，道场大兴。而从临济宗、禅宗上升到整个佛学来看，张怀泗题文殊院藏经楼一联也很具有代表性：

教有万法，体性无殊，不可取法、舍法、非法、非非法；
佛本一乘，根源自别，故说下乘、中乘、上乘、上上乘。[2]

"佛教认为世间一切事物和现象的变化千差万别，但本质相同，故不可执一取法"，"佛引导教化众生达到解脱的方法、途径或教说原本一致，但众生的根基和修养各有不同，故可选择下、中、上、上上四种方法和途径"。[3] 如此兼收并蓄的多样化态度、方法，本身也是佛教义理中开放兼容意识的体现。此外，弥勒佛形象也是佛学包容思想的最生动代表。贯一题峨眉山洗象池弥勒龛联：

大肚能容，常思则古；
闇修自宓，无暇求知。[4]

---

[1] 冯修齐：《新都楹联》，成都：四川人民出版社，2001年，第132页。
[2] 吕选忠等：《中国名胜楹联鉴赏》，北京：中国青年出版社，1990年，第596页。
[3] 四川省楹联学会，成都市楹联学会，成都市群众艺术馆：《成都名胜楹联》，成都：四川人民出版社，1990年，第65页。
[4] 田家乐，魏奕雄：《峨眉山名联欣赏》，成都：西南交通大学出版社，1991年，第143页。

又题绵竹祥符寺斋堂:

> 无弥勒肚难消受;
> 有罗什针易解除。[1]

成都大慈寺引泰州光孝寺联:

> 眼前都是有缘人,相近相亲,怎不满腔欢喜;
> 世上尽多难耐事,自作自受,何妨大度包容。[2]

文殊院天王殿弥勒龛联:

> 大肚包罗,现前住位兜率主;
> 微笑圆融,当来出世弥勒尊。[3]

昭觉寺天王殿联:

> 大大肚能容万物;
> 微微笑看破群生。[4]

金沙庵弥勒龛联:

> 大肚包容,了却人间多少事;
> 满腔欢喜,笑开天下古今愁。[5]

不难看出,以上诸联对弥勒佛的描绘都突出了他的"大肚"形象,而大肚能容正是与开放精神对应的。成都各大名刹纷纷张挂这一类的对联,实则是对城市文化中开放精神的进一步宣扬。

超越佛教一家来看,成都城市文化对儒、释、道三家更体现出一种兼容

---

[1] 绵竹政协文史组编纂组:《绵竹文史资料选辑第9辑》,绵竹:绵竹政协文史组,1990年,第201页。
[2] 郭华荣,王乃积:《中国佛教楹联精选》,北京:北京燕山出版社,1997年,第165页。
[3] 饶明奇,蔡进万:《宗教对联》,南宁:广西人民出版社,1994年,第120页。
[4] 四川省楹联学会,成都市楹联学会,成都市群众艺术馆:《成都名胜楹联》,成都:四川人民出版社,1990年,第73页。
[5] 此对联为本书课题组于成都金沙庵实地抄录,为印刷字体。中国楹联学会所编《实用楹联手册》中收录该联,但未指明地点。综合判断,应是金沙庵转录它处名联,并非原创。中国楹联学会:《实用楹联手册》,深圳:海天出版社,2014年,第488页。

第三章　激扬天府风情：从对联看成都城市文化的实质内涵

并包的态度。同样是题弥勒殿，李雍为龙藏寺所题一联就有不同的着眼点：

扩万理大度包容，思量衣冠逐队，傀儡登场，闲名利狠狠争来，慧眼阅红尘，说甚么将相公侯，只完得英光浩气，若着些微贪心、嗔心、痴爱心，打入轮回，总笑他拖泥带水；

盘双膝坦然趺坐，看透富贵浮云，繁华春梦，善根基牢牢保护，前头多黑路，猛想起圣贤仙佛，无非是孝子忠臣，倘犯释门杀戒、盗戒、邪淫戒，自加缠缚，怎及俺喜地欢天。[1]

弥勒佛大肚能容，可以将"万理大度包容"。世人效法弥勒，就能将圣贤、仙、佛三家之说联比汇通，意识到为人行善的根基在于忠、孝。以此为立足点而阐发义理，那么三教的思想就都有了着落，即可和谐并生。同理，刘珰臣赠雪堂和尚一联又云：

是琴友、诗僧、字史；
有佛心、仙骨、儒风。[2]

雪堂含澈多才多艺而又兼通三教义理，他兼擅琴艺、诗词、书法，既是虔诚的佛教徒，又具有仙风道骨和儒者风范。就此一人即能看出成都文化博大包容的开放性。再如青羊宫八卦亭联：

西出函关佛子拜；
东来鲁国圣人参。[3]

青羊宫是成都著名的道教宫观，张挂的对联不免以道教传说为主，此联颂扬老子道德、学问都很高超，当年纵青牛西出函谷关，曾点化佛陀，传衍佛教；而孔子观书周室，也曾向老子问礼。联文将这些传说整合到一起，固然是为了抬升老子、道教的地位，但同时也反映了成都文化融汇三教的特性。又如吴虞题新繁东湖怀李堂一联：

功业感筹边，更思文苑儒林，有叔本、公仪，同留胜迹；
穷愁何足志，只合登仙成佛，继桃椎、法进，共写灵襟。[4]

---

[1] 萧黄：《佛寺道观对联》，郑州：河南大学出版社，2005年，第183页。
[2] 冯修齐：《新都楹联》，成都：四川人民出版社，2001年，第138页。
[3] 邓华，陈建华：《历史与楹联》，贵阳：贵州人民出版社，2006年，第47页。
[4] 王友平：《对联小辞典》，成都：四川辞书出版社，2006年，第200页。

此联由感怀李德裕功业起笔,自然以儒学为主,多写文苑儒林事迹。在作者笔下,新繁人才辈出,前后不绝。教育家任末(字叔本)、士大夫梅挚(字公仪)、隐士朱桃椎、高僧法进都曾为地方文化史增光添彩。他们或力持儒者事业,或期望登仙成佛,虽然各自追求不同,但却同留胜迹、共写灵襟,在成都城市文化的开放性中各领风骚。

三教而外,成都文化还积极吸收其他外来文化、少数民族文化元素,并在对联中有所体现。今日成都市中心有皇城清真寺一座,始建于明代中叶,清末重修并保存至今,是四川省规模最大的清真寺,也是全国较著名的清真古寺之一。该寺虽为伊斯兰教活动场所,但建筑风貌却兼具中西特色。其大殿楹柱上亦有多副对联:

清真根底原清,无侣伴,无杂庞,不悖悖以后世吓愚,做出善旌恶罚相;
古教源头本古,有来历,有归落,空单单为中天说法,了成生顺死安人。[1]
睹器必追成器匠,匠能成器,器不是匠,认得有千里无干,造物迥殊受造物;
衡文定问作文才,才可作文,文非即才,参透全体中一体,拜人难充被拜人。[2]

进寺门,脱去风尘临主宰;
出世俗,归来静地露心真。[3]

以上对联的内容姑且不论,仅从形式上看,清真古寺悬挂对联,用中华文化的特殊载体来表达伊斯兰教思想,这本身就足以体现成都城市文化的开放性。不仅如此,在皇城清真寺中,还有用阿拉伯文写成的对联一副。该联用阿拉伯文的艺术字体写成相对独立的文字符号,上下联各11字。上联内容前有汉字"至圣迁都一四零九年斋月",下联有汉字落款"成都市伊斯兰教协会众教末敬立"。这种以异民族文字书写的对联,非常直观地表达了成都文化的开放包容。同样的情况还出现在成都的"满城"旧址中。在今天的红墙巷,有饭店以满文书写对联。该联上下各十个满语文字,大意为"满桌佳肴温故里,半壶烈酒知常情"。不仅联文内容与饭店正相匹配,其形式也是成都历史上多元文化共存共荣的反映。类似的还有红庙子街的"一亩园"皮具店,店门楹柱

---

[1] 答振益,安永汉:《中国南方回族碑刻匾联选编》,银川:宁夏人民出版社,1999年,第159页。
[2] 张广平:《古今名人名联妙语精粹》,兰州:甘肃文化出版社,2000年,第123页。
[3] 此联为实地采录,相关文献中未见记载。

第三章　激扬天府风情：从对联看成都城市文化的实质内涵

上有对联"择善守业，信语守真"，在上下联的汉字之后，又各有四个藏文符号。这一类用非汉语文字书写的对联虽然不多，但却充分展示了天府成都对多元文化的开放接纳态度，十分可贵。

从以上文化元素尚在成都一城之内，却超出城市、地域的界限来看，成都对外地移民文化也具有极大的包容力。新都新民镇杨家祠大门联：

先人是江汉遗支，迄至今十世继承，木本水源犹怀孝感；
此地属繁都接境，看以后一门昌大，瓜绵椒衍直配弘农。

同镇的福建戏馆联：

豪竹哀丝，胜地听来一曲；
浅斟低唱，乡情话到三山。[1]

这类对联一般张挂于移民后裔的聚居地，内容多是追溯家族源流、祖先功绩，叙述家族迁来成都的历史，表达对故乡的怀念等等。相关题材在成都对联中大量出现，说明其文化的开放兼容，已超越了一城一地而泛及全国。据此也可以认为，开放性确已成为成都城市文化的重要特质。

第四节　情感性

儒、释、道三家都注重人性本源的"善"，性善的外在表达为"情"，则是人对他人、社会、国家的关爱与责任。天府成都上映神仙境界，充裕的物资、富足的生活使这里的人们不太计较个人得失，更愿意通过帮助他人来实现更高层次的人生价值。对他们而言，经济社会生活不只是"有用无用的考量和利益交换，更是在交往交流中实现互助共赢，在实现自我利益的同时促进他人的利益增加"，这既是"社会主义核心价值观倡导友善的原因所在"，[2]也引导了成都外化于行的善意情感表达。由对个人之善、对大众之爱、对家国之爱凝聚而成的情感性，传递了天府成都仁民爱物、情礼兼备的温度。

---

[1] 冯修齐：《新都楹联》，成都：四川人民出版社，2001年，第221、222页。
[2] 朱佩娴：《"善的有爱"更持久》，载《人民日报理论著述年编2014》，人民日报出版社，2015年，第731页。

一、与人为善

友善情感的培养是从自励自修、劝人向善开始的。在成都对联中,劝善联可谓比比皆是。善行从爱亲孝亲开始,冯修齐题新都斑竹园怀孝楼联云:

> 天地重亲情,百家德泽流千载;
> 中华扬孝道,万瓣心香萃一楼。[1]

联文以孝为主题,从天地重亲情的大道至理切入,归结于扬孝道的为人之道,既有严密的逻辑思维,又明确提出了促人向善向好的要求,是从最切近、最基础之处发扬成都城市文化的情感性。由家庭推而广之,善待他人还表现在邻里之间。今日成都文庙后街民居院落大门有对联称:

> 择居人,里和为贵;
> 善与人,同德为邻。

择善与居,以善待人,两方面内容比较全面地规范了市民在日常生活中如何修行善道,如何与邻里保持和睦友善的良好关系。同德为邻、里和为贵则从内在修养与外在氛围两方面共同展示了在友善精神指引下个人与社区道德的提升。此联内容虽少,思想内涵却十分丰富。由此再一步扩充,友善情感还会推动世人普遍善待他人。新都宝光寺藏经楼张挂有祝允明自遣联:

> 每闻善事心先喜;
> 得见奇书手自抄。[2]

此联同时涉及道德修养和学业修习两方面问题。"上联谈为人之道,并不从立名节的高处着眼,而是从'闻善心喜'这样为人应有的品性谈起",[3] 平易亲切,质朴自然。以此在信徒中普及推广友善之道将十分有效。宝光寺照壁上另有一副短联:

> 福田广种;
> 寿城同登。[4]

---

[1] 冯修齐:《新都楹联》,成都:四川人民出版社,2001年,第182页。
[2] 天人:《名联妙联精粹》,海拉尔:内蒙古文化出版社,2009年,第69页。
[3] 苏渊雷:《绝妙好联赏析辞典》,上海:上海辞书出版社,1994年,第464页。
[4] 刘志贤,徐静:《名寺楹联》,北京:华文出版社,1999年,第253-254页。

第三章 激扬天府风情：从对联看成都城市文化的实质内涵

这一则联文虽然极短，却在一定程度上带有因果报应的色彩：为人在世，只有善待他人，广种福田，才有可能得享高寿、因善获福。这虽然是非常浅显的报应说，但对于一般百姓而言却有极大的影响力，可以引领其与人为善。而在成都佛教寺庙中，也有多副对联与此联旨义相近。如大慈寺有一联云：

> 无感不通须积德；
> 有心咸成莫辞劳。

新都宝光寺庐山遗迹载有莲池大师旧联：

> 人天路上，作福为先；
> 生死海中，念佛第一。[1]

龙藏寺含澈题联：

> 菜蔬尚不敢忘，况仁人慧心扶持三宝；
> 功德必当有报，竭衲子愚意俎豆千秋。[2]

这些对联都将积德、作福、功德作为"第一"要义，谆谆告诫世人要以行善谋求福报，这既是佛教的基础义理，也是成都城市文化情感性在世俗层面的展开。与此相反，若有人不能积福而要造恶，则会在冥冥之中受到惩罚。新繁县城隍庙山门对联：

> 莫造无涯罪孽；
> 难逃这道衙门。[3]

城隍是民间信仰中的冥界地方官神，可以"鉴察民之善恶而祸福之"。因为神明的监察无所不在，所以世人必须要规范自己的言行，扬善去恶。尽管这类民间信仰的约束力非常有限，但它仍然有助于在基层社会涵育友善情感。成都府城隍庙戏台对联同样称：

> 善恶施报，莫道竟无前世事；
> 利名争竞，须知总有下场时。[4]

---

[1] 袾宏：《莲池大师全集》，北京：华夏出版社，2011年，第275页。
[2] 冯修齐：《新都楹联》，成都：四川人民出版社，2001年，第122页。
[3] 冯修齐：《新都楹联》，成都：四川人民出版社，2001年，第199页。
[4] 任喜民：《对联艺术》，银川：宁夏人民出版社，1983年，第73页。

这副对联见于全国多处城隍庙,较有代表性。它以幽冥神灵的口吻告诫信众:"你不怕活着的时候遭到失败,你怕不怕死后那个奖惩很严厉的世界的报应?"[1]这就是利用人们对未知命运的恐惧,略带威摄地引导他们去恶迁善。新都县城隍庙联又称:

> 只须素履无惭,稳步临斯皆坦道;
> 但质苍穹有愧,横行到处尽愁城。

龙桥镇瑞云庵亦有一联:

> 阴司里祸福昭彰,善降祥,恶降殃,丝毫不爽;
> 阳世上神灵显赫,冤有头,债有主,果报无差。[2]

这两副对联共同将正反两方面的情况做了一个生动的总结:阴司神明是公正无私、精准不差的,善必有祥,恶必有殃。平生不作恶,无惭于天地之人,即便来到城隍庙受审,也必是坦荡平稳,心中宁静。不行善事而造恶孽之人,面对苍天必然有愧,身陷阴府也会寸步难行。联文用语简单通俗,道理也简明易晓,劝善之意昭然纸上。此外,新都县衙大门的对联则更贴近官、民的实际生活:

> 入此门,费力、费心、费财,纵胜人,终累己;
> 居是官,曰清、曰慎、曰勤,易作孽,难欺天。[3]

对一般百姓而言,与人争执就非善事,如果对簿公堂,无论胜败,都要耗费无数心力、财力,最终不仅连累自己,还会影响社会风气,不利于构建和睦融洽的社会氛围。所以地方官员往往以安民息讼为目标,劝导乡民与人为善。对国家官吏而言,是否清廉、谨慎、勤勉则是判断其善恶的重要标准。所以地方官员也应该严于律己,爱民如子,为善一方。这副对联敏锐地把握住了中国古代社会"官—民"这一对主要矛盾,试图以行善为核心思路,将社会导向良性发展的轨道。从这个意义上讲,该对联实际已经体现了成都城市文化情感性由与人为善层面向造福社会层面的转化。

---

[1] 葛兆光:《古代中国文化讲义》,上海:复旦大学出版社,2012年,第177页。
[2] 冯修齐:《新都楹联》,成都:四川人民出版社,2001年,第187、212页。
[3] 冯修齐:《新都楹联》,成都:四川人民出版社,2001年,第187页。

二、造福社会

成都文化情感性在社会层面的体现,主要是对民生的关怀、对世间疾苦的同情和对物阜民丰的祝愿。就关心民生的一方面而言,金堂云顶山天宫寺(慈云寺)五观堂联就比较直接地抒发了这种情感:

一粒米,由农夫血汗流出;
半瓢水,是行者肩上挑来。[1]

一米一水皆是农夫行者的劳动成果,从小处说,这些艰辛的劳作保证了寺庙斋堂的物资供应,也就保证了其正常运营;由小而见大,整个社会的存在、发展也是以这些物质创造为基础的。对联作者珍惜农夫、行者的辛勤付出,就是表达对社会的友善。将这种关爱之情更清楚展现出来的,是罗远猷题新都桂湖观稼台一联:

放眼云山皆下界;
关心禾黍每先登。[2]

观稼台是旧时新都古城墙上的高台,主要供士大夫观赏田园风光之用。作者"登上观稼台,放眼望去,远处的云和山都显得低矮,自己仿佛置身于天上""民以食为天,我非常关心庄稼的收成,每来桂湖,总是最先登临这儿。"[3]关心稼穑,就是关心农业生产、关心民生和社会安定,这是过去士大夫表达对大众友善之情的重要方式。相似的内容也出现在了周鹏嵩为新繁东湖观稼亭所题的对联中:

饱览湖山之胜概;
应知稼穑之维艰。[4]

在饱览湖山美景,欣赏山水胜概的同时,有志之士更会关怀农业收成,感念稼穑艰难,这才是对社会民生的友善,对故土乡邦的大爱。黄云鹄题新繁龙藏寺山门联:

---

[1] 四川省楹联学会、成都市楹联学会、成都市群众艺术馆:《成都名胜楹联》,成都:四川人民出版社,1990年,第220页。
[2] 金实秋,刘仲邦:《怎样作胜迹联》,北京:西苑出版社,2003年,第112页。
[3] 冯修齐:《新都楹联》,成都:四川人民出版社,2001年,第25页。
[4] 裴国昌:《中国名胜楹联大辞典》,北京:中国旅游出版社,1993年,第1530页。

>福利溥双江，祖德至今留水利；
>
>恩光承九陛，王言亘古镇山门。[1]

清代康熙年间，龙藏寺大朗禅师曾开渠筑堰，灌溉双流、新津、温江良田数万顷，造福一方，促进了当地的农业生产。到光绪时，龙藏寺住持含澈和尚经四川总督呈奏，为大朗禅师请得了诰敕，表彰其为民造福的功绩。黄云鹄此联叙述前后两事，从中亦能看到大朗禅师对黎民的关爱之情。此外，黄炎培题青城山天师洞藏经阁联也颇见友善情感：

>经阁如新，从知道道非常道；
>
>山洞无恙，但视年年大有年。[2]

此联的题写，有非常特殊的历史背景："1936年2月24日黄炎培由卢作孚陪同游青城山，住新建不久的天师洞藏经阁，与当家道士彭椿仙谈农业，甚喜。当即拟此联赠给天师洞。上联'常道'二字，既有赞许彭道之意，又合于《老子》书中'道可道，非常道'之旨，与常道观十分贴切。为了振兴灌县农业，黄炎培先生当即提出筹建'川芎泽泻利用合作社'，祝愿年年丰收。"[3]明悉这一历史背景后即能知晓，此联的题撰是与农业生产、民生经济紧密相关的。而黄培炎对农田水利事业的高度关心、积极参与，也体现出了博施济众、造福社会的大爱情怀。

就同情民间疾苦的一面而言，寓居成都的伟大诗圣杜甫是其杰出代表。郭沫若题杜甫草堂联曰：

>世上疮痍，诗中圣哲；
>
>民间疾苦，笔底波澜。

此联题写于1953年4月，作者借用了杜甫诗中经常出现的"疮痍"一词以代指战乱后的破败景象。上联谓"唐代经安史之乱以后，世上满目疮痍，杜甫感时伤世忧国忧民，堪称诗中圣哲之人"；下联谓"杜甫了解民间疾苦，写

---

[1] 龚联寿：《中华对联大典》，上海：复旦大学出版社，1998年，第418页。
[2] 景常春：《近现代名人对联辑注》，南京：南京大学出版社，1989年，第410页。
[3] 四川省楹联学会，成都市楹联学会，成都市群众艺术馆：《成都名胜楹联》，成都：四川人民出版社，1990年，第105页。

第三章 激扬天府风情：从对联看成都城市文化的实质内涵

诗则感情充沛，笔下如波涛起伏"。[1] 如此一副对联，恰似杜甫诗歌的点睛之笔，烘托出了他忧国忧民的友善之心。佛寺对联同样关注世间疾苦，梅元珩题新都宝光寺七佛殿联称：

> 如来七佛，百千万劫超苦海；
> 接引群生，二十四层拜诸天。[2]

佛祖是经历了无数劫难，从万千苦海中超脱之人，但芸芸众生却仍然还在苦海中沉沦，在世间遭受磨难。所以佛祖要以大慈大悲心，凭借无上法力渡化众生，接引他们远弃凡尘，往升极乐。与此联同理，清代新繁知县程祥栋题新都观音寺观音殿联：

> 龙海涌潮音，合众生心以正声闻，到处可参观自在；
> 虫沙清浩劫，现女子身而说法戒，普天同感大慈悲。[3]

大慈寺中又有集众佛偈而成的一联：

> 愿将以此胜功德，回向法界诸有情；
> 普愿沉溺诸众生，速往无量光佛刹。

以上两副对联与宝光寺七佛殿联所传递的精神是高度一致的。众生沉溺在浩劫苦海中，难以超脱。佛与菩萨都是有大智慧，大功德、大法力、大慈悲之人，他们关心世间诸生疾苦，愿意帮助他们早日超脱。在同情世人疾苦这一方面，佛教的慈悲之心与成都城市文化情感性所体现的友善精神自有其相通之处。除佛家外，医家亦有仁心，以悬壶济世为业，通过对联表达关爱病人之情的医馆、诊所在成都街头随处可见。如闹市井巷子明德医院对联：

> 尝神农草，历越人针，尽本恕力，勤修精研，奉献自家方药灸刺熨抚；
> 读黄帝经，究仲景术，为静安徒，广求博采，服务蜀中父老妇幼青壮。

锦里西路医问中医馆联：

> 闭户思疾苦；
> 开门问沧桑。

---

[1] 丁茂远：《〈郭沫若全集〉外散佚诗词考释》，杭州：浙江大学出版社，2014 年，第 196 页。
[2] 佚名：《宝光寺楹联集》，民国抄本，第 6 页。
[3] 政协新都县委员会文史委编纂组：《新都文史》第十八辑，成都：政协新都县委员会文史委，2002 年，第 167 页。

此两联都是当代人之作，词韵虽不甚工稳，但医者仁心、关爱世人的友善情怀却是一望可知的。

在关心民生、关注疾苦的基础上，对物阜民安的美好祝愿是对联中友善情感的又一种表达形式。蔡鸿逵为都江堰城隍庙题写对联，借着向神灵祈祷而有所祝愿：

> 聪明正直之谓神，清夜焚香，惟愿斯民敦孝弟；
> 雨阳寒燠以成岁，丰年报享，长期列部颂升平。[1]

蔡鸿逵既祈祷民众孝悌善良，又希求岁美年丰，这两件事本是一而二、二而一的。仓廪实而知礼节，在年成有望，基本生活需求得到满足的前提下，民众更能知书达礼，进一步提升道德水平，守孝悌，知谨信，和于人，善于邻。结合两方面因素来看，蔡鸿逵的祈求正体现了天府成都人对友善和睦社会氛围的美好追求。而新都王爷庙大殿联也称：

> 蕴天一地二之真，神灵永佑；
> 裕国阜民安之计，栋宇维新。

高利生自题春联亦云：

> 公务敢辞劳，但期俗美风清，鸡犬不惊鱼入梦；
> 教书非自误，只愿民安国泰，麒麟在薮凤来仪。[2]

这两副对联与蔡鸿逵联可谓异曲同工。对国富民安、俗美风清的期盼，就是希望从物质、精神两个领域同步构建良好的社会秩序，希望人民能过上幸福的生活。这是有意造福社会的仁人志士共同的努力方向，也是成都文化情感性在社会层面的真切表达。

三、忠贞报国

友善的情感性的再次升华，则是爱国报国，通过坚守国家大义、民族气节来表达对祖国同胞的大爱。新繁双忠墓前有对联三副：

---

[1] 裴国昌：《中国名胜楹联大辞典》，北京：中国旅游出版社，1993年，第1511页。
[2] 冯修齐：《新都楹联》，成都：四川人民出版社，2001年，第213、283页。

第三章 激扬天府风情：从对联看成都城市文化的实质内涵

> 为国忘身全大节；
> 舍身取义见贞操。

> 大墓同松柏并寿；
> 双忠与日月争光。

> 国士无双双国士；
> 忠臣不二二忠臣。[1]

双忠墓是为纪念西汉末年章明、侯刚二位忠臣而建。"据清康熙四十八年（1709年）四川巡抚能泰撰文立石的《章侯二大夫墓碑记》：西汉末，王莽篡位，新繁有二忠臣。其一章明，仕汉大中大夫，叹曰：'吾不以一身事二主！'遂自杀。其一侯刚，仕汉中郎，因莽篡，佯狂，负木主诣阙号哭曰：'吾宁蹈仁义死，不忍事非其主！'莽怒杀之。光武立，遗使归葬。"[2] 章明、侯刚二士誓死不事篡逆之人，表现出了高尚的个人气节和对国家的忠诚；新繁邑人与地方官吏修缮其墓地，世世代代奉祀双忠，更体现出当地人民对爱国精神的崇敬景仰，是成都城市文化友善情感在爱国层面的鲜活表现。由西汉而至东汉、三国，忠心辅佐蜀汉政权的诸葛亮、关羽成为忠义爱国的化身。刘咸荥题武侯祠诸葛亮殿联曰：

> 勤王事大好儿孙，三世忠贞，史笔犹褒陈庶子；
> 出师表惊人文字，千秋涕泪，墨痕同溅岳将军。[3]

诸葛亮毕生辅佐刘备父子，勤劳国事，一再表示"继之以死""死而后已"。在他北伐病逝五丈原后，又有儿孙继续尽忠蜀汉，其三代忠贞的事迹，受到陈寿《三国志》的高度肯定，也受到了历代国家统治者的赞誉。后世忠臣岳飞过南阳武侯祠，触动心事而挥泪题写诸葛亮的《出师表》，成为千古忠义爱国的又一佳话。刘咸荥以诸葛亮、岳飞对举题联，既用活了历史典故，也充分昭显了成都人对爱国精神的认可。对于关羽，成都人题写的表彰对联亦多。双流关帝庙有联：

---

[1] 冯修齐：《新都楹联》，成都：四川人民出版社，2001年，第213、283页。
[2] 四川省新都县政协文史委员会：《新都文史》第十八辑，成都：政协新都县委员会文史委，第206页。
[3] 谭晓明：《楹联大全》，北京：民主与建设出版社，2013年，第54页。

> 大义秉春秋，辅汉精忠悬日月；
> 威灵存宇宙，干霄正气壮山河。[1]

这副对联在全国多处关帝庙都曾张挂，并非成都首创，但作为三国文化的重镇，成都人对关羽忠义气节的认可是毋庸置疑的。在成都的关帝庙中转用这副对联，就是继续表彰、弘扬关羽忠贞爱国的精神遗产，使之与成都文化中友善情感的大爱理想更相契合。所以，在新繁关岳庙中，大殿对联也是将"二忠"并举，极力凸显爱国大义：

> 正气贯乾坤，扶东西汉鼎足三分，未许奸雄干宝位；
> 精忠昭日月，作南北宋中流一柱，那容胡马扰华疆。[2]

精忠正气，万古长存。今人追忆关羽、岳飞的忠笃事迹，感慨其扶保国家，捍卫民族的大勇大节，本身也就是在继承、传递他们的不朽精神，用自己的方式表达对国家、民族命运的关心，表达成都城市文化中世代相传的大爱。至唐代，杜甫诗歌中也有对国家命运的深切关注，成都对联对此同样有集中的反映。比如叶剑英元帅题杜甫草堂联：

> 杜陵落笔伤财虎；
> 爱国孤怀薄斗牛。

1960年3月，叶剑英参观杜甫草堂并赋绝句一首，后摘其前两句而成此联。"杜甫一生，仕途上虽不得志，但无时无刻不心忧君国，同情人民的疾苦，孤怀远虑，所以作者称颂他的一片爱国忠心直冲霄汉，薄近斗牛。"[3] 作为"四川省十大历史文化名人"之一和成都历史文化的代表人物，杜甫的爱国精神已与成都的友善精神融为一体，在此地长久流传。明代，成都人友善为本、爱国忠义的代表当属杨升庵。李有恒曾以一联题升庵祠：

> 手持一疏撼天门，大义所关，是孝子忠臣迫不得已之事；
> 豪吟千载留风月，先生何处，怅蛮烟绝徼犹有未传之书。[4]

---

[1] 金晨：《关羽信仰研究》，南京师范大学硕士论文，2017年，第142页。
[2] 冯修齐：《新都楹联》，成都：四川人民出版社，2001年，第200页。
[3] 四川省楹联学会，成都市楹联学会，成都市群众艺术馆：《成都名胜楹联》，成都：四川人民出版社，1990年，第23页。
[4] 潘国璋：《名人与诗联》，北京：金盾出版社，2007年，第61页。

第三章 激扬天府风情：从对联看成都城市文化的实质内涵

联文回顾了杨升庵持疏争大礼、被贬蛮烟地的忠义事迹，高度肯定其所作所为是忠臣孝子不得已之事。从历史角度看，以杨升庵为代表的明代世大夫就议礼问题与皇帝发生激烈对抗，除纲常之争、礼仪之争外，也是希望联合贤良士大夫的力量来限制皇权，实现国家的长治久安。其忠义之心、忠勇之行正是出于对国家、对民众的善与爱。此外，清人费道纯题桂湖沉霞榭联、杨超题桂湖大门联则曰：

宛在水中央，聚千古名士忠臣人两个；
生成香世界，看满湖春风秋月花四时。[1]
胜地仰高贤，五百年来，试问骚坛几诗客；
英风昭烈士，数千里外，长存天地一忠魂。[2]

这两副对联的共同点是都由升庵而联想到了成都其他的忠臣义士。前联中的"人两个"，指升庵及守土殉国的清代知县谢子澄；后联中的烈士，则是指在山东壮烈牺牲的抗日英雄王铭章。由升庵而下，无论在清代还是民国，成都涌现了一大批爱国志士。他们以自己的言行表达着对祖国、乡土的热爱，传承着成都城市文化的友善情感。

总而言之，成都城市文化实质内涵的四个方面都在成都对联中有较为集中的体现。尽管受体裁、对象、内容的限制，上述对联不可能面面俱到地反映成都文化的所有内容，但通过解读对联确实可以在宏观上把握成都的历史资源，有助于加深对成都城市文化的理解。

---

[1] 阎嘉飞：《对联与律诗》，西安：陕西师范大学出版社，1989年，第19页。
[2] 裴国昌：《中国名胜楹联大辞典》，北京：中国旅游出版社，1993年，第1526页。

第四章　于今天府焕文章：从对联看成都城市文化的当代表达[1]

成都是对联文化的发源地、兴盛地、传承地。一千多年来，文人墨客在此题咏不绝，带起了当地集句撰联之风，故成都对联传世佳作极多。改革开放以来，成都的对联文化又与现代商贸文化交汇融合。这种融合不仅促进了当地经济、产业的繁荣，也推动了以对联为代表的中华优秀传统文化的创造性转化、创新性发展。因此，研究成都对联文化的当代表达，通过调研，对今日成都市特定区域的对联存留、创作情况进行系统采样，借助统计数据分析成都对联文化在新时代背景中传承发展的优势与不足，将有利于天府成都更深入地认识、更有效地保护、更充分地发掘对联文化，从而建成世界文化名城。

第一节　采样统计

以成都老城区（清代成都老城墙范围内，大至相当于府河、南河、西郊河所围区域）为采样区域，实地走访该区域内的店铺、机构、民居、文化景点，采录对联、统计数据、分析研究，就能以个案形式具体展现对联文化、成都城市文化在当代的传承情况。

选择成都市老城区为采样空间，主要基于以下考虑：第一，清代的成都城墙现已基本拆除殆尽，无明显标志。府河、南河、西郊河是过去成都的护城河，其所围合的区域大致与清代成都城相当。将河流作为地标界限，能保证可操作性。第二，府河、南河、西郊河所围合的范围在今天是成都的中心城区，

---

[1] 本章主标题"于今天府焕文章"出自万自律为新都桂湖所题对联："汉阙梁碑，自古香城留翰墨；南宗北派，于今天府焕文章。"本章的数据采集工作，有成都大学2016级汉语言文学专业学生张敏、于婷、陈蓉、蓝亦青、曾玲芮、文杰参与。

第四章 于今天府焕文章：从对联看成都城市文化的当代表达

是成都民风民俗保存较为完整、城市文化资源积存较为丰富的区域（如文殊院、大慈寺、宽窄巷子、水井坊等四处成都历史文化街区重点保护对象，老城区就包含了三个）。所以将老城区作为采样空间，可以保证研究对象的典型性、代表性。第三，老城区是成都市开发较早的区域，政治、商业、教育、文化等不同类型的单位分布较为均衡，不同街区的文化特色较为明显，以之作为调研空间，可以形成综合性、标杆性的范本，便于在后续拓展研究中为其他区域提供参考。第四，成都市占地面积高达14,312平方千米，除老城区外，一环、二环、三环及各区县皆有历史对联遗存和当代对联新创。由于课题组人手、时间、财力有限，只能选取一个相对集中、工作量适度的范围进行研究。

对研究对象的认定与采集，按以下标准进行：第一，所采对联必须严格存在于采样空间范围内，若张挂单位部分跨入采样空间但对联在其外者不计。如百花潭公园仅有正门处于采样范围，故公园内南河以南的对联皆不计。第二，所采对联必须明显张挂、题写、镌刻。若只依附其他载体而存在者不计。如书店图书中印刷的对联、文殊院碑林部分石碑上题刻的对联，皆不计。第三，所采对联须固定张挂，与张挂单位有相对明显的文化联系。临时性、批量生产的印刷消费品不计。如居民购买的商品春联，张挂时间只有一年左右，且为工厂批量生产，内容重复者较多，故不计；原创、手写春联则计入。第四，对大型商场，只计张挂于大门处的对联，不采集商场大楼内部小店或地下通道店铺的对联。如成都国际金融中心（IFS）大楼内部店铺，天府广场、远洋太古里地下商区店铺，皆不计。第五，老城区的大型园林、宗教场所内部建筑中张挂的对联数量较多、文化影响较大，故特别计入，如大慈寺、文殊院、人民公园内的殿堂楼阁对联，皆计入。第六，本次采样时间为2019年11月11日至12月10日，所有数据分析均以采样结果为准。此后由于市政建设、街道改造、店铺搬迁、对联改写等主客观原因造成对联数量、内容变化者，皆不再考虑。

按照上述标准，本次调研共采集对联349副（见表4-1）：

表 4-1　成都老城区现存对联汇表

编号	地址	单位	内容
001	八宝街114号附8	隐巷	千秋大业茶一壶
			万丈红尘酒三杯
002	白云寺街24号	忆江春养生馆	十二道中参此生
			养生皆是从中来
003	北大街95号	人民食堂	天府大地五谷香
			成都小巷百味芳
004	北书院街84号	聚元快餐	低头不见抬头见
			一丝情面两挂念
005	北顺城街31号	前锋	前锋平板烟机
			一秒搞定油烟
006	滨江西路	合江亭	政为梅花忆两京海棠又满锦官城
			鸦藏高柳阴初密马涉清江水未生
007	城隍庙街50号	益群诊所	道地药材
			依法炮制
008	春熙路南段1号附4	蜀大侠	宏图霸业谈笑间
			不胜人间一场醉
009	纯阳观街39号	炉忆鸡毛店	高朋雅舍备山珍
			胜友常临备食谱
010	祠堂街54号附5	中国兰州牛肉拉面	和拌捣揉攒摔抻妙手神技誉冠华夏
			汤清肉烂味醇厚一碗拉面飘香神州
011	大安西路62号	上河聚茶楼	淡中有味茶偏好
			清茗一杯情更真

第四章 于今天府焕文章：从对联看成都城市文化的当代表达

续表

编号	地址	单位	内容
012	大安正街11号	咏和茶业	香茶一杯解乏力 （阙一字）语三句振雄风
013	大慈寺路26号	大慈寺山门	第一丛林名声扬震旦 无双壁画精妙誉敦煌
014	大慈寺路26号	大慈寺山门殿	一人为大力大愿大有传灯猛省得来照破旁门归大道 兹心是慈父慈母慈在彼岸许多未了踏穿苦海上慈航
015	大慈寺路26号	大慈寺山门殿	眼前都是有缘人相近相亲怎不满腔欢喜 世上尽多难耐事自作自受何妨大度包容
016	大慈寺路26号	大慈寺山门殿	重联九十六院共为一院 须知百千亿身并无二身
017	大慈寺路26号	大慈寺山门殿	出入那边莫把门头走错 往来这里须将道路认真
018	大慈寺路26号	大慈寺观音殿	立足镇潮音预防沧海横流日 以手援天下应现金刚不坏身
019	大慈寺路26号	大慈寺观音殿	现将军身摧邪辅正 行菩提道护法安僧
020	大慈寺路26号	大慈寺多宝阁	五蕴皆空观自在 行住觉知见如来
021	大慈寺路26号	大慈寺大雄宝殿	从鹿苑转法华三界十方都成觉海 就鸡园修福果四生九有各种菩提
022	大慈寺路26号	大慈寺大雄宝殿	见清静身三昧三乘因缘广大 入慈悲室一花一叶色相光明

续表

编号	地址	单位	内容
023	大慈寺路26号	大慈寺大雄宝殿	坛经传法宝真法宝莫非性天过来人不诵经一本性开天空障碍
			世界放光明大光明全在心地自了汉要超三宝界心踏地等机缘
024	大慈寺路26号	大慈寺大雄宝殿	觉海宏开说者法讲者经二百年来把禅林辉锦里
			皇图永固鸠而工启而宇三千界里将石柱作金茎
025	大慈寺路26号	大慈寺大雄宝殿	愿将以此胜功德回向法界诸有情
			普愿沉溺诸众生速往无量光佛刹
026	大慈寺路26号	大慈寺大雄宝殿	天上天开知见示反闻自性是佛
			圣中圣入真境现实相诸法惟心
027	大慈寺路26号	大慈寺祈福殿	无感不通须积德
			有心咸成莫辞劳
028	大慈寺路26号	大慈寺祈福殿	开权显实随机应化
			通玄达妙离幻即真
029	大慈寺路26号	大慈寺祖师殿	蒙皇帝敕书九州名刹千秋仰
			传达摩禅旨三句法门万众师
030	大慈寺路26号	大慈寺藏经楼	龙宫海藏五教圆收见闻觉知获殊胜
			梵语华言一尘剖出行居坐卧种菩提
031	大慈寺路26号	大慈寺藏经楼	六根皆入菩提行亦得坐亦得得无所得乃为真得
			万善同归极乐生不来灭不来来者非来是名如来
032	大慈寺路26号	大慈寺藏经楼	此地是宝掌道场越千年法宇重光应识前因后果
			何处觅英公遗迹看万卷藏经罗列无分往古来今
033	大慈寺路26号	大慈寺藏经楼	依此修行亦得盛果
			本离本性即是福田

续表

编号	地址	单位	内容
034	大慈寺路26号	大慈寺藏经楼	大隐何妨在城市
			小山亦自有烟霞
035	大慈寺路26号	大慈寺藏经楼	菩提顶上有一圈精大圆觉是这个
			舍利壳中无二样贪嗔痴爱做甚么
036	大慈寺路26号	大慈寺藏经楼	分紫霞云护大慈法
			如白马寺藏罗什经
037	大墙东街180号	三顾冒菜	天下美食有几道不留巴蜀印迹
			三顾冒菜数百味尽览汉室遗风
038	大墙东街188号	品牌火锅冒菜	一篓青翠知春味
			百滚沸锅冒秋香
039	大墙东街150号	小谭豆花	四代调五味
			一店香百年
040	大墙西街1号	老街面匠	仁义礼信曹公美德扬天下
			劲爽鲜香面中翘楚誉巴蜀
041	大业路69号	渝达	浮生若梦谁非客
			到此能安即是家
042	大业路27号	廖记肥肠粉	街边小店最顺路
			家常小吃如到家
043	东城根上街13-15号	小名堂	小食有名堂凉粉锅魁甜水面
			点心思隽味远宾过客老成都
044	东城根街66号	天新茗茶	壶沏佳茗满堂伴笑语
			杯倾甘露四季溢清香

续表

编号	地址	单位	内容
045	东城拐下街20号附14	宜宾燃面	（缺上联）
			信誉满千城聚财迎客显人和
046	东城拐下街28号附9	锦江圣康诊所	欲还少年身莫投他处
			要享老来福请进此门
047	东打铜街45号	内江牛肉面	宽面窄面红烧面面面俱到
			大碗小碗玲珑碗碗碗真情
048	东大街下东大街段43号	凤望龙门	火锅飘香迎来东西南北客
			天下一绝美味飘香香九州
049	东大街下东大街段42号	李豆汤饭庄	天天喝豆浆
			身体更健康
050	东府街18号	同一堂	千秋济世孙思邈
			百年药箱同一堂
051	东较场街38号	四季茗居	东南贵客西北贵客茗茗欢迎
			春夏品茶秋冬品茶四季光临
052	东较场街115号	77100部队大院	好风好雨好河山祖国风光好
			新人新事新天地神州气象新
053	东较场街127号	恝想康复馆	恝想凝福天佑人
			康复聚神地承道
054	东较场街127号附24	浅山茶场	得闲识得山外意
			春盏不欺此中人
055	东糠市街7号	庞氏私房面	一生勤为本
			万代诚作基

第四章 于今天府焕文章：从对联看成都城市文化的当代表达

续表

编号	地址	单位	内容
056	东糠市街39号	洪记粉	往事不可追 来世不可待
057	东南里街5号	成都市七中育才学校	立身立德悟为本 做事做人学为根
058	东顺城中街012号	小坐茶楼	人来事往小叙小坐 国泰民安茶语茶香
059	东通顺街1号	王牌小龙虾	美味迎来宾客潮 财源广进冠九州
060	东御河沿街12号附5	了翁茶业	美酒千杯难成知己 清茶一盏也能醉人
061	东御河沿街68号附15	老方吃茶	龙引千江水 鸡鸣万山茶
062	多子巷21号	小区大院	构建和谐家园 打造文明大院
063	方池街18号附2	师徒情人民食堂	薪火相传烹人间大业 传道授业解五谷之惑
064	方正东街2号	重庆穿斗房老火锅	巴渝火锅天下尝喜迎四方宾客 鲜辣尽在封味中广交海内兄弟
065	古卧龙桥街8号	竹阳食忆	遵古法技艺 循一脉传承
066	古卧龙桥街12号附3	节节香肥肠粉（门）	青石桥老号 锦官城美食

续表

编号	地址	单位	内容
067	古卧龙桥街12号附3	节节香肥肠粉（窗）	青石桥老号
			锦官城美食
068	鼓楼北二街36号	参茸行	货真价实童叟无欺
			同修仁德济世养生
069	鼓楼北二街36号附1	中医馆	养身养心保幸福
			名店名品护健康
070	鼓楼北二街36号附2	上层酒行	品味虽贵必不敢减物力
			炮制虽繁必不敢省人工
071	鼓楼北四街14号	老北京布鞋	最爱人间棉布鞋
			青云直上步步高
072	鼓楼洞街23号	缘源画廊	泰山之巅乃真正缘
			道家登山在藏峰间
073	鼓楼洞街21号	峨眉雪芽	千载峨眉儒释道
			万古神水山药茶
074	鼓楼南街12号	国学馆	蜀汉大汉西汉东汉
			汉宫汉殿汉皇汉室
075	过街楼街130号附6	茯苓酱肉包	遵古法技艺
			循一脉相承
076	横小南街2号附5	君临会所	名人名仕名会所
			好画好茶好楼堂
077	红庙子街11号	一亩园	择善执业（后有四字藏文）
			信语守真（后有四字藏文）

第四章 于今天府焕文章：从对联看成都城市文化的当代表达

续表

编号	地址	单位	内容
078	红庙子街65号附1	乡村映巷	休闲雅集品乡土文化 怡情小酌尝农家风味
079	红墙巷49号附8	一个勺子	（十一字满文） （十一字满文）
080	红星路二段80号	小名堂	小食有名堂凉粉锅魁甜水面 点心思隽味远宾过客老成都
081	红星路一段39号	礼顿小厨	酒冽菜香招远客 座上高朋常畅饮
082	红星路一段35号	三十五号民谣	春风杨柳万千条 六亿神州尽舜尧
083	华星街4号	蓉香居	随和喜迎五湖四海客 诚心取悦南来北往人
084	华兴上街10号	人民食堂	粗茶淡饭尽显色香味 笑语欢声满溢你我他
085	华兴正街64号	盘飧市	百菜还是白菜好 诸肉还是猪肉香
086	酱园公所街1号附12	缘法	乾天坤地罗世间玄妙 伏先文后测人生祸福
087	金河路63号附12	食留香	本店砂锅特色欢迎八方来客 水饺面条美味洋洋经济实惠
088	金马街39号	古风堂	绘江山锦绣 裱书画琳琅

续表

编号	地址	单位	内容
089	金马街64号	少城小餐	百老同春向醉乡 少城名馔最当行
090	金马街69号	老北京布鞋	北平天子紫禁城 京腔京韵自多情
091	金马街66号	龙抄手	飞鸟闻香化锦凤 鲤鱼得味成金龙
092	锦里西路127号附21	医问	闭户思疾苦 开门问沧桑
093	锦里西路112号	倒拐香	美味耗儿鱼 佳肴倒拐香
094	锦里西路108号	春风里茶府	闲尘春风里 静品香茗中
095	锦里西路102号	盛世茶业	峨眉山名茶 蒙顶山名茶
096	井巷子街42号附1	杏林牙医	妙能齐尔齿 慧岂拾人牙
097	井巷子街40号附1	明德医院	尝神农草历越人针尽本恕力勤修精研奉献自家方药灸刺熨抚 读黄帝经究仲景术为静安徒广求博采服务蜀中父老妇幼青壮
098	井巷子街20号	古今茶语	大器天生往昔常居安乐宅 小贤旷世为今时发雅秀言

第四章 于今天府焕文章：从对联看成都城市文化的当代表达

续表

编号	地址	单位	内容
099	井巷子街10号	市井生活	舍南舍北皆春水 蓬门今始为君开
100	君平街64号	居民大院	一帆风顺全家福 万事如意满院欢
101	君平街89号	居民大院	厚德千秋运 家和万事兴
102	康庄街2号	师徒情人民食堂	为人民健康服务 为美好生活站岗
103	宽巷子50号	李雪火锅	三条巷子宽宽窄窄通中外 一座楼台沸沸扬扬品古今
104	宽巷子38号附1	寻楠	几百年人家无非积善 第一等事业还是读书
105	宽巷子26号附1	龙堂客栈	千秋笔墨写天地 万里云山入画图
106	宽巷子20号	天趣茶馆	世泽远承百忍字 家声近守两篇铭
107	宽巷子16号	诗婢家	有足纵横一万里 将心上下五千年
108	楞伽庵街23号	文殊豆汤饭	干饭稀饭都是粑粑 肥肉瘦肉全是胸胸
109	梨花街38号	法治文化院落	目中无纪乾坤虽大无处立 心中有法法律面前天地宽

续表

编号	地址	单位	内容
110	梨花街38号	法治文化院落	博古博今洞明世事 读书读律练达民情
111	梨花街38号	法治文化院落	法治长城始于一砖一石 文明诚信来自一言一行
112	梨花街38号	法治文化院落	政惠千家千家欢乐千家福 法昭锦江锦江安宁锦江和
113	梨花街38号	法治文化院落	肩正义止纷争缔盛世之太平 袖清风明赏罚浩乾坤之正气
114	梨花街38号	法治文化院落	宪法精神家喻户晓 法制观念深入人心
115	龙王庙正街116号	新旭印务	简单直观顺畅精确 超快速度出众画质
116	龙王庙正街1号附27	黑泰香炒饭	一小碗海纳三山五岳美味 几大勺折服五湖四海食客
117	洛阳路190号附5	五谷鲜品	花果鲜品更健康 五谷现磨益养生
118	磨房街50号	老妈素椒杂酱面	传统味道 原滋原味
119	南府街59号附2	丽晶瓷庄	丽晶多雅致 庄静有琴音
120	南府街72号附3	老瓦房	缺海鲜少野味特别实惠 无名厨非正宗就是好吃

第四章 于今天府焕文章：从对联看成都城市文化的当代表达

续表

编号	地址	单位	内容
121	宁夏街191号附7-8	姜蹄花	喝百年陈酿
			品姜氏蹄花
122	宁夏街191号附2	中国福利彩票	多买少买多少要买
			早中晚中早晚要中
123	泡桐树街14号附5	耍酒馆	明月一壶酒
			清风少年郎
124	泡桐树街3号	居民大院	龙飞出宇宙
			凤舞进太空
125	平安巷15号	大实在	稀饭干饭茫茫
			肥肉瘦肉嘎嘎
126	琴台路183号	琴台路牌坊	乘兴上高台看玉垒浮云古今多变
			闲来泛溪水接草堂遗迹风雅长存
127	琴台路184号	琴台路牌坊	锦水波清云藏海客星间石
			琴台韵远花发文君故处楼
128	琴台路185号	琴台路牌坊	归凤求凰词华千载卷帙犹存羽腊凌云琴心剑胆
			当垆贾酒仪态万方街衢如见时花宝靥珠翠罗裙
129	琴台路209号	重庆家富富侨（琴台路店）	美奂美伦娇柔何似肌肤
			顶天立地珍重其如头足
130	琴台路191号	陶缘居	陶盏陶杯精工细作
			古香古色华彩飞扬
131	琴台路183号	锦官绣	绣出河山常焕彩
			织成龙凤久生辉

续表

编号	地址	单位	内容
132	琴台路163-169号	成都养和堂名医馆	和日月精华 养天地正气
133	琴台路163-170号	成都养和堂名医馆	名老好中医 地道好药材
134	琴台路135-143号	艺林阁美术馆	万里风云三尺剑 满堂书画百篇诗
135	琴台路117-133号	天龢银楼	天和银楼天作之和 前店后厂品质保证
136	琴台路117-134号	天龢银楼	楼上翡翠卷 门前珍珠簾
137	琴台路115号	中华情	盈缩之期不但在天 养怡之福可得永年
138	琴台路134号	蜀风雅韵休息亭	雅琴乐奏天仙子 蜀山峨耸入秦青
139	琴台路134号	蜀风雅韵休息亭	韵动岷江暖春云 风摆莲裳扬帆行
140	琴台路134号	蜀风雅韵休息亭	传承中华文明 弘扬西蜀文化
141	琴台路79号	华宝斋	天工开物启大美玄宗回首望西蜀 鬼斧神工出异彩华夏奇帆点巨匠
142	琴台路37号	云商珠宝	天地精华展华夏瑰宝 玉石情缘交天下朋友

第四章 于今天府焕文章：从对联看成都城市文化的当代表达

续表

编号	地址	单位	内容
143	琴台路 21-29 号	诗婢家	京华荣宝上海朵云锦城诗婢
			裱褙状元装潢榜眼水印探花
144	琴台路 21-30 号	诗婢家	二千年汉代韵事犹传是耶非耶亍丁当时琴台路
			九十载蜀中文脉未断灿矣烂矣睍睆今日诗婢家
145	琴台路 15-19 号	和田羊脂玉商行	有足纵横一万里
			将心上下五千年
146	琴台路 9-13 号	神话言	金石长不朽
			丹青本无双
147	琴台路 3 号附 10	百花世家酒店	茗座近花潭熟茶堪破闷
			郇厨名锦里川菜远飘香
148	琴台路 110-126 号	七宝楼	七宝异珍常悦目
			琴台古韵今留声
149	琴台路 110-126 号	七宝楼	楼上珍珠为簾
			堂前玉石作阶
150	琴台路 110-126 号	七宝楼	七彩锦绣堂里八千客
			宝光金玉蜀中第一楼
151	琴台路 128 号	七宝楼工艺品大厅	玉出昆岗光盈天地
			珠还合浦彩艳虹霓
152	琴台路 132 号	凤麟楼	百花齐放众鸟争鸣
			春风得意艺苑增辉
153	琴台路 136 号	凤麟楼	金鼓点点跳起迎春舞
			银弦根根唱出万户歌

续表

编号	地址	单位	内容
154	琴台路134号	蜀风雅韵	茶中品川江神韵
			戏里看古蜀民风
155	琴台路140-142号	未知	镕古纳今有梦皆成虎
			罗中列外点金便化龙
156	琴台路144-152号	天龢银楼	天和银楼天作之和
			前店后厂品质保证
157	琴台路156-158号	天和钱币	金币银币镶嵌币
			纸钞塑钞连体钞
158	琴台路160-168号	飞天珠宝	花散芳菲钗钿翠
			珠含日月店堂新
159	琴台路160-168号	飞天珠宝	五彩焕文章飞天花雨凝珠宝
			三才谐锦里揽月菁工是世家
160	琴台路176-178号	万德和田玉	千年美玉
			传承平安
161	琴台路180号	文君宾馆	万国宾来司马真心迎仲马
			千杯酒好文君诚意待东君
162	琴台路182-186号	绣艺方	传承蜀绣
			装点时尚
163	琴台路204号	川西坝子	善经营诚承一诺
			真服务义重千金
164	琴台路208-212号	大清御坊	璞石难掩圭璧色
			大清还须御工坊

第四章 于今天府焕文章：从对联看成都城市文化的当代表达

续表

编号	地址	单位	内容
165	琴台路216-210号	老凤祥	百年老凤祥
			经典新时尚
166	琴台路224-236号	中国黄金	金薤藏珍允宜养志
			玉杯承露可得永年
167	琴台路224-237号	中国黄金	翠玉明珰辉争日月
			文辞琴韵意属汉风
168	琴台路224-238号	中国黄金	起殿蓉城吉金焕彩
			古琴西蜀丹凤求凰
169	琴台路224-239号	中国黄金	嘉姻有兆同证金钿
			深意盈怀乃凝玉藻
170	琴台路246-248号	群贤毕至	（缺上联）
			暮云思佳迹浅斟香茗细听琴
171	青龙街18号附5	华安堂	素体调和归百草
			望闻问切求病因
172	青龙街18号附8	千里香馄饨王	千里蜀地扬名店
			万古食神传香方
173	青龙街18号附9	青石桥肥肠粉	福临西蜀耀千里
			贵源东闽香万家
174	青石桥北街3号	双流老妈兔头	跨横街串小巷闻香止步
			寻美食找名吃知味而来
175	青石桥北街18-20号	品牌火锅冒菜	一篓青翠知春味
			百滚沸锅冒秋香

续表

编号	地址	单位	内容
176	青羊正街1号	百花潭公园大门	濯锦浣花沧浪一水 飞红叠翠旖旎满园
177	青羊正街1号	百花潭公园大门	潭影天光千秋岭雪明心镜 野花宝靥一样芳华逐逝波
178	青羊正街1号	百花潭公园大门	万古此潭幽方占却锦里风情浣溪沐韵 百花应饶笑且相寻琴台旧迹杜老诗章
179	青羊正街1号	百花潭公园游廊	濯锦浣花船连吴会 游潭携侣话说古今
180	庆云南街47号	三倒拐川菜	世上千般情不忘故旧情还传新友情 川菜百种味起止麻辣味博采复合味
181	祠堂街9号	人民公园鹤鸣茶社	品茗可清心翰草木繁荣菊梨百态棠薇色 观今宜鉴古忆江山变易辛亥三秋己丑冬
182	祠堂街9号	人民公园鹤鸣茶社	四大皆空坐片刻不分你我 两头是路吃一盏各走东西
183	祠堂街9号	人民公园川黄蒙顶山茶	扬子江中水 蒙山顶上茶
184	祠堂街9号	人民公园艺苑亭	捲抗战狂飚文彩风流传教化 伸民族正气丹青翰墨聚群英
185	祠堂街9号	人民公园	为爱清香频入座 欣同知己细谈心
186	祠堂街9号	人民公园朝爽堂	朝晖夕照乐三多 爽气薰风歌五云

第四章 于今天府焕文章：从对联看成都城市文化的当代表达

续表

编号	地址	单位	内容
187	祠堂街9号	人民公园少城茶社	倚泉枕石逸情牵翠柳黄鹂新巢燕燕
			拾级凭栏思绪绕锦江春色玉垒浮云
188	祠堂街9号	人民公园少城茶社	咫尺绝尘嚣十亩园林开胜境
			盘桓饶兴致四时花木乐清游
189	祠堂街9号	人民公园少城茶社	水行山麓香飘苑
			风拂林梢绿入楼
190	祠堂街9号	人民公园游廊	锦水繁花添丽藻
			少城风物似扬州
191	祠堂街9号	人民公园游廊	春满金河荣争百卉
			风吹碧浪胜览双亭
192	祠堂街9号	人民公园游廊	三径怜幽草
			四潭净俗心
193	祠堂街9号	人民公园游廊	芊草连亭通曲径
			百花照眼映长廊
194	祠堂街9号	人民公园凉亭	常有名花待君赏
			岂无雅士乘月来
195	祠堂街9号	人民公园凉亭	春兰秋蕙香何远
			海客都人意正浓
196	祠堂街9号	人民公园凉亭	杨柳舞烟林拥翠
			（缺下联）
197	祠堂街9号	人民公园凉亭	芳草有情犹驻客
			清风无意漫飞花

续表

编号	地址	单位	内容
198	祠堂街9号	人民公园少城苑	名园依绿水
			归雁远青天
199	祠堂街9号	人民公园游廊	新境名家者
			巧思三叹发
200	祠堂街9号	人民公园游廊	巧思三叹发
			匠心众口传
201	祠堂街9号	人民公园游廊	新境名家者
			匠心众口传
202	人民南路一段97号	一点翠	翡值万金换日月
			翠饰乾坤待传人
203	仁厚街10号附2	千峰堂	得山水清气
			极天地大观
204	三多里10号	雨露老茶铺	（缺上联）
			福星高照利源长
205	三多里10号	雨露老茶铺	万象更新新世纪
			五羊献瑞瑞门庭
206	商业后街5号附3-4	峨眉雪芽	千载峨眉儒释道
			万古神水山药茶
207	少城路10号附3-4	巴蜀大将	运筹帷幄决胜千里
			传承天下味绝巴蜀
208	暑袜南街54号	客家土凉粉	方桌子宽板凳排长队品特色
			圆簸箕土巴碗凑热闹吃味道

第四章 于今天府焕文章：从对联看成都城市文化的当代表达

续表

编号	地址	单位	内容
209	顺城大街288号附4	独家村	乡里乡情乡土味
			土乡土色土菜馆
210	顺城大街308号附1	御生堂	妙手仁心书大爱
			悬壶济世铸医魂
211	四道街24号附8	姜老太修肤堂	肤之顽疾免费体验
			修肤止痒百年验方
212	太升北路28号附2	义士堂大药房	义薄云天聚四海灵妙
			士振芳尘降九州杂疴
213	天仙桥北路10号附8	天仙阁	春满壶中留客醉
			茶香座上待君来
214	天涯石南街40号	健之道	行养生之道
			立健康之源
215	天涯石南街6号	都市客厅	文章清风流几瓯清绿酬知己
			书画抠灵爽茹芽新黄会良朋
216	通锦桥路70号附10	小院	小院煮海翻红浪
			通锦桥头烫串串
217	通顺桥街34号	爱道堂山门	佛本慈悲饶益众生庄严国图抒忠爱
			道无难易必依净戒淳洁精神归福堂
218	通顺桥街34号	爱道堂大雄宝殿	悬佛日于中天光含大地
			灿明珠于性海彩彻十方
219	通顺桥街34号	爱道堂客堂	六根清净变苦海
			一念回光化爱河

续表

编号	地址	单位	内容
220	通顺桥街34号	爱道堂五观堂	试问世间人看几个知道饭是米煮 请看座上佛亦不过认得田自心来
221	通顺桥街34号	爱道堂念佛堂	知恩报恩爱国爱教 念佛成佛利己利人
222	通顺桥街34号	爱道堂念佛堂	道学五明行在格鲁志绍铁萨向上拈提悲愿无违 乐于山水名震巴蜀德重华夏末后一著来取自如
223	通顺桥街34号	爱道堂念佛堂	执杖持珠遍游大地 渡冥救世普利群生
224	通顺桥34号	爱道堂念佛堂	佛本慈悲饶益众生庄严国图抒忠爱 道无难易必依净戒淳洁精神归福堂
225	童子街31号附1	米香源	凭良心挣钱心安理得 就糊涂处事顺其自然
226	童子街58号	江虹木雕	长长长长长长 行行行行行行
227	头福街22号	牦牛轩	四季兴隆端财进 八方宾客为牛来
228	文庙后街30号	居民大院	择居人里和为贵 善与人同德为邻
229	文庙后街31号	居民大院	天好地好扶贫政策好 爹亲娘亲共产党最亲
230	文庙后街33号	居民大院	天增岁月人增寿 春满乾坤福满门

第四章 于今天府焕文章：从对联看成都城市文化的当代表达

续表

编号	地址	单位	内容
231	文殊坊路口	文殊坊	万法皆空归性海 一尘不染证菩提
232	文殊坊路口	文殊坊	佛日高悬光明世界 和风普度美好人间
233	文殊院街15号	文殊院照壁	睿泽深天地 宗风越古今
234	文殊院街15号	文殊院山门殿	陆海涌精蓝永祝国祚万亿 蓉城辉法界长宣佛化三千
235	文殊院街15号	文殊院山门殿	大肚包罗见前住位兜率主 微笑圆融当来出世弥勒佛
236	文殊院街15号	文殊院山门殿	到此无二心只知念佛 个中证三昧全在当人
237	文殊院街15号	文殊院山门殿	长伸手接婆婆客相随同路 久立地等世上人打夥偕行
238	文殊院街15号	文殊院钟楼	晨钟暮鼓警醒世间名利客 经声佛号唤回苦海迷路人
239	文殊院街15号	文殊院三大士殿	见了便做做了便放下了了有何不了 慧生于觉觉生于自在生生还是无生
240	文殊院街15号	文殊院三大士殿	弥天劫后振宗风周文王视民如伤与曰慈曰悲同为法雨 甲子上元腾瑞气谢灵运矜他慧业无大雄大勇终是昙花

续表

编号	地址	单位	内容
241	文殊院街15号	文殊院三大士殿	心发菩提德被群生登净域
			手擎宝杵护持正法住世间
242	文殊院街15号	文殊院大雄宝殿	遮那妙体显法界身示现九十六种大人像使阿惟越致行住坐卧举首低头顿证文殊实智圆极果
			华葳庄严等太虚量垂成八万四千随行好令补持伽罗见闻觉知擎拳合爪超出信相权乘获净因
243	文殊院街15号	文殊院大雄宝殿	悬佛日于中天光含大地
			灿明珠于性海彩彻十方
244	文殊院街15号	文殊院大雄宝殿	文殊为七佛之师虎踞龙盘庄严国土
			信相示一乘大道法霖甘露利济生灵
245	文殊院街15号	文殊院大雄宝殿	佛门五戒普度天下众生皈正果
			空林八观珍藏中外文物在斯楼
246	文殊院街15号	文殊院大雄宝殿	舍去王宫入雪山日食麻麦六年行
			菩提树下睹明星豁然开悟成正觉
247	文殊院街15号	文殊院客堂	林下刺广谨防挂破衣裳
			石头路滑切忌翻倒脚跟
248	文殊院街15号	文殊院客堂	一粥一饭皆檀越信施岂许寻常置嘴
			早堂晚堂仰佛天培养各位薰习留心
249	文殊院街15号	文殊院说法堂	于一豪端见宝王刹
			坐微尘里转大法轮
250	文殊院街15号	文殊院说法堂	转根本法轮三学以毗尼为首
			趋菩提正道无我乃般若之门

第四章 于今天府焕文章：从对联看成都城市文化的当代表达

续表

编号	地址	单位	内容
251	文殊院街15号	文殊院说法堂	树正法幢重现南山天人供 演权实教继承鹫顶婆罗花
252	文殊院街15号	文殊院说法堂	闻木樨香拈花微笑 听舍利法与叶止啼
253	文殊院街15号	文殊院玉佛殿	无是无非无烦恼 有因有果有菩提
254	文殊院街15号	文殊院圆通殿	千手异执千眼同观无非幻化 大慈与乐大悲拔苦总是菩提
255	文殊院街15号	文殊院圆通殿	慈航普度解除人间苦海 莲灯长明指引天下迷津
256	文殊院街15号	文殊院祖堂配殿	十方来十方去十方共成十方事 万人舍万人施万人同结万人缘
257	文殊院街15号	文殊院祖堂	先后只此灯任颠倒去来莫忘初意 顿渐无他说但坚强清净总合禅机
258	文殊院街15号	文殊院空林书画院	坐塌横书升阶校射 燃香品画对月开尊
259	文殊院街15号	文殊院碑廊	罗城碑立信相院 和平塔照空林堂
260	文殊院街15号	文殊院碑廊	石上尽佳书千秋笔墨留禅院 碑中多哲理六祖精神衍佛经
261	文殊院街15号	文殊院千佛和平塔	庄严千佛层层现 护念和平万万年

续表

编号	地址	单位	内容
262	文殊院街15号	文殊院说法堂	金刚体童子心三洲感应 菩提智解脱德六时吉祥
263	文殊院街15号	文殊院藏经楼	教有万法体性无殊不可取法舍法非法非非法 佛本一乘根源自别故说下乘中乘上乘上上乘
264	文殊院街15号	文殊院藏经楼	微妙法门即心是佛 无上觉道主善为师
265	文殊院街15号	文殊院藏经楼	两手把河山大地捏扁搓圆撒向空中毫无色相 一口将先天祖气咀来嚼去吞进肚内放大光明
266	文殊院街15号	文殊院藏经楼	孤回回峭巍巍坐断古今名利语 净裸裸赤洒洒直超天地圣凡踪
267	文殊院街15号	文殊院藏经楼	是名忍辱波罗蜜 普放无数光明云
268	文殊院街15号	文殊院藏经楼	静院云深悟三乘法 空林月澹修一指禅
269	文殊院街15号	文殊院藏经楼	离四句离分别思量说第一法 绝百非绝穿凿计校拈不二承
270	文殊院街15号	文殊院藏经楼	作六如观行众生灭度事 离一切相发无上菩提心
271	文殊院街15号	文殊院鼓楼	妙音能除三世苦 威震远彻九霄云
272	文殊院街37号	龙抄手	飞鸟闻香化锦凤 鲤鱼得味成金龙

第四章 于今天府焕文章：从对联看成都城市文化的当代表达

续表

编号	地址	单位	内容
273	文殊院巷20号	山子茶行	何须魏帝一丸药 且饮山子二两茶
274	文翁路4号路北	茗茶汇	汇聚天下名茶 赠君无量寿福
275	文翁路13号	无店名	最爱人间棉布鞋 青云直上步步高
276	文翁路90号	西南口腔黏膜研究院	习传统古为今用 采众长中西结合
277	文翁路5号附3	重庆家富富侨（文翁路店）	传中华养生之道 振富侨保健雄风
278	五世同堂街59号附1	77100部队干休所	追求卓越管理 创造完美品质
279	五世同堂街44号附5	刘氏中草医诊所	继承传统中医学 妙手除疾去痛疴
280	五岳宫街20号	今石缘	今石缘让我们爱不释手与石结缘 今石缘让你们盛世收藏广开财源 今石缘让他们如获至宝相伴永远 今石缘让大家石现梦想似藏金山
281	五岳宫街16号	中国娇子	大块写文章五岳三江宝藏财源开利市 阳春会烟景一扬二益琼林金石乐同人
282	五岳宫街22号	五岳宫（成都院子）	四海此为尊峨眉秀耸剑阁雄屏胜地名区辉井络 三都其不远白马东来青牛西去仙踪佛迹冠神州

续表

编号	地址	单位	内容
283	五岳宫街22号	五岳宫（成都院子）	古璇宫展殿宇奇观延三教汇一炉便幻西州夏梦
			新会所陈尊罍重宝集万商呈众妙又添锦里春风
284	五岳宫街22号	五岳宫（成都院子）	文殊妙德演时气
			锦水炫梦多古风
285	五岳宫街22号	五岳宫（成都院子）	千寻凤阁攀云上
			五色龙江抱日流
286	五岳宫街22号	五岳宫（成都院子）	九天开都城曲径通幽人文荟萃诸艺陶然
			三丰剑太极燮理阴阳轻柔空灵德生精微
287	五岳宫街12号	今采御品	龙腾金泽地
			凤舞玉映天
288	五岳宫街7号	川味中国	国风习习催生四海波涛涌
			川味悠悠乐得九天日月香
289	五昭路1号附7	无极限	春临玉宇添安乐
			福到门庭送健康
290	五昭路1号附17	无店名	八道长河穿闹市
			一轮明月荡清波
291	武成大街27号	圣爱中医馆	圣者善结善缘回春有异方 爱心美传美德济世凭良药
			中药真材真效治病靠地道 医道名具名实道法属自然
292	惜字宫南街70号	小河鲜石锅鱼	水中捞鲜鱼唱歌
			鼎里品味客点头

第四章 于今天府焕文章：从对联看成都城市文化的当代表达

续表

编号	地址	单位	内容
293	西大街84号附201	师徒情人民食堂	薪火相传烹人间大业 传道授业解五谷之惑
294	西大街86号附14	小谭豆花	四代调五味 一店香百年
295	西府南街35号附12	川菜酒楼	知味停车味当家 闻香下马香满园
296	西华门街25号	四川天主教成都教区	无始无终真主宰 宣仁宣义大权衡
297	西马棚街37号	马棚老院坝	携友品茗不二处 呼朋小酌有一家
298	西马棚街37号	海味面	老院坝百年历史 好小吃一品便知
299	西胜街7号附5	特产铺子	传承非物质文化遗产 风险传统健康好食品
300	西胜街路口	德记冒菜	地道老（阙二字） 特色麻辣味
301	西玉龙街207号附8	蜀大侠	纵死侠骨香 不惭世上英 谁能书阁下 白首太玄经
302	西玉龙街201号	喜德盛自行车	身强体健喜德盛 家和人旺万事兴
303	西御河沿街37号附6-7	百欣堂中医馆	素体调和归百草 望闻问切求病因

续表

编号	地址	单位	内容
304	西御街77号附1	胖老汉	新疆真是个好地方
			吃椒麻鸡到胖老汉
305	西珠市街49号	莲茗茶鲜	莲茗未经四月雨
			蒙山先照一时春
306	下同仁路72号	李雪火锅	李唐龙脉聚雄风点燃世上文明火
			雪域凤池存浩气烹出人间生命锅
307	下同仁路路口	览胜亭	探奇频访支机石
			览胜还摩誓水碑
308	下同仁路9号附7	同仁·小酌	行走宽云窄雨巷
			坐品同仁百味食
309	小河街2号	皇城清真寺	清真根底原清无侣伴无杂庞不惇惇以后世吓愚做出善旌恶罚相
			古教源头本古有来历有归落空单单为中天说法了成生顺死安人
310	小河街2号	皇城清真寺	睹器必追成器匠匠能成器器不是匠认得有干里无干造物迥殊受造物
			衡文定问作文才才可作文文非即才参透全体中一体拜人难充被拜人
311	小河街2号	皇城清真寺	进寺门脱去风尘临主宰
			出世俗归来静地露心真
312	小河街2号	皇城清真寺	（阿拉伯文十一字）
			（阿拉伯文十一字）
313	小南街21号附20号	黄焖鸡米饭	一只鸡的体（阙一字）
			一道菜的（阙二字）

第四章 于今天府焕文章：从对联看成都城市文化的当代表达

续表

编号	地址	单位	内容
314	新开寺街37号	小龙坎	实实在在小龙坎
			地地道道老火锅
315	玉沙路82号	重庆谈家火锅	谈天说地情似火
			家里春秋念此锅
316	岳府街38号附9	回味老成都	喝茶遛狗耍雀雀
			安逸巴适泡脚脚
317	灶君庙街56号	金沙庵山门	解脱六尘常住莲花法界
			修持八敬安居水月道场
318	灶君庙街56号	金沙庵山门	大肚包容了却人间多少事
			满腔欢喜笑开天下古今愁
319	灶君庙街56号	金沙庵山门殿	慈航普度解除苦难
			莲灯长明指引迷津
320	灶君庙街56号	金沙庵山门殿	法雨广荫无遮会
			慧日高悬有相天
321	灶君庙街56号	金沙庵山门殿	护法安僧惟一杵
			降魔伏怪静诸天
322	灶君庙街56号	金沙庵客堂	客至莫嫌茶味淡
			僧家不比世情浓
323	灶君庙街56号	金沙庵大雄宝殿	大慈拔苦大悲予乐此方他界咸皈命
			无惑不断无德不圆天上人间共称尊
324	灶君庙街56号	金沙庵大雄宝殿	观自在身愿众生共渡慈航早登彼岸
			救将来劫望我佛宏施法雨力挽狂澜

续表

编号	地址	单位	内容
325	灶君庙街56号	金沙庵大雄宝殿	雪山苦行悟大道同登上品 佛法无边度众生共出迷津
326	灶君庙街56号	金沙庵大雄宝殿	天堂有路心先行 地狱无门人自招
327	灶君庙街56号	金沙庵大雄宝殿	主伴庄严接引众生归净土 愿行成就超登上品觐慈尊
328	灶君庙街56号	金沙庵大雄宝殿	琉璃光照世界 药师恩布人间
329	灶君庙街56号	金沙庵观音殿	音不听能观观我观人观自在 士唯尊故大大悲大愿大慈悲
330	窄巷子26号附4	少城记忆	君子处事有忍乃济 儒者属辞既和且平
331	窄巷子26号附3	戏台	天下分明本原清净 大德从义行道灵昭
332	窄巷子3号	偶尔bar	川剧川茶川味样样地道 好看好喝好吃人人喜欢
333	窄巷子2号	三块砖	生活艺术体验 体验艺术生命
334	窄巷子19号附2	散花书屋	文星乱坠 书屋恒香
335	窄巷子25号	香韵	远照烟雨锁宽窄 庭前青石画雕梁

第四章 于今天府焕文章：从对联看成都城市文化的当代表达

续表

编号	地址	单位	内容
336	窄巷子28号	小龙翻大江	闹市结灵文作脊 窄府宽宴色为缘
337	窄巷子37号	艺境	观山观水观天下 品书品戏品人生
338	窄巷子43号	锦观	花径不曾缘客扫 蓬门今始为君开
339	长顺上街77号	金河宾馆	往昔将军府 今朝宾客家
340	昭忠祠街47号附2	玉品轩	平林新月人归后 独立小桥风满袖
341	指挥街86号	川家铺子火锅	小锅香满楼筷筷尝遍人间百味 大院聚高朋侃侃笑谈世事千姿
342	指挥街89-91号	掌心浴足	爱护身体从脚做起 脚底生风走路轻松
343	忠烈祠西街70号附1	萃贤斋	平生独爱诗书画 情谊独钟松竹梅
344	忠烈祠西街70号附2	萃贤斋	饮茶净滤入仙道 涤去尘劳化云烟
345	忠烈祠西街70号附2	萃贤斋	袖里虹霓冲霁色 笔端风雨驾云涛
346	珠宝街19号	文殊阁	缘份缘份无缘无份 舍得舍得有舍有得

/ 177 /

续表

编号	地址	单位	内容
347	梓潼西街31号	蓉城江北老灶	巴蜀滋味千家爱
			茶中乾坤百里香
348	总府路21号	夫妻肺片	川菜奇葩夫妻好合滋味调和天长地久情深美哉夫妻
			天府一绝肺片非肺味中有味麻辣鲜香味长快哉肺片
349	总府路2号	北京同仁堂	品味虽贵必不敢减物力
			炮制虽繁必不敢省人工

第二节　地域分布研究

一、行政区划

采样空间主要包含成都市青羊区和锦江区的部分地区。青羊和锦江都属于成都市中心城区，经济繁荣、交通发达，保留了一定数量的历史遗迹和文化景观，如文殊院、宽窄巷子、大慈寺、人民公园等，文化积存丰厚。

在本次调研所得349副对联中，有263副位于采样空间的青羊区部分，占比75.36%；有86副位于锦江区部分，占比为24.64%。青羊区部分对联数量远多于锦江区部分。就此数据进行分析：

从区域面积看，采样空间中，青羊区部分的实际范围较锦江区部分略大，街道略多。而实际上青羊区部分采录得到对联的街道（不含路口）为78条，锦江区部分为39条，比例为2∶1。采录对联数量比则接近3∶1。对联分布与地理区域大小呈正相关关系，符合一般规律。但青羊区部分对联分布明显更为集中，说明区域面积、街道数量之外的其他因素也会对联数分布造成影响。

从对联最集中的特殊地点看，采样空间中的青羊区部分包含文殊院、人民公园、琴台故径、宽窄巷子等知名文化景观。仅此四处的对联总数就达到

212 副，占青羊区部分对联总数的 80.6%，数量十分可观。而锦江区部分的对联多集中在大慈寺，共计 24 副，占锦江区采录对联总数的 27.9%。除以上五地外，其他街区对联分布相对较为零散。可见名胜古迹和文化景点是区域内对联数量最集中的地区。由此可以看出历史文化积存与当代对联传承之间的对应关系。

从人文环境看，成都老城区发展时间早，有悠久的历史文化积淀，青羊、锦江两区的教育资源都比较发达，有成都中医药大学、树德中学、石室中学、泡桐树小学、成都师范学院附属小学、胜西小学等大、中、小学名校分布其中。而这些学校基本都靠近文化氛围较浓厚的人文景点或文化服务机构，如泡桐树小学靠近宽窄巷子，成都中医药大学和胜西小学靠近人民公园，石室中学靠近成都图书馆等等。教育资源的发展对附近街区的文化发展产生了带动作用。比如，泡桐树小学所在的泡桐树街有 2 副对联被采录，其中 1 副属于民居（学区房）；树德中学所在的宁夏街也采录到 2 副对联。而靠近人文景点的学校，如胜西小学，虽然不在人民公园内，但学生的春游、秋游活动多选择在公园内举行，这对学生认识和感受成都对联文化也有重要意义。这些数据进一步说明，现代文化教育的发展状况以及城市公共服务机构对传统文化的重视程度，将影响对联文化的继承、弘扬和创新。

此外，随着社会进步和时代发展，市民的精神文化需求也在不断增长。为此，一些社区充分利用居住地附近的物资、景观，对小区（院落）进行了文化形象建设。如锦江区的梨花街法治文化院落，通过设立文化墙，利用对联向民众进行普法教育。院落外墙上共有 6 副对联，内容各不相同，既宣传了现代法治理论，也为继承发展成都对联文化开辟了新的窗口。由此可见，城市基层社区能否加强文化宣传力度、能否调动市民参与社区文化活动的积极性，将对对联文化的传承发展产生直接影响。

二、地理方位

依照城中、城东、城西、城南、城北地理方位，遵循成都人表述地理方位的文化习惯，将成都老城区划分为 5 个子区域做进一步统计分析。

城中：羊市街（含）、西玉龙街（含）、东城根下街（至羊市街口）、东城根中街（含）、东城根上街（含）、东城根南街（含）、西御街（含）、东御街（含）、顺城大街（含）、西玉龙街（含）所围合的区域。

城东：玉带桥街（含）、锣锅巷（含）、德胜路（含）、玉沙路（含）、三槐树路（含）、东安北路（含）、东安南路（含）、天仙桥滨河西路（含）、下东大街（不含）、上东大街（不含）、顺城大街（不含）所围合的区域。

城南：东大街（含）、天仙桥南路（含）、滨江东路（含）、滨江中路（含）、滨江西路（含）、锦里东路（含）、文翁路（不含）、西御街（不含）、东御街（不含）所围合的区域。

城西：文翁路（含）、锦里中路（含）、锦里西路（含）、琴台路（含）、通惠门路（含）、中同仁路（含）、上同仁路（含）、同心路（含）、通锦桥路（不含）、万和路（不含）、下城根路（不含）、东城根街（不含）所围合的区域。

城北：下城根路（含）、万和路（含）、通锦桥路（含）、北校场西路（含）、武都路（含）、大安西路（含）、大安中路（含）、大安东路（含）、华星路（含）、槐树路（不含）、玉沙路（不含）、德胜路（不含）、锣锅巷（不含）、羊市街（不含）、西玉龙街（不含）所围合的区域。

在以上 5 个区域中，城中采录对联 15 副，城东采录对联 66 副，城南采录对联 29 副，城西采录对联 126 副，城北采录对联 113 副。其中，城西最多，城北次之，城东再次之，城南又次之，城中最少。这是因为城西集中了较多的商铺、文化景观、文化机构、旅游景点，所以对联张挂数量最大。城北有文殊院、爱道堂、金沙庵等多个宗教活动场所，保留的古迹对联也相对较多。城东的大慈寺是该区域的对联集中点，区域内虽然也有春熙路、太古里等商圈，但这些商贸区的现代时尚氛围浓厚，传统文化积淀不及城西、城北，故对联数量亦不及。城南是机关单位、民居的集中地，对联并不多见。城中主要分布着天府广场、四川科技馆、四川省图书馆、成都市博物馆等公众文化机构，店铺数量相对少，再加上这一区域的面积本身较小，所以对联采录数量也最少。

以上地理分布情况说明：在文化古迹、人文景观较为集中的区域，对联的保护传承也更加高效。具体而言：

第一，从文化景区的影响来看，城西、城北是成都市主要文化景观的集中地。城西的宽窄巷子代表了成都特色的休闲文化、市井生活，体现了成都城市文化的学术性、开放性，见证了城市建设发展与演变，保留了众多的文化古迹、人文遗址。在宽巷子、窄巷子、井巷子三条街道共采录到对联 18 副，它

第四章 于今天府焕文章:从对联看成都城市文化的当代表达

们分布在大大小小的工艺品店、文化用品店、火锅店和茶馆中,充分展现了地方文化和对联文化的多样性。琴台路是成都著名的"对联一条街",位于成都市古建筑比较集中、文化气息较为浓厚的街区。该街区以仿古建筑群为依托,以司马相如和卓文君的爱情故事为主线,展示传统礼仪、舞乐、宴饮等风土人情。分布在道路两旁的商铺正门几乎都张挂了对联,共计45副。它们内容不一、种类繁多,与历史气息浓厚的琴台故径完美融合。城西还有人民公园,其前身是清末民初创辟的"少城公园",至今已有百余年历史。在文化传承方面亦有特色。成都的"茶馆文化"远近闻名,而人民公园内茶馆众多,与之相应的对联自然也不少。在人民公园共采录到对联21副,其中有10副来自鹤鸣茶社、少城茶社、朝爽堂等四家茶馆(另有一家店名不详且已停业),占人民公园采录对联总数的47.61%,可见传统茶馆也是对联文化的一个重要载体。坐落于城北的文殊院是全国佛教重点寺院之一,也是占地面积较大的成都古建筑群。作为举世知名的佛教圣地和成都民众礼佛祈愿、参观游乐的重要场所,文殊院的历史文化氛围能让市民体会到庄重的仪式感。院内共采录对联39副,占城北采录对联总数的34.51%,在该区域的三大宗教场所(文殊院、爱道堂、金沙庵)中位列第一。悠久的历史和厚重的文化积淀使其对联得到了更好的保护与传承。

第二,从城市文化建设措施和发展规划上看,地方文化的保护弘扬与当地的文化政策、市政举措息息相关。例如宽窄巷子建筑从前年久失修、破坏严重,街区规划也不利于文化旅游的可持续发展,但在2005年成都市组织开发重建后,该街区的古建筑遗址就得到了妥善的保护。同时,宽窄巷子的古迹中还融入了现代创新元素,仿古建筑中出现了酒吧、火锅店、文创产品店、摄影馆等现代商铺。整个街区的面貌随之焕然一新,顺应新文化元素的新对联也纷纷出现。宽窄巷子的成功案例对成都市文化遗址保护开发有启迪之功。目前,成都市已经制定出台了关于传统文化继承发展的政策法规,对历史文化资源的保护利用愈加成熟。如2017年市规划局发布的《成都历史文化名城保护规划公告》指出:历史城区保护将以成都古城为主体,主要覆盖唐朝时期形成的两江抱城区域,即唐罗城范围,面积约13.44平方公里。据此,宽窄巷子、文殊院、大慈寺、水井坊等4个历史文化街区成为重点保护对象。而其中3处都位于成都老城范围内(宽窄巷子属于城西,文殊院属于城北,大慈寺属于城东），对联也较为集中。可见成都市对历史街区的保护不单单局限于古建筑修缮，还注重对周边文化环境的整体改善。在历史文化街区被修缮、保护的同时，周围的文化环境也积极地与之融为一体，让现代建筑群落在色彩、风格上与传统建筑形式一致。这不仅有助于促进区域生活环境的协调发展、增强区域的历史文化气息，也推动了包括对联文化在内的多种传统文化的整体发展。

第三，从民众个体的创新精神来看，景区古迹的保护与合理开发还能产生更积极的效果。随着周边基础设施条件的改善，就业机会不断增加，居民的精神文化需求显著增长，民众个体的创作热情，使用对联的热情也会被激发。在老城五区的著名旅游景点周围，伴随景区的开发，不少传统商铺也在更加活跃、频繁地创作、使用对联。如城西锦江西路因靠近锦江又连接琴台路和百花潭公园，风景优美、文化氛围浓厚。在这里采录到的对联共有4副，分布在中医馆、茶馆、茶叶店、中餐饭馆，内容不一，但均与传统文化相关。在城北，与文殊院毗邻的金马街共采录了4副对联，分布在饭馆、小吃店、鞋店、装裱字画店中，这些民营商铺已经与周边的文化景观融为一体。在城南，位于文庙后街的三处居民大院大门上都张挂着对联，主题均是睦邻友好、街坊和谐。它们已成为该民居院落的特色标识。由此可见，区域文化的发展会激发民间的创造力，有助于传统文化真正融入时代、融入民间，有利于保持传统对联文化在新时期的生命力。

三、街道规模

调研中采录到对联的街道（含路口）共有117条。其中，大街（一般被命名为"某某路"）21条，小街（一般被命名为"某某街"）有87条，小巷6条，路口3处。由此可以大致推断：成都老城区的对联多集中在小街上，大街次之，小巷再次，路口最少。

在城市交通网络中，大街占据主体地位，是城市格局的骨架，横贯东西。采样空间是今天成都市的中心城区，多条城市主干道在这里汇集。以天府广场为中心的交通网络，包含南北走向的人民中路、人民南路，东西走向的金河路、人民西路、人民东路、总府路等。这些大街往往宽阔平直、多大型建筑、城市管理机构、公共服务机构，其外在形象多是现代化的高楼，建筑形式及功能相对单一。如滨江西路至滨江东路一段，路北集中了省核工业地质局、省监狱管理局、省国税局、省旅游局、省发展改革委等机关单位办公大楼，另

第四章 于今天府焕文章：从对联看成都城市文化的当代表达

有盐道街中学（高中部）、世代锦江国际酒店等教育机构、旅游服务机构。而通过成都中心城区地图（《成都市街道详图2018年1月第16版》）也可发现，省、市级机关部门多分布在大街两旁。对联在这些钢筋混凝土森林中难以找到容身之地。

小街是城市交通的血管，数量多、密度大。相对而言，其建筑样式更为丰富。民居、商铺、街道社区所属公共活动区域多分布在小街上，形式繁多、功能多样，为对联的发展提供了更为广阔的空间。如前文所述梨花街法治文化院落、文庙后街的居民大院等，均用对联展示民居特色、弘扬传统文化。同时，小街上多有火锅店、中餐饭馆、茶馆、布鞋店、古玩店、字画店、珠宝店等商铺，这些都是对联集中出现的地点。小街在城市中的广泛分布和相对宽松的管理为传统文化的传承发展营造了一个相对自由的空间环境，在这里，民众的文化自觉和创造意识能得到更充分的展现，有利于对联文化发展繁荣。

小巷相比于路和街来说，经济、文化并不发达，对联相对较为少见。当然，宽窄巷子景区是一个例外。调研中采录到对联的小巷一共有6条，其中3条都属于宽窄巷子景区。作为成都重要的历史文化街区和旅游目的地，宽窄巷子的对联在宽巷子、窄巷子、井巷子均有分布，共计19副。另外三处有对联的巷子分别是红墙巷、平安巷和文殊院巷，各有1副。综合来看，在有统一规划的旅游热点街区，小巷的对联文化也得到重视，特色十分突出；地理位置相对偏僻的一般小巷子，人流量较小，对联文化也较为少见。如何利用既有资源，保护、弘扬曾经在成都小巷中遍地开花的传统对联文化，是一个仍待解决的问题。

路口是街道之间的过渡区域，地段好、店铺多、人流密集、文化活跃。但调研中采录到对联的路口却仅有3处，分别位于文殊坊街区入口、西胜街与下同仁路交汇口、下同仁路与支矶石街交汇口。文殊坊街区入口处的对联张挂于一座牌坊上，属于文化景观，主要受文殊院和文殊坊的影响。西胜街与下同仁路交汇口、下同仁路与支矶石街交汇口邻近宽窄巷子景区，前者的对联张挂于一家特色美食店，后者的对联也张挂于文化景观上。由此可见历史文化街区对其自身及其周边街道具有比较强的辐射、带动作用，但成都市目前对街区路口文化功能的利用尚不充分。

四、街道长度

在整个成都老城区内,采录到对联的街道(含大街、小街、小巷,不计路口处)共115条,总长为47644米(街道长度通过百度地图测量工具测算)。以每条街采得对联除以街道长度,可以得出对联在每条街道分布的"密度"。

表4-2 街道对联分布密度表

序号	街道名称	对联密度	序号	街道名称	对联密度
1	文殊院街	0.11905	18	青石桥北街	0.01176
2	琴台路	0.07666	19	童子街	0.01130
3	五岳宫街	0.07500	20	青羊正街	0.01075
4	祠堂街	0.07333	21	五世同堂街	0.01042
5	灶君庙街	0.06701	22	红庙子街	0.01036
6	通顺桥	0.04061	23	井巷子	0.01031
7	大慈寺路	0.03320	24	宽巷子	0.00992
8	宽窄巷子	0.02368	25	天涯石南街	0.00980
9	小河街	0.02083	26	东糠市街	0.00962
10	金马街	0.02083	27	南府街	0.00897
11	五昭路	0.01852	28	东府街	0.00885
12	大墙东街	0.01786	29	惜字宫南街	0.00833
13	鼓楼北二街	0.01667	30	忠烈祠西街	0.00811
14	古卧龙桥街	0.01604	31	青龙街	0.00800
15	三多里	0.01563	32	珠宝街	0.00752
16	梨花街	0.01389	33	大安正街	0.00752
17	鼓楼洞街	0.01333	34	城隍庙街	0.00725

续表

序号	街道名称	对联密度	序号	街道名称	对联密度
35	头福街	0.00699	57	华星路	0.00510
36	文殊院巷	0.00690	58	酱园公所街	0.00500
37	通锦桥路	0.00690	59	纯阳观街	0.00500
38	指挥街	0.00678	60	华兴正街	0.00493
39	东校场街	0.00660	61	北顺城街	0.00483
40	东御河沿街	0.00656	62	大业路	0.00478
41	龙王庙正街	0.00637	63	东城拐下街	0.00476
42	暑袜南街	0.00633	64	华兴上街	0.00469
43	春熙路南段	0.00625	65	君平街	0.00467
44	东通顺街	0.00588	66	大墙西街	0.00467
45	新开寺街	0.00575	67	东南里	0.00455
46	文庙后街	0.00567	68	西珠市街	0.00450
47	西府南街	0.00556	69	宁夏街	0.00449
48	楞伽庵街	0.00556	70	文翁路	0.00440
49	平安巷	0.00546	71	西马棚街	0.00426
50	东顺城中街	0.00546	72	西大街	0.00426
51	鼓楼北四街	0.00538	73	西玉龙街	0.00414
52	白云寺街	0.00526	74	东打铜街	0.00405
53	泡桐树街	0.00522	75	锦里西路	0.00400
54	梓潼西街	0.00521	76	庆云南街	0.00397
55	康庄街	0.00521	77	磨房街	0.00385
56	北书院街	0.00518	78	横小南街	0.00339

续表

序号	街道名称	对联密度	序号	街道名称	对联密度
79	下同仁路	0.00333	98	少城路	0.00192
80	西御河沿街	0.00323	99	天仙桥北路	0.00179
81	昭忠祠街	0.00298	100	岳府街	0.00177
82	方正东街	0.00278	101	八宝街	0.00177
83	东城根街	0.00278	102	金河路	0.00164
84	过街楼街	0.00272	103	东城根上街	0.00154
85	东大街下东大街段	0.00261	104	北大街	0.00147
86	洛阳路	0.00256	105	长顺上街	0.00141
87	鼓楼南街	0.00255	106	大安西路	0.00137
88	红墙巷	0.00247	107	玉沙路	0.00134
89	西胜街	0.00238	108	太升北路	0.00127
90	方池街	0.00234	109	滨江西路	0.00111
91	商业后街	0.00231	110	顺城大街	0.00107
92	仁厚街	0.00229	111	小南街	0.00104
93	多子巷	0.00226	112	西华门街	0.00102
94	四道街	0.00217	113	人民南路一段	0.00100
95	西御街	0.00216	114	红星路二段	0.00091
96	红星路一段	0.00203	115	武成大街	0.00056
97	总府路	0.00200			

　　根据采样数据计算之后，对联密度较大的街道有文殊院街（含文殊院）、琴台路、五岳宫街、祠堂街（含人民公园）、灶君庙街（含金沙庵）、通顺桥街（含爱道堂）、大慈寺路（含大慈寺）、窄巷子、小河街、金河街。对联密

第四章 于今天府焕文章：从对联看成都城市文化的当代表达

度较小的街道为小南街、西华门街、人民南路一段、红星路二段、武成大街。

对联密度较大的街道，往往含有重要的历史文化街区和景观。如文殊院街有文殊院，琴台路本身就是成都有名的"对联一条街"，祠堂街有人民公园，灶君庙街有金沙庵，通顺桥街有爱道堂，大慈寺路有大慈寺，窄巷子属于著名历史文化街区宽窄巷子，小河街有皇城清真寺，金马街则是邻近文殊院。对其展开深入考察可进一步发现：一，有历史文化古迹、古建筑分布的街区、街道，其文化氛围也较浓厚，对联文化能得到较为充分的发展。二，历史文化街区的保护和发展能带动销售和消费，景区周边的商铺为了提高竞争力、凸显文化特色，也往往从对联入手，批判继承、大胆创新、与时俱进。三，对联密度排名前十的街道既拥有文殊院、金沙庵、爱道堂、大慈寺等佛寺，又有灶君庙等道观，还有皇城清真寺这一类的伊斯兰教礼拜场所。三大宗教在同一地区汇集彰显了成都强大的包容性。成都城市文化的开放特质通过对联继续传承。

部分街道对联分布密度较小，主要是受街道性质、街道长度、街道现状、街道管理等方面的影响。

从街道性质看，人民南路一段和红星路二段皆属于成都城区交通主干道，道路长且宽、大型公共建筑多，故对联分布密度小。从街道长度看，武成大街全程1800米，在采录对联的所有街道中长度排名第一，且连接红星路二段和东安路两条大街，故对联密度最小。从街道现状看，西华门街有很多民居和商铺，也有一定的历史文化积淀，但该街道的民居目前处于待拆迁状态，不少店铺关门倒闭，仅在平安桥天主堂保留了1副对联。从街道管理看，小南街靠近人民公园，但街道两侧多为现代楼房民居，车流量大，街道常常拥堵，整体环境不利于对联张挂和普及。唯一采录到的对联来自一家中餐饭馆，由于店内杂货多，无法移动，还将对联遮挡了一部分。以上因素，都是在现代城市建设中出现的具体问题，它们或多或少都影响了对联的分布、影响了对联文化的普及和成都城市文化的当代表达。

第三节　载体与内容研究

一、时间

1. 对联实物的产生时间

以对联实物的产生时间为准,将采录到的对联分为四组:产生于1921年以前,产生于1922年—1949年之间、产生于1949年—1978年之间、产生于1978年以后。按照此分组,对采录对联的时间分布情况进行分析研究。

表4-3　对联时间分布表

时段	对联数量（副）	占比
1921以前	63	18.0%
1921年—1949年	2	0.6%
1949年—1978年	1	0.3%
1978年以后	270	77.4%
无法判断	13	3.7%
总计	349	100.0%

据数据统计可知,本次调研采录对联实物在1978年以后产生者数量最多,高达270副,超过了采样总量的四分之三。其次是1921年以前产生者,共计63副,占比接近五分之一。1921年—1978年期间产生的对联实物占比不到1%。

以上数据非常直观地说明成都当代对联文化既继承传统,又与时俱进。大部分对联题写于现代,往往随时代进步而融入了新的元素,为对联这一传统文化注入了新的活力。改革开放以后,人民生活水平逐渐提高,经济繁荣、市场活跃,城中一时间出现了许多与经济消费息息相关,甚至带有广告性质的对联。特别显著的是琴台路,改造后的琴台路于2002年12月30日正式开街,

第四章 于今天府焕文章：从对联看成都城市文化的当代表达

是成都市的珠宝一条街，市内大型珠宝楼在这里荟萃，如表 4-1 中的 150 号对联"七彩锦绣堂里八千客；宝光金玉蜀中第一楼"即是专为珠宝店宣传而作。也有其他类型的店铺，如 129 号对联"美奂美伦娇柔何似肌肤；顶天立地珍重其如头足"，是琴台路 209 号一家足疗店门前的对联。这些对联既继承传统，又顺应现代文化而有所创新。

1921 年以前这个时间段的对联占采录对联总数的五分之一，说明当代成都对联文化在创新的同时也很重视对传统的继承。但是，这种继承主要表现为大慈寺、文殊院、金沙庵等名胜古迹中存留了部分历史旧联。如 016 号对联"重联九十六院共为一院；须知百千亿身并无二身"，是由晚清著名学者黄云鹄（黄庭坚十七代世孙，咸丰三年癸丑科进士）撰写并张挂于大慈寺山门殿的后殿立柱上的。234 号对联"陆海涌精蓝永祝国祚万亿；蓉城辉法界长宣佛化三千"，是由清代文殊院方丈际微弗文题写并张挂于大门上的。除此之外，民居、博物馆、公园等区域则很少有旧联遗存，这说明保护、继承传统对联的力度还不够。

2. 对联内容的创作时间

除对联实物的产生时间外，联文内容的创作也是考察其时间分布的重要线索。实物载体与文字内容的创生可能是同步的，也可能是分离的。对此，可以通过对联上下题款标注来作初步判断。但可惜的是，在本次采录的 349 副对联中，只有 81 副明确标注了创作时间，所占比例仅为 23.2%，不到四分之一，代表性稍嫌不足。如大慈寺观音殿殿门檐柱张挂的"立足镇潮音，预防沧海横流日；以手援天下，应现金刚不坏身"一联，就标明了"公元二千零四年四月八日"这样明确的时间。当代社会发展日新月异，对联上标注具体的时间，有助于细致了解其产生背景。例如 043 号"小名堂"店的对联："小食有名堂凉粉锅魁甜水面；点心思隽味远宾过客老成都"，联文中标注的时间是乙未年（即 2015 年）。据此就能看出近年来成都人民生活水平明显提高，消费十分活跃，传统文化也在向商业领域回归。这与国家大力倡导继承弘扬中华优秀传统文化，成都市积极发展文化事业是密切相关的。

在已标注时间的对联中，具体标注形式也存在差异（见表 4-4）：

表 4-4 对联纪年方式统计表

纪年方法	数量	占比
干支纪年法	56	69.1%
公元纪年法	8	9.9%
年号纪年法	16	19.8%
生肖纪年法	1	1.2%
总计	81	100.0%

根据纪年方式分类表可以看出，在标明了确切时间的对联中，使用传统纪年方式，即干支纪年法、年号纪年法、生肖纪年法者较多，合计占比高达90%以上。而用新式公元纪年法的对联较少，只占到了9.9%。这说明对联创作大体遵循传统，民族、历史文化是一脉相传的。新时代的创造也离不开传统文化的积累。

3. 联文内容化用古诗的情况

从联文内容的产生角度看，有部分对联虽然创作于当代，但其内容却是引用、化用旧诗词、旧文献而成，属于跨接古今的作品。这些内容同样反映了成都对联文化在继承中的创新。现试举几例加以说明。

082号对联引用毛泽东《七律二首·送瘟神·其二》"春风杨柳万千条；六亿神州尽舜尧"。这副张挂在酒吧门口的对联将传统文化与摩登时尚巧妙地融为了一体，体现了现代人对传统文化的继承与创新，而且现代的创新是以继承传统为基础的。

099号对联引用杜甫《客至》"舍南舍北皆春水；蓬门今始为君开"。将传统的古诗与现代的饮食文化相结合，让宾客在感受店家"蓬门今始为君开"热情的同时，又体会了中华文化的博大精深与源远流长。传统文化与现代文化相辅相成，使得对联焕发了新的活力，也让当代人的文化创新有了坚实根基。

137号对联引用曹操《步出夏门行》"盈缩之期，不但在天；养怡之福，可得永年"。古老的诗歌内容经过对联的演绎，被重新张挂在古玩店内。成都城市文化的文雅气度与现代时尚的消费生活完美结合，传统文化在新时代获得新生。

273号对联化用了苏轼《游诸佛舍，一日饮酽茶七盏，戏书勤师壁》中的

第四章 于今天府焕文章：从对联看成都城市文化的当代表达

"何须魏帝一丸药，且尽卢仝七碗茶"。茶文化本就是传统文化重要的组成部分，天府成都更首开饮茶之风。茶馆门口张挂的对联道出了成都人爱好喝茶、喜欢泡茶馆的生活习惯。而对联的张挂又反过来营造了茶馆内舒适文雅、古色古香的文化氛围。现代快节奏的时尚生活与传统的典雅闲适再次通过一副对联被连接到了一起。

296号对联化用了康熙皇帝1711年赐赠的"无始无终，先作形声真主宰；宣仁宣义，聿昭拯济大权衡"一语，开中国天主教对联之先河。这副对联是康熙皇帝所作，是中国天主教历史上使用时间最长、使用频率最高的一副对联，深得广大教徒喜爱。在一个古老的天主教活动场所，张挂康熙皇帝赐赠的对联，既是对传统文化的继承弘扬，也是对成都文化开放特质的展示。

307号对联引用清代向日升的《赋成都景物》诗："探奇频访支机石，览胜还摩誓水碑。"文化景观使用对联来描绘园内的幽雅景致，使联文内容与景物交相辉映，也能让游客切身感受到成都的美景与历史文化，从而扩大成都城市文化在当代的影响力。

338号对联引用了杜甫《客至》诗："花径不曾缘客扫，蓬门今始为君开。"该联张挂在博物馆内，文字与文物交相融合，不仅让优秀的传统文化得到保护，还增强了博物馆的历史文化底蕴，面向社会大众营造了传承传统文化的良好氛围。

综合来看，当代成都对联文化的创新是在继承传统的基础上发展而来的。顺应现实社会的需要，引用、化用经典，去粗取精，不断推陈出新，已让当代对联文化焕发出了新的生命力。

二、材质

以载体材质为标准，本次采录的对联可分为木刻联、纸质联、塑料联、金属联和石刻联五大类（见表4-5）。

表4-5 对联材质统计表

对联材质	数量
木刻	297
纸质	24
塑料	18

续表

对联材质	数量
金属	3
石刻	7

依表可见，在成都老城范围内，现存木刻联最多，共297副，占采录对联总数的85.10%，如出现在火锅店的"宏图霸业谈笑间；不胜人间一场醉"，出现在寺庙的"现将军身，摧邪辅正；行菩提道，护法安僧"等。纸质联共24副，占采录总数的6.88%，如出现在寺庙的"五蕴皆空观自在；行住觉知见如来"，出现在茶楼的"淡中有味茶偏好；清茗一杯情更真"等。塑料联共18副，占采录对联总数的5.16%，如"天下美食有几道不留巴蜀印迹；三顾冒菜数百味尽览汉室遗风""本店砂锅特色，欢迎八方来客；水饺面条美味，洋洋经济实惠"等。石刻联共7副，占采录对联总数的2.01%，如"罗城碑立信相院；和平塔照空林堂""石上尽佳书，千秋笔墨留禅院；碑中多哲理，六祖精神衍佛经"等。金属联共3副，占采录总数的0.86%，有"货真价实，童叟无欺；同修仁德，济世养生""养身养心保幸福；名店名品护健康""品味虽贵必不敢减物力；炮制虽繁必不敢省人工"等。

木刻联数量多、分布广，主要集中于寺庙等文化景观，茶馆、饭馆、养生馆、中医馆等商铺。寺庙等文化景观采用木材雕刻对联，有其历史原因。寺庙历史悠久，而木材在古代是对联的主要载体，所以大多数寺庙采用木刻联。现代商铺也大量使用木材雕刻对联，是因为悬挂对联的商铺多为仿古建筑，用木刻联可以突出店铺特色，吸引顾客。而且木材比纸张、塑料等其他材料更易保存。

纸质联数量在采录对联中居第二位。24副纸质联，有16副为手书，占纸质联总数的66.67%，如"千秋笔墨写天地；万里云山入画图""万象更新新世纪，五羊献瑞瑞门庭"等。另有8副对联为印刷品，占纸质联总数的33.33%，如"春临玉宇添安乐；福到门庭送健康""水中捞鲜鱼唱歌；鼎里品味客点头"等。手书联多于印刷品，一是体现了对联文化与书法文化的关系，手书更能彰显传统韵味。二是手书方式更为方便，价格适宜。但纸质联与木刻联数量差距大，说明纸质联虽简单便捷，但不易保存。

金属联和石刻联总共只有10副。金属材质特殊，虽易保存，但造价不

第四章 于今天府焕文章：从对联看成都城市文化的当代表达

菲，故当代人选择较少。石刻对联除"龙飞出宇宙；凤舞进太空"一副出现在民居大门、"茶中品川江神韵；戏里看古蜀民风"一副出现于川剧院外，其余5副均出现在寺庙，说明石刻对联与其历史文化密切相关。

三、篇幅

对联篇幅不一，短的仅一两个字，长的可达上千字。按联文字数，本次采录的对联可分为奇数联和偶数联两大类。其中，奇数联有五字联、七字联、九字联、十一字联、十三字联、十五字联、十七字联、十九字联、二十三字联、二十七字联、二十九字联、三十九字联。偶数联有四字联、六字联、八字联、十字联、十二字联、十四字联、十六字联、二十字联、二十二字联、二十六字联、二十八字联（见表4-6 两副非汉字联未计入）。

表4-6 对联篇幅统计表

奇数联		偶数联	
篇幅	数量	篇幅	数量
五字联	37	四字联	5
七字联	115	六字联	11
九字联	19	八字联	44
十一字联	22	十字联	19
十三字联	7	十二字联	22
十五字联	11	十四字联	10
十七字联	3	十六字联	2
十九字联	2	二十字联	8
二十三字联	1	二十二字联	3
二十七字联	1	二十六字联	2
二十九字联	1	二十八字联	1
三十九字联	1		

依表4-6可见，在349副对联中，奇数联220副，占比为63.04%；偶数联127副，占比为36.39%。奇数联中，七字联最多，共115副，占总数的32.95%，如"无是无非无烦恼；有因有果有菩提""妙手仁心书大爱；悬壶济世铸医魂"等。五字联次之，共37副，占统计总数的10.60%，如"行养生之

道；立健康之源""睿泽深天地；宗风越古今"等。字数较多的二十三字联、二十七字联、二十九字联、三十九字联数量最少，各1副，仅占采录对联总数的0.29%，"遮那妙体，显法界身，示现九十六种大人像，使阿惟越致、行住坐卧、举首低头，顿证文殊实智圆极果；华葳庄严，等太虚量，垂成八万四千随行好，令补持伽罗、见闻觉知、擎拳合爪，超出信相权乘获净因"一联是其代表。偶数联中，八字联最多，共44副，占采录对联总数的12.61%，如"知恩报恩，爱国爱教；念佛成佛，利己利人""春满金河，荣争百卉；风吹碧浪，胜览双亭"等。十二字联次之，共22副，占采录总数的6.30%，如"咫尺绝尘嚣，十亩园林开胜境；盘桓饶兴致，四时花木乐清游"等。二十八字联最少，仅"今石缘让我们爱不释手与石结缘，今石缘让你们盛世收藏广开财源；今石缘让他们如获至宝相伴永远，今石缘让大家石现梦想似藏金山"一副（严格说此联并不符合传统对联的格式，只是用形似对联的木板题写了四组文字而已），占采录对联总数的0.29%。

在上述分类中，奇数联明显多于偶数联。这是因为对联起源于桃符，基本句式来自骈文和律诗。受传统五言诗和七言诗的影响，对联遣词用句也多用五字和七字，所以在此次采录的对联中，奇数联以220副远超偶数联的127副，占比超过对联总数的50%。

在各种篇幅的对联中，五字联和七字联共152副，占采录对联总数的43.55%。是当代对联的主体。其中，"三径怜幽草；四潭净俗心""名园依绿水；归雁远青天""新境名家者；巧思三叹发""巧思三叹发；匠心众口传""新境名家者；匠心众口传"5副五字联出现在文化景点，"睿泽深天地，宗风越古今"1副见于寺庙。"五蕴皆空观自在，行住觉知见如来"等15副七字联出自寺庙，"芊草连亭通曲径，百花照眼映长廊"等6副出自文化景点。其余31副五字联、94副七字联均见于茶馆、珠宝店、餐饮店等商铺。可见用字简洁、表意清晰的五、七字短联最能满足现代商铺宣传所需。它们明白晓畅，便于悬挂，故与现代商业元素结合较好。

在所有对联中，十字以下（含十字）的短联共250副，占采录对联总数的71.63%。十字以上的长联共97副，占采录总数的27.79%。短联多于长联。再对36副十五字以上长联加以特别考察，"尝神农草，历越人针，尽本恕力，勤修精研，奉献自家方药灸刺熨扢；读黄帝经，究仲景术，为静安徒，广求博

第四章 于今天府焕文章：从对联看成都城市文化的当代表达

采，服务蜀中父老妇幼青壮"一副出自诊所。"品茗可清心，翰草木繁荣，菊梨百态棠薇色；观今宜鉴古，忆江山变易，辛亥三秋己丑冬"一副出自茶馆。"今石缘让我们爱不释手与石结缘，今石缘让你们盛世收藏广开财源；今石缘让他们如获至宝相伴永远，今石缘让大家石现梦想似藏金山"一副出自文玩店。"圣者善结善缘回春有异方，爱心美传美德济世凭良药；中药真材真效治病靠地道，医道名具名实道法属自然"一副出自中药店。"川菜奇葩，夫妻好合，滋味调和，天长地久情深，美哉夫妻；天府一绝，肺片非肺，味中有味，麻辣鲜香味长，快哉肺片"一副出自特产小吃店，其余19副出自寺庙，2副出自文化景观。这说明长联与传统文化的关系更为密切，较长的篇幅可以多层次、多角度地从容展现张挂单位的文化内涵。

四、字体

本次采录的对联可按字体分为简体字联和繁体字联两大类（见表4-7）。其中，简体字联主要用楷书、行书两种字体书写。繁体字联则用行书、楷书、篆书三种字体书写。在349副对联中，"长长长长长长，行行行行行行"一联中的每个字字体都不同，无法按字体分类；两副非汉字对联亦无法计入。余下简体字联116副，占采录对联总数的33.24%，繁体字联共230副，占采录对联总数的65.90%。

表4-7 对联字体统计表

	简体	繁体
楷书	95副	146副
行书	21副	73副
篆书	0副	11副

依表4-7可见，在成都老城区现存对联中，楷书联最多，共241副，占采录对联总数的69.05%，如"政为梅花忆两京，海棠又满锦官城；鸦藏高柳阴初密，马涉清江水未生""见清静身，三昧三乘因缘广大；入慈悲室，一花一叶色相光明"等，皆以楷书题写。行书联次之，共94副，占采录对联总数的26.93%，如"天上天开知见、示反闻，自性是佛；圣中圣入真境、现实相，诸法惟心""仁义礼信，曹公美德扬天下；劲爽鲜香，面中翘楚誉巴蜀"等。

篆书对联最少，仅11副，占采录对联总数的3.15%，如"美酒千杯难成知己；清茶一盏也能醉人""蜀汉大汉西汉东汉，汉宫汉殿汉皇汉室"等。其中，篆书联皆用繁体字，楷书联中简体字联95副，占采录总数的27.22%；繁体字联146副，占采录总数的41.83%。行书联中简体字联21副，占采录总数的6.02%；繁体字联73副，占总数的20.92%。230副繁体字联在数量上大大超过了116副简体字联。现存对联大量保持繁体、竖排的书写方式，既延续了古典文化传统，又富有美感。

楷书联共241副，超过了行书联和篆书联之和。在当今社会，楷书既能保留传统文化元素，也方便识读，所以仍然是题写对联时主要采用的字体。比如在文化景观中出现的对联"乘兴上高台，看玉垒浮云，古今多变；闲来泛溪水，接草堂遗迹，风雅长存"，在寺庙中出现的对联"立足镇潮音，预防沧海横流日；以手援天下，应现金刚不坏身"等都是楷书联。同时，现代商铺张挂的楷书联则超过了采录对联总数的50%，更便于当代人辨认理解。

本次采录的篆书联数量较少，且无使用简体字书写的。其中，"天下分明，本原清净；大德从义，行道灵昭""是名忍辱波罗蜜；普放无数光明云"等8副出现在文化景观和寺庙中，"万象更新新世纪；五羊献瑞瑞门庭"等3副出现在茶馆，"美酒千杯难成知己；清茶一盏也能醉人"见于茶叶店，"蜀汉大汉西汉东汉；汉宫汉殿汉皇汉室"出现在汉唐文化开发公司。这说明尽管篆书有着较高的美学价值和厚重的文化内涵，但由于缺乏广泛的群众基础，所以在当代并不流行。

五、格式

1. 对仗

对联要求上下联之间字词相对、平仄相协。按联文内容是否对仗规范对本次采录的对联进行归类分析（见表4-8，012号、045号、170号、196号、204号、300号、313号等7副对联内容残缺，077号、079号、312号等3副对联并非汉字，皆不计入）。

第四章　于今天府焕文章：从对联看成都城市文化的当代表达

表 4-8　对联对仗统计表

对仗情况	对联数量（副）
字词相对、平仄协调	210
字词相对、平仄不协	56
字词不对、平仄协调	27
字词不对、平仄不协	46

（注：关于对联是否字词相对的判定，若某上下联对偶词组超过某对联总词组的一半，则视为相对；否则为不相对。）

若仅考察字词对偶的情况，则采录对联有 266 副字词相对（210 副 +56 副）。其中，大慈寺、宽窄巷子、琴台路、人民公园、爱道堂、文殊院、皇城清真寺、金沙庵等八处共有 153 副对联字词相对，占字词相对联数的 57.52%。若仅考察音韵协调情况，则采录对联有 237 副平仄协调（210 副 +27 副）。其中，大慈寺、宽窄巷子、琴台路、人民公园、爱道堂、文殊院、皇城清真寺、金沙庵八处有 127 副对联平仄协调，占平仄协调联数的 53.59%。同时满足字词、音韵格式规范的对联有 210 副，在采录总数中占 61.95%。这说明当代对联的创作已基本符合传统对联的格式要求。但是较为规范的对联主要集中在文化景点和历史古迹中，现代商铺对联的撰写相对随意，符合规范者较少。

2. 落款

落款是创作者附加在文字、图画末尾处的姓名、籍贯、职衔、年月等信息。按有无落款对本次采录到的对联进行统计：

在成都老城区采录的现存对联中，有明确落款者共 167 副，占采录对联总数的 47.85%。如"芳草有情犹驻客；清风无意漫飞花"一联有题写时间和作者信息，"春兰秋蕙香何远；海客都人意正浓"有作者信息等。无落款的对联共 182 副，占采录对联总数的 52.15%。如"翡值万金换日月；翠饰乾坤待传人""运筹帷幄，决胜千里；传承天下，味绝巴蜀""义薄云天，聚四海灵妙；士振芳尘，降九州杂疴"等联，皆无落款。

此外，有落款的对联又可按落款中的时间、作者信息分为仅有时间、仅有作者、兼有时间与作者三类。仅有时间信息的对联共 76 副，占采样总数的 21.78%，占有落款对联总数的 45.51%，如"巴蜀滋味千家爱；茶中乾坤百里香""平生独爱诗书画；情谊独钟松竹梅"等属于此类。仅有作者信息的对联共 155 副，占采录对联总数的 44.41%，占有落款对联总数的 92.81%，如"远照烟雨锁宽窄；庭前青石画雕梁""天下分明，本原清净；大德从义，行道灵昭"等。兼有时间与作者的对联共 66 副，占采样总数的 18.91%，占有落款对联总数的 39.52%，如"慈航普度，解除苦难；莲灯长明，指引迷津""进寺门，脱去风尘临主宰；出世俗，归来静地露心真"等。

总的来看，在成都老城区，无落款对联略多于有落款对联。就对联格式的完整程度和联文信息的丰富程度而言，当代对联创作的艺术性、规范性尚有待加强。

第四节 对联张挂研究

一、张挂方式

本次采录的对联，按张挂方式分类，有左右张挂式和右左张挂式两类。除两副非汉字对联无法计入，一副"今石缘让我们爱不释手与石结缘，今石缘让你们盛世收藏广开财源；今石缘让他们如获至宝相伴永远，今石缘让大家石现梦想似藏金山"张挂方式特殊外，左右式对联共 86 副，占采录对联总数的 24.64%，如同仁堂大门张挂的"品味虽贵必不敢减物力；炮制虽繁必不敢省人工"，窄巷子戏院张挂的"观山观水观天下；品书品戏品人生"等。右左式对联共 260 副，占采录对联总数的 74.50%，如文殊院碑廊张挂的"石上尽佳书，千秋笔墨留禅院；碑中多哲理，六祖精神衍佛经"，人民公园游廊张挂的"春满金河，荣争百卉；风吹碧浪，胜览双亭"等。对上述情况进行简要分析：

对联的张挂方式，在有横额的情况下，一般顺横额方向张挂。横额从右至左，则对联右上左下；横额从左至右，则对联左上右下。因为古时书写习惯是从右至左，所以在无横额的情况下，按"人朝门立，右边为上，左边是下"的原则张挂。就此次在成都老城区采录的对联看，按照传统右左式张挂的对联

第四章 于今天府焕文章：从对联看成都城市文化的当代表达

明显更多。由此可见，无论是历史存留对联还是现代新创对联，都能较好地保持传统，在尊重历史的基础上再追求内容创新。

按左右式张挂的对联共86副，除"政为梅花忆两京，海棠又满锦官城；鸦藏高柳阴初密，马涉清江水未生"出现在合江亭，"一人为大，力大愿大，有传灯猛省得来，照破旁门归大道；兹心是慈，父慈母慈，在彼岸许多未了，踏穿苦海上慈航""从鹿苑转法华，三界十方都成觉海；就鸡园修福果，四生九有各种菩提""觉海宏开，说者法讲者经，二百年来把禅林辉锦里；皇图永固，鸠而工启而宇，三千界里将石柱作金茎"出现在大慈寺，"千手异执，千眼同观，无非幻化；大慈与乐，大悲拔苦，总是菩提""慈航普度，解除人间苦海；莲灯长明，指引天下迷津"出现在文殊院，"法雨广荫无遮会；慧日高悬有相天""大慈拔苦，大悲予乐，此方他界咸皈命；无惑不断，无德不圆，天上人间共称尊""观自在身，愿众生共渡慈航，早登彼岸；救将来劫，望我佛宏施法雨，力挽狂澜""雪山苦行，悟大道同登上品；佛法无边，度众生共出迷津"等6副对联出现在金沙庵外，其余76副均出现在当代文化景观（如人民公园）和茶馆、饭店等商铺中。这一方面是因为新中国成立后汉字书写习惯已转变为从左至右书写，对联的张挂也相应出现了从左至右的新方式，以便于被当代人解读。另一方面则是因为商铺张挂对联主要是为了装饰、宣传，商家对传统文化并不十分了解，有时就没有分清上下联，导致张挂错误。

二、张挂单位

除张挂方式外，还可根据张挂单位的相关信息对采录对联进行分类（见表4-9），以便展开进一步的研究。

表4-9 对联张挂单位分类表

张挂单位性质		对联数	占比	排名
盈利	销售产品（特产、工艺品、食品等）	64	18.34%	3
	餐饮服务	78	22.35%	2
	社交服务（茶馆、酒吧、剧院等）	33	9.45%	4
	医疗服务（诊所、药店、养生馆等）	26	7.45%	6
	住宿服务（酒店、宾馆等）	9	2.58%	8

续表

张挂单位性质		对联数	占比	排名
非盈利	宗教场所	90	25.79%	1
	文化景观	27	7.74%	5
	民居	14	4.01%	7
其他		8	2.29%	
总计		349	100.00%	

（注：其他类包括军事管理区、学校、文化公司、风水铺、打印店、彩票投注站、文化事业单位、办公门面等，因其数目极少，不便单独成类，故归并为一类，且不参与排名）

在以上九类对联张挂单位中，对联数量最多的是宗教场所，共有对联90副，约占本次采录对联总量的四分之一，由此可见宗教文化与对联文化的密切联系。其中，大慈寺有对联24副、爱道堂8副、文殊院40副、皇城清真寺4副、金沙庵13副、平安桥天主堂1副。这些宗教场所有着悠久的历史，在长期的发展中保存了大量对联，包括一些名家题赠。同时，以上宗教场现已成为开放的文化旅游景点，在其中张挂对联也能更好地吸引游客。此外，以上宗教场所大多是佛教寺庙，但也有伊斯兰教庙宇、天主教教堂，多种文化和谐共荣，充分展现了成都城市文化的开放气度。

拥有对联数量排名第二的是提供餐饮服务的各类饭馆和饮品店，共有对联78副。近年来，现代餐饮行业快速发展，提供餐饮服务的店铺数量多、分布广，其中不少店铺选择了仿古式的装潢风格，并且以对联凸显店铺特色文化，以吸引顾客。由此可以反映现代商业与传统文化之间的互动关系。

拥有对联数量排名第三的是销售各类产品的实体店铺，共有对联64副。此类店铺基数大，覆盖范围广，业务门类多。其中，蜀绣店、四川特产店的对联体现了成都地方特色。文化用品店、工艺品店、字画装裱店、文玩店的对联则在一定程度上反映了成都的历史底蕴和成都文化的文雅精神。

拥有对联数量排名第四的是提供社交服务的茶馆、剧院等等，共有对联33副。其中，有20副对联张挂于茶馆，这与成都老城区茶馆众多有关，反映了成都人喜欢喝茶的生活习惯。而张挂对联又能营造氛围，增添茶馆内的文化气息。另外，川剧院、麻将馆所张挂的对联也颇能体现地方文化特色，但是此类对联数量极少。

文化景观类主要包括公园、凉亭、碑亭以及路口牌坊等单位，其对联数量排名第五，共计 27 副。这一数字也说明成都市在城市文化建设中比较重视继承弘扬对联文化，已经开始借助对联提升城市的文化形象。

其他三类单位张挂的对联数量极少，在当代城市文化建设中的作用尚不明显。

结 论

通过前文的研究，成都对联与成都城市文化的关系已得到较为清晰的呈现。现将核心观点汇列于下，以作结论：

一、天府成都与对联有不解之缘。成都是对联文化的发源地、兴盛地、传承地。以孟蜀"新年嘉节联"为代表，对联这种全新的创作形式在成都诞生，它融文字、音韵、书法、历史、民俗等多种元素为一体，揭开了文学艺术史的崭新篇章。在特定的城市文化滋养下，成都对联数量之多，名联影响之大，长联成就之高举世瞩目。近代以来，特别是改革开放以来，围绕对联进行的文学创作、城市形象打造工作齐头并进，进一步推动了成都对联文化的当代传承。总之，对联以文学化的手法表达成都城市文化，又在成都文化的推动下实现了自身的发展创新，是深入了解成都城市文化形成基础、实质内涵与当代表达的一扇特殊窗口。

二、从成都对联中可以看出，天时有序、风物宜人，山峦耸峙、群峰拱卫，江河纵横、水脉攸长，园林揽胜、风光动人是成都城市文化的形成基础。成都与天府相应。是一个得天独厚的富足府库，是天堂在人间的投影，是物质丰足、精神愉悦、令人向往的神仙世界。发源于此地的文化，也就在完美时序、宜人气候、雄奇山峦、充沛水脉、瑰丽园林的孕育陶冶下酝酿出了文雅闲适、开朗观达、悠长厚重的个性魅力。

三、成都对联记录了成都城市文化的实质内涵，并通过文学形式使之得到生动表达。其中，以进取精神改造自然环境，促生不朽物质文化、精神文化的创造性，彰显了成都追求卓越、开拓进取的力度。以清雅闲适的生活美学、名动千古的诗赋文章、薪火相传的蜀地学脉为代表的学术性，体现了成都雍容文雅、引领潮流的风度。因三教协同、共成而促成的开放性，昭示了成都积极向上、开放博大的气度。由对个人之善、对社会之爱、对国家之忠凝聚而成的情感性，传递了成都仁民爱物、情礼兼备的温度。

四，对联文化在当代成都依旧蓬勃发展、充满生机。仅在老城区范围内，就张挂着 300 余副历史存留、当代新创的对联。从这些对联的分布、载体、内容、张挂中可以看出，今天成都的对联文化既扎根传统，又有所创新。它为成都城市文化在新时代的发展注入了活力，是成都文化在当代的生动表达。

附 录

表1 成都对联千副佳作选录

序号	联文	作者	张挂/题赠信息
1	新年纳余庆； 嘉节号长春。	孟昶	后蜀宫门
2	合祖孙、父子、兄弟、君臣、辅翼在人纲，百代存亡争正统； 历齐楚、幽燕、吴越、秦蜀、艰难留庙祠，一堂上下共千秋。	刘咸荥	成都武侯祠
3	唯德与贤可以服人，三顾频烦天下计； 如鱼得水昭兹来许，一体君臣祭祀同。	蒋攸铦	成都武侯祠
4	望重南阳，想当年羽扇纶巾，忠贞扶季汉； 泽周西蜀，爱此地浣花濯锦，香火拥灵祠。	鄂山	成都武侯祠
5	曰宫曰殿曰幸且曰崩，诗史留题，千载犹存正统； 书魏书吴书汉不书蜀，醇儒特笔，三分岂是偏安。	蒋攸铦	成都武侯祠
6	使君为天下英雄，正统攸归，王气钟楼桑车盖； 巴蜀系汉朝终始，遗民犹在，霸图余古柏祠堂。	完颜崇实	成都武侯祠
7	惟此弟兄真性情，血泪洒山河，志在五伦存正轨； 纵极王侯非富贵，英灵照天地，身经百战为斯民。	刘咸荥	成都武侯祠
8	日月同悬出师表； 风云常护定军山。	佚名	成都武侯祠

续表

序号	联文	作者	张挂/题赠信息
9	兴亡天定三分局； 今古人思五丈原。	佚名	成都武侯祠
10	已知天定三分鼎； 犹竭人谋六出师。	佚名	成都武侯祠
11	诸葛大名垂宇宙； 元戎小队出郊坰。	苏廷玉	成都武侯祠
12	隐居以求，行义以达； 临事而惧，好谋而成。	佚名	成都武侯祠
13	三顾感殊知，西取东和，远谟早定三分鼎； 两川臻大治，南征北伐，遗表长留两出师。	梁伯言	成都武侯祠
14	可托六尺之孤，可寄百里之命，君子人与，君子人也； 隐居以求其志，行义以达其道，吾闻其语，吾见其人。	佚名	成都武侯祠
15	兄弟君臣一时际会，当年铁马金戈，树神旗而开西川大业； 祖孙父子千古明良，今日丹楹画栋，崇庙貌而志后汉丕基。	张清夜	成都武侯祠
16	生不视强寇西来，天意茫茫，伤心恸洒河山泪； 死好见先皇地下，英姿凛凛，放眼早空南北人。	刘咸荥	成都武侯祠
17	彼天已无意炎刘，当三百年虎斗龙争，竟将正统畸零，收归后主； 我辈亦留心经济，睹四万里狼奔犬嗥，未免穷庐酣卧，抱愧先生。	钟祖芬	成都武侯祠
18	伯仲之间见伊吕； 指挥若定失萧曹。	佚名	成都武侯祠
19	三顾频烦天下计； 一番晤对古今情。	董必武	成都武侯祠

续表

序号	联文	作者	张挂/题赠信息
20	志见出师表； 好为梁父吟。	郭沫若	成都武侯祠
21	时艰每念出师表； 日暮如闻梁父吟。	瞿朝宗	成都武侯祠
22	两表酬三顾； 一对足千秋。	游俊	成都武侯祠
23	诸葛大名垂宇宙； 宗臣遗像肃清高。	佚名	成都武侯祠
24	成大事以小心，一生谨慎； 仰流风于遗迹，万古清高。	冯玉祥	成都武侯祠
25	亲贤臣国乃兴，当年三顾频烦，始延得汉家正统； 济大事人为本，今日四方糜骋，愿佑兹蜀部遗黎。	冯煦	成都武侯祠
26	能攻心则反侧自消，从古知兵非好战； 不审势即宽严皆误，后来治蜀要深思。	赵藩	成都武侯祠
27	勤王事大好儿孙，三世忠贞，史笔犹褒陈庶子； 出师表惊人文字，千秋涕泪，墨痕同溅岳将军。	刘咸荥	成都武侯祠
28	文章与伊训说命相表里； 经济自清心寡欲中得来。	陈矩	成都武侯祠
29	异代相知习凿齿； 千秋同祀武乡侯。	钟瀚	成都武侯祠
30	公本识字耕田人，为感殊遇驱驰，以三分始，以六出终，统一古今难，效死不渝，遗恨功名存两表； 世又陈强古冶子，应笑同根煎急，谁开诚心，谁广忠益，安危天下系，先生已往，缅怀风义拂残碑。	王天培	成都武侯祠

续表

序号	联文	作者	张挂/题赠信息
31	忆昔路绕锦亭东; 先主武侯同閟宫。	佚名	成都武侯祠
32	鞠躬尽瘁兮,诸葛武侯诚哉武; 公忠体国兮,出师两表留楷模。	佚名	成都武侯祠
33	三分割据纡筹策; 万古云霄一羽毛。	沙孟海	成都武侯祠
34	只手挽残局,常归谈笑; 鞠躬悲尽瘁,剩有讴歌。	陈廷楷	成都武侯祠
35	一抔土尚巍然,问他铜雀荒台,何处寻漳河遗冢; 三足鼎今安在,剩此石麟古道,令人想汉代官仪。	完颜崇实	成都武侯祠
36	一诗二表三分鼎; 万古千秋五丈原。	佚名	成都武侯祠
37	誓欲龙骧虎视,以扫荡中原,惊风雨,泣鬼神,前出师表,后出师表; 时当地裂天崩,求缵承正统,失萧曹,见伊吕,西汉功臣,东汉功臣。	佚名	成都武侯祠
38	岷峨望气信葱茏,运启蚕丛,位崇杜宇,历数蛮夷大长,荒服争豪,善国有悠国,待到浊鹿上宾,二祖遥传皇帝统; 高蒋称陵皆僭窃,臭遗彰德,迹溷丹阳,几经风雨消磨,死灰就冷,斯人谁不朽,揭来石牛凭吊,一抔独见汉江山。	佚名	成都武侯祠
39	六经而外两表; 三代以下一人。	佚名	成都武侯祠

续表

序号	联文	作者	张挂/题赠信息
40	映阶碧草自春色； 隔叶黄鹂空好音。	佚名	成都武侯祠
41	隆中一日风云会； 剑外千秋草木春。	佚名	成都武侯祠
42	山当好处湖增艳； 梅正开时雪亦香。	何绍基	成都武侯祠
43	讨贼竭忠贞，沥胆披肝，天下文章惟两表； 奇才根静学，清心寡欲，隆中计策定三分。	佚名	成都武侯祠
44	古来得君为难，托孤为难，尽瘁贯初衷，非大儒谁能方此； 斯时躬耕不易，高卧不易，长吟徒抱膝，问先生何以教之。	佚名	成都武侯祠
45	忠肝义胆，六经以来二表； 托孤寄命，三代而下一人。	佚名	成都武侯祠
46	与吴魏为难，此日收场，不过墓门宽几尺； 继高光而起，当年壮志，那容汉土窄三分。	佚名	成都武侯祠
47	心悬八阵图，初对策再出师，共仰神明传将略； 目击三分鼎，东联吴北拒魏，常怀谨慎励臣节。	佚名	成都武侯祠旧联
48	伊吕犹堪俦，若定指挥，岂仅三分兴霸业； 魏吴偏并峙，永怀匡复，犹余两表见臣心。	佚名	成都武侯祠旧联
49	自任以天下之重如此； 是知其不可而为之与。	佚名	成都武侯祠旧联
50	淡泊以明志，宁静以致远； 汉贼不两立，王业不偏安。	佚名	成都武侯祠旧联

续表

序号	联文	作者	张挂/题赠信息
51	三分天下四川地； 六出祁山五丈原。	佚名	成都武侯祠旧联
52	南阳诸葛真名士； 天下英雄惟使君。	佚名	成都武侯祠旧联
53	三代下有儒者气象； 诸葛君真名士风流。	佚名	成都武侯祠旧联
54	万里桥西宅； 百花潭北庄。	佚名	成都杜甫草堂
55	吏情更觉沧州远； 诗卷长留天地间。	吴棠	成都杜甫草堂
56	挺身艰难际； 张目视寇仇。	张爱萍	成都杜甫草堂
57	十年幕府悲秦月； 一卷唐诗补蜀风。	高升之	成都杜甫草堂
58	诗史数千言，秋天一鹄先生骨； 草堂三五里，春水群鸥野老心。	佚名	成都杜甫草堂
59	垂老但吟诗，亦先生所不得已； 斯人常作客，正天下莫可如何。	伍介康	成都杜甫草堂
60	携酒我来寻胜迹； 题诗谁敢媲先生。	佚名	成都杜甫草堂
61	杜陵落笔伤豺虎； 爱国孤惊薄斗牛。	叶剑英	成都杜甫草堂
62	异代不同时，问如此江山，龙蜷虎卧几诗客； 先生亦流寓，有长留天地，月白风清一草堂。	顾复初	成都杜甫草堂

续表

序号	联文	作者	张挂/题赠信息
63	水竹傍幽居，想溪外微吟，密藻圆沙依草阁； 楼台开丽景，结花间小队，野梅官柳满春城。	常明	成都杜甫草堂
64	草堂留后世； 诗圣著千秋。	朱德	成都杜甫草堂
65	此间位置安排，居然广厦，拾梅花能得韵，抚修竹能得声，嘻，先生犹耽咏否； 当日艰难险阻，久作寓公，望湘衡则无家，叩关陕则无国，咦，君子亦有穷乎？	钟祖芬	成都杜甫草堂
66	新松恨不高千尺； 恶竹应须斩万竿。	陈毅	成都杜甫草堂
67	世上疮痍，诗中圣哲； 民间疾苦，笔底波澜。	郭沫若	成都杜甫草堂
68	诗有千秋，南来寻丞相祠堂，一样大名垂宇宙； 桥通万里，东去问襄阳耆旧，几人相忆在江楼。	沈寿榕 彭毓松	成都杜甫草堂
69	侧身天地更怀古； 独立苍茫自咏诗。	谢无量	成都杜甫草堂
70	万丈光芒，信有文章惊海内； 千年艳慕，犹劳车马驻江干。	何宇度	成都杜甫草堂
71	锦水春风公占却； 草堂人日我归来。	何绍基	成都杜甫草堂
72	自许诗成风雨惊，将平生硬语愁吟，开得宋贤两派； 莫言地僻经过少，看今日寒泉配食，远同吴郡三高。	王闿运	成都杜甫草堂

续表

序号	联文	作者	张挂/题赠信息
73	歌咏成史乘，忠君爱国每饭不忘，诗卷遂为唐变雅； 仕隐好溪山，迁客骚人多聚于此，草堂应作鲁灵光。	严雁峰	成都杜甫草堂
74	水石适幽居，想溪外微吟，翠竹白沙依草阁； 楼台开暮景，结花间小队，野梅官柳接春城。	佚名	成都杜甫草堂
75	劲节参天，力开诗世界； 商声满地，爱住楚林墟。	王蘧常	成都杜甫草堂
76	美人胡为隔秋水； 先生有道出羲皇。	佚名	成都杜甫草堂
77	花径故依然，为公拥篲骚除，不教戎马嗟词客； 兵戈犹未已，笑我揩帷暂住，莫误群鸥认主人。	林思进	成都杜甫草堂
78	造物何必穷我辈； 先生未忍作诗人。	樊荫荪	成都杜甫草堂
79	跌宕诗怀犹绮岁； 商量春事又花朝。	何绍基	成都杜甫草堂
80	瘦影摇混茫，白也孤吟怀饭颗； 斯文不沉没，球兮接武挂诗瓢。	陈逢元	成都杜甫草堂
81	谈艺奉师资，诗外诗中有人在； 结邻妨俗客，舍南舍北见鸥来。	赵藩	成都杜甫草堂
82	即今耆旧无新咏； 何处老翁来赋诗。	佚名	成都杜甫草堂
83	至今斑竹临江活； 无数春笋满林生。	佚名	成都杜甫草堂

续表

序号	联文	作者	张挂/题赠信息
84	孤城返照红将敛; 仙侣同舟晚更移。	佚名	成都杜甫草堂
85	旁人错比扬雄宅; 日暮聊为梁甫吟。	佚名	成都杜甫草堂
86	千古此诗王,流寓遍襄阳烟水,蜀道云山,故国有思,常感秋风怀杜曲; 五陵孰年少,知交祇陇右词臣,咸阳节度,京华在望,每因泪雨忆长安。	佚名	成都杜甫草堂
87	满眼河山大地,早非唐季有; 一腔君国草堂,犹是杜陵春。	佚名	成都杜甫草堂
88	名望重三唐,是谁敌手凌厉,骚坛春树暮云,竟传白也诗篇上; 遭逢同五代,故事回头从谈,天宝秋风破屋,令我呜呼感慨多。	佚名	成都杜甫草堂
89	锦里先生为老伴; 玉霄散吏是头衔。	佚名	成都杜甫草堂
90	荒江结屋公千古; 异代升堂宋两贤。	钱保塘	成都杜甫草堂
91	此地经过春未老; 伊人宛在水之涯。	谭光祜	成都杜甫草堂
92	背郭堂成,锦里溪山千古在; 缘江路熟,青郊草木四时新。	何宇度	成都杜甫草堂
93	花学红绸舞; 径开锦里春。	郭沫若	成都杜甫草堂
94	万里桥西草堂,佳句如新,宛见卜居之兴; 百花潭上水槛,苍波依旧,长留怀古之思。	何宇度	成都杜甫草堂

续表

序号	联文	作者	张挂／题赠信息
95	忠爱托诗人，李谪仙差许齐名，奚屑三唐科第； 栖迟因地主，严节度颇称知己，尚留数亩河山。	佚名	成都杜甫草堂
96	少陵茅屋，诸葛祠堂，并此鼎足而三，饰崇丽荡漪澜，系客垂杨歌小雅； 元相诗篇，韦公奏牍，总是关心则一，思贤才哀窈窕，美人香草续离骚。	陶亮生	成都望江楼
97	一水绕当门，滚滚浪分岷峨雪； 双扉开对郭，熙熙人乐锦楼春。	佚名	成都望江楼
98	此女校书旧日枇杷门巷； 为古天府第一郊外公园。	佚名	成都望江楼
99	铁板唱大江东去； 金沙汇岷水西来。	张霖	成都望江楼
100	乐部挹香徽，好将司马大名，别为校书更小字； 花笺留雅制，除却买驴博士，最宜才子写新诗。	陈逢元	成都望江楼
101	花笺茗碗香千载； 云影波光活一楼。	何绍基	成都望江楼
102	仅余几树枇杷，门前车马犹如此； 试问千年明月，楼上风光昔若何。	樊荫荪	成都望江楼
103	英雄儿女各千秋，昭烈有陵，薛涛有井； 名士美人同一慨，尚书怜色，节度怜才。	胡毅	成都望江楼
104	古今来不少美人，问他瘦燕肥环，几个红颜成薄幸； 天地间尽多韵事，对此名笺旨酒，半江明月放酣歌。	谢家驹	成都望江楼

续表

序号	联文	作者	张挂/题赠信息
105	花影常迷径； 波光欲上楼。	李绪	成都望江楼
106	汉水接苍茫，看滚滚江涛，流不尽云影天光，万里朝宗东入海； 锦城通咫尺，听纷纷丝管，送来些鸟声花气，四时引兴此登楼。	杨宗蔚	成都望江楼
107	开阁集群英，问琴台绝调，卜肆高踪，采石狂歌，射洪感遇，古贤哲几许风流，忽揽起儋耳逐臣，哀牢戍客，乡邦直道尚依然，衰运待人扶，莫侈谈国富民殷，漫和当年俚曲； 凭栏飞逸兴，看玉垒浮云，剑门细雨，峨眉新月，峡口素秋，好江山尽归图画，更忆及草堂诗社，花市春城，壮岁旧游犹在否，老怀还自遣，窃愿与幽思丽藻，同分此地吟笺。	李榕	成都望江楼
108	鹤楼滕阁，曾经几度登临，卅载倦游还，更看杰构凌霄，东去大江来眼底； 凿井吟诗，所谓伊人宛在，一池新涨活，又值流觞曲水，西来遗韵上心头。	王曾祺	成都望江楼
109	返棹东来，看风景一新，从前碧玉深藏，仙客晚吟诗笺处； 凭栏北顾，正斗躔相映，定有朱衣暗点，何人先夺锦标归。	洪锡爵	成都望江楼
110	斯楼为蜀国关键，慨兵燹倾颓，人物凋谢，数十年满目荒凉，遗风顿歇，溯渊云墨妙，李杜才奇，轼辙名高，久经宇宙山川，沧桑千古； 此地是锦江要会，爱舟樯上下，烟浪萦迴，几多士同心结构，胜地重开，想石室英储，岷峨秀毓，江汉灵炳，且看栋梁桢干，砥柱中流。	马长卿	成都望江楼

续表

序号	联文	作者	张挂/题赠信息
111	纵目上层楼，看云树万家，桑麻千里； 骋怀临胜地，正清江南汇，雪岭西来。	叶燮生	成都望江楼
112	西汉文章蜀擅长，数遥遥千载名流，更有何人摛墨妙； 南条水道江为大，看滚滚百川放海，都从此处溯源头。	戴宾周	成都望江楼
113	压江流以扶地脉，远瞩高瞻，则见玉垒云开，峨眉月朗，夔门日射，剑阁烟消，郁郁葱葱，助全蜀山川钟灵毓秀； 凌井络而焕人文，阃中肆外，当如长卿赋丽，太白诗豪，坡老辞雄，南轩学正，麟麟炳炳，为西州俊杰播美扬修。	逸叟	成都望江楼
114	多难此登楼，看他千寻涌浪，百尺波涛，问谁砥柱中流，澄清再见； 悲秋常作客，对此四野桑麻，万家灯火，使我凭栏俯视，忧乐关怀。	佚名	成都望江楼
115	层楼高百尺，到最上头放开眼界，直看我玉垒浮云，锦江春色； 往事越千年，是真才子自有胸怀，那管他儒臣特笔，诗史题吟。	佚名	成都望江楼
116	我为百花生，乘兴重游，听丝管锦城，依旧风云齐入半； 楼更一层上，纵观千里，觉河山春色，从来天地异常新。	佚名	成都望江楼
117	比筹边楼图画何如，爽气西来，万里风尘销雪岭； 想海新亭烟波无恙，彩云南望，十年乡梦绕滇池。	马维骥	成都望江楼
118	江楼烟月依然，相逢万里桥边，节度不来洪度渺； 门巷枇杷何处，笑指百花潭畔，诗人太瘦美人妍。	张广南	成都望江楼

续表

序号	联文	作者	张挂/题赠信息
119	阁势峥嵘，我来更上一层，览尽锦江春色峨眉秀； 人文炳蔚，天将迭兴后起，更如升庵大节子渊才。	恩浩	成都望江楼
120	拔地千寻，正画栋重新，霞标高与； 凭栏一笑，看大江东去，秋色西来。	张云骧	成都望江楼
121	几层楼独撑东面峰，统近水遥山，供张画谱，聚葱岭雪，散白河烟，烘丹景霞，染青衣雾，时而诗人吊古，时而猛士筹边，只可怜花蕊凋零，早埋了春闺宝镜，枇杷寂寞，空留着绿野香坟，对此茫茫，百感交集，笑憨蝴蝶总贪恋醉梦乡中，试从绝顶高呼，问问问，这半江月属谁家物？ 千年事屡换西川局，尽鸿篇巨制，装演英雄，跃岗上龙，殒坡前凤，卧关下虎，鸣井底蛙，忽然铁马金戈，忽然银笙玉笛，倒不若长歌短赋，抛洒些闲恨闲愁，曲槛回廊，消受得好风好雨，嗟余蹩蹩，四海无归，跳死猢狲终落在乾坤套里，且向危梯颓首，看看看，那一块云是我的天。	钟祖芬	成都望江楼
122	幽境忽诗来，十样名笺供叶句； 余甘留井冽，一瓯春茗正花时。	顽仙女史	成都望江楼
123	引袖拂寒星，古意苍茫，看四壁云山青来剑外； 停琴伫凉月，予怀浩渺，送一篙春水绿到江南。	顾复初	成都望江楼
124	古井平涵修竹影； 新诗快写浣花笺。	欧阳梦兰	成都望江楼
125	杖策喜重来，看风涛滚滚，流不尽云影波光，天外更昂头，岂徒览南浦清江、西山白雪； 临轩空四顾，怅今古茫茫，历多少佳人才子，蜀中堪屈指，复何数吴宫花草、晋代衣冠。	余存轸	成都望江楼
126	乐籍中亦有传人，花笺价重，茗碗香浓，节度久无闻，请看万里桥边，只剩校书遗迹在； 草堂外别开生面，杨柳楼新，枇杷巷古，微之具真识，试诵七言碑什，也随给事始名传。	黄炳焜	成都望江楼

续表

序号	联文	作者	张挂/题赠信息
127	此间寻校书香冢白杨中,问他旧日风流,汲来古井余茶,一样渡名桃叶好; 西去接工部草堂秋水外,同是天涯沦落,自有浣笺留韵,不妨诗让杜陵多。	刘咸荣	成都望江楼
128	古井冷斜阳,问几树枇杷,何处是校书门巷; 大江横曲槛,占一楼烟月,要平分工部草堂。	伍生辉	成都望江楼
129	独坐黄昏谁是伴; 怎教红粉不成灰。	赵熙	成都望江楼
130	九天环佩自蹁跹,饶他节度旌旗,那及长风乘鹤去; 万劫沙虫空色相,试问麻姑沧海,还同一笑赋归来。	刘咸荣	成都望江楼
131	杯酒送征帆,对杨柳楼台,几人通唱阳关曲; 锦笺传妙制,过枇杷门巷,千载犹称女校书。	刘映奎	成都望江楼
132	花外喜陪荀令坐; 池头定有右军来。	陶亮生	成都望江楼
133	夕阳红到枇杷,阅古今过客词人,苔荒洪度千年井; 春水绿生杨柳,触多少离愁别绪,门泊东吴万里船。	林思进	成都望江楼
134	锦江春色来天地; 玉垒浮云变古今。	楚图南	成都望江楼
135	携樽登杨柳楼台,高望长江趋大海; 杖策访枇杷门巷,空余古井对斜阳。	陈天眷	成都望江楼
136	月底江山如画好; 楼中几席与秋清。	徐适度	成都望江楼
137	千古艳情遗井水; 许多客绪寄江楼。	李绪	成都望江楼

续表

序号	联文	作者	张挂／题赠信息
138	到此诗情应更远； 管领春风总不如。	张锦新	成都望江楼
139	江帆见惯风都熟； 楼槛凭多月亦温。	李绪	成都望江楼
140	淡月清风，历悠悠百千万劫，依然枇杷门巷，洌井江楼，曲径幽篁，名媛胜迹； 花笺玉冢，引浩浩恒河沙数，相忆锦水芙蓉，蜀都冷艳，扫眉才子，唐代诗家。	周应德	成都望江楼
141	思古发幽情，试看他秀气灵襟，纷披楮墨； 听真惟令德，仅对此吉光片羽，也够流连。	陶亮生	成都望江楼
142	据蜀国上游，峻极于天，云影纵横当窗出； 增锦江丽气，下临无地，波光浩渺抱城来。	尹谦	成都望江楼
143	胜迹长留，想当年杨柳亭台，枇杷门巷； 名楼共上，看此日风云人物，锦绣江山。	林从龙	成都望江楼
144	此地荟人文，有几多国士名流，曾传韵事； 斯楼阅古今，占一角锦城风月，莫负春阳。	袁第锐	成都望江楼
145	盛世此登楼，喜蜀水巴山，碧玉青罗皆入画； 多情今访古，寻校书门巷，幽篁翠竹好吟诗。	佚名	成都望江楼
146	濯锦江头，登无语楼台，翠竹虚心千节劲； 浣笺亭畔，听有声流水，红梅傲骨一身香。	尚文化	成都望江楼
147	一江春水堪濯锦； 半井古泉好制笺。	马萧萧	成都望江楼
148	阁名崇丽，楼号望江，古今誉满西南，阅尽沧桑曾百载； 盖世人文，富邦天府，山水美兼诗画，迎来华夏再中兴。	白雉山	成都望江楼

续表

序号	联文	作者	张挂/题赠信息
149	校书门巷,濯锦制笺,煮酒烹茶,河水不犯井水; 崇丽楼台,吟诗观景,行舟溯纤,岷江直奔长江。	李尧东	成都望江楼
150	高楼当此夜; 明月落谁家。	佚名	成都望江楼
151	一样波涛,偏借美人不朽; 有情天地,曾因诗卷长留。	佚名	成都望江楼
152	韦皋严武各擅风流,是者般好事,怜才看荣戟,森森垂白老淮南,讵同节度高千里; 葛相杜陵相为邻近,到此地寻幽,选胜展华笺,簇簇新红留砚北,遍染岷江水一泓。	郑钞万	成都望江楼
153	得时红粉自足千秋,翠黛横施古井波,佳话满西湖,遗墓并传苏小小; 大好春光恰逢三月,霞笺艳夺新诗料,呼朋来北郭,入门难见草芊芊。	佚名	成都望江楼
154	望江楼,望江流,望江楼上望江流,江流千古,江楼千古; (缺下联)	刘秉璋	成都望江楼
155	韵事劈吟,笺间闭户,校书花里春色谁管领; 渴杯消茗,碗羡隔邻,工部草堂秋色要平分。	李翰仙	成都望江楼旧联
156	彩色花笺分五色; 芳名古井艳千秋。	结溪老叟	成都望江楼旧联
157	时序百年心,问芳踪,燕约莺期,我辈复登临,画图省识春风面; 江楼千里月,思往事,红朝翠暮,佳人难再得,诗卷长留天地间。	刘克生	成都望江楼百年征联

续表

序号	联文	作者	张挂/题赠信息
158	异代挹清芬，访古重来，难忘十色花笺，千秋浏井； 百年犹旦暮，登楼四望，依旧一江春水，万里吴船。	傅承烈	成都望江楼百年征联
159	千古鸾笺，几朝墨客，嗟三分鼎足，数度狼烟，我求缺月早团圆，此后山河无憾事； 一江锦波，百载楼台，喜广厦如云，通道似网，谁令繁花常茁壮，从此雅俗不悲秋。	康斯馨	成都望江楼百年征联
160	一百载政坛翻巨浪，制军授首，都督垮台，色鬼跑滩，灵官入瓮，世易时移，独夫民贼拽兵走，闭目遐思，还是长歌短赋耐消磨，细品赏尧生唱段，耘舫妙联，师亮谐文，公孙橡笔，雅俗两相宜，蜀地流传迄今不息，更添死水微澜涌大波，饮酒吹牛，川中老人皆惬意； 四层楼旧貌展新姿，宝顶鎏金，芸窗焕彩，竹林滴翠，花径飘香，云收雨霁，绿女红男联袂来，凭栏远眺，总多胜迹名园供欣赏，闲指点昭觉烟霞，锦江帆橹，青羊殿宇，诸葛祠堂，晨昏均有趣，蓉城称道自古而然，且喜秋风茅屋成广厦，吟诗作画，天下寒士俱欢颜。	王钟璘	成都望江楼百年征联
161	一笺留蜀宝； 百代仰诗人。	穆显德	成都望江楼百年征联
162	满江诗兴万笺少； 百代文思一井多。	徐康	成都望江楼百年征联
163	古井流芳，千载诗才唯女少； 长联享誉，百年楼阁以名高。	徐明仁	成都望江楼百年征联
164	井沉玉影，笺映花痕，千年诗海孤星，云水波澜光熠熠； 圆满清声，溪流新韵，百岁江楼大典，蜀音霓羽乐融融。	何敢	成都望江楼百年征联

续表

序号	联文	作者	张挂/题赠信息
165	百花潭畔，兰蕙襟怀，尚留玉树清芬，佳竹犹依崇丽阁； 万里桥边，枇杷门巷，谁见夭桃韵色，好风又满望江楼。	秦子卿	成都望江楼百年征联
166	千秋留艳韵，扬芬玉女津边，惜是毛分彩凤，香浣鸳笺，诗酒殢情场，清怨沁枇杷旧巷； 百岁览江流，高峙锦官城外，羡因足画神龟，霞蒸鸟革，楼台开寿域，欢声涨篁竹名园。	王体诚	成都望江楼百年征联
167	濯锦江干，登楼倚曲槛，望堤外点点青篷荡去，浪涌春潮急，恋波光云影，山色朝晖，更喜百年峻阁临竹海； 枇杷门巷，觅句索花笺，怜檐前双双紫燕归来，风梳杏雨斜，访仙馆虹桥，唐茔石碣，聊凭一井甘泉慰诗魂。	熊汉章	成都望江楼百年征联
168	登崇楼望如画江山，天宝物华，四周好景豁襟怀，喜桑麻盈野，黍稷盈畴，润斯壤沃斯田，流不尽滚滚长川，锦水远通江汉水； 凭曲槛对凌云城阙，地灵人杰，千载英雄来眼底，想将相多谋，词臣多韵，安此民歌此土，幸赢得森森古柏，杜祠雅接武侯祠。	向江南	成都望江楼百年征联
169	崇楼闻竹韵； 涛井艳诗魂。	刘崎	成都望江楼百年征联
170	百载崇楼收丽景； 一尊新像慰芳魂。	黄尤辉	成都望江楼百年征联
171	画意斜阳芳草外； 诗情流水翠篁间。	魏寅	成都望江楼百年征联
172	风摇竹影婵娟舞； 水拍江楼墨客歌。	马福民	成都望江楼百年征联
173	万竹有声飞晚籁； 一楼无语沐朝阳。	罗驼	成都望江楼百年征联

古今对联中的天府成都

续表

序号	联文	作者	张挂/题赠信息
174	竹海生风，涛声入耳； 江楼映月，潭影空心。	周浔渊	成都望江楼百年征联
175	竹拥楼高，眺望江天邀素月； 影留碑古，俯窥井水觅诗魂。	彭浩之	成都望江楼百年征联
176	古井不波，诗人漫洒多情泪； 崇楼临渚，君子频添劲节风。	熊明宣	成都望江楼百年征联
177	阁楼清华，竹影江光来户牖； 春秋代谢，名园胜迹入花笺。	李祥晖	成都望江楼百年征联
178	竹海抱江楼，疑是普陀迁蜀土； 蓉城嵌锦水，莫将狮子当巫山。	傅暄	成都望江楼百年征联
179	丽阁望江天，只道此身临黄鹤； 芳园寻胜迹，当知闹市有青城。	庄道成	成都望江楼百年征联
180	望万里烟云，江上清风留我住； 吟千秋韵事，楼头明月待君来。	刘崎	成都望江楼百年征联
181	百载沧桑，又见春色迷人，大江不舍； 千秋风雨，犹是高楼拂柳，古井常温。	薛征东	成都望江楼百年征联
182	壮哉崇丽阁，绝蓉城杰构精华，添锦里风光，壮神州气象； 美矣望江楼，罕天府园林异卉，绚蜀都秀色，美环宇游人。	刘六四	成都望江楼百年征联
183	昔不逢时，何处招魂，青磷荒草沉沉月； 今有余庆，故乡归鹤，画栋朱栏冉冉风。	周若麟	成都望江楼百年征联
184	胜迹百年，六十年寒夜，四十年晴光，经历世间冷暖； 平畴万顷，七千顷金波，三千顷绿浪，激扬天府风情。	张德成	成都望江楼百年征联
185	校书运坎轲，翰墨一生，绝唱妙词垂史册； 崇丽誉中外，辉煌百岁，清风明月满江楼。	白雉山	成都望江楼百年征联

续表

序号	联文	作者	张挂/题赠信息
186	与黄鹤、岳阳、大观、甲秀先后留名,喜今朝更丽更崇,盛世楼台临百载; 同刘郎、白傅、杜牧、元稹互相酬唱,欣往昔一觞一咏,全唐诗话著千秋。	黄文光	成都望江楼百年征联
187	此处唱阳关,时迁境过,看依依杨柳,壮丽景观,悦目赏心,翠竹长牵游子梦; 今朝思古井,物换星移,喜艳艳蜀笺,风流文采,怡神逸趣,清词永伴美人魂。	钟书精	成都望江楼百年征联
188	四十年布新除旧,焕然既丽且崇,开阁集群英,披襟快读太冲赋; 万千众共苦同甘,卓尔先忧后乐,登楼观六合,把卷满吟洪度诗。	张绍诚	成都望江楼百年征联
189	崇丽阁前锦水滔滔,喜传花期,洪度回旧地; 吟诗楼畔琴声阵阵,虔诚芳草,校书建新坟。	李华飞	成都重建薛涛坟征联
190	绿云护古墓,扫眉才子千载流芳,犹有诗篇传后世; 冷月藏花魂,枇杷巷里一帘幽梦,不堪回首忆前身。	刘天文	成都重建薛涛坟征联
191	汲井荐清泉,异代同尊,墓碑远绍前明世; 怀人赓雅韵,群贤毕至,禊集今修乙亥年。	钟树梁	成都重建薛涛坟征联
192	诗冢无尘,才过谷雨; 江流有影,重绕桃花。	钟树梁	成都重建薛涛坟征联
193	长伴杜鹃啼,愁绝黄昏成独坐; 永传羌马句,岿然中晚有高吟。	钟树梁	成都重建薛涛坟征联
194	绿云想绣衣,吟断楼高,应归夜月知环佩; 花笺传锦里,茗香井溧,试倚将月听海潮。	白敦仁	成都重建薛涛坟征联
195	竹郎庙前多古木; 桃花冢下奠诗魂。	屈守元	成都重建薛涛坟征联

续表

序号	联文	作者	张挂／题赠信息
196	秋色远层楼，高咏能知李德裕； 桃花依故冢，遗碑欲访段文昌。	王仲镛	成都重建薛涛坟征联
197	撰志仰文昌，墓铭失考，灵慧自扬芬，修竹檀栾依古井； 吟诗怀郑谷，幽室重勘，清江长流韵，小桃秾艳向春风。	陶道恕	成都重建薛涛坟征联
198	红笺万幅，共罗袂乘风仙去； 碧玉千竿，想佩环带月归来。	张志烈	成都重建薛涛坟征联
199	泪湿香风，香冢尚遗红烂漫； 魂归夜月，吟声犹如碧琅玕。	周裕锴	成都重建薛涛坟征联
200	命薄飘梧，径缀落花疑粉泪； 才高咏絮，江铺平锦托红笺。	周裕锴	成都重建薛涛坟征联
201	修篁滴翠，老柳飘棉，宜有多情收艳骨； 古井无波，香笺传恨，空存断句吊诗魂。	谢桃坊	成都重建薛涛坟征联
202	拨云雾而见青天，休信稗官野史之言，还薛校书本来面目，千载含冤应昭雪； 除秽污以观仪貌，请看当代论家纵述，让女才子重放光芒，九原微笑慰诗魂。	羊村	成都重建薛涛坟征联
203	既谙律吕，复善丹青，书媲卫茂漪，更著诗名垂宇宙； 亦喜枇杷，最爱幽竹，饮招骑鲸客，所创笺牒誉古今。	羊村	成都重建薛涛坟征联
204	何日片帆离锦浦； 独留青冢向黄昏。	冯广宏	成都重建薛涛坟征联
205	修竹清江思子美； 春台香茗待文昌。	冯修齐	成都重建薛涛坟征联
206	万言诗草千家注； 一代风流百世名。	冯修齐	成都重建薛涛坟征联

附 录

续表

序号	联文	作者	张挂／题赠信息
207	古月朦胧，竹韵曾经迷倩影； 新天璀璨，江声依旧伴香魂。	冯全生	成都重建薛涛坟征联
208	城郭换新颜，归鹤无心逐逝影； 清明瞻古迹，校书有幸得知音。	张绍诚	成都重建薛涛坟征联
209	绝笔赋筹边，幸有诗笺传后世； 知音思护冢，更来时彦拜先生。	张绍诚	成都重建薛涛坟征联
210	古井幽篁，雅韵鸾笺，悲凉一生留遗憾； 新碑故冢，时花香草，艳羡千年说校书。	张绍诚	成都重建薛涛坟征联
211	褰裙逐马有如此； 翠羽明珰尚俨然。	钱保塘	成都浣花祠
212	新旧书不详冀国崇封，但传奋臂一呼，为夫子守城，代小郎破贼； 三四月历数成都盛事，且先邀头大会，以流觞佳节，作设帨良辰。	俞樾	成都浣花祠
213	庙貌照花溪，邻舍独容诗客驻； 成功平草贼，江山曾赖美人扶。	佚名	成都浣花祠
214	第一丛林名声扬震旦； 无双壁画精妙誉敦煌。	佚名	成都大慈寺
215	一人为大，力大愿大，有传灯猛省得来，照破旁门归大道； 兹心是慈，父慈母慈，在彼岸许多未了，踏穿苦海上慈航。	何元普	成都大慈寺
216	眼前都是有缘人，相近相亲，怎不满腔欢喜； 世上尽多难耐事，自作自受，何妨大度包容。	佚名	成都大慈寺
217	重联九十六院，共为一院； 须知百千亿身，并无二身。	黄云鹄	成都大慈寺

续表

序号	联文	作者	张挂/题赠信息
218	出入那边莫把门头走错； 往来这里须将道路认真。	含澈	成都大慈寺
219	立足镇潮音，预防沧海横流日； 以手援天下，应现金刚不坏身。	佚名	成都大慈寺
220	现将军身摧邪辅正； 行菩提道护法安僧。	佚名	成都大慈寺
221	五蕴皆空观自在； 行住觉知见如来。	佚名	成都大慈寺
222	从鹿苑转法华，三界十方都成觉海； 就鸡园修福果，四生九有各种菩提。	佚名	成都大慈寺
223	见清静身，三昧三乘，因缘广大； 入慈悲室，一花一叶，色相光明。	佚名	成都大慈寺
224	坛经传法宝，真法宝莫非性天，过来人不诵一经，本性开天空障碍； 世界放光明，大光明全在心地，自了汉要超三宝，实心踏地等机缘。	佚名	成都大慈寺
225	觉海宏开，说者法讲者经，二百年来把禅林辉锦里； 皇图永固，鸠而工启而宇，三千界里将石柱作金茎。	佚名	成都大慈寺
226	愿将以此胜功德，回向法界诸有情； 普愿沉溺诸众生，速往无量光佛刹。	佚名	成都大慈寺
227	天上天开知见、示反闻，自性是佛； 圣中圣入真境、现实相，诸法惟心。	佚名	成都大慈寺
228	无感不通须积德； 有心咸成莫辞劳。	佚名	成都大慈寺

续表

序号	联文	作者	张挂/题赠信息
229	开权显实,随机应化; 通玄达妙,离幻即真。	佚名	成都大慈寺
230	蒙皇帝敕书,九州名刹千秋仰; 传达摩禅旨,三句法门万众师。	佚名	成都大慈寺
231	龙宫海藏,五教圆收,见闻觉知获殊胜; 梵语华言,一尘剖出,行居坐卧种菩提。	悟修	成都大慈寺
232	六根皆入菩提,行亦得坐亦得,得无所得,乃为真得; 万善同归极乐,生不来灭不来,来者非来,是名如来。	顾复初	成都大慈寺
233	此地是宝掌道场,越千年法宇重光,应识前因后果; 何处觅英公遗迹,看万卷藏经罗列,无分往古来今。	佚名	成都大慈寺
234	依此修行,亦得盛果; 本离本性,即是福田。	佚名	成都大慈寺
235	大隐何妨在城市; 小山亦自有烟霞。	佚名	成都大慈寺
236	菩提顶上有一圈,精大圆觉是这个; 舍利壳中无二样,贪嗔痴爱做甚么。	何元普	成都大慈寺
237	分紫霞云,护大慈法; 如白马寺,藏罗什经。	佚名	成都大慈寺
238	佛本慈悲,饶益众生,庄严国图抒忠爱; 道无难易,必依净戒,淳洁精神归福堂。	佚名	成都爱道堂
239	睿泽深天地; 宗风越古今。	佚名	成都文殊院

续表

序号	联文	作者	张挂/题赠信息
240	陆海涌精蓝,永祝国祚万亿; 蓉城辉法界,长宣佛化三千。	际微	成都文殊院
241	大肚包罗,现前住位兜率主; 微笑圆融,当来出世弥勒尊。	佚名	成都文殊院
242	到此无二心,只知念佛; 个中证三昧,全在当人。	佚名	成都文殊院
243	长伸手接娑婆客,相随同路; 久立地等世上人,打夥偕行。	张怀泗	成都文殊院
244	晨钟暮鼓,警醒世间名利客; 经声佛号,唤回苦海迷路人。	佚名	成都文殊院
245	见了便做,做了便放下,了了有何不了; 慧生于觉,觉生于自在,生生还是无生。	方旭	成都文殊院
246	弥天劫后振宗风,周文王视民如伤,与曰慈曰悲同为法雨; 甲子上元腾瑞气,谢灵运矜他慧业,无大雄大勇终是昙花。	佚名	成都文殊院
247	山水之间有清契; 林亭以外无世情。	林则徐	成都文殊院
248	心发菩提,德被群生登净域; 手擎宝杵,护持正法住世间。	佚名	成都文殊院
249	遮那妙体显法界身,示现九十六种大人像,使阿惟越致,行住坐卧,举首低头,顿证文殊实智圆极果; 华藏庄严等太虚量,垂成八万四千随行好,令补持伽罗,见闻觉知,擎拳合爪,超出信相权乘获净因。	悟修	成都文殊院
250	悬佛日于中天,光含大地; 灿明珠于性海,彩彻十方。	破山	成都文殊院

续表

序号	联文	作者	张挂/题赠信息
251	文殊为七佛之师,虎踞龙盘,庄严国土; 信相示一乘大道,法霖甘露,利济生灵。	隆莲	成都文殊院
252	佛门五戒,普度天下众生皈正果; 空林八观,珍藏中外文物在斯楼。	佚名	成都文殊院
253	舍去王宫入雪山,日食麻麦六年行; 菩提树下睹明星,豁然开悟成正觉。	佚名	成都文殊院
254	林下刺广,谨防挂破衣裳; 石头路滑,切忌翻倒脚跟。	佚名	成都文殊院
255	一粥一饭,皆檀越信施,岂许寻常置嘴; 早堂晚堂,仰佛天培养,各位薰习留心。	佚名	成都文殊院
256	于一豪端,见宝王刹; 坐微尘里,转大法轮。	佚名	成都文殊院
257	转根本法轮,三学以毗尼为首; 趋菩提正道,无我乃般若之门。	隆莲	成都文殊院
258	树正法幢,重现南山天人供; 演权实教,继承鹫顶婆罗花。	佚名	成都文殊院
259	闻木樨香,拈花微笑; 听舍利法,与叶止啼。	佚名	成都文殊院
260	无是无非无烦恼; 有因有果有菩提。	佚名	成都文殊院
261	千手异执,千眼同观,无非幻化; 大慈与乐,大悲拔苦,总是菩提。	佚名	成都文殊院
262	慈航普度,解除人间苦海; 莲灯长明,指引天下迷津。	佚名	成都文殊院

续表

序号	联文	作者	张挂/题赠信息
263	十方来，十方去，十方共成十方事； 万人舍，万人施，万人同结万人缘。	佚名	成都文殊院
264	先后只此灯，任颠倒去来，莫忘初意； 顿渐无他说，但坚强清净，总合禅机。	佚名	成都文殊院
265	坐塌横书，升阶校射； 燃香品画，对月开尊。	佚名	成都文殊院
266	罗城碑立信相院； 和平塔照空林堂。	佚名	成都文殊院
267	石上尽佳书，千秋笔墨留禅院； 碑中多哲理，六祖精神衍佛经。	佚名	成都文殊院
268	庄严千佛层层现； 护念和平万万年。	佚名	成都文殊院
269	金刚体，童子心，三洲感应； 菩提智，解脱德，六时吉祥。	佚名	成都文殊院
270	教有万法，体性无殊，不可取法、舍法、非法、非非法； 佛本一乘，根源自别，故说下乘、中乘、上乘、上上乘。	张怀泗	成都文殊院
271	微妙法门，即心是佛； 无上觉道，主善为师。	佚名	成都文殊院
272	两手把河山大地捏扁搓圆，撒向空中，毫无色相； 一口将先天祖气咀来嚼去，吞进肚内，放大光明。	佚名	成都文殊院
273	孤迥迥，峭巍巍，坐断古今名利语； 净裸裸，赤洒洒，直超天地圣凡踪。	张怀泗	成都文殊院

续表

序号	联文	作者	张挂/题赠信息
274	是名忍辱波罗蜜； 普放无数光明云。	佚名	成都文殊院
275	静院云深，悟三乘法； 空林月澹，修一指禅。	佚名	成都文殊院
276	离四句，离分别思量，说第一法； 绝百非，绝穿凿计校，拈不二乘。	佚名	成都文殊院
277	作六如观，行众生灭度事； 离一切相，发无上菩提心。	余兴公	成都文殊院
278	妙音能除三世苦； 威震远彻九霄云。	贯一	成都文殊院
279	具寿者相； 得如来禅。	沈贤修	成都文殊院旧联
280	大德为寿相； 多情乃佛心。	梁伯言	成都文殊院旧联
281	无色声香味触法； 依般若波罗蜜多。	黄云鹄	成都文殊院旧联
282	性相自圆融，应从花影波光，彻悟真如本际； 圣凡同觉梦，好护净行愿力，超登善慧法云。	韩文畦	成都文殊院旧联
283	佛性普涵，随喜来参，俱是释家道器； 法门无量，正观行处，即为度世慈航。	韩文畦	成都文殊院旧联
284	福地卧青牛，石室烟霞万古； 洞天翔白鹤，蓬壶岁月千秋。	黎遇航	成都青羊宫
285	星躔井络垂灵曜； 卦位坤维萃列仙。	佚名	成都青羊宫

续表

序号	联文	作者	张挂／题赠信息
286	西出函关佛子拜； 东来鲁国圣人参。	佚名	成都青羊宫
287	玄通玅应传三宝； 星斗扬辉应九天。	佚名	成都青羊宫
288	合二仙一庵； 并三台千古。	佚名	成都青羊宫
289	饮中亦有八仙，莫名其妙； 天外飞来二圣，相见以神。	佚名	成都青羊宫
290	无极而太极； 不神以为神。	佚名	成都青羊宫
291	紫气东来三万里； 函关初度五千年。	佚名	成都青羊宫
292	昭觉是千年古刹，喜绀殿重光，无边春色来天地； 佛陀为三界导师，看慈云遍覆，丕振宗风自西南。	遍能	成都昭觉寺
293	本菩提愿，利他自利，同圆种智； 依正法眼，实相离相，见性成佛。	清定	成都昭觉寺
294	显密总持，教证正法，永久住世； 以戒为师，深入定慧，解脱自他。	清定	成都昭觉寺
295	安心净土，圆满三身果德； 乐念弥陀，庄严万行因华。	清定	成都昭觉寺
296	遥望亭高分八角； 仰观路直绕双溪。	佚名	成都昭觉寺
297	大大肚能容万物； 微微笑看破群生。	佚名	成都昭觉寺

续表

序号	联文	作者	张挂／题赠信息
298	觉路无边，好杖金绳频接引； 法源自在，须从宝络识庄严。	徐兆霖	成都昭觉寺
299	观察因缘，始自无明，终至老死； 愿成正觉，先趋解脱，后证菩提。	茗山	成都昭觉寺
300	地狱难空，大士何时成正觉； 众生未度，群迷经常忆菩萨。	佚名	成都昭觉寺
301	浩大功勋，手擎宝杵，降伏四魔护佛法； 聪明正直，身披铠甲，感化三界尽皈依。	佚名	成都昭觉寺
302	是前身，是后身，脉脉灵根，悉自三生识得； 无人相，无我相，空空妙谛，都从一笑拈来。	佚名	成都昭觉寺
303	五观若存金易化； 三心未了水难消。	佚名	成都昭觉寺
304	法法相传，望师大力大雄，担起如来担子； 灯灯接续，愧我无才无德，难兴马祖道场。	一诚	成都昭觉寺
305	自在自观观自在； 如来如见见如来。	佚名	成都昭觉寺
306	翠竹黄花皆佛性； 清池明月照禅心。	佚名	成都昭觉寺
307	定静慧，大路一条，还须放开眼界； 贪嗔痴，歧途三处，务要立住脚跟。	佚名	成都昭觉寺
308	险峻七层，满世间人人有分； 嶒峨数仞，普天下个个随缘。	佚名	成都昭觉寺
309	昭觉堂开应众机，草偃风行三十棒； 圆悟老来垂只手，叶落归根九百秋。	赵朴初	成都昭觉寺

续表

序号	联文	作者	张挂/题赠信息
310	空色色空空即色； 有无无有有还无。	杨甝	成都昭觉寺
311	清真根底原清，无侣伴，无杂庞，不惇惇以后世吓愚，做出善旌恶罚相； 古教源头本古，有来历，有归落，空单单为中天说法，了成生顺死安人。	佚名	成都皇城清真寺
312	睹器必追成器匠，匠能成器，器不是匠，认得有干里无干，造物迥殊受造物； 衡文定问作文才，才可作文，文非即才，参透全体中一体，拜人难充被拜人。	佚名	成都皇城清真寺
313	进寺门，脱去风尘临主宰； 出世俗，归来静地露心真。	佚名	成都皇城清真寺
314	钟声扬三千里外； 佛法传亿万国中。	佚名	成都云顶寺
315	南海波恬，圣德洋洋超苦海； 西天云静，神恩浩浩庇人天。	佚名	成都云顶寺
316	法雨诸天集； 慈云胜地新。	佚名	成都云顶寺
317	佛本慈悲，饶益众生，庄严国图抒忠爱； 道无难易，必依净戒，淳洁精神归福堂。	佚名	成都爱道堂
318	悬佛日于中天，光含大地； 灿明珠于性海，彩彻十方。	佚名	成都爱道堂
319	六根清净变苦海； 一念回光化爱河。	佚名	成都爱道堂
320	试问世间人，看几个知道饭是米煮； 请看座上佛，亦不过认得田自心来。	佚名	成都爱道堂

续表

序号	联文	作者	张挂／题赠信息
321	知恩报恩，爱国爱教； 念佛成佛，利己利人。	佚名	成都爱道堂
322	道学五明，行在格鲁，志绍铁萨，向上拈提悲愿无违； 乐于山水，名震巴蜀，德重华夏，末后一著来取自如。	佚名	成都爱道堂
323	执杖持珠，遍游大地； 渡冥救世，普利群生。	佚名	成都爱道堂
324	解脱六尘，常住莲花法界； 修持八敬，安居水月道场。	佚名	成都金沙庵
325	大肚包容，了却人间多少事； 满腔欢喜，笑开天下古今愁。	佚名	成都金沙庵
326	慈航普度，解除苦难； 莲灯长明，指引迷津。	佚名	成都金沙庵
327	法雨广荫无遮会； 慧日高悬有相天。	佚名	成都金沙庵
328	护法安僧惟一杵； 降魔伏怪静诸天。	佚名	成都金沙庵
329	客至莫嫌茶味淡； 僧家不比世情浓。	佚名	成都金沙庵
330	大慈拔苦，大悲予乐，此方他界咸皈命； 无惑不断，无德不圆，天上人间共称尊。	佚名	成都金沙庵
331	观自在身，愿众生共渡慈航，早登彼岸； 救将来劫，望我佛宏施法雨，力挽狂澜。	佚名	成都金沙庵
332	雪山苦行，悟大道同登上品； 佛法无边，度众生共出迷津。	佚名	成都金沙庵

续表

序号	联文	作者	张挂／题赠信息
333	天堂有路心先行； 地狱无门人自招。	佚名	成都金沙庵
334	主伴庄严，接引众生归净土； 愿行成就，超登上品觐慈尊。	佚名	成都金沙庵
335	琉璃光照世界； 药师恩布人间。	佚名	成都金沙庵
336	音不听能观，观我、观人、观自在； 士唯尊故大，大悲、大愿、大慈悲。	佚名	成都金沙庵
337	万里版开图，云栈星邮，往来下拜功臣像； 百蛮碑在口，渝歌賨舞，欢喜常存故老思。	佚名	成都欢喜庵
338	冠履肃丹楹，似丞相祠堂，栢郁森森承雨露； 声威通紫塞，忆将军幕府，旌扬熠熠壮风云。	佚名	成都欢喜庵
339	缠井络以界坤维，天府奥区，皇极会归雄带砺； 控荆蛮而引秦陇，岩疆重任，臣心寅畏凛冰渊。	佚名	成都得胜庵
340	山不改蜀汉色，宣乎，帝子庙宇在斯间； 花犹带荆襄春，可矣，君侯节钺镇此处。	佚名	成都关帝庙
341	北伐数中原，溯汉中王业所基，惟公绩最； 西城留墓道，与昭烈庙堂相望，有比祠高。	刘桂文	成都黄忠祠
342	将军不可无马，汗马三分，洗马以来空凡马； 先帝尝称子龙，从龙百战，卧龙而外一神龙。	何元普	成都赵云祠
343	善恶施报，莫道竟无前世事； 利名争竞，须知总有下场时。	佚名	成都城隍庙
344	梵宇重开，人间净土； 法轮常转，心上菩提。	遍能	成都铁像寺

续表

序号	联文	作者	张挂／题赠信息
345	拱北星辰兼上将； 征西部属半通侯。	佚名	成都将军署
346	扬子江中水； 蒙山顶上茶。	佚名	成都人民公园
347	捲抗战狂飙，文彩风流传教化； 伸民族正气，丹青翰墨聚群英。	佚名	成都人民公园
348	为爱清香频入座； 欣同知己细谈心。	佚名	成都人民公园
349	朝晖夕照乐三多； 爽气薰风歌五云。	佚名	成都人民公园
350	锦水繁花添丽藻； 少城风物似扬州。	佚名	成都人民公园
351	春满金河，荣争百卉； 风吹碧浪，胜览双亭。	佚名	成都人民公园
352	三径怜幽草； 四潭净俗心。	佚名	成都人民公园
353	芊草连亭通曲径； 百花照眼映长廊。	佚名	成都人民公园
354	常有名花待君赏； 岂无雅士乘月来。	佚名	成都人民公园
355	春兰秋蕙香何远； 海客都人意正浓。	佚名	成都人民公园
356	芳草有情犹驻客； 清风无意漫飞花。	佚名	成都人民公园

续表

序号	联文	作者	张挂/题赠信息
357	名园依绿水； 归雁远青天。	佚名	成都人民公园
358	品茗可清心，翰草木繁荣，菊梨百态棠薇色； 观今宜鉴古，忆江山变易，辛亥三秋己丑冬。	佚名	成都鹤鸣茶社
359	四大皆空，坐片刻不分你我； 两头是路，吃一盏各走东西。	佚名	成都鹤鸣茶社
360	倚泉枕石，逸情牵翠柳黄鹂，新巢燕燕； 拾级凭栏，思绪绕锦江春色，玉垒浮云。	佚名	成都少城茶社
361	咫尺绝尘嚣，十亩园林开胜境； 盘桓饶兴致，四时花木乐清游。	佚名	成都少城茶社
362	水行山麓香飘苑； 风拂林梢绿入楼。	佚名	成都少城茶社
363	为名忙，为利忙，忙里偷闲，饮杯酒去； 谋衣苦，谋食苦，苦中作乐，拿碗茶来。	佚名	成都街头酒馆
364	鹅湖鹿洞规条密； 虎气龙文学业新。	蒋攸铦	成都锦江书院
365	芳躅难湮西汉守； 宗风故舍马卿才。	顾汝修	成都锦江书院
366	近圣人之居，秀映环林，七十子宗风共仰； 入文翁之室，名题石柱，八百人讲席同升。	韩文绮	成都锦江书院
367	求根柢于文林，天府名材储石室； 富波澜于学海，源头活水出岷江。	姜锡嘏	成都锦江书院
368	君臣、父子、昆弟、朋友，虞廷惇此五典； 德行、言语、政事、文学，孔门列为四科。	顾汝修	成都锦江书院

续表

序号	联文	作者	张挂/题赠信息
369	溯前贤遗迹,登其堂长慕其人,敢谓弦歌继美; 俾乡土同风,教以学先兴以艺,期为械朴储材。	方觐	成都锦江书院
370	国家需桢干之才,不徒词赋夸扬马; 圣贤重道义之学,幸际昌明启魏张。	敬华南	成都锦江书院
371	萃巴蜀奇英,能诗、能赋、能文艺,须养立朝气节; 沐朴莪雅化,为孝、为忠、为贤良,难宽尔室功修。	敬华南	成都锦江书院
372	何代无材,但使培养多方,陈、李、苏、虞,应复生今日; 凡人宜学,果能琢磨有志,王、杨、张、魏,宁独步当年。	杨彦青	成都锦江书院
373	有补于天地曰功,有益于世教曰名,有精神之谓富,有廉耻之谓贵; 不涉鄙陋斯为文,不入暧昧斯为章,溯乎始谓之道,信乎己之谓德。	于培德	成都锦江书院
374	辟正路于礼门,由义居仁,自昔文章先识器; 逢作人于寿考,贡珠论玉,行看藻采发山川。	蒋攸铦	成都锦江书院
375	于缉熙单厥心,匡之、直之、辅之、翼之,德成而止; 念终始典于学,藏焉、修焉、息焉、游焉,业广维勤。	余恒泽	成都锦江书院
376	盛轨溯文高,劝学兴贤,此日轮扶大雅; 英声绍扬马,敷华启秀,他时花看长安。	曹六兴	成都锦江书院
377	艺不徒游,当循志道、据德、依仁之序; 友何以尚,必待诵诗、读书、论世之功。	奇成	成都锦江书院
378	由汉晋唐宋元明以讫于今,蚕丝西僻,棘路南通,想当年文翁居守,石室藏经,千百祀学校宏开,固知岷峨钟毓,世载其英,允矣光联井络; 溯邹鲁濂洛关闽相沿而后,鹿洞云封,鹅湖月冷,幸此地胥鼓悬堂,绛纱列帐,二三子弦歌不辍,唯参性道渊源,教惭无术,敢云远绍心传。	王来遴	成都锦江书院

续表

序号	联文	作者	张挂/题赠信息
379	做秀才砥砺廉隅，便存宰辅规模，异日释褐登朝，自可立名臣事业； 为时艺菑畬经训，不失儒先法度，从兹因文见道，方能窥圣学渊源。	聂铣敏	成都锦江书院
380	百行首彝伦，孝友无亏，须使初心如赤子； 六经崇实学，文章有价，自然平步入青云。	李彬然	成都锦江书院
381	周礼宾兴重于乡，教设司徒，必考德行道义； 蜀都文治比乎鲁，书观太史，宜明意象春秋。	王炳瀛	成都锦江书院
382	沐作人之教泽，诵读弦歌，学足三年，期无负俊民秀民之选； 景先哲于羹墙，文章政事，原本一贯，岂徒夸小雅大雅之才。	蔡毓林	成都锦江书院
383	字水汇三巴，涌地词源倾井络； 笔锋联七曲，凌云逵路入文昌。	曹六兴	成都锦江书院
384	稽古在平生，可信锦囊无俗物； 论文或不愧，试看江水有源头。	何增元	成都锦江书院
385	奎阁高标罗群材，意匠经营，楼成五凤； 棘闱光照俾多士，心花结撰，笔扫千军。	杨彦青	成都锦江书院
386	为创为因，颂教思于不朽； 以妥以侑，修祀事而维虔。	奇成	成都锦江书院
387	汶阜之山，江出其腹，帝以金昌，神以建福； 江汉炳灵，世载其曲，魏若相如，暾若君平。	李惺	成都锦江书院
388	儒宗绵竹张夫子； 道术青城范老人。	佚名	成都锦江书院
389	博我以文，约之以礼； 尊其所闻，行其所知。	顾汝修	成都锦江书院

续表

序号	联文	作者	张挂/题赠信息
390	阙里门高从恕入； 尼山顶峻自诚登。	顾汝修	成都锦江书院
391	嘉惠岷峨遗迹古； 炳灵江汉载英多。	顾汝修	成都锦江书院
392	欣看石室来多士； 幸傍宫墙近圣人。	李承熙	成都锦江书院
393	谈经人入室； 问字客停车。	聂铣敏	成都墨池书院
394	尝是昔年辛苦地； 旋知独有子云亭。	聂铣敏	成都墨池书院
395	出词精，入理必精，文因工夫而制； 始进苟，终身必苟，士以品行为先。	聂铣敏	成都墨池书院
396	看梅子熟时，个中人酸甜自别； 闻木樨香否，门外汉坐卧由他。	聂铣敏	成都墨池书院
397	岣嵝遗夔蒙，华开南岳； 芙蓉环益郡，秀启四川。	聂铣敏	成都墨池书院
398	吉祥止止； 成性存存。	聂铣敏	成都墨池书院
399	考四海而为隽； 纬群龙之所经。	王闿运	成都尊经书院
400	斯道已将亡，留此四壁图书，尚谈周孔； 后生诚可畏，何惜两行芹茆，不借渊云。	吴之英	成都存古学堂
401	尘世英雄易老； 浮生踪迹难同。	杨慎	成都状元街

续表

序号	联文	作者	张挂／题赠信息
402	乘兴上高台，看玉垒浮云，古今多变； 闲来泛溪水，接草堂遗迹，风雅长存。	缪钺	成都琴台路
403	锦水波清，云藏海客星间石； 琴台韵远，花发文君故处楼。	佚名	成都琴台路
404	归凤求凰，词华千载，卷帙犹存羽腊凌云、琴心剑胆； 当垆贾酒，仪态万方，街衢如见时花宝靥、珠翠罗裙。	佚名	成都琴台路
405	两眼瞪着天，准备今朝淋暴雨； 双手捏把汗，谨防他日化铜元。	刘师亮	成都春熙路
406	无爵自尊，不官亦贵； 异书满室，其富莫京。	严雁峰	成都贲园
407	可怜五十年读书，还是当厨子； 做得廿二省味道，也要些功夫。	黄敬临	成都姑姑筵
408	右手拿菜刀，左手拿锅铲，急急忙忙干起来，做出些鱼翅燕窝，供给你们老爷太太； 前头烧柴灶，后头烧炭炉，轰轰烈烈闹一阵，落得点残汤剩饭，养活我家大人娃娃。	黄敬临	成都姑姑筵
409	叹老夫无命做官，才租这大花园，承包酒席； 替买主下厨弄菜，好像那巧媳妇，侍奉公婆。	黄敬临	成都姑姑筵
410	提起锅铲，拿起菜刀，自命为锅边镇守使； 碗有佳肴，壶有美酒，休嫌这路隔通惠门。	黄敬临	成都姑姑筵
411	学问不如人，才华不如人，只有煎菜熬汤，才能算我真本事； 亲戚休笑我，朋友休笑我，安于捉刀弄铲，正是文人下稍头。	黄敬临	成都姑姑筵

续表

序号	联文	作者	张挂/题赠信息
412	地势据上游，遥遥控滇黔秦陇，切盼销兵，天府称雄，此邦不亚江南好； 皇华来益部，历历咨民物山川，壮怀叱驭，锦城云乐，吾辈休歌蜀道难。	程鸿诏	成都江南会馆
413	我生与永叔同乡，衡鉴无私，得士亟求如轼、辙； 此地是升庵故里，仪型不远，论文何必溯渊、云。	杨重雅	成都四川省贡院
414	粒片脔块丝，淡嫩硬烂，盘盘别； 焄煮炖烹炒，咸酸油辣，样样精。	吴稚晖	成都黄敬临故居
415	笑佳人势利偏工，不因他邑令投交，寡妇岂甘贞节改； 慨俗士贪缘太巧，须等汝酒佣终老，岳翁何苦混财分。	刘韫良	成都司马相如故居
416	十年宦比梅花冷； 一夜春风爆竹来。	伍生辉	伍生辉故居
417	对风月累千觞，与君今夕倾谈，借箸预筹天下事； 拓园林十数亩，无论明年何处，栽花先酿万家春。	樊榕	许涵度故居
418	漫说梅花三百树，不见放翁，料月白风清，也要化身千亿； 试向锦江万里桥，来寻工部，问秋光春色，可能让我几分。	樊榕	许涵度故居
419	此是荔裳百梅亭旧基，况一壑一丘，又从秦树蜀山，携来粉本； 恰与上古古莲池相似，对斯台斯榭，更觉荷花秋水，动我乡情。	樊榕	许涵度故居
420	极尽四时之所乐； 自成一家以立言。	佚名	李劼人故居

续表

序号	联文	作者	张挂/题赠信息
421	大地陆沉龙罢战； 春江水暖鸭先知。	李劼人	李劼人故居
422	历劫易翻沧海水； 浓春难谢碧桃花。	李劼人	李劼人故居
423	完神禹斧椎功，陆海无双，河渠大书秦守惠； 揽全蜀山水秀，导江第一，名园生色华阳篇。	邓锡侯	都江堰离堆公园
424	两千年好事，车同轨、书同文，天府百流同灌； 数万顷良田，水有源、禾有本，中华一大有州。	李长路	都江堰离堆公园
425	朔经画于秦时，沟渠初放，阡陌初开，贤太守始立规模，遂以启后世文、廉之绩； 兴利济于蜀郡，井野分疆，离堆凿石，都人士馨香俎豆，直可追先朝丛、望之祠。	骆秉章	都江堰离堆公园
426	誓水纪崇碑，两年来默讬慈庥，果然颂有绥丰，灾无羡溢； 穿江成沃野，三代下惠贻乐利，信属功追禹甸，绩迈泾渠。	胡均恭	都江堰离堆公园
427	万派春渠交陆海； 一江雪浪蹴岷峨。	查礼	都江堰离堆公园
428	万顷波光归稼穑； 四山云气慄蛟龙。	王昌麟	都江堰离堆公园
429	深淘滩，低作堰，懿训昭垂，为准为则； 湾截角，正抽心，仪型足式，无颇无偏。	张沅	都江堰离堆公园
430	开物凿离堆，深低诀六字相传，庙宇重新隆血食； 溉田导汶水，内外江万年乐利，桑麻依旧答神庥。	但懋辛	都江堰离堆公园

续表

序号	联文	作者	张挂/题赠信息
431	六字炳千秋,十四县民命食天,尽是此公赐予; 万流归一汇,八百里青城沃野,都从太守得来。	陈耀升	都江堰离堆公园
432	直与峨眉争秀色; 要从灌口觅源头。	佚名	都江堰离堆公园
433	玉垒峙雄关,山色平分江左右; 金川流远派,水光清绕岸西东。	刘映奎	都江堰离堆公园
434	数千寻波翻浪拥,淘尽英雄,世事易推移,问谁作砥柱中流,不放大江东去; 亿万家棋布星罗,排成图画,此邦真富庶,愧我乏治安上策,敢云吾道南来。	刘映奎	都江堰离堆公园
435	回狂澜于既倒; 奏流水以何惭。	佚名	都江堰离堆公园
436	以李太守分来席地; 惟庾子山有此小园。	佚名	都江堰离堆公园
437	峡口开通,不逊夏时疏凿; 江声莽朗,犹余秦代波涛。	佚名	都江堰离堆公园
438	花雨红飞云外树; 波光绿到水心亭。	罗伯济	都江堰离堆公园
439	千年雪岭栏边出; 万里云涛座上浮。	佚名	都江堰离堆公园
440	群岭从西来,想千载白云,长浮玉垒; 洪流引东注,留一条翠练,稳缚苍龙。	赵蕴玉	都江堰南桥
441	离堆开凿以来,溅玉飞花,流不去秦时明月; 长桥竣工而后,跨虹戢浪,直视同汉代仙槎。	刘襄遵	都江堰南桥
442	笮桥外生面别开,度马望秋,尝果高天来杜老; 金灌口精灵如见,伏龙吟水,长松春雷想苏髯。	陶亮生	都江堰南桥

续表

序号	联文	作者	张挂/题赠信息
443	浩气长存,且听味水奔腾,云中激浪疑征鼓; 雄风宛在,试看天仓呼啸,岭上摇青若义旗。	魏尚阙让泉	都江堰王小波起义陈列馆
444	聪明正直之谓神,清夜焚香,惟愿斯民敦孝弟; 雨阳寒燠以成岁,丰年报享,长期列部颂升平。	蔡鸿逵	都江堰城隍庙
445	恩波浩淼连三楚; 惠泽膏流润九垓。	佚名	都江堰伏龙观
446	恢拓禹功名父子; 创开天府古神仙。	佚名	都江堰二王庙
447	凿内江口以平秋汛,导外江水以慰春耕,盈亏系此身,二千年利溥害除,恩波永照秦时月; 深滩低堰乃安其流,截角抽心乃顺其势,典型在西蜀,十四载科金律玉,敷土同垂禹贡经。	佚名	都江堰二王庙
448	一门两禹; 六字千秋。	佚名	都江堰二王庙
449	东流不尽秦时水; 西望长陪太守祠。	佚名	都江堰二王庙
450	对面奇峰平地涌; 源头活水抱山来。	佚名	都江堰二王庙
451	生身继大禹治水神功,闵昏垫,去怀襄,淘滩作堰,与疏瀹后先辉映,千百年猛兽并驱除,天下有溺犹己溺; 主座经祝融秉火焚焕,勤补斮,涂丹膣,革故鼎新,俾人民远迩讴歌,十四县全川重坐镇,蜀道多难又何难。	陈星云 王晴午	都江堰二王庙
452	一堰水驯千世利; 二王功立万人心。	黄慎之	都江堰李冰纪念馆
453	大禹疏九河,功垂三代; 二王筑一坝,泽及千秋。	陈凯文	都江堰李冰纪念馆

续表

序号	联文	作者	张挂/题赠信息
454	乘势导流,二江永奠千秋业; 因时施治,一堰长留百代功。	王纯五	都江堰李冰纪念馆
455	农桑重水功,沙卷洪分,六字流传当作楷; 渠堰崇科学,畎胰泽沛,千秋评说不称神。	张开钦	都江堰李冰纪念馆
456	拓百世奇功,旰食宵征,先贤手脚多胼胝; 完千秋盛业,利民惠物,天府仓箱庆满盈。	李启明	都江堰李冰纪念馆
457	名区问伏龙,看双江九派,广溉膏腴,六言准则传千世; 高阁临栖凤,引四海五洲,同瞻典范,百族崇钦拜二王。	张少成	都江堰李冰纪念馆
458	万里客同游,当一览都江激浪,天府平畴,奇迹常新辉古堰; 千秋人共仰,愿重温史记河渠,华阳蜀志,丰功永铸凿离堆。	李士廉	都江堰李冰纪念馆
459	报李喜投桃,纪善事、颂善政,承大禹勋功,伟绩播千秋,馆接青云,百姓咸夸前郡守; 怀冰欣献璞,念斯人、撰斯联,绍伯阳令德,高风扬六合,堂开绿野,四川更警后贪官。	蔡彦彬	都江堰李冰纪念馆
460	此日去昭公二千余年,终古大江流,潭影波光,夜夜认秦时明月; 其地溉益州一十六县,秋风香稻熟,豚蹄盂酒,家家祝太守祠堂。	骆秉章	都江堰李冰纪念馆
461	既登福地仙宫,且放下从前俗虑; 尽有花笺名碗,试拓开到此诗情。	黄云鹄	都江堰青城山
462	天遥红日近; 地仄绛宫宽。	黄云鹄	都江堰青城山
463	煦物如春,永锡难老; 与道大适,复归于婴。	黄云鹄	都江堰青城山

续表

序号	联文	作者	张挂/题赠信息
464	累尽神仙端可致； 心虚造化欲无功。	于右任	都江堰青城山
465	云作玉峰时北起； 山如翠浪尽东倾。	陆游	都江堰青城山
466	我爱阴符三百字； 谁留清气一山幽。	佚名	都江堰青城山
467	看三十六峰，雨晴浓淡元章画； 有百零八景，行吟顾步少陵诗。	冯健吾	都江堰青城山
468	吹笛天寒，玉华更控青鸾往； 缘云路近，杜老倩除白发来。	李启明	都江堰青城山
469	溪豁奔腾，百川东去通千派； 云霞缥缈，万里西来第一山。	向昭昆	都江堰青城山
470	府以清虚，娜嬛居福地； 天然城郭，龙虎拟仙山。	彭至国	都江堰青城山
471	胜地冠两川，放眼岷峨千派绕； 大名尊五岳，惊心风雨百灵朝。	盛世瑛	都江堰青城山
472	一生二，二生三，三生万物； 地法天，天法道，道法自然。	程芝轩	都江堰青城山
473	洞天第五群仙窟； 太极含三众妙门。	颜楷	都江堰青城山
474	灵槎果有仙家事； 紫箫来问玉华君。	林思进	都江堰青城山
475	经阁如新，从知道道非常道； 山洞无恙，但视年年大有年。	黄炎培	都江堰青城山

续表

序号	联文	作者	张挂／题赠信息
476	玄重为道德所宗，太上总三清，信有丈人尊五岳； 正一授明威之篆，宝仙题九室，别传真宰领诸天。	宋育仁	都江堰青城山
477	眺高台宝室仙都，真日月分精，蹑屐快寻三岛石； 读琳崖玉霄好句，信云霞难画，扪萝欲觅五符幢。	罗元黼	都江堰青城山
478	福地证因缘，萍水相逢，谁是主人谁是客； 名山推管领，蒲团静坐，半成隐士半成仙。	杨乃文	都江堰青城山
479	扫来竹叶烹茶叶； 劈碎松根煮菜根。	郑燮	都江堰青城山
480	天逼星辰大； 城春草木深。	颜楷	都江堰青城山
481	草亭闲坐看花笑； 竹院敲诗带月归。	佚名	都江堰青城山
482	卅六峰天外飞来，宛然图画，绝顶处一横览，雪岭失其高，峨眉失其秀，剑阁失其雄，咳唾落云霄，谁谓上清还在上； 二三日洞中小住，辜负烟霞，古名士半勾留，少陵曾此游，宾圣曾此居，放翁曾此憩，栖迟尚城市，我亦山人不愧山。	贾思黴	都江堰青城山
483	惟名山能留仙住； 是真传只说家常。	佚名	都江堰青城山
484	君能玩月登虚府； 我爱流霞醉静宫。	佚名	都江堰青城山
485	一潭月影参花影； 四面山光接水光。	佚名	都江堰青城山
486	仰霞观云楼，岂让东瀛众仙岛； 瞻灵岩胜景，是真西蜀大名山。	佚名	都江堰青城山

续表

序号	联文	作者	张挂/题赠信息
487	数汉唐仙隐，犹剩石头，宁封子不还，山若有知云亦笑； 收巴蜀风烟，都归眼底，杜宇声无恙，世方多难我重来。	佚名	都江堰青城山
488	万叠云山图画里； 一楼花月笑谈中。	佚名	都江堰青城山
489	览青城三十六峰，也同神化无方，偶向娜嬛留姓氏； 历红羊百千万劫，大好河山依旧，再从云水话因缘。	佚名	都江堰青城山
490	欲求寡欲先无我； 为所当为不问他。	佚名	都江堰青城山
491	八百里青城，玉垒依然山色秀； 五千年华夏，金瓯永固帝恩深。	佚名	都江堰青城山
492	栽竹栽松，竹隐凤凰松隐鹤； 培山培水，山藏虎豹水藏龙。	佚名	都江堰青城山
493	望上清绝顶，霞飞彩凤； 观大面横陈，秀如云龙。	佚名	都江堰青城山
494	胜地拟蓬莱，毓秀钟灵，千里江山堪入画； 仙人居阆苑，深丹锦碧，数重楼阁宛凌云。	佚名	都江堰青城山
495	危梯凿险层层出； 积翠凌虚面面来。	佚名	都江堰青城山
496	绝顶望秋波，奔腾玉垒超三峡； 名山宏道德，管领青城第一峰。	佚名	都江堰青城山
497	山路原无雨； 空翠湿人衣。	佚名	都江堰青城山

附 录

续表

序号	联文	作者	张挂/题赠信息
498	泉落寒岩响； 萝依古木垂。	佚名	都江堰青城山
499	云蹬纡回，倏到危岭忽开爽； 迷离烟树，旋步绝顶拔荆榛。	佚名	都江堰青城山
500	试从平旦时观我； 直到最高处抬头。	佚名	都江堰青城山
501	鼓瑟伴灵娲，听有游鱼，扬鬐奋鬣三千里； 奏琴劳县令，曲成栖凤，指弹长歌一再行。	佚名	都江堰青城山
502	事在人为，休言万般都是命； 境由心造，退后一步自然宽。	黄齐生	都江堰青城山
503	半岭天风闻剑啸； 一春梦雨茁芝芽。	谢无量	都江堰青城山
504	随友入青城，餐碧霞，聆白雪，辄生逸志，冀遵奇缘常道观，遂矣人间，应是仙灵张乐地； 见师谈紫府，储赤水，藏玄珠，换厥凡胎，养成法相玉华楼，超然物外，何如名士读书台。	盛世英	都江堰青城山
505	银杏千年徵道性； 青城一洞试幽探。	沈钧儒	都江堰青城山
506	启草昧而兴，有四百兆儿孙，飞腾世界； 问龙蹻何道，是五千年文化，翊卫神州。	于右任	都江堰青城山
507	笔点犹新，此日磨岩增胜概； 剑痕尚在，当年劈石想仙踪。	赵瑄	都江堰青城山
508	结习已全空，只难忘石上清泉，松间明月； 名山聊小憩，幸领略锦江春色，玉垒浮云。	周盛典	都江堰青城山
509	空洞亲迎光照耀； 苍崖时有凤来仪。	徐悲鸿	都江堰青城山

续表

序号	联文	作者	张挂／题赠信息
510	上德无为，行不言之教； 大成若缺，天得一以清。	冯玉祥	都江堰青城山
511	收百八景于前，数山水林峦，万叠芙蓉环涌雾； 登卅六峰之顶，看画图烟雨，半天楼阁启凌云。	佚名	都江堰青城山
512	一楼和气看山笑； 半榻禅心印月明。	佚名	都江堰青城山
513	心清水浊； 山矮人高。	郑燮	都江堰青城山
514	何处觅长生，遐想仙踪，此地频来探胜迹； 前身惭玉局，同留佳话，一官犹许钦名山。	佚名	都江堰青城山
515	于今百草承元化； 自古名山待圣人。	于右任	都江堰青城山
516	钟敲月上，磬歇云归，非仙岛莫非仙岛； 鸟送春来，风吹花去，是人间不是人间。	高志元	都江堰青城山
517	长五岳，开九天，峰朝六六； 统三清，运万化，道妙玄玄。	高溥	都江堰青城山
518	览胜且入长坪，问小波义旗，献忠佚史，唐求隐迹，杜宇遗踪，往事动高吟，千古豪情添绝唱； 探奇须登大面，看泰安佛殿，宋明墓群，灵谷飞泉，丹岩云洞，风光宜细赏，一山幽意论平分。	李士廉	都江堰青城山
519	晓钟历历，晚磬泠泠，细参个里机关，凡处境无非梦境； 岚气重重，云峰乙乙，饱看天然图画，不学仙也是真仙。	佚名	都江堰青城山
520	小憩自然凉，何幸今生来福地； 登临勿谓苦，会当绝顶看朝阳。	佚名	都江堰青城山

续表

序号	联文	作者	张挂/题赠信息
521	溯禹迹莫岷阜以还，南接衡湘，北连秦陇，西通藏卫，东峙夔巫，葱葱郁郁，纵横八百里舆图，试蹑屐登上清绝顶，看雪岭光腾，红吞沧海，锦江春涨，绿到瀛洲，历井扪参，须臾踏蜗牛两角，争奈路隔蚕丛，何处寻神仙帑库，丈人峰真墙堵耳，回思峨眉秋月，玉垒浮云，剑门细雨，尚依稀绕襟袖间，况乃夜朝群岳，圣灯先列宿柴天，泉喷六时灵液，疑真君唾地，读书台犹存芳躅，飞赴寺安敢跳梁，且逍遥陟苍葡岗，渡芙蓉岛，都露出庐山面目，难遽追攀，楼观互玲珑，今幸青崖径达，问当初华渚姚墟，铜铸明皇应宛在； 自轩坛拜宁封而后，汉标李意，晋著范贤，唐隐薛昌，宋征张愈，烈烈轰轰，上下四千年文物，漫借甑考前代遗徽，记官临内品，墨敕亲颁，曲和甘州，霓裳同咏，鸾章翠辇，不过留鸿爪一痕，可怜林深杜宇，几番唤望帝归魂，高士传岂欺予哉，莫道赵昱斩蛟，佐卿化鹤，平仲驰骤，悉缥缈若遐荒事，兼之花蕊宫词，巾帼共谯岩竞秀，貂蝉画像，侍中与太古齐名，携孤琴御史曾游，吹长笛放翁再往，休提说王柯丹鼎，谭峭跋鞋，那堪他沫水洪波，无端淘尽，英雄多寄寓，我亦碧落暂栖，待异日龙吟虎啸，铁船贾郁定重来。	李善济	都江堰青城山
522	桂蕊飘香，美哉乐土； 湖光增色，换了人间。	郭沫若	新都桂湖
523	风月无边，北望秦川八百里； 江山如画，古称天府第一湖。	赖福连	新都桂湖
524	胜地毓英贤，一代文章，千秋功业； 平湖擅风月，半城桂树，百亩荷花。	余源煜	新都桂湖
525	夫唯大雅名千古； 所谓伊人水一方。	李海帆	新都桂湖
526	秋水荷花，伊人宛在； 春风杨柳，樽酒重开。	冯建吴	新都桂湖

续表

序号	联文	作者	张挂/题赠信息
527	明湖邀碧月； 秋水醉红莲。	李半黎	新都桂湖
528	盼不到迁客来归，白象金鸡，相思万里； 莫便伤才人命薄，红榴丹桂，各有千秋。	梁正麟	新都桂湖
529	积雨春寒思远戍； 朱花夏灿伴清吟。	黄稚荃	新都桂湖
530	宛在水中央，聚千古名士忠臣人两个； 生成香世界，看满湖春风秋月花四时。	费道纯	新都桂湖
531	六月荷花八月桂； 杨公故宅谢公祠。	梁子澄	新都桂湖
532	六诏风烟喜文化，当年添传锦字； 满湖荷桂庆馆启，今日约践刀环。	黄德彰	新都桂湖
533	桂蕊香浓，迢迢云水酬逋客； 湖波话暖，夜夜梦魂慰芳心。	张敬群	新都桂湖
534	世事历沧桑，沉霞静对思榴阁； 天涯同咫尺，锦字毋劳寄永昌。	李士廉	新都桂湖
535	接天莲叶无穷碧； 映日荷花别样红。	闵虚谷	新都桂湖
536	今人远胜古人，改造湖山千载会； 独乐何如众乐，栽培花柳大家看。	邓之遴	新都桂湖
537	波平槛影明光镜； 桂馥荷香入梦魂。	萧印唐	新都桂湖
538	缓酌饮长天，堪绿浮金身在画； 调琴飞远兴，挥红咏紫世逢春。	徐式文	新都桂湖

续表

序号	联文	作者	张挂/题赠信息
539	海外客来游，喜见槛畔荷花，亭前丹桂； 曲中人宛在，犹忆楼头风月，湖上烟波。	李士廉	新都桂湖
540	桂棹荷衣齐入赋； 湖光山色好为诗。	李今彝	新都桂湖
541	称意湖山得佳客； 赏心花鸟及芳时。	黄季刚	新都桂湖
542	十里香风留过客； 一园新桂续甘棠。	李士廉	新都桂湖
543	放眼云山皆下界； 关心禾黍每先登。	罗远猷	新都桂湖
544	红日当空，东风四起，吹拂桂花香世界； 紫霞映水，明月一轮，照耀湖泊浸楼台。	赖福连	新都桂湖
545	升庵造湖垂千古； 桂荷吐香飘八方。	魏传统	新都桂湖
546	平湖莲叶动； 老桂鸟声悠。	李铎	新都桂湖
547	呼吸湖光餐桂露； 徘徊秋月漱荷香。	刘东父	新都桂湖
548	桂溯前朝事； 苑藏举世珍。	冯修齐	新都桂湖
549	宰相状元是我辈读书本色，唯名山著作，独标巨笔千秋，斯当年蓬馆高骞，无惭簪缨世胄； 忠臣孝子乃吾儒亘古纲常，极边徼奔驰，尚余丹心一点，迄今日桂湖在望，长此俎豆馨香。	周炯颐	新都桂湖

续表

序号	联文	作者	张挂／题赠信息
550	对湖水而仰前贤，遗我清芬，六月荷花八月桂； 望滇云还伤远戍，著书边徼，一重阁楼万重山。	钟树梁	新都桂湖
551	桂树荷花，香馥人间世； 文章风节，光辉宇宙中。	周重能	新都桂湖
552	老桂离披，六诏荒烟怆往事； 平湖潋滟，一泓秋水想伊人。	毛文渊	新都桂湖
553	老桂影婆娑，记集中诗句清新，在昔烟波曾送客； 平湖光潋滟，看岸上楼台点缀，至今风月尚含情。	佚名	新都桂湖
554	烟波送客，风月含情，沧桑变，屡易规模，故址遗基，尚存太史千秋迹； 桂树留人，荷花招我，鞍马闲，流连光景，先忧后乐，惭愧希文一片心。	陈泽	新都桂湖
555	率数十人伏哭阙廷，万里穷荒，壮岁婴鳞终老去； 粤三百载重开胜地，满湖风月，吟魂化鹤应归来。	刘韵珂	新都桂湖
556	凤阙笃忠贞，砥节砺名，报国文章传后世； 龙门殿暮景，居今稽古，何年人物似先生。	吴鸿恩	新都桂湖
557	手持一疏撼天门，大义所关，是孝子忠臣迫不得已之事； 豪吟千载留风月，先生何处，怅蛮烟绝徼犹有未传之书。	李有恒	新都桂湖
558	故里望归魂，岂知仙客回翔，两地云山皆若寄； 羁臣犹血食，谁念敬皇父子，二陵风雨不胜寒。	刘景伯	新都桂湖

续表

序号	联文	作者	张挂／题赠信息
559	五百年名臣挺生，望隆巴蜀，秀毓岷峨，那堪遭际多艰，谪降到遐荒，白象金鸡，肠断相思怜伉俪； 数千里他乡客死，空富简编，仅归骸骨，且幸风流未泯，凭依犹得所，红莲丹桂，神游故国存馨香。	梁伯言	新都桂湖
560	人来桂蕊香飘里； 祠在荷花水影中。	冯灌父	新都桂湖
561	香城原蜀国故都，胜迹留芳，数千里外招游客； 宝地有升庵祠馆，名园增色，五百年来寿成仙。	谢楷庭	新都桂湖
562	投边益显宏文，全蜀才华推第一。 佐父同争大礼，有明忠谠叹无双。	黄云鹄	新都桂湖
563	名节廷诤大礼疏； 风流人说永昌年。	向楚	新都桂湖
564	桂坔荷塘，毓秀分香，足与西湖称胜侣； 词坛艺苑，扬葩振藻，谁从南诏访遘臣。	杜明通	新都桂湖
565	舟藏荷海晴光好， 曲咏桂湖明月多。	佚名	新都桂湖
566	祠宇焕城闉，介濯锦浣花之间，风月满湖著清白； 姓名光简册，继谪仙坡老而起，文章一样见精神。	毛书贤	新都桂湖
567	戍永昌卫，别新都乡，无计赋归来，久道自成滇海化； 因故宅基，建纪念馆，等身留著述，景贤共仰桂湖名。	佚名	新都桂湖
568	滇海南流，毕生战斗； 邛崃西望，异代文章。	马公愚	新都桂湖

续表

序号	联文	作者	张挂/题赠信息
569	被杖谪滇南，荷桂至今香更远； 著书遗蜀北，丹铅终古仰弥高。	黄德彰	新都桂湖
570	桂花香笔墨； 湖水影碑林。	张爱萍	新都桂湖
571	汉阙梁碑，自古香城留翰墨； 南宗北派，于今天府焕文章。	万自律	新都桂湖
572	五千里秦树蜀山，我原过客； 一万顷荷花秋水，中有诗人。	曾国藩	新都桂湖
573	二亩半在邑，二亩半在田，莫管是邑是田，海阔天空，一花一世界； 众香国里来，众香国里去，何如不来不去，神行官止，千树千菩提。	陈桐阶	新都桂湖
574	城隅小寄灵踪，要自有精卓不磨，乃共岷流峨峙； 军暇偶来游目，愿今后樵苏毋禁，长矜柳垄商闾。	邓锡侯	新都桂湖
575	湖上此清游，难忘夏日荷、秋日桂； 楼中谁寄兴，应许今日蒋、昔时杨。	蒋恬公	新都桂湖
576	荷花香罢桂摇秋，好风月，尽勾留，酒不招李翰林，诗不和杜工部，睹一龛肖像，我激起谏诤精诚，蛮烟瘴雨砺贞操，况贬潮韩愈，转成化蜀文翁，系忠义于平湖，数百载仰言表行坊，何须问浩浩洞庭，沉沉西子； 衣带缓时人欲倦，臭皮囊，勤摆脱，官莫寻谢知县，将莫遇马威侯，叹满地疮痍，谁有个疴瘵怀抱，落日浮云装幻境，恐哭汉贾生，犹似投江屈老，拜宝光而绕塔，十三层皆禅门觉路，再休管年年芳草，夜夜啼鹃。	游俊	新都桂湖

续表

序号	联文	作者	张挂/题赠信息
577	冠西蜀风光，四十顷澄湖在望； 播南垂教化，五百年文献犹存。	楚图南	新都桂湖
578	胜地仰高贤，五百年来，试问骚坛几诗客； 英风昭烈士，数千里外，长存天地一忠魂。	杨超	新都桂湖
579	盛世重稽文，稚子阙、升庵祠，史传遗泽同沾溉； 名湖新拓地，桂延香、莲泛艳，人并流云信往还。	赵蕴玉	新都桂湖
580	春草池塘，一棹烟波思洱海； 绿杨城郭，二分明月似扬州。	万自律	新都桂湖
581	诗裁黄叶惊耆宿； 文著丹铅启后生。	陈凯文	新都杨慎故居
582	诤谏犯颜，两回廷杖伤忠骨； 谪迁饮恨，万里风尘老逐臣。	佚名	新都杨慎故居
583	难描胜地风光，满城霞彩满城画； 偏爱荷花世界，万朵奇葩万朵香。	余培发	新都杨慎故居
584	状元第宅，文翰人家，园中郁郁千章，来者频传折桂； 水木清华，芬芳世界，湖上田田一色，佳宾共说爱莲。	文伯伦	新都杨慎故居
585	碧叶仰高天，出淖淖污泥，沐夕露朝晖，嫩碧铺开皆锦绣； 红颜何薄命，本亭亭净质，任风吹雨打，娇红褪去满珠玑。	高山	新都杨慎故居
586	胜景览名园，云影波光，不让杭州西子； 襟怀抒远抱，地杰人灵，犹夸滇海文翁。	李士廉	新都问津楼

续表

序号	联文	作者	张挂/题赠信息
587	已托心弦拴明月； 可期银汉挽流星。	余安中	新都坠月楼
588	一水抱城西，烟霭有无，拄杖僧归苍茫外； 群峰朝阁下，雨晴浓淡，倚栏人在画图中。	杨慎	新都挹锦楼
589	文章迥出珊瑚树； 笔力远追王孟端。	刘东父	新都升庵祠
590	此地当天府膏腴，门锁益州，路通秦塞，山耸繁阳，水来湔氐，有汉阙梁碑，唐寺明湖，清磬入城闉，馨风香世界，胜迹重辉，且驻我车行游屐； 斯人乃蜀中威凤，功高司马，才继子云，诗追太白，文媲东坡，为诤臣哭客，宗师雅士，令名垂竹帛，遗范著乡邦，故园增色，还赞他古桂新花。	冯修齐	新都丽园
591	风景旧曾谙，山标石镜，地涌螺泉，祠崇明相，墓显蜀王，文献在兹扬域外； 时光今更好，田泛金波，楼辉绣水，躔接丽园，情连天府，声名从此遍寰中。	冯修齐	新都丽园
592	拓成佳丽名园，水曲廊回饶逸兴； 此是升庵故里，灵人杰启文明。	万自律	新都丽园
593	丽园居胜境，追思杨府先贤，业绩文章传后代； 乐土接香城，喜看马家黎庶，蓝图新绘在今朝。	周雪樵	新都丽园
594	松乔苞茂仰先哲； 桑梓繁荣期后见。	张绍诚	新都丽园
595	双亭临绣水； 遗脉隐乌沱。	杨崇逸	新都丽园
596	古镇丽园新入画； 升庵彩笔又题诗。	冯全生	新都丽园

续表

序号	联文	作者	张挂/题赠信息
597	两亩陲边地，能工集慧，安排着高殿秀亭，曲池回槛，应时甘雨和风，装点江山如画里； 一湾野水崖，巧匠营媒，布置些奇花异草，珍木名藤，无限清氛淑气，温馨乡土占春多。	王礼成	新都丽园
598	毗水西来，鱼跃鸢飞蝉唱； 龙门南望，锦铺霞染烟浮。	冯修齐	新都泥巴沱
599	万亩幽篁，江沱古貌； 一湾活水，陆海新波。	冯广宏	新都泥巴沱
600	景物最宜人，再游更觉园林好； 欢娱当尽兴，三顾深知鱼水情。	张绍诚	新都泥巴沱
601	翠竹深深承雨露； 绿波滚滚汇江沱。	攸文	新都泥巴沱
602	修竹含烟连曲径； 彩霞映水挹青山。	攸文	新都泥巴沱
603	听穷天籁无他语； 流尽年光是此声。	冯广宏	新都泥巴沱
604	红尘以外恐无路； 绿阵中间别有天。	辛味	新都泥巴沱
605	古镜照神，水深鱼极乐； 杂花生树，春入鸟能言。	张绍诚	新都泥巴沱
606	息影休闲，临篁最雅； 归真反璞，构木为楼。	理玄子	新都泥巴沱
607	但看人世几回钓； 且许生涯半日闲。	辛味	新都泥巴沱
608	亦可登楼求野趣； 不妨载酒驻沱津。	冯广宏	新都泥巴沱

续表

序号	联文	作者	张挂／题赠信息
609	天萃人文，有张陵传道，赵抃鸣琴，杨慎读经，铭章报国； 地多野趣，任榛莽探幽，茅扉问俗，扁舟垂钓，篝火尝鲜。	冯修齐	新都白鹤岛
610	沱水已降龙，碧波绕岸，繁花簇锦三生乐； 高林犹驻鹤，白羽凌空，胜境陶情一日闲。	冯修齐	新都白鹤岛
611	景美莫忘家，纵喜梅妻鹤子，足兴舒心当一别； 时闲尤念此，且离闹事嚣尘，轻车熟道由重来。	冯修齐	新都白鹤岛
612	林间清净长栖鹤； 岛上悠闲不慕仙。	攸文	新都白鹤岛
613	鹤唳九天来复往； 冢经千载废而兴。	佚名	新都白鹤岛
614	清磬悠扬，祖德宗功连海宇； 香烟缭绕，龙吟龙啸振家邦。	冯修齐	新都斑竹园
615	造物兴邦，恩隆百族； 报功崇德，堂祀千秋。	马萧萧	新都斑竹园
616	有玉宇琼楼，休说黄泉无逆旅； 作忠臣孝子，好凭青史颂流芳。	张绍诚	新都斑竹园
617	天地重亲情，百家德泽流千载； 中华扬孝道，万瓣心香萃一楼。	冯修齐	新都斑竹园
618	上游即是龙桥，看春水桃花，红涨奔流三邑界； 下汇应无骇浪，听秋风芦叶，碧帆飞渡二江沱。	韩玠	新都斑竹园
619	柱刊贞珉，招提翠耸； 梁雕文梓，兰若丹流。	佚名	新都斑竹园
620	蕴天一地二之真，神灵永佑； 裕国阜民安之计，栋宇维新。	佚名	新都斑竹园

续表

序号	联文	作者	张挂/题赠信息
621	愿椒衍瓜绵，多生贵子； 祝恩宏德布，永保宜男。	佚名	新都斑竹园
622	试看桷刻楣丹，重新庙貌； 唯愿嵩生岳降，多得伟人。	佚名	新都斑竹园
623	全仗栽培，须识保婴凭厚德； 是谁主宰，莫矜种子有奇方。	佚名	新都斑竹园
624	菩萨浮绿水而来，想保赤垂慈，遍歌麟趾； 香火推白云荐盛，喜捐金创殿，顿起翚飞。	佚名	新都斑竹园
625	天府名区，乡风淳美； 艾芜故里，文运悠长。	冯修齐	新都艾芜园
626	丹心碧血，标炳千秋懿范； 古镇清流，哺育一代文宗。	冯修齐	新都艾芜园
627	入此门费力费心费财，纵胜人，终累己； 居是官曰清曰慎曰勤，易作孽，难欺天。	佚名	新都县衙
628	只须素履无惭，稳步临斯皆坦道； 但质苍穹有愧，横行到处尽愁城。	佚名	新都城隍庙
629	西来浪卷青城雪； 南拱山环赤岸霞。	佚名	新都川主庙
630	锦里膏融千亩润； 绣川带绕万家春。	佚名	新都川主庙
631	锦江浪白翻歌调； 桂水花红拂舞衣。	佚名	新都川主庙
632	百尺起歌楼，望凤岭云飞，犀溪雪卷； 一台张戏彩，讶都江蛟舞，灌口龙吟。	佚名	新都川主庙

续表

序号	联文	作者	张挂／题赠信息
633	好景忆桃源，即此是五云深处； 异乡皆萍水，还应起两地相思。	佚名	新都黄州馆
634	始自陶唐开世胄； 继从石壁振源流。	佚名	新都庄家祠堂
635	三弓拓地成新囿； 一径花香入翠微。	佚名	新都墨耕堂
636	雁字鱼书归故土； 车尘马迹遍天涯。	佚名	新都猫市巷
637	馆立桂湖滨，满壁沧桑留画谱； 书从瓯子读，一帘风月诵秋声。	佚名	新都图书馆
638	职责所归，执其中，名其道； 业精于勤，治于学，寓于人。	赖炽臣	新都职中
639	壁室耀光辉，看鲁殿巍然，帝宇偏成学校； 儒林垂楷范，问文昌何在，我来继起弦歌。	李华章	新都职中
640	君来长校一年，看四座英才，卷轴积成师太白； 我曾授书几载，告全堂同志，仪型不远学升庵。	魏用礼	新都职中
641	执干戈以卫家邦，将士不还，拼取忠忱垂宇宙； 闻鼙鼓而思将帅，国殇同哭，忍标遗像肃清高。	蒋中正	新都王铭章墓
642	云暗鲁天，魂归蜀道； 忠昭党国，绩著旗常。	林森	新都王铭章墓
643	铭事功以慰英灵，中外共仰； 章盛德而兴庠序，学育兼施。	赖炽臣	新都王铭章墓
644	秉烛非避嫌，此夜心中常在汉； 华容岂仗义，当时眼底已无曹。	佚名	新都关帝庙

续表

序号	联文	作者	张挂/题赠信息
645	一椽风雨护残石； 两汉循吏怀此贤。	佚名	新都王稚子墓
646	在昔读碑钦汉吏； 于今怀友忆燕云。	含澈	新都王稚子墓
647	拓地起崇兰，为怜石阙汉书，半被风飘雨剥； 停车怀古迹，凭眺郫原绿水，长流柏翠波环。	魏鸿通	新都王稚子墓
648	福田广种； 寿城同登。	佚名	新都宝光寺
649	出入在斯，务要了明性法； 圣凡所到，须当问过心来。	佚名	新都宝光寺
650	开口便笑，笑古笑今，凡事付之一笑； 大肚能容，容天容地，于人无所不容。	潭浚之	新都宝光寺
651	莲开净城，尊胜宝幢呈瑞彩； 月照禅天，无垢佛塔放光明。	何鼎元	新都宝光寺
652	各得憍陈迦叶，瞿昙增上生，如来种法尔等流，调伏有情无别异理； 悉说清净律仪，禅定解脱道，不坏身巍然离垢，灭除结使为世间尊。	刘朋渔	新都宝光寺
653	见几而作，作者七人，志同道同，大家息心静养； 相与为善，善哉一体，先圣后圣，各自努力前行。	佚名	新都宝光寺
654	百法演三乘，最上乘合法同虚，教外别传元决了； 一花开五叶，问迦叶拈花微笑，西来大意竟如何。	伍肇龄	新都宝光寺

续表

序号	联文	作者	张挂／题赠信息
655	放大光明，敢向无生说妙谛； 得真解脱，须从华藏认如来。	张见田	新都宝光寺
656	贝叶看浓，三藏括三乘之秘； 金绳影直，一楼与一塔齐高。	李惺	新都宝光寺
657	楼树入烟宵，壁画龙蛇空即色； 文字摘墨汉，藏分南北异而同。	佚名	新都宝光寺
658	惊醒世间名利客； 唤回苦海梦迷人。	贯一	新都宝光寺
659	初进戒堂，折旋俯仰，一身粗浮气； 继登坛墠，动转施为，四体苾刍香。	法树	新都宝光寺
660	宰渚拥莲花，是三百年开山灵骨； 菩提生桂子，显无尽藏度世法身。	孔庆余	新都宝光寺
661	双桂契圆通，熏金粟妙香，拈花微笑； 平湖罗海印，漫紫霞佳色，万派朝宗。	隆莲	新都宝光寺
662	来际佛生时，看花雨缤纷，此日谈经升法座； 欣联方外友，羡蒲团清净，何年留带镇山门。	刘丹五	新都宝光寺
663	地裂龙潭，漫出大千世界； 天垂宝塔，撑持不二法门。	潘世恩	新都宝光寺
664	夜听水流庭后竹； 昼看云起面前山。	释乘三	新都宝光寺
665	同人有怀或集此； 一日无事长欣然。	何绍基	新都宝光寺
666	念念弥陀佛，佛教观佛观自佛； 心心极乐天，天命酬天酬性天。	谭云谷	新都宝光寺

附 录

续表

序号	联文	作者	张挂/题赠信息
667	龙藏远承恩，经传觉院； 鸡园常说法，派衍宗门。	佚名	新都宝光寺
668	装成如许威严，不数木叉惠岸； 参透个中秘密，依然拾得寒山。	戴时利	新都宝光寺
669	凡事尽其当然，总期各了各心，方无挂碍； 有生根乎自在，只是我行我法，不蹈虚锋。	何元普	新都宝光寺
670	退一步看利所名场，奔走出多少魑魅； 在这里听晨钟暮鼓，打破了无限机关。	祝允明	新都宝光寺
671	着先着后来参禅，禅无着象幻象，究非上一着； 门内门外共说法，法有门径捷径，须归不二门。	何元普	新都宝光寺
672	寺镇牟尼青色宝； 山飞舍利紫霞光。	太虚	新都宝光寺
673	如来七佛，百千万劫超苦海； 接引群生，二十四层拜诸天。	梅元珗	新都宝光寺
674	浩大功勋，护法安僧同守戒； 聪明正直，受持结愿本无私。	大梅和尚	新都宝光寺
675	世外人法无定法，然后知非法法也； 天下事了犹未了，何妨以不了了之。	何元普	新都宝光寺
676	现身净饭国中，九有四生，同尊慈父； 说法灵山会上，十方三界，共仰能仁。	含澈	新都宝光寺
677	六十二种因缘，萃来绀宇，喜龙持贝叶，象负莲花，妙境超给孤独园以上； 八万千年法界，数到兜罗，看座拥雁王，经翻鹿女，真形悟常寂光国之中。	佚名	新都宝光寺

续表

序号	联文	作者	张挂/题赠信息
678	竟能与羲卦麟经,并垂宇宙; 应不让元亨石室,高峙岷峨。	刘景伯	新都宝光寺
679	挑起一担,通身白汗阿谁识; 放下两头,遍体清凉只自知。	张怀泗	新都宝光寺
680	翻来覆去,钵吃千家,如不了道明心,踏破草鞋非谛当; 朝南走北,身游万里,果能悬崖撒手,行参云水突悄然。	贯一	新都宝光寺
681	试问世间人,有几个知道饭是米煮; 请看座上佛,亦不过认得田自心来。	张凤篪	新都宝光寺
682	毗尼宫殿如炉冶,销熔顽金铸良器; 般若禅坛配化工,转变钝智为上贤。	骆文溥	新都宝光寺
683	若不明心,坐禅徒增业苦; 如能护念,骂佛犹益真修。	佚名	新都宝光寺
684	面壁指心传,万代禅宗由祖证; 影堂遗像在,千秋佛法见根源。	贯一	新都宝光寺
685	笑祖法云明,东土西天相传得鼻; 国师封悟觉,南能北秀奉祀馨香。	贯一	新都宝光寺
686	狮窟常出狮儿,吼天吼地; 紫山接来紫气,亘古亘今。	潘世恩	新都宝光寺
687	退隐得清修,念几声佛,极乐净土中事; 逃禅随入定,明一片心,法门宗教上人。	贯一	新都宝光寺
688	人天路上,作福为先; 生死海中,念佛第一。	佚名	新都宝光寺
689	极乐慈尊,垂法手接引众生,同饭极乐; 娑婆教主,广长舌开示群蒙,早出娑婆。	谭云谷	新都宝光寺

续表

序号	联文	作者	张挂/题赠信息
690	觉路满大千,众生共赴超尘界; 法门唯不二,奕世同游选佛场。	佚名	新都宝光寺
691	即此是天台,像显阿罗五百; 俨然真佛国,堂开法界三千。	佚名	新都宝光寺
692	自知性僻难偕俗; 且喜身闲不属人。	何绍基	新都宝光寺
693	进这步通身是佛; 伸着臂只手擎天。	佚名	新都宝光寺
694	世间众生,有几个摸着鼻孔; 法界诸佛,尽都是立定脚跟。	佚名	新都宝光寺
695	宝胜号如来,灭尽根尘,始得法身至宝; 光音成法界,全消因果,试看性海流光。	伍肇龄	新都宝光寺
696	三四尊真佛,静观世变; 十二位法躯,闲看人忙。	佚名	新都宝光寺
697	一念回光,化爱河而成净土; 六根返本,变苦海以作莲池。	佚名	新都宝光寺
698	每闻善事心先喜; 得见奇书手自抄。	祝允明	新都宝光寺
699	闻木犀香,何隐乎尔; 知菜根味,无求于人。	佚名	新都宝光寺
700	你眉头着什么焦,但能守分安贫,便收得和气一团,常向众人开笑口; 我肚皮这般样大,总不愁穿虑吃,只讲个包罗万物,自然百事放宽心。	钟祖芬	新都宝光寺
701	大启文明,藉资观感; 拓张胜迹,敬仰前贤。	陈洪赞	新繁东湖

续表

序号	联文	作者	张挂/题赠信息
702	抚唐宋遗踪，睹兹古柏干霄，新荷复沼，想当日，贤邑宰流风善政，乡先生余韵芳徽，迄今千载而遥，对曲水环山，犹足另凭眺讴吟，低回慨慕； 拓池塘胜迹，每遇疏梅冒雪，修竹䈽烟，趁佳辰，小奚僮酌酒烹茶，都人士命俦啸侣，后此百世之下，愿增华踵事，长留得太平景物，美丽园亭。	高瀛	新繁东湖
703	便得游林樾； 先求历斗牛。	李应观	新繁东湖
704	此地有湖山之美； 其人皆贤哲者流。	蔡廷泽	新繁东湖
705	柯如青铜根如石； 花为四壁船为家。	顾复初	新繁东湖
706	曳杖闲行，树影空随明月去； 正襟危坐，荷香时有好风来。	蔡廷泽	新繁东湖
707	眼界不妨高，遍视瀛寰，常把胸中罗五岳； 家山何处是，云横秦岭，难从目下望长安。	佚名	新繁东湖
708	阁拥平湖莲呈瑞； 桥横曲水竹通幽。	甘焘	新繁东湖
709	莲蒂拥双花，槛外惯开多士瑞； 湖光涵万象，阁中长觉好风清。	张文珍	新繁东湖
710	荷净纳凉时，雪藕调冰人几个； 林深留客处，呼朋结伴我常来。	蔡廷泽	新繁东湖
711	有这样湖山比邻官舍，五花判华，作此间半日主人，试看他丛竹团烟，残荷战雨； 最可怜身世隐抱杞忧，百感中来，忍不住一腔积愤，只落得倚栏长啸，对酒当歌。	吴良桐	新繁东湖

续表

序号	联文	作者	张挂/题赠信息
712	疏条见人影； 曲篱闻鸟声。	吴良桐	新繁东湖
713	饱览湖山之胜概； 应知稼穑之维艰。	周鹏嵩	新繁东湖
714	锦绣万花谷； 乾坤一草亭。	洪绍庆	新繁东湖
715	千古乡风繁县好； 万花湖水相公游。	赵熙	新繁东湖
716	万里萍踪，采西蜀文风之盛； 一官匏系，载东湖明月而归。	胡彝尊	新繁东湖
717	遗爱在人心，胜地湖光犹似昔； 天涯留宦迹，敬亭山色倍关情。	洪祖年	新繁东湖
718	功业感筹边，更思文苑儒林，有叔本、公仪，同留胜迹； 穷愁何足志，只合登仙成佛，继桃椎、法进，共写灵襟。	吴虞	新繁东湖
719	盼乔木想遗徽，俨如丞相祠前，有森然古柏两株，参天耸翠； 镇危疆留胜迹，问彼僧孺殁后，那得此澄波半顷，旷世留芳。	贺维翰	新繁东湖
720	好骧马不入行，论三唐勋业文章，端合数会昌一品； 宿凤鸾终有树，看百尺霜柯雪干，更休忆草木平泉。	林思进	新繁东湖
721	慕严郑公、韦忠武，节度边陲，留此半亩方塘，湖山装点，三株古柏，树木垂荫，客至动遐思，何须寻召伯甘棠，真卿泛宅； 学杜工部、陆参军，从游幕府，看它一泓渌水，土物宜人，万顷繁田，桑麻遍野，我来聊小憩，几错认文翁石室，丞相祠堂。	柳绍庄	新繁东湖

续表

序号	联文	作者	张挂/题赠信息
722	落叶掩长陌； 平畴交远风。	郑方城	新繁东湖
723	犹有国人怀旧德； 曾于青史见遗文。	郑方城	新繁东湖
724	何物荐馨香，西蜀繁田，东湖清水； 前贤有遗爱，唐封翠柏，宋咏红莲。	程祥栋	新繁东湖
725	举目看风月湖山，有千年老柏，一片荷花，万顷繁田，招隐话前游，抚曲榭歆台，又换沧桑几度； 屈指数宋唐人物，是名相赞皇，荆舒旧德，龙图邦彦，幽情发古思，并乡闻宦辙，不同吴郡三高。	林思进	新繁东湖
726	三间祠屋齐工部； 一代风骚拜阮亭。	潘光藻	新繁东湖
727	半亩空留悬磬室； 一生中有苦心诗。	程祖润	新繁东湖
728	此地向多风雅士； 先生犹是老成人。	朱有章	新繁东湖
729	举高定义旗，敢以孤军百战； 诵大江佳句，果然十字千秋。	杨世佐	新繁东湖
730	浇墓野田村，文字因缘应识我； 沉舟锦江水，艰难时势每思君。	程祥栋	新繁东湖
731	问十字千秋，父子孙曾几诗客； 羡一门四世，文章忠孝六乡贤。	陈宝章	新繁东湖

续表

序号	联文	作者	张挂／题赠信息
732	八百亩唐建园林，景物依稀，尤想见古柏新栽，平泉再造； 二千年史尊实录，流风不沬，究何止数朝名宦，大墓双忠。	周虚白	新繁东湖
733	对景忆何年，舍近湖山，趁月夕花晨，竹马迷藏，一瞑如招，童心瞥目邻儿影； 礼祠章宿德，龛熏俎豆，仰高贤雅范，弘文巨制，长怀不尽，木粪水回游子情。	周虚白	新繁东湖
734	春梦绕繁田，十世两朝，尚有高僧识先垄； 仪行征列传，一家四集，长留文献在乡邦。	林思进	新繁东湖
735	际两朝兵燹频年，全忠全孝全节义，更精研性理，批著文章，四世毓英才，莫徒羡坡老弟兄，升庵父子； 借一角湖山胜地，有楼有阁有亭台，又特建祠堂，躬亲俎豆，三贤堪配享，好分荫参天翠柏，覆沼红莲。	韩石君	新繁东湖
736	古殿明成化； 高僧晋道林。	马彦	新繁龙藏寺
737	溪涧双流水； 山门九里松。	王懿荣	新繁龙藏寺
738	八功德池沿觉路； 六恒沙佛聚虚空。	王德铭	新繁龙藏寺
739	静摄清心知我拙； 闲揩冷眼觉人忙。	含澈	新繁龙藏寺
740	立不二法门，只履西来，传衣南去； 住大千香界，岷山北峙，沱水东流。	顾复初	新繁龙藏寺
741	福利溥双江，祖德至今留水利； 恩光承九陛，王言亘古镇山门。	黄云鹄	新繁龙藏寺

续表

序号	联文	作者	张挂／题赠信息
742	寺院分二门，那山门何异这山门，门外有虎皆贴伏； 琴诗合一钵，小衣钵终归大衣钵，钵底无龙不皈依。	何元普	新繁龙藏寺
743	出入那边，莫把门头走错； 往来这里，须将道路认真。	云坞	新繁龙藏寺
744	慧业开西方，唯生就肉身菩萨，乃肯忍心真富贵； 定根植东土，非是个血性汉子，不能下手苦功夫。	何元普	新繁龙藏寺
745	笑而不言，十分欢喜； 坐即是卧，一味安闲。	李惺	新繁龙藏寺
746	菜蔬尚不敢忘，况仁人慧心，扶持三宝； 功德必当有报，竭衲子愚意，俎豆千秋。	含澈	新繁龙藏寺
747	扩万理大度包容，思量衣冠逐队，傀儡登场，闲名利狠狠争来，慧眼阅红尘，说甚么将相公侯，只完得英光浩气，若着些微贪心、嗔心、痴爱心，打入轮回，总笑他拖泥带水； 盘双膝坦然趺坐，看透富贵浮云，繁华春梦，善根基牢牢保护，前头多黑路，猛想起圣贤仙佛，无非是孝子忠臣，倘犯释门杀戒、盗戒、邪淫戒，自加缠缚，怎及俺喜地欢天。	李雍	新繁龙藏寺
748	现将军身，向世界内摧邪辅正； 行菩萨道，于丛林中护法安僧。	云坞	新繁龙藏寺
749	真解脱一丝不挂； 大庄严万法皆空。	黄云鹄	新繁龙藏寺
750	雁王鹅王狮子王，仗兹宝筏金绳，渡迷开觉； 我相寿相众生相，解得菩提明镜，入圣超凡。	李雍	新繁龙藏寺

续表

序号	联文	作者	张挂/题赠信息
751	老病死一脚踢翻,历尽魔劫重重,身外有生皆寂灭; 去来今两头看破,全凭本念了了,眼前无幻不归真。	何元普	新繁龙藏寺
752	不二法门,秘通华藏; 大千世界,高逼诸天。	含澈	新繁龙藏寺
753	尘宇苦茫茫须菩提,于意云何,仗宝筏渡迷,金绳开觉; 天风吹浩浩善男子,我闻如是,喜慧镜无垢,慈灯照微。	李雍	新繁龙藏寺
754	阿耨演心经,赞行间舍利,字里牟尼,翻成贝叶莲花,三藏语言留佛果; 如来居首座,羡香霭旃檀,宝垂璎珞,幻出琼梯绀树,诸天楼阁拥慈云。	吕子丹	新繁龙藏寺
755	会得本来人,虽然放下担子; 参透孃生面,也要站稳脚跟。	云坞	新繁龙藏寺
756	三要三玄,律宗禅宗两重; 一拳一指,真谛俗谛双融。	含澈	新繁龙藏寺
757	将大地作红炉,锻炼世界铜头铁额汉; 拈须弥为拄杖,掂翻天下虎爪象牙僧。	云坞	新繁龙藏寺
758	杨柳露浓,六味长调禅悦; 酥酡香满,四时共养天和。	含澈	新繁龙藏寺
759	煮赵州茶,煎云门饼; 春南能米,拾宝寿姜。	星浦	新繁龙藏寺
760	戒律清严,灵山派远; 莲花拥护,净土香融。	含澈	新繁龙藏寺
761	法说鸡园,蒲团拄杖千秋并著; 经谈龙藏,衣钵琴声万古长存。	涂中辙	新繁龙藏寺

续表

序号	联文	作者	张挂/题赠信息
762	十笏间下榻款高人,烹茶活火还烧笋; 半窗外忘年娱老衲,洗砚余波又灌花。	涂中辙	新繁龙藏寺
763	花霏罗什翻经席; 香散生公说法堂。	潘伯寅	新繁龙藏寺
764	是琴友、诗僧、字史; 有佛心、仙骨、儒风。	刘琯臣	新繁龙藏寺
765	朗照玉毫光,四座檀云般若果; 圆成金粟影,一帘花雨木樨香。	强萼	新繁龙藏寺
766	莲钵传丹,长栖碧洞; 蕉书仿素,重见绿天。	刘琯臣	新繁龙藏寺
767	佛宇庄严,云拥楼台开敞朗; 禅林幽静,雨余钟鼓更清新。	谭西园	新繁龙藏寺
768	佛以云烟为供奉; 天教泉石尽皈依。	李惺	新繁龙藏寺
769	山为性体渊为量; 鹤在云霄冰在壶。	曾枢元	新繁龙藏寺
770	乃不有诗赋于此; 而登斯楼何以归。	含澈	新繁龙藏寺
771	月映千竿竹; 江流不二亭。	唐彝铭	新繁龙藏寺
772	树自老苍花自韵; 竹能疏瘦笋能肥。	严渭春	新繁龙藏寺
773	丈室屡经过,看树老苔新,踏碎芒鞋千障雪; 宝峰标突兀,趁溪回路转,别开莲界一重天。	李雍	新繁龙藏寺

附录

续表

序号	联文	作者	张挂/题赠信息
774	从天庭海峤归来，依然逐句挥毫，七十精神犹壮岁； 与怀素浪仙比美，更有山门玉带，三千世界只斯人。	吴文澂	新繁龙藏寺
775	得山林清气； 作天地闲人。	黄云鹄	新繁龙藏寺
776	诗思梅花香里； 禅机流水声中。	顾复初	新繁龙藏寺
777	以何因缘，明月小桥多问字； 于斯常住，青山万古有传人。	傅理庵	新繁龙藏寺
778	此处度余年，捡点残书，消磨日月； 寸心持半偈，盘桓初地，游衍林泉。	含澈	新繁龙藏寺
779	观我观人观自在； 大悲大愿大圆通。	王树桐	新都观音寺
780	龙海涌潮音，合众生心以正声闻，到处可参观自在； 虫沙清浩劫，现女子身而说法戒，普天同感大慈悲。	程祥栋	新都观音寺
781	慈悲愿力无边，方便圆通，每循声而救苦； 菩萨婆心一片，吉祥如意，常说法以现身。	强望泰	新都观音寺
782	欢喜皈依菩萨愿； 慈悲拥护法王城。	含澈	新都观音寺
783	龙藏有花垂宝月； 鸡园无座不香云。	刘栋	新都观音寺
784	佛印明心征广大； 莲池胜地见庄严。	邓奎	新都观音寺

/ 277 /

续表

序号	联文	作者	张挂/题赠信息
785	徘徊雅有幽人趣； 进退唯余远宦情。	郑方城	新繁县衙
786	锦水长流波渐暖； 丹山远隔梦相萦。	郑方城	新繁县衙
787	俸米犹堪供八口； 荷衣何日补三余。	郑方城	新繁县衙
788	归梦不知湖水阔； 夜吟犹觉月光寒。	郑方城	新繁县衙
789	万里故乡纷入梦； 半生旧业幻如云。	郑方城	新繁县衙
790	花深春每怀潘令； 客好吾能觅孟嘉。	郑方城	新繁县衙
791	柳拂高檐偏有色； 花开老树始为春。	郑方城	新繁县衙
792	行藏随地足； 雨露自天多。	郑方城	新繁县衙
793	曾闻行政如求艾； 最爱为鞭只用蒲。	郑方城	新繁县衙
794	蒲影龙翻雄笔阵； 艾香蠹阵染芸编。	郑方城	新繁县衙
795	远官心悬摇似艾； 纷丝手解易如蒲。	郑方城	新繁县衙
796	长命丝牵宾主洽； 正阳日照艾蒲香。	郑方城	新繁县衙

续表

序号	联文	作者	张挂／题赠信息
797	小民持牒而来，向隶徒即先落胆，三思何若田庐乐； 长吏分符以至，与老稚无异属毛，一触辄关梦寐情。	郑方城	新繁县衙
798	睹沃野心舒，湔沱水润，今犹昔一注繁田，皆皱似靴纹，环如衣带； 缅卫公手植，楠柏枝长，后之人各培佳树，应浓成花冶，密满棠阴。	郑方城	新繁县衙
799	环竹为庐，又何嫌水李韩罗，卓尔四村之长； 载花满县，初不异田园松菊，恬然五斗之官。	佚名	新繁县衙
800	莫造无涯罪孽； 难逃这道衙门。	佚名	新繁城隍庙
801	夫妻乃前缘，有善缘，有恶缘，非缘不配； 儿女是冤债，或收债，或还债，无债岂成。	佚名	新繁城隍庙
802	正气贯乾坤，扶东西汉鼎足三分，未许奸雄干宝位； 精忠昭日月，作南北宋中流一柱，那容胡马扰华疆。	佚名	新繁关岳庙
803	问青牛何人骑去； 有黄鹤自会飞来。	佚名	新繁老君观
804	感应十方，具佛子心肠，不作金刚怒目； 护持三宝，是将军气概，仍如菩萨低眉。	佚名	新繁老君观
805	从这里来证善果净根，何处尚容尘一点； 有什么法知昨非今是，此人便与佛三生。	佚名	新繁三会院
806	及早皈依，悟穿四大疑团，便得六通了彻； 都来礼佛，救出万千苦劫，无非一念慈悲。	佚名	新繁三会院
807	此即影堂，瞻德宇晬容，知下乘先清五浊； 家留活佛，愿晨馐夕膳，急回头起敬双亲。	佚名	新繁三会院

续表

序号	联文	作者	张挂／题赠信息
808	送南浦归云，春水绿波千里远； 望西江皓月，故乡红豆两相思。	佚名	新繁江西馆
809	能以清心传妙理； 长随真意悟天机。	杨周冕	新繁繁江书院
810	讲求实学； 造就通才。	吕祖铭	新繁县立小学
811	父兄勤劳，供子弟读书，若不用心，是无血性； 生徒贤愚，看师长教法，倘或贻误，安有天良。	康冻	新繁东城小学
812	雁门深锁熏风利； 鱼钥重听禁夜生。	程祥栋	新繁南关
813	地接东湖，霖雨每怀唐节度； 津流西蜀，宗风远绍宋濂溪。	佚名	新繁周家公馆
814	醴泉无源，芝草无根，人贵自立； 户枢不蠹，流水不腐，民生在勤。	佚名	新繁同善社
815	龙山环墓北； 蟆水绕城南。	佚名	新繁双忠墓
816	为国忘身全大节； 舍身取义见贞操。	佚名	新繁双忠墓
817	大墓同松柏并寿； 双忠与日月争光。	佚名	新繁双忠墓
818	国士无双双国士； 忠臣不二二忠臣。	佚名	新繁双忠墓
819	宝库凌霄汉； 文光射斗牛。	佚名	大丰文武庙

续表

序号	联文	作者	张挂/题赠信息
820	飘零只字皆仓颉； 收拾残篇付祝融。	佚名	大丰南华宫
821	六朝富贵荒千古； 三国英雄戏一台。	佚名	大丰文昌宫
822	以斯道觉斯民，教亦多数矣； 诚于中形于外，文不在兹乎。	佚名	大丰文昌宫
823	圣贤大道包中外； 天地弘人贯古今。	刘咸荣	大丰萃杰堂
824	袖里青蛇，好把妖魔降伏； 楼头黄鹤，遥从武汉飞来。	林思进	大丰萃杰堂
825	把酒当窗，七二剑峰收眼底； 高瞻远瞩，三千世界贮胸中。	邓骧	大丰萃杰堂
826	先师如趁月来游，云移只履； 弟子等迎风下拜，香溢层楼。	沈润南	大丰萃杰堂
827	驿路走英雄，马嘶波上人称快； 桥名扬孝女，龙卧江心浪不惊。	高利生	龙桥镇龙桥
828	大江从玉垒西来，喜见画栋珠帘，又遏横流夸砥柱； 杰阁向锦城南望，定有高车驷马，重回故里表雄心。	高利生	龙桥镇龙桥
829	烟篆蜗旋古； 云横鸟迹空。	佚名	龙桥文武庙
830	桥锁蚕丛培地脉； 路通蜀道便行人。	佚名	龙桥普文寺
831	阴司里祸福昭彰，善降祥，恶降殃，丝毫不爽； 阳世上神灵显赫，冤有头，债有主，果报无差。	佚名	龙桥瑞云庵

续表

序号	联文	作者	张挂/题赠信息
832	普救恒沙，远水平田临藏地； 利敷震旦，松风梧月夹钟声。	张怀泗	马家镇普利寺
833	一堂快乐祖呼祖； 五世同居孙唤孙。	佚名	马家镇杨家祠
834	既当初堂构费经营，六十余年，得兹绣水绕灵钟，缉缉子孙，自憾功名艰凤鸾； 幸今日寰洽会纶音，五千里外，从此人文多应运，绵绵家世，定教奕骥荷龙光。	杨光海	马家镇杨家祠
835	譬如天地之无不持载； 凡有血气者莫不尊亲。	佚名	石板滩火神庙
836	改造荷神庥，护国安民，既昭假尔； 更新崇祀典，春祈秋赛，勿替引之。	佚名	石板滩火神庙
837	院钟幽花，自是闲中法界； 门包曲水，由来静里禅居。	云坞	龙安镇法云院
838	伸起手，接些有缘人，随时点醒； 立住脚，等个知音汉，得便度回。	云坞	龙安镇法云院
839	美人名士一抔土； 蜀水吴山万里魂。	顾复初	龙安镇菱波女史墓
840	地转锦江成渭水； 天回玉垒作长安。	佚名	天回镇
841	念几声阿弥陀佛了愿； 打片时清净瞌睡宁神。	佚名	利济镇元通寺
842	低作深淘，功歌灌水； 遥吟俯唱，曲谱清流。	佚名	清流镇川主庙
843	昔日演黎园，假雷却被真雷吓； 今朝开盛会，天师还让雨师先。	裴秀松	新民镇杨家祠

附 录

续表

序号	联文	作者	张挂／题赠信息
844	先人是江汉遗支，迄至今十世继承，木本水源，犹怀孝感； 此地属繁都接境，看以后一门昌大，瓜绵椒衍，直配弘农。	佚名	新民镇杨家祠
845	豪竹哀丝，胜地听来一曲； 浅斟低唱，乡情话到三山。	佚名	新民镇福建戏馆
846	平地起高楼，看赤岸屏张，繁江带绕； 九天奏雅乐，俨眉峰鹤舞，海屿龙吟。	佚名	新民镇福建戏馆
847	公然栋宇维新，问孰鸠工，敢言我辈经营力； 所望繁都后起，继同蚁悃，不作吾乡睥睨争。	佚名	新民镇繁都小学
848	春水夏云秋月冬风，宝地占四时之景； 西瞿东胜北卢南赡，京天统万法之宗。	杨慎	大邑雾中山
849	以此横身胆，曾当百万兵，千秋草木余生气； 奠公一杯酒，试问三分国，几个英雄得寿终。	佚名	大邑子龙庙
850	西来谒彭将专祠，赖兹独行奇材，揭地掀天摧帝制； 东去摩邹军故垒，有此联翩国士，仆前继后拯神州。	佚名	青白江彭家珍祠
851	孔夫子，关夫子，万世两夫子； 修春秋，读春秋，千古一春秋。	佚名	青白江关帝庙
852	大义秉春秋，辅汉精忠悬日月； 威灵存宇宙，干霄正气壮山河。	佚名	双流区关帝庙
853	蜀国破天荒，忆冠裳让后，水土平初，一德君臣三代远； 巴人悲地载，倘花凤来时，杜鹃啼处，千秋风雨二陵多。	孙鋐	郫县望丛祠
854	巫峡西迴，断岸猿声留胜迹； 岷江东去，故宫鹃魂认前朝。	姜国伊	郫县望丛祠

续表

序号	联文	作者	张挂/题赠信息
855	一代勋名高禹绩； 千秋揖让迈虞廷。	黄鏊	郫县望丛祠
856	文高西汉唯玄草； 学继东山是法言。	佚名	郫县扬雄墓
857	高文不让贤臣颂； 胜迹曾传陋室铭。	张问陶	郫县扬雄墓
858	问字频从遗载酒； 奇才得意许题桥。	夏与庚	郫县扬雄墓
859	井上风疏竹有韵； 台前月古琴无弦。	宁湘	邛崃文君井
860	草色怨王孙，犊鼻裈前一杯酒； 琴心感之子，龙门传里两才人。	梁正麟	邛崃文君井
861	君不见豪富王孙，货殖传中添得几行香史，停车寻故迹，问何处美人芳草，空留断井斜阳，天涯知己本难逢，最堪怜绿绮传情，白头兴怨； 我亦是倦游司马，临邛道士惹来多少闲愁，托酒倚栏杆，叹当年名士风流，消尽茂陵风雨，从古文章憎命达，再休说长门卖赋，封禅遗书。	佚名	邛崃文君井
862	斯处山水遗汉迹； 此间风物入唐诗。	佚名	邛崃卓文君家宅
863	铁马嘶风伴雨，千回追晓梦； 寒枝冻雪随香，几度觅诗魂。	张天健	蜀州陆游故居
864	一代萃循良，诗卷长留，曾来主江原风月； 千秋犹景仰，官梅未远，何处寻工部祠堂。	辛楷	崇州罨画池
865	斜日掩莲塘，几回香扑征衫，疑是湖山留过客； 薰风来草阁，此际凉招团扇，安排笔墨画先生。	胡兰轩	崇州罨画池

续表

序号	联文	作者	张挂/题赠信息
866	下车谒丛祠，想御史铁石无私，最难忘弦外琴音，枝头鹤语； 怀古论诗客，知通判丹心有素，犹记取病中成国，梦里鏖兵。	佚名	崇州罨画池
867	觉路天然，古寺钟六顶灵气； 来音佛果，木鱼标万代禅宗。	贯一	崇州下古寺
868	山中昼永看花久； 树外天空任鸟飞。	王闿运	彭州多宝寺
869	千秋古塔传阿育； 五代丛林自预知。	佚名	彭州龙兴寺
870	回首瞰西峙诸山，云峰峻峭，雪岭嵯峨，丹景幽深，葛仙神异，迭嶂耸天空，尽有儿孙环拱卫，每当月夜蚌生，花朝绮散，把酒快登临，且要故里高人，揽胜于碧阑干外； 悉心数南来险路，白水纵横，清江浩淼，濛阳泛滥，马牧奔冲，乱流争野际，茫无津渡病趑趄，幸到芦洲雁列，沙渚虹成，担囊思稳步，顿令他乡游子，怡情在绿柳荫中。	张大绅	彭州川西第一桥
871	化雨无私，忆往昔踏雪来过，曾话春风一席； 摩云有志，愿诸生凌霄直上，勿忘灯火三更。	陶澍	彭州摩云书院
872	既庶何加曰富，曰富何加曰教，至道本自尼山，文不在兹乎，独怪二千年，历唐宋元明无庙祀； 穿堰然后有田，有田然后有收，深思长流湔水，民弗能忘也，足征十七里，中土农工贾具天良。	越熙	彭州文翁祠
873	立脚踏鳌头，提防沧海横流日； 以手援天下，实现金刚不坏身。	颜楷	新津观音寺
874	云影空明，一塘清水当户绕； 风声寂静，千竿修竹向门栽。	佚名	新津观音寺

续表

序号	联文	作者	张挂/题赠信息
875	其人乃当代名贤，任毕世精诚，才享得千秋俎豆； 此地是武阳胜处，看诸山营垒，共撑起万古纲常。	谢经略	新津纯阳观
876	八十六年春光不老； 三千余岁世运重熙。	刘咸荣	新津老子庙
877	登天社，溯源流，传经逢隐蜀奇踪，柱史野云千载会； 卜穑稉，明祭享，遗像见趋庭胜事，尼山寿水两檻同。	孙绍伟	新津老子庙
878	先生何许人也； 老子其犹龙乎。	李惺	新津老子庙
879	五百年石鹤曾鸣，虽丹台烬熄，紫诏沉沦，至今听两涧潺湲，不减龙吟虎啸； 廿四处洞天未改，纵霞嶂苍茫，雾山缥缈，到此看三峰巀嶪，泂然佛国仙踪。	张全琮	大邑鹤鸣山
880	石云和梦冷； 花气逼泉香。	蔡鼎镇	大邑药师崖
881	洞开佛骨山吞月； 法护龙泉雨落花。	祝之正	大邑药师崖
882	赤胆永佑江原父老； 忠魂犹壮蜀国山河。	李德耀	大邑子龙庙
883	锦官城近丞相祠堂，荷主知在三顾之先，论当日和吴伐魏，忠谏尤有同心，月旦允宣崇俎豆； 静惠山为将军幕府，留毅魄历千秋不朽，为是邦御灾捍患，英灵屡褫贼胆，风云咸见拥旌旗。	洪庚虞	大邑子龙庙

续表

序号	联文	作者	张挂/题赠信息
884	都是胆岂化猿鹤虫沙,想潭第规模,洗马废池尤胜迹; 百战身居然富贵寿考,循汉家令典,骠骑垒塚像祁连。	陶亮生	大邑子龙庙
885	雾山飞翠悬空镜; 净土长桥吐玉虹。	鞠以正	大邑雾中山
886	天下无双地; 雾中第一山。	杨慎	大邑雾中山
887	一阁凌虚,烟霭有无,跨鹤翁归苍茫外; 两湖叠翠,雨晴浓淡,泛舟人在画图中。	佚名	蒲江飞仙阁
888	数历沧桑熙熙,来人犹叹将军依天去; 几经风雨攘攘,去客且看志士换地来。	吴人	蒲江飞仙阁
889	宝寨横刀,铮铮铁骨感翼德; 汗泉饮马,耿耿丹心照子房。	吴人	蒲江飞仙阁
890	红羊劫轰二万里神州,滚滚英雄竟随大江东去,夜郎啸海,水飞甘泉,封铜驼泪,登魏华父故墟,扬木铎,引起他乳虎出谷,雏凤冲霄,准收整顿乾坤真效果; 白鹤峰钟五百年间气,翩翩群士遥望哲学西来,黉宫高德,星聚孔壁,坏经师铿,沐秦国公遗风,定方针,陶得些柱石擎天,栋梁盖世,好书弹压环球纪念碑。	杨子元	蒲江鹤山书院
891	三千年经义重明,湖湘江浙丕振儒风,即此邦才重马扬,谁复词华艳西汉; 四百里大贤踵起,濂洛关闽力肩道统,虽当日谤兴朱李,何禁俎豆续南轩。	高赓恩	蒲江魏公祠堂
892	道学伪乎,问当日众口蛾眉,谁享孔庭俎豆; 精灵归否,料故山一声鹃血,未忘宋室江淮。	彭钟麟	蒲江魏公祠堂

续表

序号	联文	作者	张挂／题赠信息
893	九龙腾瑞彩，圆融石合； 五凤灿霞光，围护楠生。	佚名	金堂云顶山
894	千峰共翠环精舍； 一脉传灯衍慧门。	傅育贤	金堂云顶山
895	玉鉴重离，银蟾高照； 普陀遗泽，福禄垂休。	王世瑞	金堂云顶山
896	频年整筛东巡，看一水遥通，两峰横断，诚能益我边防，楠生石合本奇谈，把酒快登临，逸兴遄飞，让谁昂头天外； 今日催征下县，听晨钟镗鞳，暮鼓阙阙，未免发人深省，国瘵民劳生极感，废书长叹息，偷闲无自，羡僧托足山间。	刘仲宣	金堂云顶山
897	一粒米，由农大血汗流出； 半瓢水，是行者肩上挑来。	佚名	金堂云顶山
898	此地可停骖，剪竹西窗，偶话故乡风景，剑阁雄，峨嵋秀，巴江曲，锦水清涟，不尽名山大川，都来眼底； 入京思献策，扬鞭北道，难忘先哲典型，相如赋，太白诗，东坡文，升庵科第，行见佳人才子，又到长安。	佚名	北京四川会馆
899	凤凰展翅朝金阙； 钟磬频闻落玉阶。	遍能	峨眉山报国寺
900	看他皤腹欢颜，却原是菩萨化相； 愿你清心涤虑，好去睹金顶祥光。	遍能	峨眉山报国寺
901	功德逾恒沙，七宝庄严，大千世界； 层峰摩霄汉，三峨雄秀，伯仲昆仑。	遍能	峨眉山报国寺

续表

序号	联文	作者	张挂／题赠信息
902	胜迹渺难稽，传有行僧曾伏虎； 名山今焕彩，更无羽士再乘龙。	遍能	峨眉山报国寺
903	白水秋风皆妙谛； 琼楼玉宇不胜寒。	遍能	峨眉山万年寺
904	莫认化城为宝所； 更翻贝叶证菩提。	遍能	峨眉山洗象池
905	华藏庄严，普贤行愿； 峨眉耸翠，伯仲昆仑。	遍能	峨眉山华藏寺
906	奉舍利以彰令德； 树塔波而诵高风。	遍能	峨眉山圣钦塔
907	峨岭弘通，慈航得度； 金山了悟，华藏同归。	遍能	峨眉山圣钦塔
908	大肚能容，常思则古； 闇修自宓，无暇求知。	贯一	峨眉山洗象池
909	雨后坪临观霁雪； 风前阁上听清音。	贯一	峨眉山广福寺
910	奇胜冠三蜀； 震旦第一山。	杨慎	峨眉山
911	千手异执，千眼通观，无非幻化； 大悲拔苦，大慈予乐，总是菩提。	遍能	遂宁广德寺
912	闻鹫岭五百应真，初传佛语； 喜巴山七二贤士，共建经楼。	遍能	重庆罗汉寺
913	万象凌空，乌尤胜处； 三江环翠，海上蓬莱。	遍能	乐山乌尤寺

续表

序号	联文	作者	张挂／题赠信息
914	竹杖绳床开胜境； 蓬花贝叶悟禅机。	遍能	乐山乌尤寺
915	佐岳王图复兴，功臣同祸莫须有； 祀强魂仰祠宇，遗像传神阿堵中。	周虚白	阆中张宪祠
916	无弥勒肚难消受； 有罗什针易解除。	贯一	绵竹祥符寺
917	史著名城，不胜山泽龙蛇感； 园开灵境，同乐台池鱼鸟来。	周虚白	南充北湖公园
918	诗偕杜老同称，风骨迥殊，断推唐代两盟主； 名与蜀山并寿，天才英丽，小住人间一谪仙。	周虚白	江油李白纪念馆
919	泉头自古生隆角； 池上于今有凤毛。	杨慎	犍为隆角池
920	泉引天犀流碧空，石驱东海神工，时有英雄题驷马； 矫若游龙横巨漫，锁断西郊春色，不放烟波下五湖。	杨慎	南溪县桂溪桥亭
921	义烈壮三泸，顾瞻遗像悲前哲； 精英存一抔，仰上高山愧后人。	杨慎	泸州陈公祠堂
922	半空楼阁千山绕； 两岸人家一水分。	杨慎	泸州北岩寺
923	神游寥廓清虚外； 物在尘寰梦幻中。	杨慎	泸州五峰顶
924	上帝高居朝绛节； 诸神环护接丹丘。	杨慎	泸州五峰顶
925	华夷统镇连千里； 黔蜀分疆第一关。	杨慎	叙永鱼凫关

续表

序号	联文	作者	张挂/题赠信息
926	一水跨云虹，洞洞重门司锁钥； 两城连地轴，双双环璧拱金汤。	杨慎	叙永蓬莱桥
927	池花春映日； 窗竹夜鸣秋。	杨慎	云南巍山冷泉庵
928	明镜无分圆缺相； 孤云不系去来心。	杨慎	云南巍宝山
929	一水抱孤城，烟缈有无，主杖僧归苍茫外； 群峰朝叠阁，雨晴浓淡，倚栏人在画图中。	杨慎	云南巍山圆觉寺
930	相业四朝称第一； 人文六诏羡无双。	杨慎	云南安宁遥岑楼
931	苏台春色平分，好与莺花同作记； 锦里江光近接，为看风月一登楼。	郑乡樵	福州锦江楼
932	江汉钟灵，二千年天府廓名都，看大雅扶轮，渊云嗣响； 峨岷擢秀，廿四属人文循正轨，诏诸生鼓箧，邹鲁同风。	蔡振武	拟题成都府试院
933	诵左思蜀都赋，江汉炳灵，文物媲西京，郡合有茂才异等； 读王勃益州碑，寰渝变俗，儒风被东鲁，客休歌下里巴人。	蔡振武	拟题重庆府试院
934	秦栈连云，看砥路同遵，剑阁尘清，不用青天歌蜀道； 巴山话雨，喜故人出守，玉堂墨妙，乞将粉墨绘嘉陵。	蔡振武	拟题保宁府试院
935	史笔晋称良，何事阳秋尊魏统； 儒林宋有传，欲将剽锐化寰人。	蔡振武	拟题顺庆府试院

续表

序号	联文	作者	张挂／题赠信息
936	到此间三水通流，激浊扬清，试向岷江分上下； 念当日诸戎即叙，咏仁蹈德，至今僰道被文章。	蔡振武	拟题叙州府试院
937	倒峡泻词源，孰障东川，惟有韩文凌八代； 乘槎来使节，每依南斗，莫吟杜句怅三秋。	蔡振武	拟题夔州府试院
938	居廉让之间，莫教风俗移人，盛名难副； 综岁科而试，敢曰权衡在我，僻地无才。	蔡振武	拟题龙安府试院
939	声教讫南天，滇海通波，玉斧画河嗤往代； 文章溯西汉，邛都按部，锦衣论蜀艳当年。	蔡振武	拟题宁远府试院
940	名迹问邛崃，为孝为忠，与尔辈沉吟出处； 边谣采黎雅，恒风恒雨，愿斯文感召和甘。	蔡振武	拟题雅州府试院
941	万壑秋云，看挹翠浮蓝，露冕风前迎九顶； 一江春水，愿纡青拖紫，霓裳天际会群仙。	蔡振武	拟题嘉定府试院
942	移孝即为忠，在昔飏言嘉学士； 读书先识字，莫将干禄笑平原。	蔡振武	拟题潼川府试院
943	地当扼泸渝控涪合之冲，接滇黔通藏卫之隘，四顾葱葱郁郁，俱围入画江城。看南倚艾村，北寨莲盖，西撑鹤岭，东敞牛栏。焰纵横草木烟云，尽供给骚坛品料。攲斜栋桷，经枝梧魏晋隋唐。仰睇骇穹墟，缅鬼宿间，矮堞颓埂，均仗着妖群祟伙。只金瓯巩固，须防劫火蓸腾；范冶炉锤，偏妄逞盲捶瞎打。功名厄运数也？运数厄功名也？对兹浑浑茫茫，无岸无边，究沦溺衣冠几许！登斯楼也、羽者、齿者、赢者、介者，胚臆鸣者、旁侧行者、忿翅抉抢、喜啮攫打者，迎潮竭竭趋去，拂潮竭竭趋来，厘然垄集，而乌兔撼胸。掷目空空，拍浪汹汹，拿橹噭噭，抓鼓冬冬。奢以霹雳，骤以丰隆。溯岷蟠蜿蜒根源，庶畅泻波澜壮阔襟怀耳！	钟祖芬	拟题江津县临江城楼联

附录

续表

序号	联文	作者	张挂/题赠信息
	试想想还榛朴噩，俄焉狂荡干戈；吴楚睢盱，俄焉汪洋黻冕；侏离腾踔，俄焉渺漾球图。谓元黄伎俩蹊跷，怎匡怯鬈鬈努眼。环佩铿锵之日，盈廷济济伊周，忽喇喇掀转鸿钧，溪谷淋漓膏液，蛮氓则咆哮虓虎，公卿则谨视幺豚，熊罴鹅鹳韬钤，件件恃苍羲定策。迨槐枪扫净，奎壁辉煌，复纱帽下瘫瞌睡虫，太仓里营狡猾鼠，毛锥子乏食肉相，岂堪甘脆肥脓？恁踹踏凤凰台，踩躏鹦鹉洲，距踊麒麟阁，鞋尖略踢，惨鸡肋虔奉尊拳，暗恶叱咤之音，焰闪胭脂舌矣。已矣！余祈蜕变巴蛇矣！斑斑俊物，孰抗逆酣酞凶麟？设怒煽支祁，例纠率魑魅魍魉。苟缺锯牙钩爪，虽宣尼亦慑桓魋，这世界非初世界矣！爰悄悄上排阊阖，沥诉牢愁，既叨和气氤氲，曰父曰母，冀股艮趾，举钦承易简知能。胡舰轴折枢摧，又嫉儿孙显赫，未容咳笑，先迫号咷，恪循板板规模，诸任雷霆粗莽。稽首，稽首，稽首，吁俅恩派归甲族，侣伴虾螖，泡响虽嘘，尚诩蜉蝣光采；闷缘香藻，喧喤闹铁板铜琶。快聆梅花，潇洒饫琼箫玉笛。疏疏暮苇，瀛寰隔白露兼葭。嗟嗟！校序党庠，直拘辱土林羑里。透参妙旨，处处睹鱼跃鸢飞。嗜欲阵迷不着痴女呆男。撞破天关，遮莫使忧患撩人人撩忧患。憃懂自吉，伶俐自凶，脂粉可乱糊涂，乔妆作丑末须髯。彼愈肮脏，俺愈邋遢，讪骂大家讪骂。某本吟僧一个，无端堕向泥犁。恰寻此高配摘星，丽逾结绮，咬些霜咽些雪，俾志趣晶莹，附舟楫帆樯，晃朗虑周八极。听，听，听，村晴莺唪，汀晚鸥哗，那是咱活活泼泼、悠悠扬扬的性。久坐，久坐，计浊骸允宜抛弃，等候半池涨落，拣津汁秘诀揉捧，抟至乳洽胶溶，缩成寸短灵苗，妪煦麂卵，倏幻改绀发珠眸，远从三百六度中，握斧施斤，与渠镌囫囵没窍混沌。蒙有倾淮渍溢沪渎之泪，堆衡岳压泰岱之愁，满腔怪怪奇奇，悉属戕心涕泗。念蚕氐启土，刘孟膺符，轼辙挥毫，马扬弄墨。泄涓滴文章勋绩，遂销残益部菁华。逼狭河山，怎孕育皋夔契稷？俯吟欷剑栈，除拾遗外，郊寒岛瘦，总凄怆峡鸟巫猿。故卧龙驰驱，终让井蛙福泽，阴阳罗网，惯欺凌渴鲋饥鹏。英雄造时势耶？时势造英雄耶？为问滔滔汩汩，匪朝匪夕，要漂零萍梗何乡？涉臣川耶！恍兮、惚兮、凛兮、冽兮、交濒洞兮、突旋涡兮，迤逦欧亚，辽复奥非兮，帝国务壅民愚，阿国务牖民智，奋欲乘桴，而羿羿掣楫，履砅业业，褰裳惕惕，触礁虩虩，擎舵默默。动其进机，静其止屈。蕤渝泚潢污行潦，谁拔尔抑塞磑砢才猷乎？叹区区锤凿崔巍，夸甚五丁手段；组织仁义，夸甚费蒋丝纶；抽玩爻占，夸甚谯程卜筮。	钟祖芬	拟题江津县临江城楼联

续表

序号	联文	作者	张挂/题赠信息
	在冈底峥嵘脉络，应多少豪杰诞身。沱潜澎湃之余，依旧荒荒巢燧，应苦苦追踪盘古，弹丸摅拓封疆。累赘了将军断头，凄怆了苌宏葬碧，礼乐兵农治谱，纷纷把尧舜效尤。及淫潆轰平，黎邛顺轨，第薛蕊代芙蓉增色，杜鹃伏丛棘呼冤，峨眉秀鲜桢干才，勉取寰毡潼布。反猢狲美面具，豺狼巧指臂，狮狻盛威仪，口沫微霏，统犍叙胥惊灭顶。锦纨綷縩之服，宁称穷措体哉？伤哉！予安获贡蜀产哉？巢巢巉岩，类钟毓嶙岣傲骨。即肖形凹凸，早薨恼邑贵朝官。假饶赤仄紫标，虽盗跖犹贤柳惠。素贫贱弗终贫贱哉！冀缓缓私赴泉宫，缴还躯壳，诳说神州缥缈，宜佛宜仙，虹彩霓辉，都较胜幽冥黑暗。讵识铅腥锡臊，遍令震旦襁褓。甫卸繄胞，遽烦汤饼。愧悔昏昏曩昔，泣求包老轮回。菩提，菩提，菩提，愿今番褪脱皮囊；胚胎螈蚁，堂砌殿穴，永教宗社绵延；虱脑虮肝，垂拱萃蟭螟胅蚕，蚊眉蜗角，挤肩拥蛮蠋艅舨。小小旃檀，妻妾恣红尘梦寐。噫噫！牂牁僰道，乃羁留逐客夜郎。种杂獞猺，喷喷厌鸦啼鸥叫。丘索坟埋不尽酸啮醋骼，猜完哑谜，毕竟是聪明误我我误聪明。宇宙忒宽，瞳眶忒窄，精魂已所修炼，特辜负爹娘鞠抚。受他血肉，偿他髑髅。浮沉乐与浮沉。孽由酷滥九经，始畀投生徼裔。且趁兹沙澄洗髓，渚澈涮肠，唏点月哦点风，倩酒杯斟酌，就诗歌辞赋，权谋站住千秋。瞧、瞧、瞧，蓼薪砧敲，荷瘅桨荡，却似仆凄凄恻恻、漂漂泊泊的情。勿慌！勿慌！量蓝蔚隐蓄慈悲，聊凭双阙梯崇，望银涛放声痛哭，哭到海枯石烂，激出丈夫长鼻腻，掬付龟鳖，嘱稳护方壶圆峤，近约十二万年后，跟踪蹑迹，眠依斫玲珑别式乾坤。	钟祖芬	拟题江津县临江城楼联
944	州升为府，增二邑于邻，旧治号通川，多士顾名，严辨夫闻也达也； 岁兼以科，阅三旬而毕，新知培艺圃，诸生劝业，慎戒呼暴之寒之。	蔡振武	拟题绥定府试院
945	千载诗书域，坐修竹林中，尽饶佳士； 四贤桑梓地，问斜川集后，谁嗣高文。	蔡振武	拟题眉州试院
946	地接蓉城，前哲仰遗型，有讲学名臣，尚留书院； 帖传竹杖，此邦挺高节，笑寻源使者，不贡人才。	蔡振武	拟题邛州试院

续表

序号	联文	作者	张挂/题赠信息
947	雁塔表鸿题,千佛蝉联,试数泾南文盛; 马山欣骥附,一时骖靳,行看冀北空群。	蔡振武	拟题泸州试院
948	桃李种新阴,佳士如林,异日期为华国选; 梓桑怀谠节,前贤在望,诸生莫负大州名。	蔡振武	拟题忠州试院
949	绝磴蹑天梯,鸟道穷幽,惜此地未来灵运驾; 名山留洞府,龙威探秘,问诸生谁是茂先缘。	蔡振武	拟题西阳州试院
950	终日解其颐,笑世事纷纭,曾无了局; 经年坦其腹,看胸怀洒落,却是上乘。	余昂	题海会寺联
951	遗老访繁川,叹明清两代之交,衣冠扫地,正不知几人图霸,几人称主,然一时华贵,转教千载遗羞,只君家德行、政事、文章,父子祖孙,俱有大名垂宇宙; 乡人思雅范,踵唐宋三贤以后,祠庙新辉,初未料忽而开国,忽而列馆,想四世英灵,应亦九原含笑,幸此间山影、湖光、树色,春秋冬夏,频添佳气入楼台。	高利生	题四费祠
952	亚陆许驰驱,无分政学农商,共使遵行平等路; 蜀都均坦荡,任走东西南北,相看皆作卧游人。	高利生	题黄包车公司
953	清修得初祖真传,曾现金刚临汉水; 说偈近升庵故里,长看宝塔照湖光。	高利生	题赠行乐和尚
954	旧业营新邑,繁江妙术通神,咸羡工参造化; 彼都多奇人,杰士芳型在迩,定能活现须眉。	高利生	题照相馆
955	游览辟新途,倏看商贾云屯,一廛分授; 嚣尘终隔越,还爱湖山风雅,万古流芳。	高利生	题公园新路
956	街市重新,且喜高坚增壮丽; 地方依旧,还看宁静致蕃昌。	高利生	题高宁场重建

续表

序号	联文	作者	张挂／题赠信息
957	三简名巡，曾是中朝御史； 一时谢政，便为陆地神仙。	杨慎	赠段承恩
958	他们前方打仗，你们同室操戈，同是革命军，扪心自问能无愧； 纸币取缔有期，杂币回收绝望，这些害人鬼，罄竹难书罪太多。	刘师亮	刘师亮谐联
959	洒几点伤心泪； 死两个特别人。	刘师亮	刘师亮谐联
960	闹几个虚字眼； 罚五百大银元。	刘师亮	刘师亮谐联
961	你在拖，我也在拖，中华版图竟因此弄成两块； 公有理，婆亦有理，民国幸福总算是饱受十年。	刘师亮	刘师亮谐联
962	总而言之，统而言之，此日又逢双十节； 民犹是也，国犹是也，对天长叹两三声。	刘师亮	刘师亮谐联
963	年年办会，谁敢不来，咬着牙巴，哭脸装成笑脸； 处处张灯，实在热闹，敞开脚板，这头跑到那头。	刘师亮	刘师亮谐联
964	满市铜元破滥哑； 三军都督邓田刘。	刘师亮	刘师亮谐联
965	七千万人民，火热水深，拥护哪个舅子； 一年余主席，头焦额烂，再来就是龟儿。	刘师亮	刘师亮谐联
966	民房已拆尽，问将军何时才滚； 马路全筑成，愿总督早日开车。	刘师亮	刘师亮谐联
967	樊孔周周身是孔； 刘存厚厚面犹存。	刘师亮	刘师亮谐联

续表

序号	联文	作者	张挂/题赠信息
968	山管人丁水管财,草管人命; 皮里袍子布里裤,马革里尸。	刘师亮	刘师亮谐联
969	耀武扬威,前呼后拥三匹马; 煌言谠论,东拉西扯一团糟。	刘师亮	刘师亮谐联
970	俯仰两间,纵横万里,百战著英名,取义成仁,赢得抗战史中辉煌一页; 禹甸重光,金瓯无缺,普天庆胜利,报功崇德,比美黄花岗上俎豆千秋。	刘隆民	挽空军烈士联
971	金男大,金女大,男大当婚,女大当嫁,齐大非偶; 市一小,市二小,一小在南,二小在北,两小无猜。	佚名	抗战谐联
972	爱祖国,爱人民,为建设社会主义而学习; 求真理,求技艺,愿增进文翁石室之光荣。	郭沫若	为四中校庆题
973	先师非王非帝非相非卿,只一介章逢,而口诛笔赏,独操春秋时二百四十年南面之权,羲农虽已没,正气喜常昭,由周历汉晋隋唐宋元明清各代,顺其道者昌,逆其道者亡,抚膺叹莽莽神州,长将木铎高悬,何忧华夏成昏垫; 善教无古无今无中无外,惟毕生著述,皆地义天经,能令世界上万五千亿人倾心以拜,杨墨问谁归,异端何足论,至圣统德行政事言语文学等科,近可治夫身,远可治夫世,极目望茫茫禹甸,如得玉书再吐,伫见全球化大同。	高利生	题孔子诞辰
974	休矣先生,前者仆后者僵,乃如此其急也; 嗟哉吾党,气相求声相应,又何患于丧乎。	高利生	题二委员遇刺
975	国运又更新,快振顿精神,大仇誓雪纾民气; 群情毋守旧,请齐来高会,正朔咸遵表共和。	高利生	春联
976	公务敢辞劳,但期俗美风清,鸡犬不惊鱼入梦; 教书非自误,只愿民安国泰,麒麟在薮凤来仪。	高利生	春联

续表

序号	联文	作者	张挂/题赠信息
977	五老只余二人，悲君又去； 九泉若逢三友，说我就来。	刘咸荥	挽赵熙
978	典册焕高文，八十年久树芳标，北斗泰山钦著作； 轩车临丈室，一弹指顿为长别，升天成佛证因缘。	含澈	挽李西沤联
979	临死尚呼堂上老； 浮生悔作客中官。	含澈	挽联
980	定远未封，马革竟从中路裹； 令威有化，鹤声先向故园归。	含澈	挽联
981	作尉已十六年，久讶仙随梅福去； 辞官才百余日，忽惊鹤化令威归。	含澈	挽联
982	话别都门才一载； 骑箕天上忽千秋。	含澈	挽联
983	甘雨随车，黔黎在望； 玉楼赴诏，繁水兴嗟。	含澈	挽联
984	分手客京华，为我赋诗曾送别； 伤心官靖远，闻君哭子竟升天。	含澈	挽联
985	卅二年才选冷官临建卫； 三百日竟骑箕尾上云霄。	含澈	挽联
986	秦楚蜀黔一律肃清，唯有亚夫称福将； 曾严杨吕都为过客，独留齐已吊忠灵。	含澈	挽联
987	识君时阅三期，说法人间，宛如摩诘居士； 长我年多十岁，论诗方外，浑似东坡先生。	含澈	挽联
988	论敲推，则韩昌黎交与浪仙，几如三生顽石； 仰风雅，唯黄叔度贤于子骏，不愧一路福星。	含澈	挽联

续表

序号	联文	作者	张挂／题赠信息
989	金粟佛身，广文官位； 老莱孝子，名教师儒。	含澈	挽联
990	夏屋渠渠，不忘列祖列宗，缔造维艰，一寸河山无限业； 瀛环扰扰，难得知今知古，殷忧启圣，百年日月又重辉。	周虚白	庆香港回归
991	六十年，东碰西撞，误落乾坤圈套。乱烘烘，叠床梦，急抢抢，架肩愁。遍三川草木烟霞，滴滴皆啼痕血迹。长歌代哭，猛惊姬蹶嬴颠；短笛助讴，痛写刘聋赵瞆。嘈嘈廿七史，阿孰算个男儿？意岳粹嵩华，安肯漫钟贤秀。将上马杀贼，下马作檄，开拓往哲之心胸，推倒亚洲之豪杰。岂料文章贾祸，魍魅兴波。即兹傲骨刚肠，早冲犯着奎宿仇星，薅恼着孔兄丑脸。毁者、誉者、诅者、祝者、投石者、设饵者、颂项诗者、御鲁国者，悠悠众口，鲜定评也。而进蹶网罗，退蹶坎壈。无端囚戮管仲，无端谤辱宣尼。懵懂之条科，怎般颠顸。提起我半生鲋辙，历历怆怀。这满腔义胆忠肝，都付与狼吞犬噬。只筵间酒、镜边花、碗底肥鲈、盘中瘦鹿，还值得浓餐淡饮，浅唱低斟。好福泽需好精神，奈壮与久受磨砻。浩劫毓奇才，奇才动遭浩劫。已矣！吾其伴赤松子游矣。悔韶龄酷嗜简篇，便欲支撑宇宙。至今日筋疲脑碎，斗末跳毙猢狲。髭髯飘霜，干彻什么经济？罢罢罢！从此卷旗收伞，要利刀阔斧，斫尽情根，秘诀灵符，消除慧业。把些嫠妇恤、杞人忧，团体歇、同胞叹，掷抛向缥缈虚空。第取一件衣，一盂粥，保护皮囊。那富贵功名，总属贪嗔痴妄。黄粱熟、黑种滋，问间常喜怒悲欢，为的是谁家世界？拥被窝，呵呵窃笑，自笑某辛辛苦苦，碌碌忙忙。做了吃书蠹，戮了钻纸蚊，狂了采蜜蜂，疯了闹山鹊。	钟祖芬	六十自寿题

续表

序号	联文	作者	张挂／题赠信息
	二万里，南暹北鞑，割残周径球图。霹雳炸，铜铁炎，水火驰，轻养骤。听盈庭纂组锦绣，嘐嘐说杜断房谋。裂指叩阶，夸诩擎天手段。咬牙变法，矜持补衮金针。缕缕数千言，非咱难争霸局。谅螗哄蝎斗，乌能抵抗旃旃。须左挟虬龙，右挟蛟蟒，仗钺鏊鑿之窟穴，请缨椎髻之殿庭。宁知压力弗道，风潮忒逆。就论声光气电，仅剿袭点欧罗糟粕，咀嚼点新学馋涎。英耶？德耶？班耶？葡耶？拒俄耶？联美也？购倭械耶？增比款耶？睒睒凶睛，胡闪烁也。而朝修船政，暮整海军，忽焉偿息京垓，忽焉赔兵亿兆。羲农之胄裔，改号野蛮。但闻伊几阵羊鸣，齐齐褫魄。本滥臭行尸走肉，怎禁彼舰碾轮研？惟剥阇阎，刓土族，搜擒瓮鳖，攫捉笼鸡，倒足称顶选尖毫，头批脚色。大完全先大破败，计苍昊潜溪运会。英雄造时势，时势亦待英雄。伤哉！予竟以白发翁老哉！念圣主勤劳宵旰，隐求酝酿氤氲。乃诸公蟆蛊蛇妖，骄焰吐来瘴雾。腥臊喷毒，散成各道瘟癀。哈哈哈！假饶借斧乞柯，当倾泻银河，涮除肮脏，掀翻玉轴，搜捡贞元。虽有测量方、格致理，工商战、汽化机，殊不是治平浆汁。应该两撒腿、两抝捶，剥穿地壳。扫贪污庸懦，悉归斩绞徒流。盘古苏，混沌死，嗟若辈桴穷饕浑，究竟由何处胚胎？登舞台悄悄私看，且看他扰扰营营，轰轰烈烈，跃出五爪狮，吼出独角虎，嗥出四眼狗，现出九尾狐。	钟祖芬	六十自寿题
992	伤时有谐稿，讽世有随刊，借碧血作贡献同胞，大呼寰宇人皆醒； 清室无科名，民国无官吏，以白身而笑骂当局，纵死阴司鬼亦雄。	刘师亮	刘师亮自挽联
993	是龙是虎是跳蚤是乌龟，睁起眼睛长期看； 吹风吹雨吹自由吹平等，捂着耳朵少去听。	刘师亮	讽杨森联
994	天爵乃尊，湛冥自责； 大版为业，传颂无穷。	林思进	林思进题门

续表

序号	联文	作者	张挂/题赠信息
995	上弦渐满元宵月； 携手重评倚阁花。	林思进	贺陶亮生续弦
996	早书遗命别家人，真所谓慷慨捐躯，从容就义； 更有贤声光国史，更难得子遵葬礼，妻却赙金。	林思进	挽王铭章联
997	提学一官同，我闻三晋云山，人思教泽歌芹泮； 状元千古绝，留得半塘秋水，楼对清漪似桂湖。	方旭	挽骆成骧联
998	含愤一朝亡，两地招魂居陋巷； 吊丧三代共，八旬挥泪哭通家。	方旭	挽李尧牧联
999	于今三年，哀我斯人，诞先登于岸； 唯此六月，嗟而君子，维序思不忘。	方旭	贺毁鸦片
1000	有月即登台，无论春夏秋冬； 是风皆入座，不分南北东西。	岳钟琪	赠蜀僧联

参考文献

一、对联类著作

[1] 佚名. 宝光寺楹联集[M]. 民国抄本.

[2] 胡君复. 古今联语汇选[M]. 北京：商务印书馆，1920.

[3] 刘隆民. 龙眠联话续编[M]. 台北：学生书局，1978.

[4] 成都市武侯祠文管所编纂组：武侯祠匾额对联注释[M]. 成都：成都市武侯祠文管所，1981.

[5] 张一播. 古诗佳句名胜对联集锦[M]. 重庆：合川文艺编辑部，1981.

[6] 李思桢，夏均顺. 成都名胜楹联浅释[M]. 成都：成都市群众艺术馆，1982.

[7] 顾平旦，曾保泉. 对联欣赏[M]. 北京：文化艺术出版社，1982.

[8] 任喜民. 对联艺术[M]. 银川：宁夏人民出版社，1983.

[9] 张其中. 对联丛话[M]. 成都：四川人民出版社，1983.

[10] 萧望卿等. 古今名胜对联选注[M]. 北京：北京出版社，1983.

[11] 湖南省群众艺术馆文艺生活编辑部. 古今对联集锦[M]. 长沙：内部发行，1983.

[12] 夏友兰. 古今楹联趣话[M]. 西宁：青海人民出版社，1983.

[13] 陈家铨，阙宗仁. 成都名胜古迹楹联[M]. 成都：四川人民出版社，1985.

[14] 杨晓光. 古今名联巧对楹贴佳话[M]. 长春：时代文艺出版社，1985.

[15] 黄太茂. 名胜古迹楹联趣闻录[M]. 广州：广东旅游出版社，1985.

[16] 钟仁，章樾. 中国名胜对联[M]. 太原：山西教育出版社，1986.

[17] 钟仁编，章越注. 游踪联语[M]. 太原：山西人民出版社，1986.

[18] 周渊龙. 中国名胜楹联注释[M]. 北京：光明日报出版社，1986.

[19] 陈家铨，阙宗仁．都江堰青城山名胜楹联选注［M］．成都：四川人民出版社，1986．

[20] 勾承益，冯立．望江楼楹联［M］．成都：四川大学出版社，1987．

[21] 梁章钜．楹联丛话［M］．北京：中华书局，1987．

[22] 梁章钜．楹联续话［M］．北京：中华书局，1987．

[23] 梁章钜．楹联三话［M］．北京：中华书局，1987．

[24] 程裕祯，解波．中国名胜楹联大观［M］．北京：中国旅游出版社，1987．

[25] 葛松，朱志洪．对联精华［M］．西安：陕西人民教育出版社，1988．

[26] 白雉山．古今楹联集［M］．沈阳：辽宁大学出版社，1988．

[27] 王庆新．古今神童才女妙对［M］．济南：山东人民出版社，1988．

[28] 阎嘉飞．对联与律诗［M］．西安：陕西师范大学出版社，1989．

[29] 景常春．近现代名人对联辑注［M］．南京：南京大学出版社，1989．

[30] 陈家铨选注．历代名人楹联［M］．成都：巴蜀书社，1989．

[31] 四川省楹联学会，成都市楹联学会，成都市群众艺术馆．成都名胜楹联［M］．成都：四川人民出版社，1990．

[32] 吕选忠等．中国名胜楹联鉴赏［M］．北京：中国青年出版社，1990．

[33] 荣斌．中国名联辞典［M］．济南：山东大学出版社，1990．

[34] 田家乐，魏奕雄．峨眉山名联欣赏［M］．成都：西南交通大学出版社，1991．

[35] 郭博．中国历代长联赏析［M］．哈尔滨：黑龙江人民出版社，1991．

[36] 王驰．中国楹联鉴赏辞典［M］．长沙：湖南文艺出版社，1991．

[37] 汪文娟．历代名人楹联墨迹［M］．上海：上海人民美术出版社，1991．

[38] 顾平旦等．中国对联大辞典［M］．北京：中国友谊出版公司，1991．

[39] 张鲁光．中国名联选［M］．长春：吉林文史出版社，1992．

[40] 田作文．中国名胜名联鉴赏大成［M］．大连：大连出版社，1993．

[41] 裴国昌．中国艺术楹联辞典［M］．沈阳：沈阳出版社，1993．

[42] 裴国昌．中国名胜楹联大辞典［M］．北京：中国旅游出版社，1993．

[43] 饶明奇，蔡进万．宗教对联［M］．南宁：广西人民出版社，1994．

[44] 梁实，梁栋．中国对联宝典［M］．北京：中国文联出版公司，1994．

[45] 苏渊雷．绝妙好联赏析辞典［M］．上海：上海辞书出版社，1994．

[46] 炜评. 中华实用对联 [M]. 西安：三秦出版社，1995.

[47] 林戈. 奇联雅趣 [M]. 天津：天津古籍出版社，1996.

[48] 李惠文等. 中国商业楹联集锦 [M]. 石家庄：河北人民出版社，1997.

[49] 丁稚昌，敬永谅. 李白纪念馆楹联选 [M]. 江油：李白纪念馆，1997.

[50] 荻苇编. 联谭辑览 [M]. 徐州：中国矿业大学出版社，1997.

[51] 郭华荣，王乃积. 中国佛教楹联精选 [M]. 北京：北京燕山出版社，1997.

[52] 龚联寿. 中华对联大典 [M]. 上海：复旦大学出版社，1998.

[53] 李文郑，朱恪超. 中国古今奇联鉴赏 [M]. 郑州：中州古籍出版社，1998.

[54] 成葆德等. 中华历史名人纪念楹联 [M]. 北京：北京师范大学出版社，1999.

[55] 李文郑，杨灿. 精彩对联 6000 副 [M]. 郑州：中州古籍出版社，1999.

[56] 答振益，安永汉. 中国南方回族碑刻匾联选编 [M]. 银川：宁夏人民出版社，1999.

[57] 刘志贤，徐静. 名寺楹联 [M]. 北京：华文出版社，1999.

[58] 刘永端. 古今楹联欣赏笔记 [M]. 北京：中国书店出版社，1999.

[59] 邓洪波. 中国书院楹联 [M]. 长沙：湖南大学出版社，1999.

[60] 荣斌. 中国名联大观 [M]. 北京：北京出版社，1999.

[61] 梁羽生. 名联谈趣 [M]. 上海：上海古籍出版社，1999.

[62] 范新溶. 中华古今名胜楹联评注 [M]. 成都：四川新闻出版局，1999.

[63] 张广平. 古今名人名联妙语精粹 [M]. 兰州：甘肃文化出版社，2000.

[64] 朱恪超. 中国对联库 [M]. 郑州：中州古籍出版社，2000.

[65] 金实秋. 现代华僧楹联 [M]. 北京：宗教文化出版社，2001.

[66] 张绍成，吴蕻蕊，舒泽宏. 望江楼楹联选读 [M]. 成都：四川人民出版社，2001.

[67] 蒙智扉. 名人居室雅联 [M]. 南宁：广西民族出版社，2001.

[68] 冯修齐. 新都楹联 [M]. 成都：四川人民出版社，2001.

[69] 李文郑等. 商场对联故事 [M]. 郑州：中州古籍出版社，2002.

[70] 谭大红. 道教对联大观 [M]. 北京：宗教文化出版社，2002.

[71] 刘定清．对联辞话[M]．北京：中国文联出版社，2002．

[72] 金实秋，刘仲邦．怎样作胜迹联[M]．北京：西苑出版社，2003．

[73] 丁浩，周维扬．杜甫草堂匾联[M]．成都：四川文艺出版社，2003．

[74] 周渊龙．特长楹联选粹[M]．太原：山西经济出版社，2003．

[75] 程世和．万家楹联[M]．北京：中国社会出版社，2004．

[76] 张绍诚．巴蜀趣联解读[M]．成都：巴蜀书社，2004．

[77] 王丹．经典对联[M]．武汉：湖北少年儿童出版社，2004．

[78] 唐麒，江桂苞．中国对联故事总集民间卷[M]．长春：时代文艺出版社，2004．

[79] 梅馥葆．品联撷趣[M]．长沙：岳麓书社，2004．

[80] 于弢．历代咏钟对联精选[M]．北京：农村读物出版社，2004．

[81] 蒙智扉，黄太茂．古今名人家联[M]．南宁：广西民族出版社，2004．

[82] 苏渊雷．分类楹联鉴赏辞典[M]．上海：上海辞书出版社，2004．

[83] 唐麒，江桂苞．中国对联故事总集[M]．长春：时代文艺出版社，2004．

[84] 刘太品．中国楹联二十年作品精选[M]．香港：诗联文化出版社，2004．

[85] 姜子夫．佛教楹联精选经藏版[M]．北京：大众文艺出版社，2005．

[86] 戴本恒．对联艺术探微[M]．长沙：湖南人民出版社，2005．

[87] 陈焕朋．对联故事与点评[M]．梅州：兴宁市文学艺术界联合会，2005．

[88] 萧黄．佛寺道观对联[M]．开封：河南大学出版社，2005．

[89] 萧黄．山水佳迹对联[M]．开封：河南大学出版社，2005．

[90] 萧黄．名城胜地对联[M]．开封：河南大学出版社，2005．

[91] 萧黄．寺庙陵墓对联[M]．开封：河南大学出版社，2005．

[92] 立生．中国对联集成·湖北分卷·江夏卷[M]．武汉：中共武汉市江夏区委宣传部，2005．

[93] 杨启华．联圣钟云舫对联五百副[M]．重庆：重庆出版社，2005．

[94] 邓华，陈建华．历史与楹联[M]．贵阳：贵州人民出版社，2006．

[95] 王友平．对联小辞典[M]．成都：四川辞书出版社，2006．

[96] 李飞鸿．晋宁历代诗歌楹联选[M]．昆明：云南民族出版社，2006．

[97] 马光仲．中国对联大观[M]．深圳：海天出版社，2006．

[98] 赖明志．茶联集[M]．福州：海峡文艺出版社，2006．

[99] 康春年，种子华．读书藏书对联 [M]．北京：中国档案出版社，2006．

[100] 朱传东．碑刻楹联 [M]．济南：山东省地图出版社，2006．

[101] 解维汉．中国亭台楼阁楹联精选 [M]．西安：陕西人民出版社，2006．

[102] 解维汉．成都名胜楹联 [M]．西安：陕西人民出版社，2006．

[103] 解维汉．中国牌坊书院楹联精选 [M]．西安：陕西人民出版社，2007．

[104] 潘国璋．名人与诗联 [M]．北京：金盾出版社，2007．

[105] 黄明钿．妙联趣对大全 [M]．北京：文化艺术出版社，2007．

[106] 唐子畏．历代名人名联鉴赏 [M]．长沙：岳麓书社，2007．

[107] 王厚文．对联随笔 [M]．内部印行，2007．

[108] 陈君慧．中华对联 [M]．北京：线装书局，2008．

[109] 解维汉．中国佛道儒教楹联精选 [M]．西安：陕西人民出版社，2008．

[110] 解维汉，解诗梵．中国名人故居楹联精选 [M]．西安：陕西人民出版社，2008．

[111] 胡会云．中华对联艺术 [M]．杭州：浙江摄影出版社，2008．

[112] 潘国璋．历代名联300副 [M]．北京：金盾出版社，2009．

[113] 孟繁锦等．清联三百副 [M]．北京：蓝天出版社，2009．

[114] 天人．名联妙联精粹 [M]．海拉尔：内蒙古文化出版社，2009．

[115] 王宝铭．楹联书法 [M]．北京：北京燕山出版社，2010．

[116] 李文郑，陈竹．春联趣话 [M]．杭州：浙江古籍出版社，2010．

[117] 李明阳．楹联手抄 [M]．合肥：黄山书社，2011．

[118] 何慧敏，丁军波．楚文字集字贴古今联语二百则 [M]．北京：荣宝斋出版社，2011．

[119] 丁茂远．中国现当代著名人士对联赏析辞典 [M]．北京：商务印书馆，2012．

[120] 李鹏飞．古今对联选 [M]．郑州：中州古籍出版社，2012．

[121] 苏渊雷．名联鉴赏辞典 [M]．上海：上海辞书出版社，2012．

[122] 李文郑．对联入门 [M]．杭州：浙江古籍出版社，2012．

[123] 宋乃忠，常原生．晋祠扁联诗文选析 [M]．太原：山西人民出版社，2012．

[124] 沙丹．名联名言名诗三雅集锦 [M]．青岛：青岛出版社，2012．

[125] 方云．中国名联中的养心术［M］．南昌：百花洲文艺出版社，2012．

[126] 谭晓明．楹联大全［M］．北京：民主与建设出版社，2013．

[127] 杨克泉．中华名亭经典对联荟萃［M］．北京：金盾出版社，2013．

[128] 杨克泉．中华名楼经典对联荟萃［M］．北京：金盾出版社，2013．

[129] 杨克泉．中华名阁经典对联荟萃［M］．北京：金盾出版社，2013．

[130] 季世昌，朱净之．楹联知识手册［M］．北京：商务印书馆，2013．

[131] 侯清海．对联修辞八十一格［M］．郑州：河南大学出版社，2013．

[132] 中国楹联学会．实用楹联手册［M］．深圳：海天出版社，2014．

[133] 王树海．通赏中国名联［M］．长春：长春出版社，2014．

[134] 黄世成，黄梁渠．中国古今名人功过评价经典对联品悟［M］．北京：金盾出版社，2014．

[135] 童辉．中华对联［M］．汕头：汕头大学出版社，2014．

[136] 裴国昌．中国教化楹联精选［M］．南京：南京师范大学出版社，2015．

[137] 陈平．中国客家对联大典上［M］．桂林：广西师范大学出版社，2015．

[138] 吴刚，谭良啸．楹联上的成都记忆［M］．成都：成都时代出版社，2015．

[139] 朱庆文．楹联十讲［M］．杭州：西泠印社出版社，2016．

[140] 万日忠，万新，万旭．名胜佳联鉴赏［M］．北京：金盾出版社，2016．

[141] 梁羽生．名联观止［M］．北京：北京大学出版社，2017．

二、其他著作

[142] 汤铭新．灵泉志叙［M］．湖北省图书馆藏清抄本．

[143] 李攸．宋朝事实［M］．北京：中华书局，1955．

[144] 司马迁．史记［M］．北京：中华书局，1959．

[145] 陈寿．三国志［M］．北京：中华书局，1959．

[146] 班固．汉书［M］．北京：中华书局，1962．

[147] 王治心．中国基督教史纲［M］．上海：青年协会书局，1970．

[148] 李延寿．北史［M］．北京：中华书局，1974．

[149] 脱脱．宋史［M］．北京：中华书局，1977．

[150] 仇兆鳌．杜诗详注［M］北京：中华书局，1979．

[151] 葛洪．西京杂记［M］．北京：中华书局，1985．

[152] 张唐英. 蜀梼杌 [M]. 北京：中华书局，1985.

[153] 常璩. 华阳国志校补图注 [M]. 任乃强校注. 上海：上海古籍出版社，1987.

[154] 许慎. 说文解字注 [M]. 段玉裁注. 上海：上海古籍出版社，1988.

[155] 温延宽，王鲁豫. 古代艺术辞典 [M]. 北京：中国国际广播出版社，1989.

[156] 许文安. 知识集粹 [M]. 北京：昆仑出版社，1989.

[157] 王宗禧等. 望丛古今 [M]. 成都：四川人民出版社，1989.

[158] 王纯五. 青城山志 [M]. 成都：四川人民出版社，1989.

[159] 黄稚荃. 杜邻存稿 [M]. 成都：四川人民出版社，1990.

[160] 谢楚发译注. 高适岑参诗选译 [M]. 成都：巴蜀书社，1991.

[161] 尚文化. 蹊径集：我的自学楹联之路 [M]. 沈阳：辽宁人民出版社，1991.

[162] 费著. 岁华纪丽谱 [M]. 北京：中华书局，1991.

[163] 黄休复. 茅亭客话 [M]. 北京：中华书局，1991.

[164] 四川省蒲江县志编纂委员会. 蒲江县志 [M]. 成都：四川人民出版社，1992.

[165] 阳光，关水札. 中国山川名胜诗文鉴赏辞典 [M]. 北京：中国经济出版社，1992.

[166] 李朝正. 明清巴蜀文化论稿 [M]. 成都：四川大学出版社，1997.

[167] 纪稽缘，虞桃秀. 中华学府志四川卷 [M]. 北京：中共中央党校出版社，1998.

[168] 段玉明. 中国寺庙文化论 [M]. 长春：吉林教育出版社，1999.

[169] 陈从周. 中国园林鉴赏辞典 [M]. 上海：华东师范大学出版社，2001.

[170] 颜邦英. 桂林之最 [M]. 桂林：漓江出版社，2001.

[171] 张羽新. 中国寺庙宝典西北西南卷 [M]. 北京：中国藏学出版社，2002.

[172] 曾国藩. 曾国藩全集·文集 [M]. 李瀚章，李鸿章编. 北京：中国华侨出版社，2003.

[173] 张勇. 赵藩纪念文集 [M]. 昆明：云南美术出版社，2004.

[174] 王定富. 二王庙 [M]. 成都：都江堰市文物局，2005.

[175] 钟树梁. 钟树梁诗词集 [M]. 成都：巴蜀书社，2005.

[176] 谢辉，罗开玉，李兆成. 三国圣地武侯祠 [M]. 成都：四川人民出版社，2007.

[177] 李栋. 语词缘起大观 [M]. 合肥：黄山书社，2007.

[178] 王闿运. 湘绮楼诗文集 5[M]. 长沙：岳麓书社，2008.

[179] 刘崧. 槎翁诗集 [M]. 台北：中国台湾商务印书馆，2008.

[180] 王跃，马骥，雷文景. 成都百年百人 [M]. 成都：四川人民出版社，2008.

[181] 王舜祁. 弥勒圣地 [M]. 宁波：宁波出版社，2008.

[182] 中共成都市委党史研究室. 红色印记成都市革命遗址与纪念馆 [M]. 北京：中共党史出版社，2009.

[183] 一诚. 一诚老和尚诗文集选 [M]. 北京：宗教文化出版社，2009.

[184] 周维扬，丁浩. 杜甫草堂史话 [M]. 成都：天地出版社，2009.

[185] 任继愈. 宗教词典 [M]. 上海：上海辞书出版社，2009.

[186] 复旦大学哲学系哲学教研室. 中国古代哲学史 [M]. 上海：上海古籍出版社，2011.

[187] 袾宏. 莲池大师全集 [M]. 北京：华夏出版社，2011.

[188] 杨国先. 吴之英评传 [M]. 成都：四川人民出版社，2011.

[189] 人在旅途编辑部. 成都玩全指南 [M]. 北京：旅游教育出版社，2012.

[190] 范建华. 中华节庆辞典 [M]. 昆明：云南美术出版社，2012.

[191] 葛兆光. 古代中国文化讲义 [M]. 上海：复旦大学出版社，2012.

[192] 乌云娜. 创新力 [M]. 北京：国家行政学院出版社，2012.

[193] 谭嗣同. 谭嗣同集·石菊影庐笔识 [M]. 长沙：岳麓书社，2012.

[194] 舒波. 成都平原农业景观研究 [M]. 成都：西南交通大学出版社，2012.

[195] 宗凤英. 织绣鉴赏 [M]. 北京：印刷工业出版社，2012.

[196] 李良辉. 穴苔游记 [M]. 北京：中国旅游出版社，2013.

[197] 向东. 百年川菜传奇 [M]. 南昌：江西科学技术出版社，2013.

[198] 戴秋思. 古典园林建筑设计 [M]. 重庆：重庆大学出版社，2014.

[199] 丁茂远．郭沫若全集外散佚诗词考释［M］．杭州：浙江大学出版社，2014．

[200] 应克荣．中唐女诗人薛涛研究［M］．合肥：黄山书社，2014．

[201] 中央电视台．建筑中的科学［M］．武汉：长江出版社，2014．

[202] 伍松侨．天下古成都［M］．成都：四川人民出版社，2014．

[203] 孙伟平等．创建"中国价值"社会主义核心价值体系研究［M］．北京：社会科学文献出版社，2015．

[204] 张承隆．天府之国四川［M］．北京：中国旅游出版社，2015．

[205] 王俊．中国古代科技［M］．北京：中国商业出版社，2015．

[206] 王鹤鸣，王澄，梁红．中国寺庙通论［M］．上海：上海古籍出版社，2016．

[207] 曾成实．书法鉴赏［M］．长沙：中南大学出版社，2016．

[208] 王兴国．书法成都［M］．北京：中图旅游出版社，2016．

[209] 刘飞滨．老成都记忆［M］．北京：当代世界出版社，2017．

[210] 何一民，王苹．成都历史文化大辞典［M］．北京：社会科学文献出版社，2018．

[211] 谭平等．天府文化与成都的现代化追求［M］．成都：巴蜀书社，2018．

三、论文

[212] 屈小强．"人日游草堂"风俗考［J］．四川文物，1990（02）．

[213] 金晨．关公信仰研究［D］．南京师范大学硕士论文，2017．

[214] 谭蝉雪．我国最早的对联［J］．文史知识，1991（04）．

[215] 郭静洲．清代四川"考棚"楹联［J］．文史杂志，1992（04）．

[216] 曾泳霞．大慈寺藏经楼楹联试析［J］．载蔡永华主编．文物考古研究［C］．成都：成都出版社，1993．

[217] 罗开玉．成都武侯祠"攻心"联再研究［J］．四川文物，2001（05）．

[218] 张茂华．成都地区明墓中的对联文化［J］．四川文物，2002（04）．

[219] 积多．成都贡院的对联［J］．文史杂志，2003（03）．

[220] 许理和．李九功与《慎思录》［J］．载卓新平主编．明末清初中西文化交流国际学术研讨会文集［C］．北京：宗教文化出版社，2003．

[221] 张崇琛．"后来治蜀要深思"——成都武侯祠一副对联的解读［J］．档案，

2004（01）．

[222] 孙晓芬．成都武侯名联作者赵藩［J］．四川文物，2004（01）．

[223] 肖建春．匾联文化研究——以成都地区匾额楹联为例（下）［J］．西南民族大学学报（人文社科版），2007（08）．

[224] 文史成．成都府城隍庙的门联［J］．文史杂志，2009（03）．

[225] 林鑫．成都武侯祠最早的一副名联［J］．文史杂志，2012（02）．

[226] 刘全．毛泽东与三幅成都名联［J］．四川党的建设（城市版），2013(11)．

[227] 涂明星．湖北省图书馆馆藏孤本《灵泉志》之编纂历程与史料价值［J］．中国地方志，2015（05）．

[228] 朱佩娴．"善的有爱"更持久［J］．载人民日报理论著述年编2014［M］．人民日报出版社，2015．

[229] 张敏．成都对联——跨接传统与现代的文化符号［J］．成都史志，2018（02）．

[230] 张小华．中国楹联史［D］．南京师范大学博士学位论文，2012．